급 연애

VOL.2

피사 장편소설

VOL.2

초판 1쇄 인쇄일 | 2020년 9월 21일
초판 1쇄 발행일 | 2020년 9월 28일

지은이 | 피사
펴낸이 | 박성면
펴낸곳 | (주)동아

출판등록 | 제406 - 3960100251002007000071호
주소 | 경기도 파주시 문발로 115, 세종대학교출판부 206호
전화 | (031)8071 - 5201
팩스 | (031)8071 - 5204
E - mail | bear6370@hanmail.net

정가 | 12,800원

ISBN 979-11-5641-172-7 (04810)
      979-11-5641-170-3 (set)

피사
장편소설

*B*급
연애

VOL.2
CHIC NOVEL

목 차

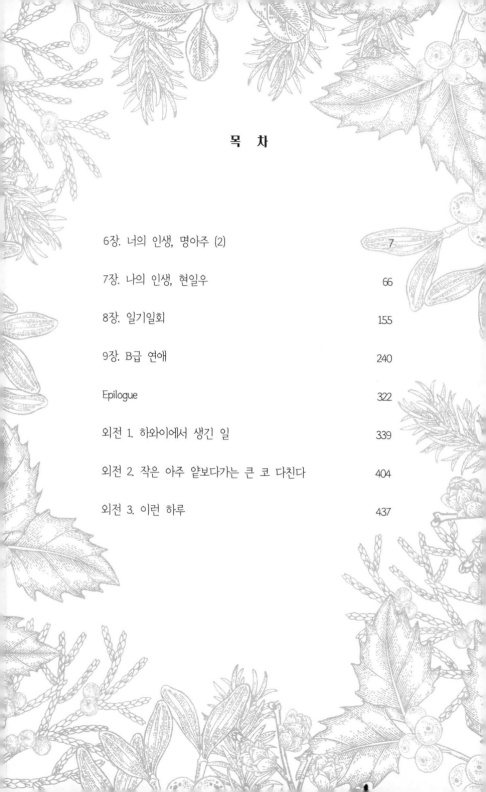

6장. 너의 인생, 명아주 (2)

'이주경 씨, 깨어났대요.'

정 계장이 전한 그 소식에 일우는 잠시 머릿속이 정지하는 걸 느꼈다. 깨어나서 다행이긴 한데, 이제 이다음엔 뭘 어떻게 해야 할지 정해 둔 게 없기 때문이었다.

'근데 이주경 씨가 검사님 불러오라고, 자꾸 난동 피우고 그런다는 데…….'

그 말에 무작정 재킷을 꺼내 입고 나갈 채비를 했다. 병원은 전에 들어서 어딘지 알고 있었다. 일우가 나갈 준비를 하자 정 계장이 걱정스러운 눈빛으로 쳐다보다 통화를 마저 이어 했다.

'……네, 검사님 지금 출발하세요. 네, 알겠습니다.'

그게 일우가 검사실을 나서기 전, 마지막으로 들었던 통화였다.

"……."

굳이 나를 왜 보려고 할까. 하긴, 자기 꼴을 어떻게든 보여 주고 싶어 하겠지. 당신이 잘못한 거야, 하고 소리라도 지르면서.

증거는 이주경이 범인임을, 묘한 정황은 이주경이 범인이 아닐 수도 있다는 가능성을 나타내고 있었다. 일우는 이주경이 범인이라 생각하지 않더라도 증거는 그랬다. 환장할 노릇이지. 일우의 상황이 딱 저 신호등 같았다.

노란색에서 빨간색으로 바뀌기 직전, 액셀을 밟고 나아갈 것이냐 혹은 기다릴 것이냐, 하며 고민하는 순간. 하지만 결국엔 액셀을 밟았다. 앞으로 나아가는 것 말고 방법이 없었다. 머뭇거리며 지체할 시간도 없었다. 자신이 벌인 일이니, 끝까지 책임져야지. 일우의 눈이 심연처럼 가라앉았다.

병원에 도착해 입원 병동으로 올라가기 전, 편의점에 들른 일우는 선물용 음료 세트를 샀다. 병끼리 짤랑거리며 내는 진동이 손에 오롯이 전해졌다. 엘리베이터를 타고 올라갈 때가 돼서야 사람들의 시선이 느껴졌다. 그들의 시선이 일우의 얼굴로, 그리고 목에 걸린 공무원증으로 옮겨 갔다. 급히 나오느라 공무원증을 그대로 걸고 있던 것이다. 이제와 빼기도 그래서 그냥 걸고 있었다.

엘리베이터에서 내린 일우는 이주경이 있는 병실로 향했다. 사복을 입은 형사가 병실 밖에 앉아 지키고 있었다. 그 앞에 다가간 일우가 공무원증을 슥, 내밀었다.

"현일우 검삽니다. 인천지검에서 나왔습니다."

"어, 어?! 진짜 오셨네?"

공무원증과 일우 얼굴을 번갈아 본 형사가 두 눈을 크게 뜨며 놀라

소리쳤다. 이윽고 자신이 낸 큰 소리에 더 놀라 목소리를 줄였다.

"그럼 가짜로 올까요."

"농담도 참, 저희야 혹시나 해서 연락은 드렸지만, 검사님들이 워낙 바빠서 못 오실 줄 알았거든요."

"바빠도 와야죠."

"하긴, 기자들 눈치도 있고. 오는 게 그림이 더 낫긴 하죠?"

후우, 일우가 옆에서 시끄럽게 속살대는 형사를 지그시 쳐다봤다. 별 말 하지도 않았는데 형사가 주춤, 물러났다. 건수 잡았다고 열심히 기사를 써 재끼는 기자들이나 일우의 현 상황을 흥밋거리로 여기는 형사나 다를 게 뭔가 싶었다.

"그거 때문에 온 거 아닙니다."

말이 통할 사람은 아닌 것 같고, 피곤함에 길게 얘기하기 싫었다. 적당히 말을 끊은 일우가 1층에서 구매한 음료 세트를 형사에게 건넸다.

"이거 병문안 선물입니다. 나중에 저 가면 전해 주세요."

"같이 들어갈까요? 수갑이 채워져 있긴 한데 혹시 모르니까요."

음료 세트를 떠넘겨 받은 형사가 물었다. 흉악범들 한두 번 상대하는 것도 아니고 그런 보호 따위 필요 없었다. 결정적으로 이주경은 범인이라고 보기에 의심쩍은 게 한둘이 아니었다.

"필요하면 부르죠."

둘이서 할 얘기도 있고, 굳이 형사가 입실할 필요는 없었다.

"그러시다면야 밖에 있을게요. 필요하면 부르세요."

형사가 뒷머리를 긁적이며 자리에 앉았다. 일우는 병실 문을 열었다. 부드럽게 열리는 문을 지나 안으로 들어갔다. 깨끗한 1인실 중앙엔 이주경이 TV를 멍하니 바라보고 있었다. 친형 살해 혐의로 기소된 피의자가 극단적인 선택을 해 병원에 실려 갔다는 뉴스가 흘러나왔다. 씨발, 왜 하필 타이밍도 이러냐. 운명의 장난처럼 절묘한 타이밍이 야속했다.

"이주경 씨."

"……."

자신을 부르는 일우의 말에 이주경이 TV에 고정했던 시선을 떼고 일우를 바라봤다. 텅 빈 눈. 삶의 의지를 잃은 것만 같았다. 그 눈을 마주하고 나니 자신의 예단이 불러온 결과가 뭔지 적나라하게 느껴졌다.

인간관계와 성격 모두 극과 극을 달리면서도 나름 잘 살 수 있었던 이유는 본인의 완벽주의자 성향과 실제로 잘난 능력이 잘 맞물린 덕분이란 걸 알고 있었다. 타이밍조차 일우의 손을 종종 들어 줬으니 말이다.

하지만 지금 눈앞의 이주경은 자신의 실수였다. 아주 좋게 풀어서, 주변의 압박 때문에 이렇게 됐다 한들 자신의 예단에서 비롯된 일이란 건 부정할 수 없었다.

"수술은 잘 끝났다고 들었습니다."

무슨 말을 해야 할까 고민하던 일우가 가까이 다가가며 말했다. 이주경은 아무 반응 없이 눈만 깜박였다. 혀를 봉합하는 수술을 했다고 했으니 말하기 불편하겠지. 주위를 둘러보던 일우가 이주경 옆에 놓인 펜과 종이를 들어 건넸다. 이주경이 손을 뻗어 받았다. 침대와 연결된 수갑이 철컥, 하며 소음을 냈다.

'속이 시원해요?'

이주경이 대충 휘갈겨 적은 종이를 일우의 눈앞에 들이밀었다. 사람 죽는 거에 희열 느끼는 미친 새끼도 아니고, 속이 시원할 리가 있나.

일우가 미약하게 인상을 썼다.

"이주경 씨가 혀 깨문 뒤로 강압 수사라면서 말도 많은데 내가 변태도 아니고 설마 속이 시원하겠습니까."

그 말에 이주경이 일우를 죽일 듯이 노려봤다. 하지만 살의는 느껴지지 않았다. 실제 흉악범들의 눈빛과는 다른 면이 있었다. 무언가 확인하고자 일우는 펜을 쥐고 있는 이주경의 손을 잡았다. 이주경이 놀라 벗어나고자 했지만, 그렇게 쉽게 벗어나진 못했다. 막 수술이 끝나 회복하고 있는 이주경은 일우의 힘을 이길 수 없었다.

"그런다고 나 안 죽어요. 정말 나 죽일 거면 펜이라도 들고 찔러야죠. 여길, 이렇게."

일우는 펜을 쥔 이주경의 손을 잡고 펜촉을 어깨 쪽에 대며 속삭였다. 당장이라도 살갗을 파고들 것처럼 날카로운 펜촉에 외려 이주경의 손이 떨렸다. 그걸 눈치챈 일우의 눈은 더 차갑게 가라앉았다.

"이주경 씨가 자기 혀도 깨물 정도로 의지가 강한 사람인 건 알겠어요. 더불어 자기 몸은 절대 안 아낀다는 것도. 그럼 반대로 내 몸은 어떨까 궁금해지네요."

일우는 이주경의 손을 더 거세게 쥐어 빠져나가지 못하게 했다. 일우의 미친 행동에 이주경의 눈이 순식간에 공포로 물들었다.

"나 오라고 난리 쳤다면서요. 뭐 하려고 불렀습니까? 나랑 술래잡기하며 놀자는 건 아닐 테고. 이러려던 거 아니었습니까? 사람 죽여 봤잖아요. 그냥 힘만 주면 됩니다. 별로 어렵지 않을 텐데."

이주경이 발작하듯 심하게 떨었다. 담당 검사 어디 갔냐고 난리 쳤다는 사람이랑 동일 인물 맞아? 기회를 줘도 못 찌르는데 이런 새끼가 사람을 죽였겠나. 말이 안 됐다. 모 아니면 도. 일우가 마음속에 담아 뒀던 문장을 꺼냈다.

"당신 형이랑 도대체 무슨 짓을 꾸민 겁니까."

"……!"

두 눈을 크게 뜨며 어깨를 떨었다. 일우의 말처럼 무언가 숨겨져 있다는 증거였다. 그 모습에 이주경이 범인이 아닐 거란 확신을 다시 한 번 얻었다.

"공판은 중지시켰습니다. 꼭 다친 것 때문이 아니더라도, 보완 수사가 필요할 것 같아 그렇게 결정한 겁니다. 기사는 아직 안 떴을 거예요. 내부에서 방금 결정된 거니까."

이주경의 눈동자가 미친 듯이 흔들리기 시작했다. 무언가 말하고 싶은 것처럼 입술을 파르르 떨기도 했다. 입을 달싹이다가 수술한 혀가 아픈지 눈을 찌푸리며 다물기 일쑤였다. 형이 대체 뭘 했길래 저렇게 꼭꼭 숨기는 건지. 둘 사이에 있었던 일을 알지 못하니 답답함만 가중됐다.

"입 꾹 다물고, 하지 않았다고 앵무새처럼 말만 반복하면 누가 알아줍니까? 아무도 안 알아줘요."

이주경이 결국 고개를 떨궜다. 불리할 때 시선 피하는 버릇이 있네. 일우의 눈이 날카롭게 이주경의 행동을 살폈다.

"검사가 유죄 입증의 책임이 있다는 건 아십니까?"

"……."

대답할 의지가 거의 없어 보이던 이주경이 아주 살짝, 고개를 흔들었다. 일우의 말에 동요하고 있다는 뜻이었다.

"달리 말하면 유죄 입증을 못 하면 끝이라는 겁니다. 흔히 아는 무죄 추정의 원칙입니다. 근데 이주경 씨는 이미 입증이 다 됐어요. 그런 상황에서 보완 수사를 굳이 하겠다는 게 무슨 뜻으로 읽힙니까. 설마 이주경 씨가 혀를 깨물어서 이럴까요? 다들 내가 여론 눈치 보며 겉핥기식으로 대충 수사할 거라고 생각하던데, 나 그렇게 주변 신경 쓰는 사람 아니에요. 좆같으면 그만두면 되지. 내 알 반가."

수갑에 묶인 이주경의 한쪽 손, 그리고 나머지 한 손은 일우에게 붙잡혀 강제로 일우의 어깨를 겨냥하고 있었다. 양손이 묶이고 말조차 제대로 할 수 없는 지금이 이주경의 상황을 간접적으로나마 보여 주는 것 같았다. 완벽하게 짜 맞춰진 증거 속에 홀로 서서 무고함을 외쳐도 아무도 믿어 주지 않는 삶.

"보완 수사는 전적으로 내가 지휘합니다. 변호사는…… 뭐, 그건 내가 어떻게 해 줄 수 있는 영역이 아니니 어쩔 수 없고. 대신 형사들이 당신 신문하는 일은 없을 겁니다."

그 말에 이주경이 펜을 쥐고 있던 손에서 힘을 뺐다. 펜이 침대 위로 툭 떨어졌다. 이어서 일우도 붙잡고 있었던 이주경의 손을 놓아줬다. 셔츠에 지저분하게 볼펜 자국이 남았지만 별로 개의치 않았다.

"그런 말도 있습니다. '펜은 칼보다 강하다'. 이주경 씨가 칼로 형을 죽인 게 아니라면 펜으로 쓰기라도 해요. 그렇게만 하면 나머지는 내가 알아서 수사하겠습니다. 마침 여기 종이도 많네."

일우가 옆에 놓인 종이 뭉치를 건네며 적절하게 이주경을 자극했다. 이제 어떻게 나오는지 기다리기만 하면 됐다. 이게 잘 먹혀야 할 텐데.

"오늘은 이만 가죠. 잘 회복하고, 이후엔 지금보다 더 협조적이길 바랍니다."

복잡한 속과 달리 일우는 겉으로 보이기엔 미련 없이 떠나는 검사의 모습을 유지했다. 표정도 깔끔히 다듬으며 병실을 나왔다.

병실 밖에 대기하고 있던 형사가 일우를 보며 의외란 표정을 했다. 저런 표정은 검사로 일하며 여럿 마주했다. 몇몇 사람은 일우의 잘난 외모만 보고 실속 없는 쭉정이라며 낮잡아 봤다. 아닌 척 조롱하기도 여러 번이었다. 씨발, 왜 얼굴 때문에 첫인상부터 능력이 저평가되어야 하는 건데. 일우는 그런 그들의 편견을 용인해 줄 만큼 너그럽지 않았다.

일우가 자신을 평가하는 형사의 눈을 뚫어지게 쳐다봤다. 누가 먼저 돌리나 보자. 눈싸움에서 승리를 거머쥔 건 일우였다.

"······크흠, 살펴 가십쇼."

시선을 은근히 피하며 떨떠름한 목소리로 인사하는 형사에게 대강 고개만 까닥였다.

주차장에 도착한 일우가 차를 찾는데 핸드폰이 울렸다. 미리 보기에 뜬 이름을 확인했다. 박선영이었다. 선영이 먼저 연락하는 일이 거의 없는데. 혹시 무슨 일이라도 생겼나 싶어 바로 메시지를 확인했다.

[ㅁㅊㅅㄲ]

[https://m.nq.co.kr/renew/view.html······] 오후 2:42

[https://m.wegrtr.com/renew/view.html······] 오후 2:43

무슨 뜻인지 바로 이해한 초성과 여러 개의 링크가 속속들이 도착했다. 일우의 신상을 담은 기사부터 이주경이 자살을 시도했다는 것, 방금 전 일우가 그 병원에 방문했다는 것까지 아주 각양각색이었다.

특히 일우가 조금 전 병원에 들렀다는 기사는 절반이 거짓말이었다.

강압 수사 의혹을 받는 일우가 피의자를 찾아간 건 잘 달래서 입을 막기 위함이다. 아니다, 협박하기 위함이다……. 일우는 더 읽지 않고 핸드폰을 껐다.

"하, 이 새끼들은 허구한 날 소설 쓰고 지랄이네."

개인적으로 현재 수사 중인 사건은 외부에 이렇게 세세하게 공개되어선 안 된다고 생각했다. 너무 당연히 범인이라 여겼던 사람이 사실은 아닐 수도 있는데 기자들의 논조는 그렇지 않았다. 일우도 이미 한 차례 겪고 있었다. 자기 혼자만의 일이면 신경도 쓰지 않을 텐데 검찰이란 집단의 이미지가 걸려 있어 일우를 미친 듯이 쫀다는 게 문제였다.

그럴 거면 자기들이 해결할 것이지. 일은 말단에게 미루고 권위와 영광은 꿀꺽하고. 마음 같아선 싹 다 물갈이 좀 했으면 좋겠네.

[야

[왜 읽씹해?]

[너 저 기사 다 진짜야?] 오후 2:45

안전벨트를 매고 출발하려 했더니 핸드폰이 또 웅웅 울렸다. 급한 연락인가 싶어 확인했더니 또 박선영이었다. 기사가 사실이냐고 묻는 물음에 아니, 까지 타이핑하고 있는데 연달아 메시지가 왔다.

[답 좀 해]

[진짜 짜증 난다 너] 오후 2:46

답장할 시간도 안 주고 짜증 난다 뭐다 난리가 났다. 문장을 완성한 일우가 답장을 보내기 직전, 선영의 인내심이 다했는지 바로 전화가 왔다.

―야, 왜 읽씹해. 사람 빡치게.

"답장 쓰고 있었어. 씨발, 인내심 좀 길러."

짜증 내는 선영에게 너그럽게 답해 줄 인내심 따위 일우도 없었다. 본인 입으로 인내심을 기르라고 말하는 사람이 갖출 태도는 아니었다.

―너한테 쓸 인내심 없어. 그건 됐고, 기사 사실이야? 현일우 너 진짜 미쳤어?

"반은 사실이고 반은 아니고. 나도 짜증 나니까 네가 보태지 좀 마라."

―능력은 뒀다가 얻다 써? 잃어버린 지갑 찾는 데 쓰나? 그럴 거면 검사 그만두고 탐정 사무소나 차려. 딱이다, 야. 차리면 연락해.

빈정거리는 선영의 말에 일우의 분노점이 점차 낮아졌다. 하여간 박선영, 사람 빡치게 하는 데 일가견 있다니까. 이 능력을 의로운 데 쓰면 좀 좋아. 허구한 날 자신한테만 써서 문제였다.

"헛소리 그만하고. 나도 써서 해결되면 진작 썼지. 사람한텐 못 쓰는데 쓰면 뭐 하냐. 끽해야 발기밖에 더 해?"

사람한테 쓸 수 있었으면 당장이라도 이주경의 손을 붙잡고 능력을 썼을 것이다. 일이 대폭 줄어드는데 발기하는 변태 새끼로 낙인찍히든 말든 무슨 상관이겠어. 하지만 그건 일우의 능력 밖이었다. 그러니 증거물에 남은 기억 쪼가리나 읽고 앉아 있지. 그걸 끼워 맞추는 것도 일이었다.

선영의 말대로 사람의 기억만 읽을 수 있었으면 일우는 실적 좋은 일개 검사가 아니라 신 취급을 받지 않았을까. 세상에 해결 못 할 범죄도 없을 것이고 말이다. 답답한 건 선영뿐이 아니었다. 일우 본인이 제일이 었다.

—어어, 맞다, 그랬지. 야, 안 그래도 내가 몇 번 진지하게 생각해 봤는데 말이야.

그제야 생각났다는 듯이 뒤늦게 수긍한 선영이 말을 돌렸다.

"안 궁금하니까 말하지 마."

—뭔 줄 알고 안 궁금하대? 너 그 능력 쓰면 발기하는 거, 혹시 신경 문제 아닐까?

안 그래도 바빠 죽겠는데 사건과 관련도 없는 일반인, 선영이 참견하기 시작하니 여간 귀찮은 게 아니었다. 또 어떤 소리를 지껄이려고 시동을 거는지 모르겠다. 예상컨대, 이건 대답하면 최소 30분짜리였다.

"박선영, 너 한가하냐? 난 바쁘니까 쓸데없는 소리 말고 끊어. 그리고 내 생각 하지 마라. 불쾌하니까."

—기껏 생각해 줬더니? 네 생각 좀 하면 닳냐? 어? 닳냐고!

"어, 닳으니까 끊어."

불쾌함을 숨기지 않은 일우는 왁왁 소리치는 선영을 무시한 채 단호하게 전화를 끊었다. 일우에 대한 생각은 아주만이 할 수 있었다. 문제는 아주가 일우의 생각을 조금이라도 하냐는 거였다.

"풀떼기."

퇴근 후 늦은 밤, 열심히 TV 보는 아주를 끌어안은 채 휴식을 취하고 있던 일우가 아주를 불렀다. 그 나름대로 하루를 마무리하는 방법이었다. 아주의 체온이 높다고 같이 자지도 않던 언젠가는 머나먼 과거가 된 지 오래였다.

"네?"

아주는 TV에서 시선을 떼지 않은 채 성의 없이 대답했다. 자신을 바라보지 않는 아주의 옆모습을 덧그리던 일우가 아주의 고개를 잡고 자신 쪽으로 돌렸다. 그제야 눈이 마주쳤다.

"옛날 얘기 좀 해 봐."

"무슨 얘기요?"

"아무거나."

"아무거나란 이야기는 없는데……."

"네 얘기 아무거나 해 보라고. 아까 점심때 교주가 어쩌고 했던 것처럼."

"맨날 사과 따고 고구마 캐고 그런 것밖에 없는데……."

"그럼 그거 말고 다른 거 얘기해 봐. 나한테 바라는 거든, 궁금한 거든."

"어! 나 바라는 거 있어요."

"뭔데."

"영감님 핸드폰 하면 안 돼요? 인별 보고 싶어요."

아주가 얌전히 두 손을 모아 일우 얼굴 앞에 내밀었다. 이러려고 말을 꺼낸 게 아닌데 영 엉뚱한 방향으로 튀었다.

선영과의 통화 이후 짜증 나서 쳐다도 보지 않고 침실에 던져둔 네모난 기계를 달라 청하는 아주를 보며 일우는 복잡한 심경을 억눌렀다. 얘 나한테 정말 관심이 하나도 없나. 배를 맞추면 뭐 하나, 짝사랑이나 하는 신세인데. 그나마 짝사랑이 외사랑보다 낫다고 자위해야 하는 건지. 한숨이 나왔다.

"……기다려."

자타 공인 호구, 일우는 결국 소파에서 일어나 침실로 향했다. 침대도 아니고 바닥에 대강 떨어져 있는 핸드폰을 주워 아주한테 건넸다. 그놈의 씨발, 인별 탈퇴시키든 해야지. 아주와 연락하기 불편해 서둘러 핸드폰을 사 줘야겠다고 생각했던 게 쏙 들어갔다. 핸드폰 사 주면 종일 인별만 보고 있을 거 아냐.

"어? 영감님, 이것 봐요!"

"뭔데."

"나 좋아하는 사람이 엄청나게 늘었어요!"

풀떼기를 좋아하는 사람은 일우 하나로 충분한데, 뭐가 늘었다는 건지. 순식간에 심기가 불편해졌다. 일우는 짜증을 숨기지 않고 인상을 팍 찌푸렸다.

"갑자기?"

아주가 고개를 끄덕이며 일우한테 핸드폰을 건넸다. 아주의 말대로 팔로워가 300명이 넘게 늘었다. '좋아요' 숫자도 100 단위를 넘어갔다. 대체 무슨 일인가 싶어 전수 조사를 시작했다. 일우가 10분 넘게 인별 알림을 샅샅이 뒤져 찾아낸 원인은 바로 선영이었다. 조금 전 올린 게시 글에 아주의 아이디를 태그한 탓에 아주의 인별이 노출된 것이다.

[sun_0_1: 당직 때 먹는 간식은 모다? #꿀맛이다
우리 아주는 못 먹는 #수박 #아주야 #미안ㅠㅠ]

당직이면 조용히 일이나 할 것인지 풀떼기는 왜 태그해? 일우가 오만상을 썼다. 인별 스타인 선영이 태그하자 유입이 기하급수로 늘었

다. 심지어 선영의 인별엔 예전에 같이 찍은 아주의 얼굴도 올라가 있는 상태였다. 다들 아주가 예쁘게 생긴 걸 확인하고 타고 넘어온 것이었다.

다들 예쁜 건 알아 가지고. 그러나 이미 일우가 선점한 뒤였다. 아주의 인별에 댓글도 하나둘 달리기 시작했다. 알림이 계속 울렸다. 개중 일우의 심기를 심각하게 건드린 게 하나 있었다. 아주의 셀카를 바라는 내용이었다. 그 뒤에 달린 하트가 정점을 찍었다.

나도 사랑받고 싶어요. 아주가 인별을 시작했던 이유를 상기했다. 그것처럼 저 하트 이모티콘이 곧 사랑을 나타냈다. 이걸 보고 좋아할 아주를 생각하니 속에서 천불이 났다. 지금 자신은 아주한테 자신에 대해 궁금한 거 없냐고 질문을 구걸하듯 말을 걸고 있는데 누구는 아주한테 셀카를 달라며 하트를 막 달고 다니고.

"……씨발……."

이젠 더는 못 참겠다. 안 그래도 아주에게 자신의 위치가 꼭 무료 급식소인 것 같아 짜증 났는데 엎친 데 덮친 격이라고, 일우의 인내심이 툭, 끊겼다.

"영감님, 나 이제 핸드폰 줘요."

"안 돼."

"왜요!"

"해킹당했어."

"해킹?"

"다른 사람이 네 인별 게시 글 다 지웠어. 이제 못 써."

그 다른 사람이 바로 일우였다. 일우는 이를 바득바득 갈며 아주가 하나하나 찍어 올린 게시 글을 매정하게 삭제했다. 곧 아무 게시 글도 남지 않게 됐다. 이후에 회원 탈퇴 버튼을 찾았다. 일우도 인별을 해 보지 않아서 한 번에 찾지 못했다.

"네? 거짓말! 보여 줘요!"

"기다려 봐."

일우한테 매달리며 무슨 일이냐고 다급히 묻는 아주를 떼어 내곤 포털 사이트를 검색해 탈퇴 방법을 찾았다. 계정 관리에 들어가서 삭제를 하고 다시 한번 비밀번호를 입력하고……. 씨발, 계정 삭제가 뭐 이리 까다로워. 인상을 풀 여지를 주지 않는 복잡한 탈퇴 방법 덕분에 일우는 아주를 5분 이상 따돌려야만 했다.

"야, 봐라. 네 인별 없어졌잖아."

일우는 홀가분한 마음으로 아주에게 핸드폰을 건넸다.

"네?!"

인별이 없어졌다는 소리에 아주가 크게 소리쳤다. 믿을 수 없는지 두 눈을 크고 일우한테 핸드폰을 받아 확인했다. 없는 페이지라고 적힌 화면에 아주는 이럴 수 없다며 현실을 부정했다. 우측 상단에 있는 로그인 버튼을 눌러 들어가려고 해도 이미 사라진 계정이라고 떴다.

"……거짓말! 영감님이 지웠죠?!"

화살은 곧바로 일우한테 돌아왔다.

"내가 굳이 그걸 왜 지워?"

아주의 날카로운 물음에 일우는 뻔뻔한 얼굴로 태연히 거짓말을 했다. 양심에 걸릴 것이라곤 하나도 없었다. 당장 아주를 인별에 뺏기게 생겼는데 가만 두고 보는 게 미친놈이지.

"영감님이 지웠잖아요!"

"안 지웠어. 생사람 잡지 마. 너 어차피 할 필요도 없잖아."

"흐윽, 왜 할 필요가 없어요······."

아주의 눈에 눈물이 고이기 시작했다. 뭘 이런 거 가지고 울어? 일우는 겉으론 아닌 척했지만, 몹시 당황했다.

보는 사람도 없고, 좋아요를 눌러 주는 사람도 선영밖에 없었지만 그래도 아주한텐 본인이 처음으로 구축한 작은 사회였다. 선영이 누나처럼 불특정 다수한테 관심, 즉 사랑이 받고 싶어서 시작했던 인별이 예고 없이 사라진 것에 대해 짜증이 나면서 단호한 일우의 태도에 아주는 눈물을 뚝뚝 흘렸다.

심지어 조금 전에, 팔로워가 많이 늘어 믿을 수 없다는 눈을 하고 뛸 듯이 기뻐해서 더 그랬다. 좋았던 기분이 한순간에 바닥으로 추락했다.

"풀떼기, 울지 마. 뭘 이런 거로 우냐. 또······."

아주와 눈높이를 맞추려 상체를 숙이고 눈물을 닦아 준 일우가 말하려다 멈췄다. 아니지, 가입은 다시 못 시켜 주지. 솔직히 인별이 눈앞에서 사라져서 속이 다 시원했다. 쓸데없이 알림도 안 뜨고, 아주의 관심도 자신한테로 집중시키고. 좋았다.

"또······?"

"거기 또라이 새끼들 존나 많아. 너 인별 사라진 것 봐라. 남의 계정 막 삭제하고, 테러한다니까?"

졸지에 또라이 새끼가 된 일우가 말도 안 되는 변명을 그럴듯하게 늘어놨다.

"그치만······."

"뭘 그치만이야. 이미 사라진 거 잊어. 사진은 내 핸드폰에 남아 있고, 박선영이야 만나면 되는 거고. 뭐가 더 필요하냐."

아주의 눈이 아쉬움에 젖어 올망졸망 빛났다. 눈이 머금은 눈물에 비친 빛이 반사돼 더 반짝반짝했다. 풀떼기 얘는 안 예쁜 곳이 없네. 심지어 눈도 예뻤다.

"그리고 사랑은 내가 주면 되지."

기회를 잡은 일우가 아주의 눈가에 잘게 키스했다. 사랑이란 단어를 입에 올리자 가슴이 빠르게 뛰었다. 아주는 특별하게 생각지도 않을 지나가는 말일 뿐인데, 혼자 전전긍긍하며 아주의 반응을 살폈다.

"……그럼 키스해 주세요."

결국 아주는 인별이 왜 삭제됐는지 영문도 모른 채 일우 좋은 일만 시켰다. 꼴 보기 싫은 인별 삭제하고, 아주의 입술까지 빨게 된 일우는 상체를 더 깊숙이 숙여 아주의 턱을 조심스레 잡고 입 맞췄다.

아주의 몸이 점점 뒤로 밀리고, 일우의 상체가 더 아래로 내려갔다. 소파 위에 눕게 된 아주 위로 일우가 올라탄 모양새가 됐다. 서툰 아주도 처음보다 혀를 쓰는 게 느껴져 웃음이 났다. 꼭 맞붙인 두 입술 사이로 일우의 웃음이 새어 나왔다.

"왜 웃어요?"

"그냥."

상기된 아주를 내려다본 일우가 한마디로 모든 감정을 축약했다. 세상에 그냥은 없다던 일우가 말이다. 같이 있는 게, 키스하는 사이라는 게 막 사랑을 시작한 애새끼처럼 들떠서 그냥 다 좋았다. 그 말은 곧 모든 게 좋다는 거였다. 뭐가 좋은지 꼽을 수도 없어서 그냥이라는 표현을 빌렸다. 일우도 자신이 이럴 줄은 몰랐다. 정말로.

"……훗, 영감님."

한참 잘 키스하던 아주가 입술을 떼고 말했다.

"사실, 보고 싶은 거 있어요."

일우도 아쉬움을 무릅쓰고 아주의 말에 귀를 기울였다.

"말해 봐."

아주가 몸을 일으켜 일우의 귀에 입술을 대고 소곤소곤 귓속말했다. 바라는 게 뭐길래 귓속말까지 하나 싶었으나 얌전히 있었다. 아주의 소곤거림을 전부 들은 일우의 얼굴이 순식간에 돌처럼 굳었다.

"……안 돼요?"

귓속말을 끝낸 아주가 눈을 데굴데굴 굴리며 물었다. 귀가 축 늘어진 강아지 같은 모양새였다. 솔직히 말하자면 안 됐다. 일우가 할 수 없는 영역이었다. 하지만 안 된다고 말할 수 없었다. 저 무구한 얼굴을 실망시키고 싶지 않았다.

"글쎄."

자신의 엄마가 궁금하다는 아주의 물음에 일우가 뱉은 건 부정도 긍정도 아닌 모호함. 그것이 뜻하는 건 곧 부정이었다. 할 수 있다면 가능하다고 말했을 것이다. 일우는 사랑하는 사람이 원하는 바를 이루어 주지 못하는 것이 남자를 얼마나 작게 만드는지 느꼈다. 무력감과 비슷했다.

"된다는 거예요?"

"안 해 봐서 모르겠네."

명백한 거짓말이었다. 섬에서 탈출한 뒤, 피를 먹어야만 생존하는 자신을 받아들이고, 사이코메트리란 능력으로 어디까지 볼 수 있는지 수십 번은 실험했다. 채 여물지도 않은 성기를 붙잡고 늦은 밤 아무도 몰래 스스로를 달래는 건 끔찍한 일이었다.

"그럼 해 보면 되잖아요……."

"지금 해 봤자 어차피 너한테는 못 보여 줘. 기억은 나만 볼 수 있어."

"부러워요."

"별게 다 부럽네."

"나도 엄마 보고 싶어요."

"난 안 보고 싶으니까 '나도'란 표현은 맞지 않는 것 같은데."

아주의 말에 공감하지 않은 일우가 눈썹을 어그러뜨렸다.

"영감님은 엄마가 누군지 안 궁금해요?"

"안 궁금해. 설령 누가 알려 준다고 해도 거절할 거야."

왜요? 아주의 눈이 그렇게 얘기했다.

"거긴 지옥이었거든."

일우는 가능한 한 아비규환이었던 그 당시를 생각하지 않으려 했다. 지옥이라는 단어를 덤덤히 뱉은 일우를 보던 아주가 무어라 얘기하기 전에 선수 쳤다.

"일단 하던 거나 마저 하자."

아주의 아랫입술을 빨며 일우가 불룩 튀어나온 하체를 비볐다. 기습적으로 입술을 강탈당한 아주가 일우의 어깨를 퍽퍽 때렸다. 일우는 아주의 위에 올라타면 탔지, 물러나지 않았다.

"변, 으읍, 태!"

"어, 나 변태 새끼 맞아. 새삼스럽지도 않으면서 앙탈은."

아주가 입고 있는 잠옷 사이에 손을 집어넣어 허리와 배를 만졌다. 손바닥에 따뜻한 체온이 느껴졌다. 일우가 먹이고 재워 찌운 덕분에 조금씩 살이 붙었으나 여전히 마른 몸을 조급하게, 그러나 부드럽게 애무하며 아주를 바라봤다.

평소엔 예뻐 죽는 얼굴이 이럴 때면 야해 빠져서 사람 혼을 쏙 빼

났다. 왜 사람은 흥분하면 열이 오르는 걸까. 의학적인 설명을 배제하고 낭만을 담아 생각하고 싶었다. 도출된 결론은 간단했다. 일우를 미치게 하려는 거였다. 한물간 표현이지만 사랑의 포로라는 게 딱이었다. 비현실적이고 낭만적이었다.

그러나 일우의 생각과 달리 현실은 참담했다. 거실엔 콘돔을 구비해 두지 않았다는 사실을 떠올린 탓이었다. 흐물흐물 풀어진 아주를 두고 침실에 다녀와야 한다는 사실이 끔찍했다. 일우는 콘돔 없는 섹스는 죽음뿐이라는 철칙을 처음으로 어길 뻔했다. 그리고 곧 해결책을 찾았다. 아주를 들고 옮기는 거였다.

일우가 아주를 안은 채 한 발자국 옮길 때마다 헨젤과 그레텔 이야기처럼 옷가지가 하나둘 떨어졌다. 처음은 아주의 잠옷이었고, 침실에 다다라서는 일우의 옷가지가 바닥에 나뒹굴었다.

* * *

며칠 뒤, 일우 앞으로 등기 한 통이 도착했다. 발신인은 신희호였다. 누구지. 낯익은 이름인데 바로 생각나지 않았다.

"웬 거래요?"

"글쎄요. 공판은 중지됐으니까 반성문은 아닐 것 같고."

신희호, 어디서 들어 봤는데, 근래 만났던 인물을 하나둘 떠올렸다. 곧이어 흐릿한 인상이 잡혔다. 신문 내내 매너리즘에 빠져 있던 이주경의 국선 변호사. 이주경의 자살 시도 이후 일우에게 넥타이를 뺏겼던 사람이었다. 그때 뺏긴 넥타이값을 청구하는 건가.

"혹시 그쪽에서 뭐 보낸다고 연락 온 거 있었습니까?"

"없었어요. 근데 종종 연락 없이 오기도 하니까요."

그렇긴 하지. 동의한 일우가 커터 칼로 등기를 뜯었다. 등기 봉투를 거꾸로 들어 안에 든 내용물을 탈탈 털었다. 책상 위에 웬 편지가 떨어졌다. 여러 장이 겹쳐진 종이는 반으로 한 번 접고 또 반으로 한 번 접혀 있었다. 아주 꼭꼭 숨겼네. 연애편지라도 되나. 실없는 생각을 한 일우는 편지를 펴 첫마디를 읽었다.

'현일우 검사님, 이주경입니다.'

다른 건 몰라도 넥타이값 청구하는 게 아니란 건 알겠다. 발신인이 왜 신희호인가 했는데, 이주경이 변호사한테 보내 달라 부탁한 모양이었다. 병원에서 충분히 회복하면 그때 신문 시작하려 했는데, 이렇게 편지를 보낼 줄은 몰랐다. 종이를 건넨 걸 당장 쓰라는 뜻으로 받아들인 건가. 도대체 무슨 말을 썼을까 하며 마저 읽었다.

'검사님이 그때 펜은 칼보다 강하다고 했잖아요. 제가 무고하단 걸 밝히고 싶으면 쓰기라도 하라고. 그래서 고민하다가 써요. 때때로 형이 당장 때려죽이고 싶을 정도로 미울 때도 있었지만 형은 내게 남은 유일한 가족이었어요. 나는 안 죽였어요. 그날 형과 만나기로 해서 거기 간 것밖에 없어요.'

사실을 고백하는 글이라기보단 이주경의 삶을 돌아보는 회고록, 그리고 형에 대한 원망과 얼룩진 그리움으로 뒤덮인 편지였다. 남의 일기를 훔쳐보는 듯한 느낌이 들었다. 본래 반성문을 가장한 자기변명으로 가득 찬 편지 따윈 읽지 않지만, 이번은 달랐다. 제정신이 아닌 이주경이 일우에게 편지를 쓴 것만으로 기적이었다.

'바닥에 피가 너무 많았어요. 너무 놀라서…… 형 가까이 가니까 형이 죽어 있었어요. 아니, 안 죽었을 수도 있어요. 형 옆에 칼이 놓여 있었어요. 칼을 보고 신고해야겠다고 생각했는데 경찰들이 들이닥쳤어요. 그 순간 경찰이 와서 다행이라 생각했어요. 그러면서 날 왜 데려가지, 형은 어디로 가나 생각했어요. 정신을 차려 보니 나는 이미 형을 죽인 살인자가 돼 있었어요.

나는 이렇게 될 줄 몰랐어요. 전혀 몰랐어요. 검사님이 병원에 왔을 때 그러셨잖아요. 형이랑 대체 무슨 짓을 꾸민 거냐고요. 아무에게도 얘기하고 싶지 않았어요. 믿어 주지 않을 걸 알기 때문일지도 몰라요. 나는 이미 살인자인데 말해서 뭐가 달라지나 싶었어요. 죽지 못해 사는 거요, 그거 남 일이 아니에요. 어쩌면 그냥 죽고 싶었던 거일지도 몰라요. 그때 혀를 깨물고 죽었으면 좀 나았을까요……. 점점 미쳐 간다는 게 느껴져요. 형이 왜 이렇게까지 했을까 이해해 보려고 해도 이해할 수 없었어요. 검사님은 나와 달리 형을 이해할 수 있을까요?'

누가 누굴 이해해? 이해하려고 한 적도 없고 이해하고 싶지도 않았다.

일우는 이주경의 사견을 배제하고 사실과 사실이 아닌 것들을 걸러 내기 시작했다. 이 편지가 모두 사실이라고 가정한다면, 이인경을 죽인 사람은 대체 누굴까. 여기까지 봐선 진범을 이주경도 모르는 게 분명했다. 일우가 답답함에 한숨을 내쉬었다.

'형은 아빠가 죽은 건물에서 일하던 누나를 좋아했어요. 술도 팔고 몸도 파는 누나였는데 되게 예뻤어요. 형은 절대 아니라고 했지만 아마 누나가 예뻐서 좋아했을 거예요. 언젠가부터 누나도 형을 좋아하는 것 같았어요. 둘이 사귀었는진 모르겠어요. 사실 그 누나는 이상한 게 한둘이 아니었거든요. 심지어 자기 나이도 제대로 몰랐어요. 나는 말이 안 된다고 생각했죠.'

갑자기 웬 여자가 툭 튀어나왔다. 형제 사이의 불화는 빚 말고 하나 더 있었다. 읽어 보니 형제가 한 여자를 좋아한 건 아니었다. 오히려 이 주경은 여자를 탐탁지 않게 여겼다. 둘의 사랑은 너무 흔해 빠져서 소설에서도 안 쓸 법한 소재였다. 술집에 인생이 저당 잡힌 여자랑 징집돼 군대에 발목이 묶인 군인. 그런 둘이 사랑을 했다. 근데 자기 나이도 모르는 건 말도 안 되지 않나. 풀떼기 같은 상황인 건가. 편지를 계속 읽던 일우가 일순 멈췄다.

'어느 날 누나가 그러더라고요. 자기가 오래전에 섬에 갇혀서 실험을 당했대요. 너무 어릴 때부터 거기 있어서 부모님이 누군지, 정확히 몇 살인지 기억도 안 난대요. 그러면서 자길 이렇게 만든 사람을 찾고 싶다고 했어요.'

섬과 실험. 단숨에 피가 들끓는 기분이었다. 우연이란 단어를 쓰기도 두려웠다. 일우는 실험당했단 걸 거짓이라 생각하지 않았다. 아마 진짜겠지. 당장 그가 겪었던 과거가 사이코메트리 능력으로 치환돼 살아 숨 쉬지 않던가. 비명조차 지르지 못하고 눈앞에서 질질 끌려가던 사람들.

그 끝엔 소각장이 있었다. 사람을 쓰레기처럼 폐사하던 지옥. 일우가 손으로 얼굴을 덮고 숨을 골랐다.

"⋯⋯님? 검사님? 괜찮으세요?"

"괜찮습니다."

괜찮지 않았지만 괜찮아야 했다. 어차피 다 지난 일이었다. 떨쳐 냈잖아. 깊게 생각하지 마. 일우가 얼굴을 감싼 손을 치우고 표정을 정돈했다.

"물이라도 드세요, 검사님."

"고맙습니다만 괜찮습니다. 걱정하지 마세요."

자신을 걱정하며 물을 건네는 유 주임의 호의를 거절했다. 유 주임은 걱정스러운 표정을 지었다. 그러나 일우는 아무것도 원하지 않았다. 유 주임은 어떻게 더 돕지 못하고 조용히 물러났다. 일우가 어지러운 속을 가다듬고 편지를 이어 읽었다.

'허무맹랑한 이야기라 믿지 않았더니 화상 흉터 같은 걸 보여 줬어요. 끔찍해서 눈을 돌렸던 기억이 나요. 그때 형은 누나한테 자기가 그 사람을 꼭 찾아주겠다고 약속을 했고요. 찾아서 어쩌려는 건가 싶었죠. 근데 바로 다음 날 누나가 죽었어요. 불이 아주 크게 나서 아무도 빠져나오지 못했대요. 화상 흉터가 몸 구석구석에 있던 누나는 불에 타서 죽었어요.

내가 열네 살 때였어요. 우리 아빠도 그때 죽었어요. 거기 있던 사람도 다 죽고. 소식을 들은 형은 미친 사람처럼 굴었어요. 그때 형은 휴가 나온 군인이었는데 누나가 죽었다는 소식을 듣고 복귀를 안 해서 난리 났었어요. 기억이 정확히 안 나요. 장례식에 빚쟁이들이 찾아와서 조의금 가져가고, 깽판 친 건 생각나는데…….

제대하고 나서도 형은 새까맣게 탄 건물 앞에서 매일 울었어요. 나는 학교도 못 다닐 형편에 처했는데 형은 나보다 죽은 누나가 우선이었던 거예요. 누나가 무슨 짓을 당했는지도 정확히 모르면서 형은 죽기 전날까지 유언을 지키겠다고 전국 팔도를 돌아다녔어요. 진짜 미친 거죠.

자기가 하는 일이 정의의 사도라도 되는 것처럼 굴었어요. 웃기지도 않아요. 하나밖에 없는 동생은 빚 때문에 안 해 본 일이 없는데 형이란 사람은 죽은 여자 망령을 뒤쫓고 있잖아요. 겨우 그 말 한마디 때문에. 그게 유언이 아니라 그냥 흘러가는 말 중 하나였다면 좀 달랐을까요?'

그러게, 달라졌을까.

여자가 죽지 않았다면 전날 했던 약속은 젊은 날의 치기 어린 약속이 되어 금방 기억에서 잊혀졌을 것이다. '죽음이 두 사람을 갈라놓을 때까지'라는 문장처럼 이인경이 사랑한 여자가 인사할 시간도 없이 화재로 한 줌의 재로 변한 탓에 약속이 잊히지 않고 이인경을 사로잡았다. 타의에 의해 일방적으로 헤어졌다면 더더욱 처절하게 여겨졌을 것이다. 군인 신분임을 망각하고 휴가 복귀도 하지 않은 이인경이 그려졌다.

이인경은 아버지의 죽음, 거대한 빚, 책임져야 할 어린 동생보다 사랑하는 여자가 남긴 애처로운 유언을 도피처로 삼아 도망친 거였다. 그렇게 언제 끝날지 모르는 기약 없는 달리기를 시작했다. 어두운 현실을 외면하기 최적이었을 것이다. 여자의 유언이 선착장에서 비추는 불빛처럼 이인경을 강력하게 이끌었을 테니까.

사랑은 원래 예기치 못하게 찾아오고, 이상하게도 사랑하는 이에게 하는 자신의 행동은 모두 올바른 것처럼 느껴진다. 사랑에 미쳐서 그랬다 한들 이주경이 회고한 이인경은 등신 새끼였다.

'검사님, 검사님은 모르겠죠. 검사님은 태어날 때부터 플러스였잖아요. 잘생기고, 머리 좋고. 근데 나는요, 항상 마이너스였어요. 밑 빠진 독에 물 붓는 느낌 아세요? 종일 물을 채워도 채워진 게 없어요. 하루에 세 시간 겨우 자고 아침엔 막노동, 낮엔 서빙, 새벽엔 신문 배달……. 안 해 본 일이 없어요. 몸을 팔 수만 있었으면 팔았을 거예요. 아무도 사지 않아서 그렇지.

학생 때부터 지긋지긋하게 가난에 시달렸어요. 수도가 끊겨서 꼬박한 시간을 걸어서 약수터 물 떠다 마시고. 바깥보다 추운 단칸방에서 자고. 그마저 월세 밀려서 쫓겨나고. 빚쟁이들이 학교까지 찾아오고.'

"지랄하네."

일우의 중얼거림에 유 주임과 정 계장이 눈을 굴리며 슬쩍 쳐다봤다.

뭘 태어날 때부터 플러스야. 제대로 알지도 못하는 새끼들이 꼭 겉만 보고 판단하지. 혼자 비교하고 혼자 열등감에 쩔어서 좌절하고. 정작 일우는 아무것도 한 게 없는데 염병도 이런 염병이 없었다. 소득이라고는 좆같은 옛 기억의 상기밖에 없었다. 아, 그만 읽어야 하나.

"후우……."

'어렸을 땐 잘 몰랐는데 나중에 크니까 형한테 집이 한 채 있었다는 걸 알았어요. 난 할아버지 집도 다 판 줄 알았어요. 그걸 여태 숨겼던 거예요. 이제 얼마 안 남았는데, 그거 팔면 갚을 수 있을 거 같은데 절대 안 된다는 거예요. 너무 화나서 대신 팔려고 했는데 가격도 얼마 안 되고 어차피 내가 소유자가 아니라 안 된대요.'

　여기는 일우도 아는 내용이었다. 자백하랬더니 무슨 일기를 써 왔다. 편지 앞부분에서 회고록 같단 느낌을 받았던 게 정답이었다. 근데 이 인경이 전국 팔도를 뒤지고 다닌 건 무슨 돈으로 한 거야? 구걸하며 다녔을 린 없고. 조사하는 데 상당한 돈이 필요했을 텐데. 하물며 생활비라도.

　"정 계장님."

　"네?"

　"피해자 이인경 씨 재산 목록 확인 가능할까요. 아버지 쪽에서 넘어온 빚 말고 개인 대출도 있는지 좀 보고 싶은데요."

　"자료가 있었던 것 같은데, 잠시만요."

　'나는 빚 갚고 월세도 겨우 내며 사는데, 형은 아직도 그 죽은 누나 뒤나 쫓고 있고. 화가 났어요. 너무 오래 참은 거죠. 힘이 쭉 빠지면서 죽고 싶더라고요. 형이랑 엄청나게 싸우고 죽으려고 했어요. 이렇게 살아서 뭐 하나 싶고…….

　하루하루 죽어 가고 있는데 어느 날 형이 연락했어요. 한 번만 도와 달래요. 나는 화를 냈어요. 내가 도와 달라 할 때는 외면하더니 자기 아쉬우니까 그러냐고. 그랬더니 이거 끝나면 집도 팔고 다 하겠대요. 자기 장기라도 팔아서 빚 청산하고 새 인생 살재요.

믿었어요. 바보같이. 사실 그냥 믿고 싶었던 거였어요. 너무 힘들 때 누군가 건넨 달콤한 초콜릿 하나처럼…….'

"검사님, 여기요. 이인경 씨 앞으로 담보 대출 받은 게 있네요. 한 5 년 된 건데요."

"담보가 혹시 그 시골집인 건 아닙니까?"

일우의 말에 정 계장이 담보 잡힌 주택의 주소를 확인했다.

"……어, 네, 맞아요. 검사님, 근데 이거 이미 경매 넘어갔는데요? 기한 안에 대출 상환 못 했나 봐요. 이자도 계속 연체되고."

"그럼 아예 집 소유권 자체가 은행으로 넘어갔겠네요."

"그렇죠."

자금 출처가 이 담보 대출인 듯했다. 이인경은 진정 개새끼였다. 이주경은 이 사실을 알고 있을까. 아마 모르겠지. 어지간히 짠한 인생이었다. 이인경은 정말 장기를 팔 생각이었던 걸까. 왜냐하면, 이주경한테 이 얘기를 꺼냈을 시점엔 이미 집이 경매로 넘어가 증발한 뒤였다.

형이라는 새끼가 양심도 없었다. 이주경도 초콜릿 한 조각 같은 달콤함에 넘어가기엔 너무 성급했던 게 아닌가 싶었다. 혹은 앞뒤 잴 겨를도 없을 만큼 절박했든가.

'나한텐 11시까지 모텔로 오라고 했어요. 그냥 자기가 다 알아서 할 테니까 그 시간에 오래요. 불안해서 뭐 하려는 거냐고 물으니까 드디어 방법을 찾았다는 거예요. 또 그 누나구나 했어요. 10년 넘게 형 주위를 따라다니는 망령이 지겨워요. 이름도 듣기 싫어요. 근데 너무 많이 들어서 내가 무덤에 들어가도 기억날 것 같아요. 수희 누나, 희야라고 부르던

형 목소리가 지긋지긋할 정도로 선명해요.'

"……희야?"

이 이름이 왜 여기서 나오나 했다. 골든에서 일했던 희야가 두 명일 리 없고 동일 인물일 테지. 씨발, 이게 무슨 운명의 장난이야. 일우가 혼란스러운 눈으로 편지를 다시 훑었다. 하지만 '희야'라고 적힌 이름이 다른 이름으로 바뀌는 일은 없었다. 예기치 못한 충격에 구역질이 날 것만 같았다.

인상을 찌푸린 일우가 펜을 들어 서류 끄트머리에 '수희'라는 이름을 적었다. 아주의 엄마일지도 모르는 여자, 이인경이 너무 사랑해서 죽기 직전까지 흔적을 좇았던 여자. 그의 이름은 희야가 아니라 수희였다.

'작년부터 형은 공익 제보를 하러 다녔어요. 누나가 어디서 무슨 실험을 당했는지 알아냈대요.'

일우의 가슴이 쿵, 가라앉았다. 실험이란 단어에 입 안이 바싹 말랐다.

'우리가 왜 죽어야 해요!' 처절하게 외치다 죽은 누군가의 목소리가 일우의 머릿속을 종소리처럼 댕댕 울렸다. 인형처럼 굳은 표정을 한 상대는 흰 가운을 펄럭일 뿐 대답하지 않았다. 정확히는 대답해 줄 가치를 못 느낀 것이다. 뭐라고 대답했더라. '국가를 위해서'……?

일부러 과거를 외면하고 알아내려는 노력조차 하지 않고 살았는데 이런 식으로 수면 위로 떠오를 줄은 몰랐다. 십몇 년을 한 우물만 판

이인경이 대단하다고 해야 할지 참. 희야란 사람하고 이렇게 얽힐 줄은 몰랐다.

우연인지 필연인지 모를 얄궂은 인연에 짜증이 났다. 운명이란 말 따위 쓰고 싶지 않지만, 그것밖에 표현할 길이 없었다. 그와 달리, 아주와 운명이란 사실은 좋았다. 꼭 만났어야 하는 사람 같아서.

'큰 언론사부터 시작해서 1년 넘게 제보했는데 결국 동네 조그마한 신문사까지 밀려났어요. 거기서도 소설 쓰지 말라며 문전 박대 했대요. 나 같아도 그러겠어요. 근데 형은 정말 도움이 필요한 사람은 자기인데 왜 사회에 필요도 없는 살인자 새끼들은 신문 1면에 나오냐고, 화를 냈어요.

형이 찾았던 방법이 그거였어요. 범죄에 연루되어서 신문에 나오는 거요. 자기가 사람을 죽일 순 없으니 피해자가 돼야겠대요. 나는 미쳤냐고 화를 냈고 형은 막무가내였어요. 나는 그랬죠. 형 말대로라면 연쇄살인범도 아닌 보통 사람 말을 누가 듣냐고요.

형은 당당했어요. 내가 이걸 밝히기 위해서 칼에 찔렸다, 가 된다면 얘기가 달라질 거라고. 분신자살하는 사람들도 내 말을 들어 달라고 죽는 거 아니냐면서요. 꼭 칼에 찔린 상처가 훈장이라도 될 것처럼 굴었어요.

이제 기억이 나요. 왜 11시에 맞춰서 오라고 했는지…… 너무 일찍 오면 그 사람하고 마주치니까 시간 맞춰 오라고 그랬어요. 그 사람이 누구냐고 물었는데 말해 주지 않았어요. 그게 내가 아는 전부예요. 대신 늦으면 안 된다고 신신당부했어요.

그날 일이 늦게 끝나서 택시를 탔어요. 도착해서 모텔에 들어갔더니 방문이 열려 있었어요. 이상해서 문을 열었는데 형이 죽어 있었어요. 그 누나가 죽인 거예요. 나는 죽이지 않았어요. 나는, 나는 그냥 형의 죽음을 방관했을 뿐이에요. 방관자는 죄가 없잖아요. 그렇잖아요, 검사님. 나는 결백해요.'

"결백은 씨발, 뭔 놈의 결백."

이인경이 안타까운 피해자인 줄 알았더니 일우가 여태 본 사람 중 손꼽히는 최악이었다. 멍청하다 못해 한심한 놈은 처음이었다. 언론에 좀 나오겠다고 칼부림에 연루될 생각을 해? 미친 새끼. 범죄가 장난인 줄 아나.

이건 절박함으로 쳐 주기도 어려웠다. 존나 멍청했기 때문이다. 이인경이 십몇 년을 바쳐 얻어 낸 정보를 제보하러 다닌 결과를 보면 알 수 있다. 이인경은 진실이 세상에 나오기도 전에 죽었으니까.

하아, 짜증을 삼킨 일우가 어디론가 전화를 걸었다. 짧은 신호음이 몇 번 들리고, 건너편에서 익숙한 목소리가 들렸다.

—예에, 김민철입니다.

"지문 체크 해 봤습니까?"

—다짜고짜 무슨, 현 검사님?

"지문 체크 했냐고요. 창문에 남은 것들 다 보라고 했잖습니까."

—예, 봤죠. 감식반 불러오느라 얼마나 힘들었는 줄 아십니까? 아마 오늘 결과 나올 겁니다.

은근히 젠체한 김민철이 본인의 노고를 치하해 달라는 듯 말했다. 그리고 일우는 칭찬에 박했다.

"급합니다. 전화해서 바로 달라고 하세요."

—곧 나올 텐데요?

"거기 범인 지문 있다고 하세요."

—예? 그게 무슨, 아니, 없으면요?!

"있다고 했잖습니까. 끊습니다."

전화를 끊은 일우는 다시 울리는 핸드폰을 무시했다. 발신인이 김민철이었기 때문이었다. 대신 정 계장을 불렀다.

"계장님, 시간대는 10일 밤부터 11일 새벽까지. 위치는 해당 모텔 주변 500미터 반경이요. CCTV 영상 좀 확보해 주세요."

"영상만 확보해 둘까요?"

"키는 180센티미터 이상인 남자고 검은색 후드 티를 입고 있을 겁니다. 아니, 범행 직전에 갈아입었을 가능성도 있으니까 가방을 메거나 들고 있는 키 큰 남자면 일단 후보에 넣어요."

"알겠습니다."

정 계장이 고개를 끄덕였다. 당장 확인해야 할 것들을 명령한 일우는 사건 기록 조회 시스템에 접속했다. 수희가 본명일까 싶지만 믿져야 본전이었다. 사건 분류를 실종에 두고 수희란 이름으로 검색했다. 결과는 몇 개 되지 않았다. 나이도 예닐곱 살 어린애에 그마저 전부 2000년대에 일어난 사건이었다.

이번엔 아예 사건 대분류를 설정하지 않고 검색했다. 2000년대 아래로 내려간 사건도 있지만 실종 건은 아니었다. 2005년에 최소 20대 중반이었을 테니 나이도 맞지 않았다.

"……본명이 아닌가."

쉽게 알아낼 수 있을 거라 생각한 자신이 바보였다. 그러면서 이 모든 일의 시작이 수희라는 여자라는 게 웃겼다. 풀떼기도 희야 누나를 어찌나 좋아하는지 종일 노래를 부르더만, 이인경은 더했다. 인생 전체를 죽은 희야에게 바쳤다. 그게 진정 희야가 바라던 일인지 모르겠다.

원래 죽은 사람은 말이 없는 법이다. 살아 있는 사람이 멋대로 생각하고 단정 짓는 거지. 죽기 전, 마지막으로 한 말이라고 다 유언인 건가. 뭐 어쨌든 희야가 죽은 뒤에도 그 사람만 바라봤으니 해바라기는 해바라기였다.

문제는 희야란 여자는 신분도 불투명하고, 어떻게 생겼는지도 몰랐다. 누가 들으면 전설 속의 인물이라 여길 것이다. 희야에 대해 더 알아내려면 답은 이주경밖에 없었다. 또 병원에 가야 하나. 별로 가고 싶지 않았으나 달리 뾰족한 수가 떠오르지 않았다.

* * *

"안녕하십니까."

이주경을 찾아온 일우는 뜻밖의 인물을 조우했다. 침상 옆에 앉아 있다가 일어나 일우에게 묵례한 이는 신희호였다. 아니지, 이주경의 변호인이니 아예 뜻밖은 아닌가.

"예, 안녕하세요."

일우도 예의 차려 묵례했다. 사건 담당 변호사랑 한자리에 있는 건 별로 좋은 선택이 아니었다. 일우는 나갔다가 다시 올까, 고민했다. 다행히 일우가 밖으로 나가기 전에 변호사가 먼저 자리에서 일어났다.

"검사님 오셨으니 저는 이만 일어나겠습니다. 그럼 몸조리 잘하십시오."

가방을 챙겨 일어난 변호사가 일우의 옆을 스쳐 나갔다. 변호사가 나간 뒤, 이주경과 일우 단둘만 병실에 남았다.

"곧 퇴원한다던데."

퇴원하면 다시 구치소에 들어가겠지. 일반인과 부딪치지 않도록 격리 차원에서 제공한 1인실과는 차원이 다를 것이다.

"……네."

이주경이 무덤덤하게 고개를 끄덕이며 답했다. 발음이 살짝 뭉개졌으나 말을 했다. 혀를 봉합했다면서 벌써 말을 할 수 있나.

"흠, 말해도 됩니까?"

"하는 게 재활에 좋다고 해서요."

말하는 속도가 느리고 발음도 불분명했으나 대화를 나눌 정도는 됐다. 손으로 쓰는 것보단 이편이 훨씬 낫지. 본인도 재활 차원에서 말한다고 했으니 일우 입장에선 편했다.

"변호사 편에 보낸 편지는 다 읽었습니다."

편지를 다 읽었다는 일우의 말에 이주경이 고개를 떨궜다.

"형이 만나기로 했던 사람이 누군지 들은 거 정말 없습니까?"

이주경이 떨군 고개를 저었다.

"……없어요. 그 사람이 11시 전에 나갈 거란 것만 알았어요. 내가 할 일이 뭔지도 얘기 안 해 줬어요. 그냥 그 시간에 오라고만 했으니까요."

"말이 좀 안 되는데. 형이 살인 사건이든, 칼부림이든 피해자가 되려고 했던 거 아닙니까. 그럼 형에게 최소한 칼부림 이상의 일이 일어날 거라 생각하지 않겠습니까? 그런데도 아무 말 없이 갔습니까?"

"솔직히 믿지 않은 것도 있어요. 누가 그런 것 때문에 자기 목숨을

걸어요. 이상하다 싶었는데 깊게 알고 싶지도 않았어요. 그럼 내 책임도 되는 거잖아요…….'

이주경이 웅얼거리며 대답했다. 고개를 숙이고 있는 탓에, 잘 들리진 않았지만 무슨 의미로 얘기했는지 알 것 같았다.

"이주경 씨, 세상엔 다양한 사람이 있어요. 이주경 씨가 보기엔 형이 하려던 공익 제보가 정말 별거 아니겠지만, 형한테는 달랐을 거 아닙니까. 사랑하는 여자라면서요. 그 누구더라…….'

일우는 일부러 뒷말을 흐렸다. 일우가 먼저 희야의 이름을 꺼내면 의심받을 것 같아서였다. 반응은 즉각 나타났다.

"수희요. 희야 누나.'

희야란 이름이 다시 튀어나왔다. 제우스가 절대 열지 말라며 건넨 상자를 든 판도라의 심정이 이해됐다. 열어 볼까, 말까. 열지 말라는 경고를 무시한 채 상자를 연 판도라처럼 일우 역시 호기심을 이기지 못하고 물었다.

"대체 그 사람이 누굽니까?'

"나도 이름이 수희라는 것밖에 몰라요. 이름은 수희인데 다들 희야라고 불렀어요. 나도 희야 누나라고 불렀고, 형도 그랬고요. 나한텐 술집에서 일하는 예쁜 누나, 그 이상 그 이하도 아니었어요.'

이주경은 희야를 입에 담을 때마다 얼굴을 찡그렸다. 왜 그런지 이유는 금방 알 수 있었다. 희야를 경멸하는 거였다. 그 여자 때문에 이주경한테 남은 유일한 혈육을 빼앗기고, 궁극적으로 빚이란 짐을 혼자 떠안게 됐으니까. 그게 희야의 탓이 아니라 형 때문인 걸 설명해도 납득하지 않을 테지. 원망의 화살이 애꿎은 사람한테 향했다.

"다른 건 모릅니까?'

"……편지에 다 적었잖아요. 누나가 옛날에 실험 같은 걸 당해서 형한테 그걸 얘기했고, 그다음 날 죽었다고요. 그래서 형이 누나의 원을 이루어 주겠다고 10년 넘게 방황만 하다가 죽었고!"

편지에 적은 게 정말 전부인 모양이었다. 아니라면 이주경의 성격상, 숨기는 기색이 엿보여야 하는데 그런 모습은 전혀 보이지 않았다. 외려 질질 끄는 이야기에 화를 냈다.

"그 외엔 아예 모릅니까? 가령 애가 있거나 그런 거요."

"있었다면 형이 알았겠죠."

이주경의 말투에서 확고함이 느껴졌다. 애가 있었다면 형이 당연히 알았을 거란 말에서, 형과 희야가 얼마나 가까웠는지 간접적으로 느껴졌다. 비밀까지 공유하는 사이라 이건가.

"일부러 얘기를 안 했을 가능성도 있겠네요. 20대 청년이 애 있는 여자를 좋아할 가능성은 적을 거 아닙니까."

그러나 생각과 달리 비밀을 전부 공유하지 않았을 수도 있다. 하물며 아주도 희야를 단순히 누나로만 생각했다. 낳은 아이를 유기하는, 부모란 칭호조차 아까운 사람과 달리 직접 양육하기까지 하면서 정작 왜 자신이 아주를 낳은 사람이라고 얘기하지 않았을까. 이인경은 남자 친구니까 그럴 수 있다 치지만 아주한테는 왜 숨겼을까. 혹시 희야가 아주의 엄마가 아닌 걸까.

"……그럴 수도 있겠죠. 그래서요. 그게 뭐가 중요해요. 이미 죽은 사람인데."

그래서 답답했다. 죽은 사람은 말이 없다. 베일에 감춰진 진실은 아주 간단한 것인데 사건 당사자는 모두 세상에 없었다. 어디에라도 물어보고 싶은데 사건의 핵심을 쥔 이주경은 알고 보니 겉만 대강 아는 수준이었다.

"하나 더 물어보죠. 아버지가 사고로 돌아가시기 전, 그 건물에 간 적이 있습니까?"

"자주 갔어요. 형이 항상 절 데리고 갔거든요."

"……거기서, 여섯 살 혹은 일곱 살 정도 되는 어린애를 본 적 있습니까?"

혹시, 설마라는 가정을 담아 물었다. 어린애……? 혼잣말을 중얼거리던 이주경이 몇 초 뒤, 고개를 끄덕이며 긍정했다.

"네. 몇 번."

그게 뭐가 중요하냐는 듯이 못마땅한 표정이었다. 뜬금없을 만도 했다. 하지만 일우한테, 그리고 아주한테는 몹시 중요한 문제였다. 지금이 아니면 물을 기회가 없을지 몰랐다. 이상한 취급을 받더라도 어떻게든 확인해야 했다.

"이름도 압니까? 누구 애인지, 아니, 성별이라도."

꼭 마지막 퍼즐을 맞추기 전처럼 조급했다. 빨리 가겠다고 지름길로 가서 성공한 적이 한 번도 없던 것처럼, 이것 또한 같은 결과일 텐데 기대되는 건 어쩔 수 없었다. 일우가 사랑하는 아주의 일이라 더 그랬다.

"몰라요. 그냥 거기서 일하는 사람 중에 부모가 있겠죠. 남자애인지 여자애인지도 모르겠어요. 근데 이게 형이랑 무슨 상관인데요? 형한테 애가 있었나요?"

이주경의 대답은 일우의 기대를 모두 물거품으로 만들었다.

"내가 물은 건 그 당시 최소 여섯 살은 된 어린앱니다. 당신 형은 그때 스물한 살이었으니, 그만한 애가 있으려면 중학생 때 사고 쳤어야 하는데 그건 아닐 거 아닙니까."

씨발, 기대한 내가 등신이지. 일우는 스스로 등신 같다고 욕했지만, 맥이 빠지는 건 막을 수 없었다. 말투에 뾰족뾰족 가시가 돋친 것만 봐도 알 수 있었다. 눈앞에 있는 게 이주경이 아니라 차라리 이인경이었으면 좋겠다는 생각까지 했다.

"희야인가 뭐가 하는 사람에 대해 알아낸 형이 이곳저곳 제보하러 다녔다면서요. 그럼 관련 자료는 어딨습니까?"

"자료는 저도 못 봤어요. 수첩밖에……."

"수첩이요?"

이주경이 고개를 끄덕였다. 순간 증거물 목록이 머릿속을 스쳤다. 피해자 소지품 중 분명 수첩이 있었다. 인신매매의 흔적처럼 보이는 암호가 쓰여 있던 것.

"혹시 세창해운이라 적힌 겁니까. 겉은 가죽인 갈색 수첩이요."

"아마 그럴 거예요."

"형한테 그게 특별한 거라도 됩니까?"

"그건 모르죠……."

이주경이 고개를 가로저었다. 씨발, 아는 게 뭐야?

"이주경 씨, 수사에 협조하겠다는 의사를 편지로 밝힌 거 아닙니까? 안 그러면 보내지도 않았을 거고. 앞으로 모른다는 소리 듣는 일 좀 줄입시다. 다르게 묻죠. 수첩에 뭐가 적혔는지 압니까?"

"……형이 들고 다니는 건 봤지만 무슨 용도인지는 잘, 몰라요. 수첩은 아버지 유품이에요. 되게 오래됐어요. 할아버지 때부터 쓰던 수첩인 걸로 알아요."

이주경이 '몰라요'라고 말하며 슬쩍 일우 눈치를 봤다. 삼대가 소지한 수첩이라. 뭐가 있긴 한가 본데. 진짜 인신매매라도 한 건가 싶었다.

"이런 식으로 대답하면 좀 쉽겠네요. 다음 질문하죠. 형이 수첩이 뭔지 얘기한 적 있습니까? 수첩 말고 관련 자료를 본 적이라도요."

"이게 형이 죽은 거랑 대체 무슨 상관인데요."

"수사랑 상관없는 질문은 없습니다."

일우가 뻔뻔한 낯으로 말했다. 아주의 부탁을 들어주기 위해 심도 있게 파는 경향은 있어도 아예 관련 없는 질문은 아니었다.

"당신 형이 죽은 이유나, 누구한테 살해당했는지 실마리가 될 수도 있습니다. 말하다 보면 이주경 씨가 아무렇지 않게 넘기던 것들이 생각날 수도 있고요."

"……검사님, 나 믿어요?"

이주경이 불안한 시선으로 일우를 바라봤다. 또 저러네. 일우가 할 말은 정해져 있었다.

"전에도 말했지만, 난 누구든 안 믿습니다."

일우의 냉랭한 목소리에 상처라도 받았는지 이주경이 떨리는 숨을 뱉었다.

"이주경 씨, 원래 거짓도 일관되면 진실이 되고 진실도 어긋나면 거짓이 됩니다. 지금 이주경 씨 상황이 그래요. 그러니 이주경 씨가 진실을 조금이라도 어긋나게 말하면 그건 거짓이 됩니다."

"……."

"억울하다고 혀 깨물던 배짱은 어디 갔습니까? 이대로 가면 이주경 씨 깜빵행이에요. 퇴원도 며칠 안 남았다면서요. 새 인생 살아야지. 구치소로 돌아가고 싶어요?"

"아뇨, 아니에요……."

이주경이 끔찍하다는 듯 고개를 빠르게 저었다. 수갑에 묶인 팔도 덩달아 흔들렸다.

"키……. 키가 있을 거예요."

"키? 무슨 키요."

피해자 물건 중에 키는 없었던 것 같은데. 기억이 가물가물해 정확히 생각나지 않았다.

"차 키요. 형이 끌고 다니던 차 있어요. 조사하느라 이곳저곳 돌아다니니까 불편하다고 산 건데…… 엄청 오래된 차예요. 검은색이고요. 모텔에 없었으면 아마 거기에 다 있을 거예요."

이주경이 일우 눈치를 보면서 말했다.

"가능성 있네요. 확인해 보죠."

일우가 핸드폰을 들어 정 계장한테 메시지를 보냈다. '이인경 씨 앞에 차량 있는지 확인해 주세요. 있다면 차량 번호랑 모델도요.' 답은 금방 왔다. 다람쥐가 OK를 날리고 있는 이모티콘이었다.

[CCTV 확보 완료했어요. 키 큰 남자 위주로 동선 분석 중이에요.]

이어서 수사도 순조롭게 진척되고 있다는 연락이 왔다. 다행이었다. 매번 사막에서 바늘 찾는 기분으로 수사를 해도, 익숙해지지 않는다. 늘 다른 변수가 나타나기 때문이었다. 이번에도 그랬다. 이주경이 범인이 아닐 줄 누가 알았겠는가.

"달리 더 생각나는 건 없습니까."

"……없어요."

일우의 얼굴을 흘깃 바라보며 이주경이 뒤늦게 덧붙였다. 아직은요.

"더 생각나는 거 있으면 적어 둬요."

할 말을 끝낸 일우는 자리에서 일어났다. 가세요……. 이주경이 뜨뜻미지근한 목소리로 일우를 배웅했다. 이주경의 손목에서 덜그럭거리는 서늘한 수갑 소리가 일우의 발소리에 묻혔다. 병실 밖 의자엔 전에 봤던 형사가 있었다. 형사가 구면이라고 아는 척 눈인사를 했다. 일우도 조용히 눈인사로 답한 채 등 돌렸다.

주차장에 가려고 엘리베이터 앞에 섰는데 큰 병원이라 그런지 엘리베이터가 계속 만원이었다. 의사나 간호사한테 양보하고, 환자한테 양보하니 엘리베이터를 두 번이나 놓쳤다. 하는 수 없이 계단으로 향했다. 계단을 하나둘 내려가는데 전화가 왔다.

"현일웁니다."

—현 검사님!

발신인은 김민철 형사였다.

"왜 전화했습니까."

못마땅한 일우의 목소리가 비상계단을 웅웅 울렸다.

—지문 결과 나와서 전화했죠. 아까 급하다면서요. 그래서 누가 범인인데요?!

"그거야 나도 모르죠. 결과 나온 건 계장님한테 보내세요. 끊습니다."

—예? 아니, 끊지…….

뚝. 끊지 말라는 김민철의 말은 아랑곳하지 않은 일우가 전화를 끊었다. 정 계장한테 문자를 보냈다. 내용은 부평서에서 지문 감식 결과가 나올 테니 CCTV 속 사람들과 크로스 체크 하라는 거였다.

아까와 같은 다람쥐 이모티콘이 왔다. 그걸 보니 아주가 생각났다. 풀떼기는 뭐 하고 있으려나. 끽해야 자거나 TV 보고 있겠지. 진정한 한량이었다.

아주는 꼭 일우의 인생을 구렁텅이에 빠뜨리려고 작정한 사람 같았다. 진흙탕에서 다 같이 망해 볼까, 하는 것처럼 일우의 앞길을 바리케이드로 착착 가로막고 있었다.

옛날의 일우 같으면 민폐 덩어리 아주를 진작 내치고도 남았다. 문제는 아주한테 느끼는 일우의 감정이었다. 진흙탕에서 데굴데굴 굴러도 나쁘지 않았다. 해결되는 것 하나 없이 꽈배기처럼 이리저리 꼬이는 현실도 이만저만 넘어갈 만했다. 스스로 생각하고도 놀라워, 내 이상형이 웃긴 사람이었나, 하고 고민할 정도였다.

"이런들 어떠하며 저런들 어떠하리."

하여가의 한 구절이 떠올랐다. 지금 느끼는 감정대로 살면 그만이지. 아주에 대한 감정을 인정하고 나니 이렇게 편할 수가 없었다. 일우는 보다 가벼운 발걸음으로 회사로 향했다.

회사로 돌아온 일우는 다녀왔냐며 반기는 정 계장에게 고개를 끄덕였다.

"예. 자료는 넘어왔습니까?"

"한 10분 전에요."

"알겠습니다. 크로스 체크 되면 저 주시고요."

정 계장이 알겠다고 대답했다. 바삐 돌아가는 사무실에 우뚝 선 일우가 라텍스 장갑을 끼고 증거물 박스를 뒤졌다. 거기서 이인경의 가방을 꺼냈다. 전에 봤던 수갑, 옷가지 등. 자잘한 것들을 치우고 차키를 찾았다. 한참을 보이지 않더니 바닥에서 키와 비슷한 물건을 집었다.

"유레카."

손에 잡힌 물건을 꺼냈다. 이주경의 말대로 차 키였다. 스마트 키가 아닌 걸 보니 연식이 꽤 된 것 같았다. 차 모델이 뭐려나.

"계장님, 이인경 앞으로 차량 등록된 거 있습니까? 아니면 보험 가입 내역이라도요."

"아, 그거 유 주임이 알아 놨어요."

그 말이 끝남과 동시에 유 주임이 서류 하나를 내밀었다. 자동차 등록증이었다. 차종과 연식, 번호 따위가 쓰여 있었다.

"NF 갤럭시 2006년형이요. 2008년에 중고로 샀으니 11년 됐네요."

"이거 굴러는 갈까?"

정 계장이 서류를 빼꼼 훔쳐보며 중얼거렸다.

"바퀴 달렸으니 굴러는 가겠죠."

일우가 무심한 목소리로 답했다.

"이 차 지금 어디 있는지 소재 파악은 안 하셨죠?"

"네. 거기까진 안 됐어요."

"안 해도 됩니다. 짐작 가는 곳 있으니까요."

공영 주차장은 며칠 이상 방치된 차는 빼라고 연락하니 거긴 탈락, 동네 건물에도 오래 주차해 두기 힘들고, 또 중요한 자료가 있는 차량이니 아무 데나 두지도 않았을 것이다. 너무 가까이도, 멀리도 아닌 곳에 뒀겠지. 한 바퀴 가볍게 돌아보면 알 일이다.

무엇보다 일우에겐 치트 키가 있었다. 사이코메트리 능력. 능력 안 쓰고 뭐 하냐고, 잃어버린 지갑 찾을 때나 쓸 거냐고 비웃던 선영이 생각났다. 씨발, 물건 찾을 때 쓰면 좀 어때서. 찾을 수만 있으면 됐다. 짜증은 좀 나겠지만, 아주가 엮이니 쪽팔릴 것도 없었다. 능력 쓰고 나서 좆 좀 붙들고 흔들면 되는 일이다. 부족하면 아주 입술이나 좀 빨러 가면 되고.

그 말을 마친 일우가 라텍스 장갑을 벗고 나가려 했다. 온 지 몇 분 되지도 않았는데 바로 나가려는 일우를 본 정 계장이 눈을 크게 떴다.

"지금 가시게요? 그리고 차는 갑자기 왜 찾으세요. 뭐 찾으신 거라도 있어요?"

정 계장은 직접 발로 뛰겠다고 선언한 일우를 뜯어말렸다. 차라리 주변 CCTV를 뒤지는 게 낫다면서 말이다. 아직 이인경이 뭐 하다가 죽었는지 모르는 정 계장은 더욱 일우를 이해할 수 없었다.

"이주경 씨가 얘기한 것 중에 걸리는 게 있어서요. 사실 여부는 가서 확인해 봐야 알겠지만요. 쇠뿔도 단김에 빼란 말도 있잖습니까."

"이건 쇠뿔이 아닌걸요."

정 계장의 만류에도 일우는 단호했다. 당장 용의자도 선별 못 한 상태인데, 차량까지 확인하길 기다릴 여유 따윈 없었다.

"저라도 따라갈까요?"

"괜찮습니다."

게다가 차에 뭐가 있을지도 모르는 상황에 여러 사람을 끌고 갈 수도 없었다. 오히려 짐만 될 뿐이었다.

"요즘 같은 때에는 주차할 곳이 몇 곳 없잖습니까. 주차난 심각해서 불법 주차도 힘들고요. 남의 건물 앞에도 함부로 못 대요. 차 제때 안 빼면 난리 나는 거 아시잖아요. 동네 가볍게 훑어보면 답 나올 겁니다. 늦지 않게 오겠습니다."

슬쩍 웃으며 팀원을 안심시킨 일우는 늦지 않게 오겠다는 말 한마디만 남기고 검사실을 나갔다.

이인경을 찾아 헤매기 전, 일우는 등잔 밑이 어둡다는 말을 떠올렸다. 혹시 이인경의 차가 모텔 주차장에 있을까 싶어서 미리 확인했으나, 없었다. 약간 김이 빠졌다. 쉽게 가는 일 하나 없었다.

그렇게 한 시간 넘게 골목을 샅샅이 살핀 결과, 모텔 반경 500미터가 얼마 남지 않았다.

"여기 어디쯤일 텐데."

21마 7143, 7143……. 자동차 등록증에서 봤던 번호를 되뇌었다. 느낌상 이 근처 어디에 세워 뒀을 것 같은데. 카드를 쓰고 도망간 아주를 찾아낸 짐승의 육감이 발동했다. 일우는 인적이 드문 골목을 휙 둘러봤다. 이쪽은 번화가라 원체 차가 많았다. 해서, 차를 오래 방치해 둘 수도 없었다. 까딱 잘못했다간 견인당하기 일쑤고.

이 골목 아니면 저 골목뿐인데. 확실히 번화가와 가까운 곳은 전단지로 도배된 차가 드물었는데 이 안쪽으로 오니 확 늘었다. 다닥다닥 붙어 주차된 차를 하나씩 살폈다. 주차 단속원도 아니고 이게 뭐 하는 짓인가 싶은 생각도 들었다. 한 5분쯤 더 걸었을 때, 대리운전 전단지가 다닥다닥 꽂힌 검은색 차를 발견했다. 차량 번호 21마 7143, NF 갤럭시 2006년형.

"씨발, 여기 있었네."

욕을 안 할 수가 없었다. 돌아다니느라 힘들었던 마음 반, 자신의 직감이 맞아떨어졌다는 것에 느끼는 희열 반. 감정이 뒤섞였다.

차 키를 운전석 문에 꽂았다. 어긋남 없이 문이 열렸다. 운전석에 앉아 트렁크 버튼을 눌렀다. 달칵, 하는 소리와 함께 트렁크가 열리는 소리가 들렸다. 내린 뒤에 차 문을 닫은 일우가 트렁크 쪽으로 걸어갔다. 트렁크를 열기 직전, 여기에 없으면 어쩌나 싶은 생각이 뒤늦게 들었다. 어쩌겠어. 좆같은 거지 뭐.

일우가 트렁크를 열었다. 위로 쭉 올라가는 트렁크 문 밑으로 수북한 서류 더미가 보였다. 이주경의 혹시가 딱 들어맞는 순간이었다. 그리고 같은 사진이 수십 장 인화된 것도 발견했다. 이인경과 웃고 있는 어떤 여자. 필름 카메라로 찍은 듯한 뿌연 사진 하단에 '04.12.31.'이라는 날짜가 찍혀 있었다.

"미친, 몇 장을 인화한 거야?"

개또라이 새끼네. 일우가 욕을 중얼거리며 사진을 집어 들었다. 사진에서 무언가 발견한 일우의 미간이 순식간에 찌푸려졌다.

"……."

이걸 보고도 희야가 아주랑 남이라고 할 수 있을까. 굳이 이주경한테 이 사람이 희야냐고 확인해 볼 필요도 없었다. 아주랑 똑 닮은 얼굴을 한 이 사람이 바로 그 '희야'구나. 아주가 희야 누나, 하면서 노래 부르던 그 사람. 거의 거푸집 수준이었다.

"풀떼기 이 새끼, 바보 아니야?"

그렇게 보고 싶으면 거울을 보면 해결될 일을, 아주는 일우의 등에 업혀 눈물을 질질 짰다. 어이가 없을 정도로 닮았다. 지금 아주의 모습에서 머리만 길면 딱 희야였다. 창창한 미래를 꿈꿀 나이에 죽은 희야가 담긴 사진을 계속 바라보니 기분이 이상했다.

소년티도 다 못 벗은 아주 옆에 세워 놓으면 남매 사이로 오인될 것만 같았다. 사실은 엄마가 아니라 누나 아냐? 앳된 얼굴을 보고 있으니 별의별 생각이 다 들었다. 누나로 보일 정도로 어린 나이였단 건가. 희야가 세상을 정말 빨리 뜨긴 했구나 싶었다.

"꼭 죽으란 새끼들은 안 죽고 이런 사람들만 죽지."

다시 한번 신은 없다고 생각한 일우는 혀를 찼다. 몇 년 지나지 않아, 아주가 생전 희야의 나이를 앞지르게 생겼다. 이 사실을 어떻게 전해야 할까 고민한 일우가 가장 먼저 한 행동은 이인경이 남긴 자료를 본인 차로 옮겨 담는 일이었다.

이인경의 낡은 차에서 일우의 차로 옮기는 과정은 금방 끝났다. 큰 상자에 다 담길 양이었다. 14년이란 세월과 맞바꾼 것들이 차 트렁크에 전부 담긴다는 게 감상적인 기분을 들게 했다. 죽음을 불살라서까지 알려야 했던 게 대체 뭐길래, 동시에 사랑이 뭐길래란 생각이 스쳤다.

퇴근 시간이 무의미한 일우는 보통 일이 다 끝나야 퇴근했다. 근래 들어서야 집에 아주가 있으니 일 따위 무시하고 종종 일찍 갔다만. 요즘같이 바쁠 때는 그것도 불가능했다. 오늘도 마찬가지였다. 평소와 다른 거라곤 일을 다 끝내지 못했다는 거였다. 머리가 워낙 복잡해야지.

내일 새벽같이 이른 출근과 야근을 예약하며 회사를 나섰다. 전조등을 켠 차가 집에 도착하자 창문에 비친 그림자가 사라졌다. 이윽고 계단에 있는 센서 등이 하나둘 켜지길 반복했다. 일우가 퇴근하기만을 오매불망 기다리던 아주가 참지 못하고 뛰쳐나온 것이다.

"저게 감기 걸리려고 미쳤나."

반가움도 잠시, 추운 날씨에 겉옷도 걸치지 않고 잠옷 차림으로 나온 아주가 심히 마음에 들지 않았다. 차에서 내린 일우가 다가오는 아주의 뺨을 살짝 꼬집었다.

"영감님?"

"안 춥냐?"

"안 추어여."

일우한테 뺨을 잡힌 탓에 웅얼거리는 아주의 발음이 샜다.

"지랄하지 말고. 옷 제대로 입고 다녀. 누가 보면 내가 너 구박한다고 그래."

가볍게 잔소리한 일우가 아주의 뺨을 놔줬다. 이후에 재킷을 벗어 아주의 어깨 위에 걸쳐 줬다. 아주의 표정은 떨떠름했다. 별로 좋아하는 눈치가 아니었다.

"안 줘도 되는데."

하는 말은 더 기가 막혔다.

"새끼가 고맙다고는 못할망정 하는 말이 그게 뭐냐?"

"달라고 안 했잖아요."

"후…… 내가 진짜……."

아주한테 애정 어린 말을 기대한 일우가 등신이었다. 선영의 조언을 떠올리며 호흡했다. 참아야 한다. 참자, 현일우. 하지만 그것도 오래가지 못했다. 재킷을 벗어 다시 주려는 아주의 맹랑함에 일우의 인내심이 끝났다.

"내 마음 편하자고 하는 거니까 닥치고 입어."

"알았어요."

그제야 아주가 큰 재킷에 팔을 꿰입었다. 어깨는 흘러내리고 팔은 길고 참 볼품없는 게 아빠 양복을 훔쳐 입은 학생 같은 꼴이었다. 근데 그게 귀엽다면 내가 미친 걸까, 시신경이 미친 걸까. 결론은 둘 다 미친 거였다. 일우는 본인 상태가 심각함을 인지하고 뒷문을 열어 상자를 꺼냈다. 일우의 행동을 지켜보던 아주가 말했다.

"내가 도와줄까요?"

말은 저렇게 해도 먼저 와서 도와주는 법은 없다. 센스라곤 눈을 씻고도 찾아볼 수 없이 맹랑한 아주가 고맙기는 오늘이 처음이었다. 엄마의 죽음이 담긴 무게를 옮기게 하기 싫었다.

"됐어, 인마."

일우는 커다란 상자를 한 손에 들고 차 문을 닫았다.

"안 무거워요?"

"안 무거워."

무겁진 않았다. 그 안에 담긴 진실의 무게가 무거울 뿐. 영감님 힘세다, 아주가 일우의 뒤를 졸래졸래 따르며 말했다. 남자는 자고로 힘이지. 별것도 아닌 말에 어깨가 으쓱해졌다. 집에 올라간 뒤, 상자는 잘 쓰지 않는 서재에 처박아 뒀다.

"근데 저게 뭐예요?"

상자의 정체가 궁금한지 아주는 뭐 먹을 거 없나, 하는 표정으로 물었다. 위험했다.

"폭탄."

"폭탄이요?"

"어, 저거 열면 터지니까 건들지 마라."

믿거나 말거나 하는 마음으로 으름장을 놨다. 아주의 가벼운 호기심도 용인하지 않겠다는 단호한 태도였다. 상자 안을 봐도 이게 뭔지 이해는 못 하겠지만, 혹시 모르니까 단단히 경고해 둘 생각이었다.

"영감님은 맨날 나 애 취급해."

일우가 강제로 입혀 둔 재킷을 벗으며 아주는 입을 댓 발 내밀곤

툴툴거렸다. 그 모습을 본 일우는 헛웃음을 지었다.

"좆에 털도 안 난 새끼가 지가 어른인 줄 아네. 머리 컸다고 다 어른인 거 아니다."

자기 앞가림도 제대로 못 하는 게 지랄 염병하고 자빠졌네. 풀떼기가 이젠 좀 살 만한가 보다. 볼멘소리도 여과 없이 막 내뱉고. 하긴 저러는 게 하루 이틀도 아니었다. 일우를 정말 편하게 생각하는 것 같아 마음이 조금 놓였다. 적어도 도망가진 않겠지.

"그건 원래 없거든요!"

얼굴을 붉힌 아주가 씩씩댔다. 잘 알지도 못하면서, 라고 중얼거리는 소리가 들렸다.

"씨이, 영감님 핸드폰 울려요."

전화 올 곳이라곤 몇 곳 없는데. 아주와 보낼 오붓한 저녁을 방해받고 싶지 않았던 일우는 신경 쓰지 않았다.

"무시해."

계속 울리는 핸드폰이 신경 쓰였던 아주는 무시하라는 일우의 말에도 불구하고 슈트 재킷 안쪽을 뒤적거렸다. 안주머니에서 얇은 지갑이, 바깥 주머니에선 핸드폰이 나왔다. 그리고 종이도 한 장 있었다. 일반 종이가 아니었다. 사진이었다. 한 남자와 여자가 웃고 있는 사진. 아주가 손에 들고 있던 모든 걸 놓쳤다. 핸드폰과 지갑, 재킷이 동시에 떨어지며 둔탁한 소리가 났다.

"영감님, 영감님! 영감님!"

"나 귀 안 먹었어, 씨발. 한 번만 불러."

"이거 어디서 났어요?"

얼굴이 하얗게 질린 아주가 사진 한 장을 일우의 눈앞에 들이밀었다.

이게 왜 여기 있어? 당혹스러움을 감추지 못한 일우가 사진을 받아 들었다.

"오히려 내가 묻고 싶은데. 이거 어디서 났어?"

"영감님 옷에서요."

아까 사진을 보고 재킷 안쪽에 넣어 둔 걸 깜박 잊었다. 어떻게 잊어도 그걸 잊냐, 등신 새끼. 자신의 안일함을 욕해도 이미 늦었다. 어차피 아주한테 언젠간 알려야 하는 일이었다. 시일이 좀 당겨진 것일 뿐이었다.

"희야 누나 보고 싶다며 질질 짰잖아."

제 페이스를 되찾은 일우가 당황을 지우고 말했다. 사진을 꼭 쥔 아주는 말없이 고개를 위아래로 끄덕였다.

"너 근데 그 사진 보고도 모르겠냐?"

"⋯⋯뭘요?"

"너랑 희야란 사람하고 존나 닮았어. 알아? 가족이 아니면 그게 더 이상할 정도로 너무 닮았다고."

사진을 봤을 때부터 일우의 주위를 맴돌던 의문점을 드디어 꺼냈다. 일우의 일갈 뒤에 싸늘한 정적이 흘렀다. 아주의 눈망울이 일순 일렁였다.

"영감님이 봤어요?"

"보긴 뭘 봐."

"능력 써서 엄마가 누군지 봤냐구요⋯⋯."

"난 엄마라곤 안 했는데. 닮았다고만 했지."

지레 찔려 뒷걸음질 치다가 지뢰를 밟은 아주는 입을 꾹 다물었다.

"그리고 굳이 안 봐도 알겠는데 뭐 하러 쓰냐. 아니지, 풀떼기 넌 이미 알고 있었지."

사람의 기억을 읽지 못한다는 건 어물쩍 넘어갔다. 중요한 건 그게
아니었다. 반응이 딱 알고 있었던 사람의 것이었다. 별로 놀라지도 않
고, 반가운 기색만 있고. 이게 멍청한 줄만 알았더니 사람을 갖고 노네?

"……아니에요."

"아니긴 씨발. 야, 거울 봐라. 유전자는 거짓말 못 해."

답답함에 일우는 아주의 손을 이끌고 드레스 룸에 갔다. 전신 거울
앞에 아주를 세워 두곤 희야의 사진을 들이밀었다. 도톰한 입술, 마른
뺨, 쌍꺼풀진 눈과 긴 속눈썹 등. 눈이 안 보이는 사람이 아니고서야 둘
이 혈연관계란 걸 부정할 수 없을 것이다.

"아니란 말이야, 진짜 아니란 말이에요……."

"왜. 희야 누나가 네 엄마면 넌 엄마가 죽은 거라서, 그래서 그래? 세
상에 엄마 없는 사람이 얼마나 많은 줄 아냐. 특별한 거 아니야. 야, 나
도 엄마 없어."

뭐 남은 게 있어야 유전자 검사라도 해서 들이밀지. 일우가 우길 수
있는 건 이게 전부였는데 이것마저 아주가 부정할 줄은 몰랐다. 아니
그럼 내 능력은 믿고, 사진으로 보이는 이 얼굴은 안 믿겠다는 소리인
가. 일우의 어이없음이 가중될 때 아주가 주저앉아 중얼거렸다.

"누나가…… 아니랬어요. 우리 엄마 아니랬어……."

하기 싫은 말을 억지로 짜내듯이 아주의 입에서 흘러나온 말은 일우
도 예상하지 못했다. 이윽고 아주가 일렁이는 눈을 꼭 감고 과거를 더
듬었다. 두 뺨을 타고 눈물이 흘렀다. 그게 너무 처량하고 아파 보여서,
일우는 뒤늦게 자신이 아주를 울렸다는 걸 자각했다.

'누나, 누나! 내 이름은 무슨 뜻이야?'

정확히 어떤 계절인지 불분명한 오래된 기억이었다. 어린 아주는 자기 이름의 뜻이 뭔지 궁금해했고, 얼굴에 분칠하던 희야는 뛰어 들어오는 아주를 반갑게 맞이했다.

'응?'

'내 이름 말이야. 명아주!'

말문이 트인 아주는 시도 때도 없이 '왜?'를 달고 살았다. 그날도 수많은 질문 중 하나라 여긴 희야는 웃으며 대수롭지 않게 대답했다.

'명아주는 먹을 수도 있고, 약으로도 쓰고, 지팡이도 만드는 풀인데, 장수의 상징이래.'

'장수가 뭔데?'

'오래 사는 거. 오래 살아. 우리 아가. 꼭 아프지 말고 건강하게 오래 살아.'

희야는 아주의 뺨에 뽀뽀하며 그의 바람을 속삭였다.

'그럼 난 누나 아기야?'

우유 냄새 나는 아주도 희야의 뺨에 뽀뽀하며 물었다. 아주 작은 목소리였다. 꼭 물으면 안 될 걸 묻는 것처럼 말이다. 그 순간 희야가 아픈 표정을 했다. 찡그린 눈썹, 떨리는 입술. 결국 희야는 고개를 저었다.

'……아니. 아니야. 아주는 누나 아기 아니야.'

'그러면 나는 누구 아기야?'

'아주가 더 크면 얘기해 줄게.'

'왜 지금은 안 돼?'

'아주 엄마가 겁이 너무 많아서 그래…….'

희야가 떨리는 목소리로 아주를 꼭 끌어안으며 속삭였다. 어린 마음에 누나가 엄마면 좋겠다고 생각했던 것들이 거울 깨지듯 산산이 조각난 순간이었다. 고사리 같은 손으로 누나의 목을 끌어안긴 했지만 실망스러운 표정은 감출 수 없었다.

"희야 누나는 내가 누나 아기 아니라고 그랬단 말이에요……."

어린 시절로 돌아간 것처럼 서럽게 엉엉 우는 아주 앞에 앉은 일우는 착잡한 속을 감추지 못했다. 판도라의 상자가 여기도 있었다. 괜히 벌집을 들쑤신 기분에 속으로 욕을 뇌까렸다.

"알았어, 너 희야 누나 애 아니야. 됐냐?"

씨발, 눈 가리고 아웅 하는 것도 아니고. 별 지랄을 다 했다. 바닥에 주저앉아 우는 아주를 안아 올렸다. 일우는 한 손으로 아주의 엉덩이를 받쳐 안고 한 손으론 등을 토닥였다. 아주도 두 다리로 일우의 허리를 휘감고 목을 끌어안았다.

"하지 마, 희야 누난지 뭔지 씨발. 그냥 다 잊고 살아. 엄마가 누군지 궁금해하지도 말고 살아. 내가 네 가족 할 테니까 다 잊어."

그래도 됐다. 아주한텐 다 잊고 살 권리가 있었다. 혼자 살아남았다는 좆같은 죄책감 따위 다 버리고 일우가 주는 사랑만 먹고 무럭무럭 자라야 했다. 다 큰 몸이 아니라 아직은 소년에 머물러 있는 마음이 자라야만 했다.

"풀떼기, 너 내 가족 할 거야, 말 거야."

기회를 놓치지 않는 일우가 이 틈을 타 물었다. 평범하지 않은 얼굴과 몸을 가지고 평범한 가족을 꾸리는 게 인생 최대의 목표였던 일우의 바람이 이루어지기 직전이었다. 혹여 안 한다고 하면 어떡하나 싶어 조급했다. 그렇다고 놔주진 않을 거지만.

"왜 대답을 안 해."

당연히 좋다고 하겠지. 일우는 그의 품에 안겨 있는 아주를 내려다보며 무슨 말을 할지 상상했다. 아주의 대답이 무조건 '좋다'일 거란 건 일우의 착각에 불과했다.

"……영감님, 나 좋아해요?"

아주는 벌게진 눈으로 영 생뚱맞은 걸 물었다. 질문의 화살이 일우한테 돌아온 것이다. 아주를 좋아하냐고? 여러 미사여구를 덧댈 필요도 없었다. 너무 간단한 질문이었다.

"어, 좋아해."

일우는 고개를 끄덕였다. 아주를 마주한 채 입 밖으로 진심을 꺼낸 건 처음이라 좀 떨렸다. 무슨 고백이 그러냐고, 가벼워 보인다고 힐난해도 어쩔 수 없다. 결혼을 약속한 연인도 아니고, 진심으로 널 사랑한다고 반지를 꺼내며 청혼할 사이는 더더욱 아니니 이 정도로 만족할 수밖에.

아주한텐 아주만의 속도가 있는 법이다. 그걸 무시하고 과속했다간 놀란 풀떼기 저 멀리 도망갈라. 일우는 그게 가장 무서웠다. 아주가 자신을 좋아하지 않는 것보다 눈앞에서 사라질까 봐. 일우한테는 그만큼 두려운 게 없었다.

"영감님은 왜 나한테 잘해 줘요?"

"뭘."

"그렇잖아요. 지금도요."

잘해 준다는 걸 자각은 한 모양이지. 아예 모르는 줄 알았는데. 손가락을 꼼지락거리며 묻는 모양새가 퍽 귀엽고 기특했다.

"좋아하니까 잘해 주지."

"좋아하면 다 잘해 줘요?"

"아니."

그건 또 아니다. 이렇게 하는 건 아주밖에 없었다. 이유를 꼭 따져 물어야 할까. 이미 아주는 일우의 일부가 됐다.

"그럼 나한테는 왜 잘해 줘요?"

"네가 특별하니까."

답은 그거밖에 없었다. 만남부터 동거까지 시트콤으로 쓰기도 민망할 만큼 스페셜했다. 잊지 못할 기억을 선사한 것과 달리 어느 순간부터 아주가 일우의 일상에 스며들기 시작했다. 이젠 없으면 안 될 정도가 됐다.

"특별한 거랑 사랑하는 거랑 다른 거예요?"

"완전 똑같진 않고 비슷하지."

일우의 경우엔 특별함이 곧 사랑이었다. 자신이 사랑이란 단어를 쓸 줄은 몰랐는데, 역시 오래 살고 볼 일이다.

"……나도 영감님이 특별한 것 같아요."

특별하다는 말에 일우의 입꼬리가 씰룩였다. 무료 급식소는 아니었나 보네. 아주 한정 호구인 건 인정하는데, 급식소 취급은 다시 생각해도 영 아니었다. 그건 결국 아주가 숙식 해결을 위해 들어갔던 사이비랑 동급이라는 뜻이니 더 싫었다.

"좋아하면 좋아하는 거지 특별한 것 같은 건 뭐야."

"모르겠어요. 가까이 가면 막 가슴이 찌릿찌릿하고."

아주가 가슴에 손을 올리며 중얼거렸다.

"네가 송전탑이냐? 찌릿찌릿하게?"

"심장도 빨리 뛰어요."

"부정맥인가."

"자꾸 말 돌리지 마요!"

쿡쿡 웃은 일우는 짜증 내는 아주의 눈 위로 입맞춤했다. 눈물을 흘린 탓에 짠맛이 느껴졌다. 입맞춤을 자연스럽게 받아들인 아주는 애꿎은 입술만 삐죽였다.

"너 말 잘해야 돼. 나 오해할 뻔했잖아."

"내가 뭘요?"

"풀떼기 네 말이 꼭 날 사랑한다는 것처럼 들리거든."

그랬으면 좋겠다. 아주가 자신을 사랑해서 떠나지 않았으면 좋겠다. 먹여 살릴 능력은 충분하니 지금 같은 일상이 계속 이어졌으면 했다. 아주도 자신의 뿌리가 어디인지, 엄마가 누구인지 상관하지 않고 일우만 바라봤으면 했다. 딴눈 팔지 못하게 자신의 밑에 가둬 두고 싶었다. 밑에서 헐떡이는 아주를 상상하니 마음이 뿌듯했다. 동시에 너무 욕심인가 하는 생각도 들었다.

"살면서 밥 사 준 거, 호의를 베푼 거, 전부 다 내가 처음이라며. 그래서 착각하는 거 아닌지 잘 생각해 봐."

아주는 일우란 인물을 특별하다 여기는 게 아니었다. 누구든 일우처럼 했으면 좋아했겠지. 일우의 자리를 선영이 차지하든 누가 차지하든 그 사람을 따를 것이고. 그게 사실이라 뻔뻔하게 밀어붙일 수 없었다.

"……그런 거 아니에요."

뾰로통하게 입술을 쭉 내민 아주가 고개까지 돌리더니 폭탄선언을 했다.

"그냥 가족 안 할래요."

일우한테 천금 같은 기회인데, 아주는 단번에 뻥 찼다. 장외 홈런이었다.

"뭐? 다시 말해 봐. 뭐라고?"

"가족 안 한다구요."

"야, 네가 어디서 나 같은 사람만 보고 사냐. 밑지는 장사 아니다, 이거."

일우의 다급한 항변에도 아주는 흥, 하며 일어섰다. 손에 사진을 꼭 쥐고 침실로 들어가기 바빴다. 일우만 덩그러니 남아 소리쳤다.

"풀떼기 너 어디 가냐? 나 얘기 다 안 했어, 야!"

풀떼기를 외치는 소리는 거실에 허망하게 흩어졌다. 갑자기 회피하는 이유를 알 수 없었다. 일우가 급히 아주를 따라갔다.

"잘 거예요."

"얘기 다 안 끝났잖아."

"난 끝났어요."

아주는 말을 마치자마자 침대 위로 점프해 이불 속으로 기어들어 갔다. 대화할 마음이 아예 없는지 고개까지 이불 속으로 숨겼다.

"그냥 자지 말고 씻고 자라."

문에 기댄 일우가 아주를 향해 말했다. 일우의 경고에도 아주는 조용히 몸을 둥글게 말았다. 이불 밖으론 웬 거대한 도넛이 만들어졌는데 숨 쉬느라 이불이 살짝 오르락내리락할 뿐 미동도 없었다.

"너 안 씻으면 침대에서 못 자는데."

일우의 말에 얌전히 있던 아주가 이불을 퍽, 걷어차고 바닥에 내려갔다. 이불도 질질 끌고서 말이다. 기분 나쁜 티를 팍팍 내는 아주를 보니 어이가 없었다. 지금 화내는 건가? 베개도 퍽 던지고 몸을 뉘었다. 정말 아래서 잘 모양이다. 저게 진짜 미쳤나, 왜 이래?

"진짜 아래서 자게?"

아까와 달리 일우가 침대에서 자라고 애걸복걸하는 이상한 광경이 펼쳐졌다. 아주는 끝끝내 씻지 않고 잤다. 드르렁, 일부러 코를 고는 게 분명한 소리가 들렸다.

"그래, 씨발 네 맘대로 해라. 밑에서 자든 말든 신경 안 쓸란다."

말은 매정하게 해도 바닥에 누운 아주가 신경 쓰였다. 슬쩍 눈을 돌려 난방이 켜져 있나 확인도 했다. 씻으러 가기 직전, 24도에 맞춰진 온도를 27도까지 올렸다. 바닥이 펄펄 끓든 말든, 추운 것보단 나았다.

그날 밤, 높은 난방 온도 때문에 더워서 이불도 덮지 못한 일우는 이상하게 허전한 옆자리를 바라보며 밤을 지새웠다. 지금이라도 밑에서 자는 아주를 데리고 올까, 말까 수십 번 고민하면서.

7장. 나의 인생, 현일우

아주가 없어서 한숨도 자지 못한 일우는 피곤한 매력을 폴폴 풍기며 출근했다. 유 주임이 처음 햇빛 본 뱀파이어 같다며 얘기할 때, 일우는 아주를 떠올렸다. 전에는 아주가 옆에 있으면 더워서 못 잤는데 막상 없으니까 허전했다. 든 자리는 몰라도 난 자리는 안다더니, 딱 그 짝이었다.

'풀떼기, 밥 안 먹어?'

'⋯⋯.'

심지어 오늘 아침에는 밥 먹으라고 깨웠는데 일어나지도 않았다. 차라리 무료 급식소 취급이 낫지, 무시당하는 건 질색이었다.

일어나라고 몸소 흔들어 깨워도 끝까지 자는 척 눈을 감던 아주를 떠올렸다. 출근만 아니었어도 어르고 달래 볼 텐데, 시간은 일우의 사정

따위 봐주지 않고 야속하게 흘러갔다. 8시에 가까워지자, 일우는 결국 애벌레처럼 이불을 말고 있는 아주를 두고 나와야 했다. 대체 이걸 어떻게 해결해야 하나.

"유 주임님, 말 안 듣는 개새끼는 어떻게 해야 할까요."

"으음, 혼내야죠?"

예뻐만 해도 부족한 풀떼기를 혼내기는 왜 혼내나. 혼냈다고 밥 안 처먹고 묵언 수행하는 것만큼 속 터지는 일도 없다. 이도 저도 못 하는 진퇴양난의 상황에 처했다.

"에이, 유 주임. 그래도 그건 아니지. 보듬어 주는 게 훨씬 낫지. 간식도 주고."

"계장님, 너무 예뻐만 해도 안 된다니까요. 제일 좋은 건 채찍과 당근이죠. 혼낼 땐 혼내고, 잘했을 땐 간식 주고."

채찍과 당근이라. 좋은 선택이다. 별생각 없이 던진 말인데 꽤 괜찮은 게 걸렸다. 물론 일우도 얼마 맛보지 못한 곳을 채소 나부랭이가 채울 순 없다. 거긴 자신의 좆으로 채울 생각이다. 상상만 했는데 벌써 아래가 달아올랐다. 이젠 변태란 단어가 오명이 아니라 사실이 됐다.

"총합하면, 때리면서 예뻐해라 이거네요."

"……해석이 그렇게 되나요."

유 주임이 떨떠름한 목소리로 중얼거렸다. 유 주임이 그러든 말든 일우는 신성한 업무 시간에 핸드폰으로 SM 용품을 검색하는 만행을 저질렀다. 사이트에 접속하니 수갑부터 안대, 채찍, 딜도 등 일우의 눈을 휘어잡는 용품이 즐비했다. 아주는 어떤 반응이려나. 울거나 질색해도 좋고. 사실 아주라면 어떤 반응이든 다 좋았다.

'연인과 색다른 섹스를 즐겨 보세요'. 제품 설명도 일우의 의도와 부합했다. 눈이 돌아간 일우가 재빨리 회원 가입 버튼을 눌렀다. 개인 정보를 열심히 입력하던 일우 앞에 웬 서류 하나가 놓였다. 색다른 섹스는 핸드폰을 치움과 동시에 물거품이 되어 사라졌다.

"뭡니까?"

"형제 살해 건 CCTV랑 지문 체크 완료한 자료요. 조건에 맞는 사람은 한 명뿐이에요."

"한 명밖에 없습니까?"

하루도 아니고 개월로 결제하는 모텔이었던지라 용의 선상에 몇 명 안 오를 거라 생각했지만, 그래도 한 명이라니. 말도 안 되는 확률이었다.

"네, 이상해서 몇 번씩 다시 확인했는데 한 명밖에 없어요."

"그 사람 소재 파악은 했습니까?"

"아뇨, 아직요. 보니까 이인경 씨 주변인은 아니더라고요. 전과도 있고요. 게다가 지금은 주민 등록 말소돼서 어디 있는지도 모르는 사람이에요. 이런 사람하고 일반인이었던 이인경 씨가 접점이 있을까요?"

"성범죄자 새끼도 상대 속이고 결혼하는 판에 불가능한 일은 없죠."

게다가 이인경은 칼부림에 연루되겠다며 미친 계획을 짜던 사람이었다. 상식 밖의 일을 얼마든지 벌일 수 있었다. 어디서 이런 새끼를 섭외했는진 몰라도 끝이 영 깔끔하진 못했다. 기억 속 돈을 휘날리던 이인경이 떠올랐다. 이 사람 때문이었나.

"그건 그렇네요. 심지어 이 사람 전과가 강도 상해예요. 몇 년 전에 4년 복역하고 만기 출소했어요."

"김동연……."

길거리에서 몇 번씩 마주쳤을, 흔한 얼굴 중 눈만은 사납고 스산했다. 이런 양아치 놈들은 대개 비슷비슷했다. 협박은 기본이고 수틀리면 폭력을 일삼고, 사람 목숨을 파리 목숨처럼 여겼다. 그땐 칼까지 들었으니 더 의기양양했겠지. 일우의 예상으론 김동연이 피해자가 제시한 액수가 마음에 안 들었던 게 아닌가 싶었다. 결국 또 돈이네.

"일단 수배 내리고 부평서에 신상 명세 넘겨요. 이 사람 위주로 CCTV 동선 분석해서 위치 파악하고 체포합시다."

"네, 그럴게요. 그럼 이주경 씨는 어떻게 하죠?"

"일단 그대로 둡시다. 지금 확실한 건 아무것도 없으니 말입니다. 윤곽 나올 때까지 직원들 입단속 시키세요."

하긴, 직원들 입단속 시킬 필요도 없었다. 이쪽에서 조용히 있어도 부장이 알아서 나불대는걸. 이걸 죽여 살려 하는 생각이 자꾸 났지만, 참았다.

"알겠습니다. 근데 이주경 씨가 죽인 게 아니면 피해자는 왜 죽은 걸까요?"

"이인경이 김동연한테 자기 찔러 달라고 사주한 겁니다."

이인경이 희야를 사랑했다는 것, 희야가 불의의 사고로 죽었다는 자세한 사정을 다 자른 일우는 한 문장으로 이인경을 미친 새끼로 전락시켰다. 맞잖아, 미친놈.

"세상에…… 그런 짓을 굳이요?"

정 계장의 얼굴이 잔뜩 구겨졌다.

"그러게요. 왜 했을까요."

일우는 일말의 동정도 없는 싸늘한 말투로 대답했다. 이유를 안 지금도 이해되지 않았다. 그래서 어쩌라고, 라는 말만 나왔다. 동정을 바랐으면 이런 일 따위 벌이지 말았어야지. 동생은 형을 죽인 살인자로 누명을 쓰고 자기 혀까지 짓씹었는데, 씨발. 등신 새끼.

"그런데 검사님은 어떻게 이렇게 금방 알아내셨어요?"

"제 별명 아시잖아요."

기억에서 읽은 단서가 아니었다면 이주경을 그렇게 몰아세우지도 못했을 것이다. 하지만 이런 초자연적 능력을 설명할 순 없으니 뻔뻔하게 나갈 수밖에.

"아, '애덤 스미스'요? 근데 그거 농담 아니었어요?"

"반은 농담이고 반은 진담이고요."

"꼭 믿거나 말거나 같네요."

"사람 사는 일이 다 그렇죠."

일우는 픽, 웃으며 세상 다 산 사람처럼 말했다. 일우가 평소 하지 않던 농담을 하자 정 계장이 유 주임한테 눈짓했다.

"이만 식사하고 오세요."

마침 점심시간이었다. 12시가 되자마자 일우는 재킷과 코트를 챙겨 일어났다.

"검사님은 오늘도 동생?"

"아뇨. 잠깐 나갔다 오려고요."

아무래도 뭐가 있는 것 같지? 네. 개새끼 얘기할 때부터 이상했어요. 정 계장과 유 주임의 쑥덕거림이 닫힌 문 사이로 흘러나왔다.

원래라면 아주와 점심을 먹기 위해 집으로 출발했을 것이다. 오늘은 달랐다. 바빠서 가기 힘든 이유도 있었지만, 어제부터 저기압이었던 아주를 자신의 힘으로 달랠 수 없을 거란 걸 인정한 탓이 더 컸다.

일우는 전화번호부에서 선영의 이름을 찾아 전화를 걸었다. 경쾌한 통화 연결음이 끊기고 여보세요, 하는 여자의 목소리가 들렸다.

"바쁘냐?"

―아니, 집. 오늘 오프야. 근데 네가 무슨 바람이 불어서 전화를 다 하냐.

"오프? 잘됐네. 너 지금 당장 우리 집으로 좀 와라."

―갑자기?

"어, 풀떼기가 풀이 팍 죽었어. 네가 와서 놀아 줘. 밥도 좀 먹이고."

―네 생각도 하지 말라고 할 땐 언제고?

"그건 네가 존나 쓸데없는 소리만 지껄여서 그런 거고."

―안타깝지만 난 남의 연애 놀음에 끼고 싶은 생각 없어. 네가 알아서 해.

"연애 놀음? 씨발, 그런 거 아니거든?"

지레 찔린 일우가 발작하듯 크게 부정했다. 건너편에서 코웃음 치는 소리가 들렸다. 거짓말 말라는 선영의 속마음이 들리는 것 같았다.

―아니긴 뭐가 아니야. 현일우 네가 그렇게 챙기는 사람 난 살면서 처음 봤어. 수녀님도 그렇게 안 챙겼으면서.

"눈에 자꾸 밟히는 걸 어떡하라고. 야, 박선영 너 침대에 누워서 인별 하는 거 다 알아. 밖에 좀 나와. 햇볕도 쬐고."

선영이 심드렁한 목소리로 귀찮다고 딱 잘라 거절했다. 일우로선 마지막 보루를 잃는 셈이었다. 아주가 그나마 선영을 따르는데, 얘마저 없으면 어쩌나 싶었다.

"풀떼기한테 내가 무슨 말실수를 한 것 같은데 뭔지 몰라서 그래, 좀 도와줘."

―사람 오래 살고 볼 일이야. 내가 현일우한테 도와 달란 말도 다 듣고?

저자세로 나오는 일우가 만족스러운지 선영이 깔깔거리며 크게 웃었다. 귓가를 가득 채운 웃음소리에 일우가 인상을 썼다.

"걔 아침도 안 먹었을 거야. 돈은 내가 줄 테니까 고기든 뭐든 좀 사 먹여라."

—돈은 나도 많아. 대체 뭔 잘못을 했길래 이래?

"몰라, 네가 가서 직접 물어보든지."

나랑 가족 하기가 그렇게 싫은가. 누가 보면 혼인 신고라도 하자고 강요한 줄 알겠네. 어차피 남자들끼리 혼인 신고가 되지도 않을뿐더러, 가족 관계로 묶이기도 어렵다.

일우는 그저 가족'처럼' 같이 오래 살자는 뜻으로 말한 건데 솔직히 거부할 줄은 꿈에도 몰랐다. 풀떼기가 종종 단호박으로 변신한다는 걸 알긴 했어도 씨발, 한 시간도, 10분도 아닌 1분 만에 고개를 저을 줄이야. 존나 매정했다.

선영이 알겠다며 전화를 끊은 뒤 일우는 모처럼 점심시간에 회사에 남아 생각에 잠겼다. 공백을 견디지 못하는 이처럼 핸드폰을 확인하고, 오래전에 자취를 감춘 담배를 찾기도 했다.

"······한 대만 피울까."

마침 저 멀리 편의점도 보였다. 들어가서 플레이버 1밀리 하나요, 외치고 싶었다. 딱 한 개비만 피우면 소원이 없겠네. 아주 때문에 끊은 담배는 이상하게도 아주가 옆에 있으면 생각나지 않았다. 담배를 끊은 뒤 생긴 빈자리를 꼭 아주가 채워 주는 것만 같았다. 반대로 말하면 아주가 없으면 담배가 생각났다.

하필 근처에 흡연 구역이 있어서 더 했다. 담배 연기가 향기롭긴 또 처음이네. 오랜만에 담배를 피우면 몸에서도 안 받을 테지만, 자꾸 그쪽으로 시선이 갔다. 금연 기간이 길어지니 컨디션도 뚝뚝 떨어지는 느낌이었다.

"후우…… 그래도 참아야지."

보름달같이 해사한 아주의 얼굴이 머릿속을 시끄럽게 뛰어다닌 덕분에 의연히 잘 참았다. 흡연 구석에서 최대한 멀리 떨어져 회사로 돌아가려는 일우를 저 멀리 누군가 발견하고 손가락질했다. 뛰어오는 사람은 다름 아닌 이 검사였다. 옆엔 김민철 형사도 있었다. 씨발, 저 조합 뭐야?

굳이 명명하자면, 일우가 느낀 감정은 혐오 정도 됐다. 생각에 깊이가 없고 빼질거리는 두 사람이 붙어 있는 꼴을 보니 갑자기 가슴이 답답했다. 인간성으로만 따지자면 둘 다 그리 악한 인간은 아니다. 그러나 일우가 가장 싫어하는 부류란 게 문제였다.

거리가 점점 좁혀졌다. 일우는 뛰어오는 두 사람을 보며 도망갈까, 잠깐 고민했다. 추격전이라도 찍는 것처럼 필사적으로 뛰자니 어이없기도 하고, 달리 도망갈 데도 없어 그 자리에 그냥 서 있었다.

"허억, 현, 프로, 어디 있었어, 후우, 나 엄청나게 찾아다녔잖아."

"절 왜 찾아다닙니까. 그리고 지금 점심시간이에요. 법으로 보장하는 휴식 시간입니다."

"하아, 회사가 그걸 지킨 적이 있냐고……. 현 프로도 알면서 그래, 아우, 힘들다."

법을 지키지 않은 사람을 수사하는 곳에서 법을 안 지킨다니. 모순된 상황이 우스웠다.

이 검사가 헉헉대며 숨을 골랐다. 검사의 체력에 놀랐는지 김민철이 무릎을 붙잡고 상체를 숙인 이 검사의 뒤를 신기하게 쳐다봤다. 저기야 뛰어다니는 게 일이니 달리기쯤은 우습겠지.

여긴 체력 시험이 기본인 경찰과 달랐다. 일우야 검사들 사이에서 눈에 띄게 체력이나 체격이 좋은 케이스에 속했으니 논외로 쳤다.

검사들 하는 일이야 뻔했다. 앉아서 믹스 커피 마시며 서류 넘겨 보고, 참고인이나 피의자, 피해자 불러서 신문하고 조서 쓰고, 일 끝나면 퇴근하는 게 아니라 회식 끌려다니고. 그러다 보니 다들 체력이 남아나질 않았다. 나름 엉덩이 씨름에서 이긴 사람들만 살아남아 검사가 된 건데도 말이다.

"무슨 일인데 그러세요."

"이주경……!"

이 검사가 크게 소리쳤다가 주변 시선을 의식하곤 목소리를 줄였다.

"범인 아니고 진범 있다며. 대체 누구야, 응?"

소곤거리는 말에 일우의 눈이 묘해졌다. 그의 시선이 김민철을 향했다. 당신이 말했습니까? 일우의 눈이 그렇게 말했다. 범인으로 지목된 김민철이 거세게 고개를 저었다. 저 아닙니다! 아니에요!

"아닐 수도 있다는 거죠. 아직 진범 유무도 제대로 모릅니다. 그리고 보시면 아시잖습니까. 이주경 구속도 해제 안 한 상탭니다."

"절차 꼬이는 게 하루 이틀인가. 이주경 구속 풀면 난리 날 거 다 아는데 뭘. 그거야 그렇다 치고, 이주경이 범인이 아니란 건 대체 어떻게 안 거야?"

"또 누구한테 소문내시려고요. 아직 공식 발표도 안 했어요, 선배님."

"소문은 무슨. 안 내."

"그러시겠죠. 형사님은 무슨 일이십니까."

일우는 이 검사가 원하는 정보를 주지 않았다. 옆에서 시끄럽게 구는 이 검사를 가뿐히 무시하고 김민철에게 물었다.

"저야, 동생 일로 왔죠. 하하."

김민철이 민망하다는 듯이 웃으며 머리를 긁적였다. 여기나 저기나 다 지랄뿐이었다. 안 그래도 아주 때문에 속이 복잡한데 엎친 데 덮친 격으로 머리까지 아팠다. 일단 당장 보낼 수 있는 사람부터 보내기로 했다.

"선배님, 어차피 곧 회의 있으니 자세한 건 그때 말씀드리겠습니다. 형사님은 잠깐 저 좀 보시고요."

월말 회의를 가볍게 언급한 일우는 김민철에게 따라오라고 눈짓했다. 이 검사가 아쉬운 듯 멀어져 가는 일우의 등 뒤로 '꼭 얘기해!'라고 소리쳤다. 일우도 대강 고개를 주억거리며 대답했다.

흡연 구역에서 좀 멀어졌다 싶었는데 다시 돌아왔다. 괜히 심장이 빨리 뛰는 것 같고, 손도 떨리는 것 같았다. 느낌만 그런 거겠지. 금연으로 인한 불안감을 숨기려 바지 주머니에 손을 불량하게 찔러 넣은 일우가 적막을 깼다.

"본론부터 짧게 얘기하죠."

"합의…… 말입니다."

"그거 예전에 얘기 다 끝났잖아요. 또 왜요."

"정말 염치없다는 거 아는데요…….'

"알면 하지 마세요. 저 갑니다."

"아니, 아니! 애가 뭐라도 좀 해 보고 싶다는데, 그 성범죄 이력 남으면 아무래도 좀 그렇잖아요."

"그럼 하지 말았어야죠. 벌받을 거 모르고 한 거 아니잖습니까."

했던 말 또 하고, 또 하고. 일우가 싫어하는 일을 연달아서 했다.

"검사님 폭행 건도 합의 전이지 않습니까……."

"지금 나 협박하는 겁니까?"

"검찰 이미지도 있고 좀 신경 쓰셔야죠."

"내 걱정하지 말고 형사님 걱정이나 하세요. 그리고 별로 상관도 없습니다. 어차피 이주경 잘못 잡아서 곧 모가지 날아갈 것 같으니까요. 할 말 끝났습니까?"

"……그럼 동생분께 좀 여쭤봐 주십시오. 제 동생이 정말 많이 반성하고 있는데 조금이라도 합의할 의사가 없는지요."

조곤조곤 속삭이는 목소리. '감옥은 안 갔으면 좋겠어요. 내가 그 사람 인생 망치는 것 같단 말이에요.' 아주가 예전에 했던 말이 떠올랐다. 일우의 침묵이 길어지자 이상함을 느낀 김민철이 슬슬 일우의 얼굴을 살폈다.

따지고 보면 일우의 의사로 막 밀어붙일 일은 아니었다. 아주가 결정해야 하는 거지. 김민철의 말도 일리가 있었다.

"물어는 보죠."

"정, 정말입니까?"

놀란 김민철이 일우의 팔뚝을 붙잡고 늘어졌다.

"기대는 마시고요. 걔도 보기보다 성깔 있습니다. 그리고 셔츠 놓으세요."

씨발, 어딜 잡고 늘어져. 벌레 털듯이 팔을 매몰차게 놓을 수도 있었지만, 참았다. 김민철이 감사하다는 말을 연신 반복하며 떨어졌다.

"용건 끝났습니까?"

"예? 아, 예. 끝났습니다!"

"그럼 내 차례네요. 김동연, 들어 본 적 있습니까?"

"김동연이요? 아뇨, 딱히 없습니다만……."

"우리 수사계장님이 대어 한 마리 낚았거든요. 수배는 내렸고, 지금쯤이면 서에 신상 공유됐을 겁니다."

"지금 무슨 사건 말씀하시는 겁니까?"

일우는 무슨 범인을 말하냐며 되묻는 김민철을 한심하게 훑었다. 저런 사람도 경찰이라고, 정말. 한숨은 참지 않고 후우, 뱉었다. 일우의 짜증을 느낀 김민철이 움찔하는 게 느껴졌다.

"이인경 죽인 사람 말입니다."

"……정말 이주경이 아닌 겁니까?"

"예."

일우의 매정하리만큼 단호한 대답을 들은 김민철의 표정이 썩어 갔다.

"말이 안 되잖아요, 말이. 대체 그 사람을 누가 죽여요? 동생밖에 죽일 사람 없어 보이더니."

"나도 그렇게 생각했습니다만, 세상이 꼭 논리로만 설명되는 건 아니잖습니까."

일우와 김민철 모두 답답함을 토로했다. 조작된 도시의 중심에 서 있는 기분이었다. 모로 가도 다시 되돌아오는 미로 같은 곳. 하지만 미로도 길이지. 인내심을 갖고 따라가다 보면 이주경이 진범이 아니었던 것처럼 진실이 나올 것이다.

"찾아요, 김동연. 이번 주 넘어가면 골치 좀 아플 겁니다. 이주경이 자살하겠다고 깽판 친 것 때문에 공판 중지해서 그렇지 구속 기간은 이미 만료됐어요. 더 잡아 둘 수 없는 사람입니다."

"……복잡하네요."

"그냥 말해요. 좆같다고."

이제 와서 내외하는 척은. 피식 웃은 일우는 김민철이 하고 싶은 말을 정확히 짚었다. 정답이었는지 김민철이 머쓱하게 웃으며 뒷머리를 긁적였다.

"거, 상황이 좀 그렇잖습니까. 근데…… 검사님은 아무렇지 않아 보이십니다."

"왜, 의웝니까?"

"예, 조금……."

이주경이 살인자가 아니라고 우기며 보완 수사를 강행해서 그런가, 일우를 정의의 사도쯤으로 보는 것 같았다. 사실은 자신의 실수를 인정하고 수습하며 제대로 된 범인을 잡는 과정에 지나지 않았다.

"무슨 생각 하시는지 대강 알겠는데, 나 그렇게 안 정의로워요. 내 인생 들이부어서 누군갈 구하고 그러진 않습니다."

물론 아주는 제외였다. 아주라면 일우의 인생 모두를 희생해서라도 구할 것이다. 일우가 사랑하고 관심 쏟는 유일한 사람이 아주이니까.

"다만 책임 회피를 하지 않는 거죠. 이미 벌어진 일 어떡합니까. 후회한들 주워 담아지는 것도 아닌데. 최선은 일을 빠르게 수습하고, 이주경이 있어야 하는 자리로 돌려 두는 거죠. 그 모든 게 내가 책임져야 할 일이고요."

"……."

"깊게 생각하지 마요. 원래 생각이 많으면 힘든 법입니다. 어차피 나나 형사님이나 당장 해야 할 일은 정해져 있지 않습니까. 김동연, 그 새끼 잡는 거 말고 뭐 있습니까."

"없, 없죠?"

"그럼 아실 텐데. 여기서 넋 놓고 있을 시간 따위 없다는 거. 뭐

해요? 빨리 뛰어야지."

김민철이 에라, 모르겠다며 중얼거리곤 고개를 꾸벅 숙여 반대편으로 뛰어갔다.

흡연 구역과 주차장 사이에 덩그러니 남은 일우는 한숨을 뱉곤 고개를 들어 하늘을 바라봤다. 파란 하늘과 강한 직사광선이 얼굴에 쏟아졌다. 갑자기 찾아온 두 사람 때문에 점심시간이 쓰레기통에 처박혔다.

"내 속도 모르고 하늘은 좆같이 맑네……."

* * *

"씨발, 연락도 없이 갑자기 들이닥치더니 이것 때문에 온 거네."

일우는 우편함에 든 출석 요구서를 보고 욕을 지껄였다. 좋게 말하고 싶어도 부아가 치미는 건 막을 수 없었다. 며칠 몇 시까지 출석 바람이라는 문장을 보자 골이 울렸다.

신경질적으로 계단을 올라갔다. 쿵쿵쿵. 단숨에 집에 도착했다. 비밀번호를 누르고 안으로 들어가자 현관 앞에 아주가 앉아 있었다. 아까 출근할 땐 눈도 안 마주치더니 웬일이래.

"왜 여기 자빠져 있냐."

"……영감님 기다렸어요."

하긴 오늘 퇴근이 늦긴 했지. 벌써 11시가 훌쩍 넘은 시간이었다. 저녁 8시가 넘었을 때 선영에게 언제 퇴근하냐며 전화가 왔다. 일우의 대답은 항상 같았다. 일이 끝나야 퇴근하지.

선영은 아주를 조금 더 데리고 있다가 보내겠다며 일방적으로 통보했다. 일우한텐 좋은 일이었다. 집에 아주가 혼자 있는 것보단 아낌없이 돈 쓰는 선영 옆에 있는 게 나았으니까. 그도 흔쾌히 수락했다.

"늦었어요."

"나도 시계 봤어, 풀떼기 넌 몇 시에 들어왔냐."

"조금 전에요."

"너도 늦었구만 뭘. 박선영이랑 재밌었냐?"

재미없었다고 대답하길 바랐는데, 웬일로 아주는 고개를 끄덕였다.

"근데 선영이 누나가 영감님이랑 싸웠냐고 물어보더라구요."

"싸운 건 아니지. 네가 일방적으로 삐친 거지."

"삐친 거 아니에요!"

"그럼 왜 밥도 안 먹고, 누워만 있었는데?"

"희야 누나 꿈꿔서 그런 거예요……."

아주의 목소리가 기어들어 갔다. 좆 되기 일보 직전이란 걸 본능적으로 알아챈 일우가 딴소리하며 말을 돌렸다.

"개꿈이야. 잊어. 그나저나 박선영이 밥 뭐 사 줬냐? 맛있는 거 먹었어?"

아주한테는 먹을 거 얘기하는 게 최고이자 최선이었다. 역시나 일우가 던진 미끼를 한 번에 무는 아주였다.

"네, 누나가 소고기 사 줬어요."

"좋았겠네. 걔 돈 존나 많아. 더 얻어먹지."

"5인분 먹었는데 더요?"

"그걸론 걔 지갑에 기별도 안 가."

5인분이라고 해 봤자 얼마 나오지도 않았을 텐데 의기양양 말하는 아주가 귀여웠다.

"누나가 체하면 안 된다고 그래서 그만 먹었어요."

왜 5인분밖에 못 먹었는지 내막을 밝힌 아주가 시무룩 입매를 무너뜨렸다.

"맞네. 너 그때 박선영네 병원 가서 지랄했었지."

애가 아프다고 난리 치길래 정말 아픈 줄 알았더니 급체한 거였던 날이 떠올랐다. 약국 가서 소화제나 사 먹이지 뭐 하러 산부인과까지 기어 왔냐던 선영의 비아냥도 함께. 그걸 목격한 사람이니 적당히 먹으라고 할 법도 했다. 일우야 아주와 밥 먹는 게 하루 이틀도 아니니 그러려니 하지만, 이제 두 번째인 선영은 다르겠지.

"박선영이 웬일로 맞는 말 했네. 체해서 아프다고 난리 치지 말고 적당히 먹어라."

"방금은 더 먹으라면서요."

"말이 그렇다는 거지, 말이."

자꾸 말꼬리 잡는 아주를 흘긴 일우는 드레스 룸으로 걸어가 편한 옷으로 갈아입었다. 우편함에서 꺼내 온 출석 요구서는 침대에 대강 던져 놨다. 편한 트레이닝 바지와 티셔츠로 갈아입고 나온 일우 앞에 보인건 우편을 들고 서 있는 아주였다.

"너 뭐 하냐."

저 죽일 놈의 호기심이 문제였다. 호기심 때문에 큰코다칠 수도 있다는 걸 가르쳐야 하나. 아주는 이미 우편을 찢어 안에 든 내용물을 꺼내 본 뒤였다. 뭘 모르는 아주가 보기에도 꽤 심각해 보이는지 출석 요구서를 바라보는 아주의 이마가 찡그려졌다.

"출석 요구서……? 영감님, 이게 뭐예요?"

"뭐기는, 경찰서에 언제까지 나오라고 알리는 거지."

이게 뭐 좋은 거라고 자랑하듯 보여 주나. 아주의 손에 들린 출석 요구서를 뺏은 일우가 서랍장 깊숙이 집어넣었다.

"경찰서는 왜요?! 영감님 뭐 잘못했어요?"

홧김에 사람을 팼으니 잘못을 하긴 했지. 그래도 후회는 하지 않았다. 그때로 돌아간다면 똑같이 했을 걸 알기 때문이었다. 씨발, 더러운 손으로 누굴 만져. 아주는 일우만 만질 수 있었다.

"왜기는. 내가 사람 팼으니까 오라고 하겠지."

"……그때 그거죠?"

주어는 빠졌으나 아주가 말하고자 하는 게 뭔지 정확히 알 것 같았다. 목소리도 떨리는 게 걱정이 이만저만이 아닌가 보다. 의외였다.

"찜질방에서 그 사람 때린 거 때문이잖아요. 그럼…… 영감님 감옥 가요?"

"좀 골치 아플 뿐이지 감옥까진 안 간다니까. 그리고 어떻게든 안 가는 게 맞는 거지. 내가 감옥 가면 넌 누가 먹여 살리냐?"

설령 누가 아주를 거둬 간다 해도 일우가 막을 거였다. 이 예쁜 걸 남한테 줄 순 없지. 아주는 죽어서도 일우랑 같이 묻혀야 했다. 풀떼기가 자신보다 하루 더 빨리 죽었으면 좋겠다는 생각까지 했다. 진정 풀떼기 중독이었다.

"결국엔 전부 나 때문이라는 거잖아요……."

그 말에 일우는 의아한 표정을 지었다. 만사 당당했던 애가 오늘따라 왜 이렇게 피해 의식이 심한 건지 원인을 고민했으나 마땅히 떠오르는 게 없었다. 이상하게 얼굴도 계속 어둡고. 아침에도 이상하더니 여전했다.

"잘 아네."

"……."

"농담이야. 풀떼기, 인상 펴고 이리 와서 입술 좀 부딪쳐 봐."

내 천(川) 자를 그리고 있는 아주의 미간을 문질러 평평하게 만들었다. 아주가 올망거리는 눈으로 일우를 올려다봤다. 눈을 마주치니 욕구가 치솟았다. 확 잡아먹고 싶네.

"……왜요."

뾰로통 째려보는 것까지 어떻게 다 자신의 취향일 수 있을까. 일우가 감탄했다. 사실은 아주가 일우 취향인 게 아니라, 일우의 취향이 아주로 변한 건데도.

"너 때문에 내 인생 종 치게 생겼으니까 위로 좀 해 달라고. 그게 어렵냐?"

이왕 위로해 주는 거 감질나게 뽀뽀 말고 끝까지 해 줬으면 하지만.

"어렵진 않은데 싫어요."

"얌전히 하는 게 좋을걸."

"왜요?"

대답하지 않은 일우는 여러 의미를 내포한 웃음을 지었다. 고개를 갸웃거린 아주는 의심의 눈빛을 거두지 않고 일우한테 다가와 쪽, 가볍게 뽀뽀했다.

"한 번 더."

이 정도론 성에 안 찼다. 외려 마이너스였다. 잠자는 사자의 코털을 건드린 격이었으니 말이다. 아주는 못마땅한 눈빛을 하면서도 다시 한 번 입맞춤했다.

"빨리 자고 내일 일찍 일어나라."

"늦잠 잘 거예요."

"너 희야 누나 보고 싶다며."

희야란 이름이 나오자마자 아주의 눈빛이 달라졌다. 아주가 희야를 잊고 죄책감이란 짐을 좀 덜고 살았으면 하는 마음에 눈알 빠지게 희야의 소재를 찾았다. 오늘 늦게 온 것도 그에 대한 연장선이었다.

"내일 같이 나가게 일찍 일어나라."

화재로 죽은 희야는 세상에 어떤 흔적도 남기지 않았다. 지금이야 무연고자도 봉안당에 안치한다지만, 그땐 유야무야 시체의 소유를 떠넘기는 경우가 많았다. 오래전 잿더미와 함께 바람결에 날아간 희야의 행방은 어디에서도 찾을 수 없었다. 남은 흔적이라곤 인내동 화재 사고로 죽은 사람이라는 기록과 이인경의 차에서 발견한 사진뿐이었다.

골머리를 앓으며 여러 방법을 강구했으나 일우의 힘으로 할 수 있는 게 전무했다. 사랑하는 아주한테 뭐든 해 주고 싶지만 세상엔 안 되는 것도 있었다. 유품이라도 어떻게 찾아볼까 했으나 화재 사고였기에 피해자 유품도 남은 게 없었다. 희야란 사람이 존재했는지도 모를 정도였다. 사진을 보지 않았다면 일우도 아주의 기억 속에 존재하는 환상이 아닐까 의심했을 거다.

"진짜요? 근데 영감님 회사는요? 안 가도 돼요?"

"휴가라서 안 가."

말은 번지르르했다. 실상은 휴가를 빙자한 외근이었다. 마침 알아볼 것도 있어 겸사겸사 아주를 데리고 가는 거였다. 앞으로 마주할 진실의 무게가 어떻든 아주만 옆에 있다면 괜찮……

"언제 가요? 아침에? 아니면 낮에? 가는 데 얼마나 걸려요? 멀어요?"

저 입은 말할 때 말고 뽀뽀나 키스처럼 예쁜 짓 할 때만 썼음 좋겠네.

"아침에 가고 안 멀어. 됐냐? 더 물을 거 없으면 제발 입 좀 닫고 자라. 너 안 피곤하냐?"

"안 피…… 으읍!"

일우는 아주가 대답하지 못하게 꽉 끌어안았다. 아주가 빠져나가려고 열심히 발버둥 쳤으나 일우를 이기기엔 역부족이었다. 결국 일우의 품 안에서 축 늘어지며 순응했다. 웅얼거리며 불만을 토로하는 것도 금방 그쳤다.

＊　＊　＊

다음 날 아침 아주는 일우의 잔소리를 들으며 비몽사몽한 눈으로 씻고, 선영이 사 준 맨투맨을 입었다. 일우의 손에 질질 이끌려 차에 탄 아주가 꾸벅꾸벅 조는 사이, 웬 놀이터처럼 알록달록한 건물 앞에 도착했다.

"누리 보육원? 여기가 어디예요?"

차에서 열심히 좋은 덕분인지 아주의 눈이 또랑또랑했다. 주변을 열심히 살피며 고개를 이리저리 돌리기도 했다. 일우가 집이라고 표현할 수 있는 딱 두 곳이 있는데, 하나는 지금 일우가 아주와 함께 사는 집이었고 나머지 하나는 여기였다.

"내가 자란 곳이자 네가 살 뻔했던 곳이지."

오랜만에 고향이자 집에 들른 일우는 나뭇잎이 하나둘 떨어지는 담장을 바라봤다. 그 너머엔 소담하지만 우아한 멋이 있는 성당과 유치원에서나 볼 법한 색으로 칠해진 건물이 있었다.

알록달록한 건물을 보니 옛 생각이 났다. 그때는 다 낡은 건물이었는데 오랜 세월이 지난 현재는 재건을 거쳐 튼튼하고 세련된 곳으로 탈바꿈했다. 새삼 시간 참 많이 흘렀다는 게 느껴졌다.

"영감님이 여기서 살았어요?"

"어렸을 때부터 고등학교 졸업할 때까지 쭉 살았지."

대학을 서울로 가면서 그때부턴 쭉 밖에서 살았다. 대학 졸업하고 나선 사법 연수원에서, 연수원 수료 후 검사에 임관된 후엔 2년마다 인사 이동을 겪으며 이리저리 옮겨 다녔다. 그러다 보니 종종 어딘가에 정착하고 싶다는 욕구가 불쑥불쑥 튀어나왔다. 누구 하나 일우를 붙들지 못했는데, 지금은 그 끝에 어김없이 아주가 있었다.

"근데 너 어째 표정이 안 좋다?"

"영감님이랑 하나도 안 어울려서요."

"얼씨구, 이게 어디서 시비야. 왜, 말싸움에서 이기는 방법이라는 책이라도 쓰게?"

한껏 이죽거린 일우가 아주의 뺨을 가볍게 꼬집었다. 자신이랑 이곳이 어울리고 말고가 무슨 상관인가 싶었으나 아주의 말만은 맞받아쳤다. 다짜고짜 시비 거는 태도가 정말 예술이었다. 이러다가 사람도 치겠네. 깽값 물어 줄 날이 얼마 남지 않은 듯했다.

"그만 구시렁거리고 따라와."

성당 뒤편 공터에 차를 주차한 일우는 담장을 따라 정문으로 걸어갔다. 아주도 일우의 뒤를 따라 걸었다. 오늘따라 하늘도 유난히 맑고 높았다. 가을 하늘 공활한데 높고 구름 없이, 라는 애국가 3절이 자연히 연상되는 맑음이었다.

아주가 바닥에 떨어진 낙엽을 주우며 놀다가 일우의 으름장에 후다닥 뛰어오는 걸 반복하다 보니 어느새 성당 코앞까지 도착해 있었다.

일우를 알아보는 사람들도 몇몇 있었다.

"영감님, 저 사람들 다 알아요?"

"모르는 게 더 이상하지."

여기서 자랐다고 몇 번을 더 말해야 저 드넓은 머릿속에 자리 잡을 수 있을까. 백날천날 말해 봐야 똑같을 걸 알았다. 일우의 입만 아플 뿐이었다. 그러다 보니 성당 입구까지 도착했다. 문은 열려 있었고 안으로 들어가기만 하면 됐다. 생각보다 큰 규모에 압도됐는지 아주가 잠시 주춤했으나 일우가 그의 손을 꽉 붙잡으며 다독였다.

"들어가자."

오전 미사가 끝난 뒤여서 그런지 성당 안은 조용했다. 일우의 연락을 받고 미리 와서 기다리고 있던 신부님만이 둘을 반겼다.

"테르시오 형제님, 오래간만입니다. 잘 지내셨습니까."

몇 년 전 새로 부임한 신부님은 모든 이에게 존댓말을 썼다. 일우도 그를 존중하며 깍듯이 인사했다.

"예, 안녕하세요. 저야 항상 비슷하죠. 신부님은 잘 지내셨나요."

"저도 항상 비슷합니다. 마리아 수녀님이 종종 찾았는데 인사는 드리셨나요."

"끝나고 드려야죠. 저 온 건 아직 비밀로 해 주세요."

"그러죠. 그런데 옆에 계신 분은……."

"그때 말씀드렸던 일 있잖습니까. 그 사람 가족입니다."

일우는 낮은 목소리로 의미심장한 말을 건넸다. 신부님도 잘 알겠다는 듯 고개를 끄덕이는 게 전부였다. 아주만 상황 파악도 하지 못한 채 낯선 곳을 두리번거리기만 했다.

"그렇군요. 반갑습니다. 전 베드로 신부라고 합니다."

나이 든 신부가 부드럽게 인사를 건네자, 아주도 쭈뼛거리며 고개를 숙였다. 가만 보면 풀떼기가 자신한테만 함부로 한다는 생각이 들었다. 누울 자리 보고 발 뻗는다 이거지.

"영감님, 근데 신부는 여자 아니에요?"

아주가 일우의 옷을 죽죽 잡아당기며 소곤거렸다. 사제복을 입은 신부님을 흘깃거리며 바라보는 게 어지간히 신기한 모양이었다.

"푸핫, 뭐?"

무슨 오해를 했는지 대강 알 것 같다. 신랑 신부 할 때 신부랑 이 신부님이랑은 전혀 다른 건데 차이를 모르는 듯싶었다.

"네가 아는 신부는 결혼하는 여자를 뜻하는 거고, 저 신부님은 성직자…… 그러니까 성당에서 하느님을 모시는 사람을 뜻하는 거고. 엄연히 다른 거야."

"아까 막 머리에 흰색 천 두른 사람도 있던데요?"

자기는 절대 틀리지 않았다는 주장이었다. 다만 주장에 대한 근거로 든 예시부터 잘못됐다. 미사포를 쓴 신자를 봤든 종신 서원 하지 않은 수녀님을 봤든 그들은 결혼하는 신부(新婦)가 아니었다.

"네가 본 사람은 여기 성당 다니는 사람이지, 부케 든 신부가 아니라고."

"왜 사람 헷갈리게 그러고 다니는 거예요?"

"난들 아냐? 나한테 묻지 마라."

"치, 맨날 모른대."

"내가 언제 모른댔냐. 쓸데없는 거 묻지 말라는 뜻이지."

일우는 나름 다정한 연애 놀음을 하는 거였으나 남들이 보기엔 일우가 아주를 괴롭히는 것으로만 보였다. 가만히 있던 신부님이 크흐흠,

헛기침하며 일우의 시선을 끌었다.

"그만 시작할까요?"

"예, 그러시죠."

신부님이 제단에 올라서자 아주와 일우는 그 앞 의자에 자리 잡았다.

"뭐 하시는 거예요?"

"미사드리는 거야."

"미사가 뭔데요?"

"기도."

"기도를 왜 해요?"

"네가 씹, 그렇게 부르고 다니던 희야 누나 좋은 데 보내 주게. 사고로 죽은 뒤로 장례도 제대로 못 치렀을 거 아니냐."

무덤도, 유품도 없는 희야를 위해 일우가 선택한 방법이 이거였다. 장례 미사를 떠올리고 너무 그런가 싶기도 했으나, 아주도 정식으로 희야를 보내 준 적이 없다는 사실에 미치자 꽤 괜찮다고 생각됐다.

더불어 엄마인 희야를 정식으로 마주하고 아주가 진심으로 마음을 다해 그만 보내 줄 수 있게끔 기회를 만들어 주고 싶었다. 죄책감 가질 필요도 없고, 앞으로 좋은 곳에서 잘 먹고 잘 살 테니 잊으라는 뜻도 있었다.

해서, 어제 퇴근하기 전 일우는 신부님에게 연락해 사정을 말씀드리고 양해를 구했다. 그는 흔쾌히 수락했고 14년 전 화재로 허무하게 아스러진 희야를 위해 진심으로 미사를 드렸다.

"제대로 된 장례 미사도 아니고 약식일 뿐이지만 풀떼기 너도 인사해라. 희야 누나 좋은 데 가서 행복하게 살라고."

행복을 바라는 신부님의 담담한 목소리가 성당 가득 메웠다. 담백하고 건조한 분위기인데 어딘가 구슬펐다. 마지막이라는 생각 때문일까. 아주는 일우의 말을 듣는지 안 듣는지 미사 내내 조용히 고개만 숙이고 있었다. 주먹 쥔 두 손을 무릎 위에 올려놓고 몸을 간헐적으로 떨었다.

아주 나름대로 슬픔을 참으며 우는 방식이라는 걸 그때 처음 알았다. 그렇게 잔눈물이 많던 아주인데도 끝내 보드라운 뺨에 눈물 한 줄기 흘리는 법이 없었다.

희야한테 잘 가라고 인사한 거구나. 전보다는 희야에 대한 마음이나 애착이 가벼워질 거란 걸 은연중에 느꼈다. 보내지 못하고 붙잡아 둘 거였으면 펑펑 눈물 흘리며 질질 짰겠지. 일우는 미사가 끝난 후에도 눈을 꼭 감고 있는 아주를 안아 달랬다. 아주도 일우의 등에 팔을 감으며 안겨 왔다.

"……영감님, 희야 누나가…… 정말 내 엄마일까요?"

"나야 모르지."

희야가 아주의 엄마일 확률이 99퍼센트에 육박했으나 모르쇠로 일관했다.

"네가 좋을 대로 생각해. 엄마면 어떻고 누나면 어때. 네가 행복하고 좋았으면 된 거지. 그만 놔주고 잊어버려. 행복하라고 빌었잖아. 그럼 이젠 풀떼기 네 차례야. 네가 행복해야지."

다른 누구도 아닌 나랑.

일우는 기특하게 눈물 흘리지 않고 참아 낸 아주의 얼굴 위로 잔키스를 날렸다. 일우가 주는 위로와 온기에 메마른 감정을 채우듯 아주는 허우적거리며 받기 바빴다.

"……영감님, 키스해 주세요……."

여기서? 라는 물음은 필요 없었다. 아주가 당장 자신이 필요하다는데 밖이면 어떻고 성당이면 어떤가. 아랫입술에 부드럽게 입을 맞추며 혀를 섞었다. 숨을 나누고 온기를 베풀었다. 조급하지 않게 조절하며 아주를 달래고 어루만졌다.

신을 모시는 곳에서 애정 행각을 벌이는 만행을 저지른 일우는 몇 번이고 아주를 위해 키스했다. 신부님이 추스르고 나오라며 자리를 비웠길 망정이지, 현일우가 사실은 게이였다고 온 동네 소문날 위기에 처했는데 그는 아랑곳하지 않았다. 뻔뻔하고 낯두껍기론 아주 못지않았다.

"으, 그, 그만요!"

아주가 이제 됐다며 몸부림칠 때까지 계속됐다. 발갛게 달아오른 얼굴로 그만하라며 고개를 가로젓는 걸 본척만척하던 일우도 결국엔 떨어질 수밖에 없었다.

"해 달라고 할 땐 언제고 이제 와서 싫대."

코맹맹이처럼 훌쩍거리던 아주가 일우를 밉지 않게 흘겼다. 해 달래서 해 줬더니 사나운 시선이나 받고. 역시 자기 팔자는 자기가 꼬는 거였다. 일우의 경우엔 셀프 트위스트였다. 거의 꽈배기 급이지.

"아까 신부님이 영감님을 테르시오라고 불렀잖아요. 그게 세례명이에요?"

"어."

"세례명이라는 게 정확히 뭔데요?"

"여기가 고구마 캐고 사과 따는 사이비가 아니라 천주교라는 건 아냐?"

"방금 들었잖아요. 그럼 아는 거죠."

"말은 잘해요."

나뭇잎이 우수수 떨어지는 성당을 걸으며 낭만을 논하기는커녕 사랑스러운 아주한테 천주교가 뭐고, 세례명이 뭔지 설명하는 인생에 대해 다시 생각해 봤다. 결론은 여전히 나쁘진 않다였다. 아주가 옆에 있고 없고의 차이가 참 컸다.

"세례란 내가 가지고 태어난 죄를 씻는 거야. 세례명은 세례받을 때 받는 이름이고. 내 경우엔 테르시오, 신부님은 베드로."

"······죄를 씻어요?"

"사람이 가지고 태어난 원죄가 있고, 세례를 받으면 사라진다고들 하지. 뭐, 다 형식상인 거야."

"그럼 나도 세례받으면 죄가 사라져요?"

형식상이라고 말한 지 1분도 채 지나지 않았는데 아주는 정말 죄라는 게 존재하고 그게 사라진다고 믿고 물었다. 저 반짝이는 눈을 보면 대강 무슨 생각을 하는지 알 수 있었다.

"진짜 사라지겠냐? 말이 그렇다는 거지."

"영감님은 어땠는데요?"

"내 경우엔 마음의 짐이 좀 덜어졌지. 내가 생존을 위해 저지른 것들, 모두 그 행위 한 번에 사라진 기분이 들더라. 물론 내가 한 짓이 정말 사라지는 건 아니고. 근데 이런 걸 왜 묻냐? 너 성당 다니게?"

"죄가 사라진다고 하잖아요."

거짓말은 나쁜 거니까 나중에 벌을 모아서 받겠다던 풀떼기다운 말이었다. 이렇게 귀가 팔랑팔랑해서 어떻게 이 험한 세상에서 살아남았는지 모르겠다.

"그런 거에 너무 얽매이지 마라. 별것도 아니야. 너는 너대로 살면 돼. 네가 그렇게 살았던 것도 나름대로 사정이 있겠지. 나도 그렇고. 그걸 굳이 합리화할 필욘 없다고."

행복한 가정의 모습은 다들 비슷비슷하지만 불행한 가정은 저마다 다른 이유가 있다는 말처럼 사람마다 사는 방식은 다 달랐다. 아주에게 있어 생존을 위해 지갑을 훔치는 행위가 어떤 죄책감도 심어 주지 않는 것처럼 말이다. 굳이 그걸 쇄신하려 애쓰지 않아도 된다. 반성하고 다시 하지 않으면 되는 것이다.

"별걱정을 다 하네. 생각 그만하고 밥이나 먹으러 가자."

일우가 앞서 걸었다. 성당 내부 식당은 저 멀리에나 있었다. 오르막길을 오르는 건 힘들지만 땀 흘린 뒤 먹는 밥만큼 맛있는 것도 없지. 어릴 때, 종종 보육원 식구들과 식당까지 전력 질주 해서 갔던 기억이 났다. 빛바랜 추억이지, 다.

아주는 앞으로 나아가는 일우의 등을 바라보며 멀뚱멀뚱 서 있었다. 아주가 따라오지 않자, 일우도 그 자리에 멈춰 서서 등을 돌렸다. 찬 바람에 나무가 흔들리고, 한쪽에 모아 둔 낙엽이 흐트러졌다. 일우의 머리칼도 덩달아 나부꼈다.

"안 먹을 거야?"

일우는 식당 쪽으로 고개를 까딱이며 아주를 재촉했다. 꼭 방전된 기계처럼 아무 반응도 없던 아주가 푹 숙이고 있던 얼굴을 들었다. 그제야 자기도 먹을 거라며 소리치더니 오르막길을 재빠르게 뛰어오르기 시작했다.

얼굴 가득 수심에 차 울던 모습은 온데간데없이 사라지고 해맑은 미소만이 남았다. 진부한 표현이지만 저 웃음을 세상이 끝나는 순간까지 지켜 주고 싶었다.

평화는 짧았다. 세상이 끝나는 순간까지 지켜 주겠다는 약속도 한순간이었다. 다짐을 가볍게 여겨서 그런 게 아니었다. 인생은 결혼식장에 난입해 신부와 사랑의 도피를 하는 영화의 한 장면처럼 아름답기만 하진 않았다. 이후 눈앞에 닥친 현실을 걱정해야 하는 처지가 됐다.

"일은 정말 괜찮은 거지?"

"어머니, 몇 번만 더 말씀하시면 이제 곧 100번 채우겠습니다."

아주가 식판을 다 비울 때까지 밥 한술 뜨지 못한 일우는 덤덤한 표정으로 답했다. 숨 가삐 사느라 잠시 잊고 있었다. 그가 어머니처럼 따르는 원장 수녀가 아주만큼 말이 많으며 걱정은 항상 덤으로 따라온다는 것을.

"오랜만에 얼굴 보니 들떠서 그랬지. 잘 지낸다니 다행이구나. 아주는 더 먹으련? 잘 먹으니까 보기 좋네."

절도 아닌데 오늘따라 반찬이 풀 천지라 반찬 투정 하며 안 먹을 줄 알았더니 아주는 반찬이며 밥이며 싹싹 비웠다. 남김없이 싹 비운 게 아주 나름대로 호감 가는 상대에게 잘 보이고자 하는 행동인 듯했다. 원장 수녀의 따뜻한 미소가 아주의 마음에 쏙 든 모양이다.

자연히 아주가 자신한테 했던 행동들이 떠올랐다. 이젠 좀 서운할 정도인데. 언제는 계란은 고기가 아니라며 반찬 투정 하던 애가 콩나물무침을 먹어? 일우가 미간을 팍 찌푸리며 아주의 대답을 기다렸다. 대체 뭐라고 하는지 두고 볼 생각이었다.

"수녀님, 나 배불러요. 더 안 먹어도 돼요."

차마 풀로 두 그릇을 비울 순 없었는지 아주는 원장 수녀의 눈치를 살살 보며 거절했다. 눈동자를 굴리는 게 딱 곰의 탈을 쓴 여우였다. 실상은 여우 탈을 쓴 곰이지만. 어떤 모습이든 간에 원장 수녀의 눈에는 아주의 하얀 뺨이 아기 천사처럼 보였다. 아주가 좀 예쁘긴 하지.

팔불출처럼 마음속으로 아주를 자랑한 일우의 어깨가 치솟았다.

"그래, 배불리 잘 먹었으면 된 거지. 아주야, 일우가 잘해 주던?"

일우와 아주가 어떻게 같이 살게 됐는지 대강 사정을 알고 있는 원장 수녀가 인자한 미소를 지으며 물었다. 밥을 먹는 둥 마는 둥 하던 일우도 아주에게 집중했다. 두 사람의 시선을 오롯이 받은 아주는 입을 꾹 다문 상태였다. 뭐라고 대답할까. 아주의 입에서 나온 평가가 일우의 감정에 영향을 미치는 건 아니지만, 일우 역시 궁금하긴 매한가지였다.

잘해 준다고 얘기할까 아니면 일우가 예상하지 못한 핵폭탄을 떨어트릴까. 후자의 가능성이 컸다. 지금이라도 저 입을 막고 식당 밖으로 뛰어나가야 하는 건 아닐까 잠시 고민했다.

"고기 많이 사 줘요."

"고기?"

"네. 소고기요. 매일요."

잘해 준다는 걸 저렇게 표현하는 사람도 드물 것이다. 아주의 기준으로 따지면 정육점 사장이 세상에서 가장 착하고 다정한 사람이 아닐까. 그래도 폭탄급은 아니라 다행이었다. 아주 본인도 해도 될 말과 안 될 말을 분리한 듯싶었다. 원장 수녀는 눈웃음을 지으며 아주는 좋겠네, 하며 너스레를 떨었다. 아주도 배시시 웃었다.

"근데 일우 너는 오늘 회사 안 가고 와도 되는 거야?"

"멀리 조사하러 갈 게 있어서 외근 겸 해서 나온 겁니다. 내일은 출근해야죠."

"대체 무슨 사건이길래 멀리 간다니."

"좀 복잡해서요. 그건 그렇고 어머니, 저하고 처음 만난 날 기억하세요?"

"그럼 기억하지. 어떻게 잊겠어. 그러고 보니 그날 비가 정말 많이 내렸었는데."

원장 수녀가 주름진 눈가를 접으며 회상했다.

비릿한 바다 냄새와 섞인 축축한 비 냄새, 추운 날씨 때문에 나는 입김, 그리고 그 끝에 있던 일우까지.

"정확히 어디였는지도 기억하세요?"

"인천항 쪽에 있는 공원이었던 것 같구나. 왜, 바다가 내려다보이고, 배들 정박해 있는 곳 말이야. 갑자기 그건 왜 묻니?"

"제가 기억을 잘못하고 있나 싶어서요."

"나도 오래전 일이라 가물가물한데……."

"제 기억하고 딱 들어맞아요. 한창이신데요, 뭘."

만면에 사회생활용 웃음을 띤 일우는 식판을 치우고 갈 채비를 했다. 엉덩이 무겁게 자리에 앉아 있는 아주도 툭 건드려 일어나길 종용했다. 원장 수녀한테 얼굴도장까지 찍었으니 성당에서 볼 일은 다 끝났다고 봐도 됐다. 인천항이 그리 멀진 않지만 배 타고 들어가는 시간도 고려해야 했다. 자연히 촉박하게 움직이게 됐다.

"조금 더 있다가 애들도 보고 가지. 벌써 가니?"

일우가 당장이라도 떠날 것처럼 일어나자 원장 수녀는 얼굴에 섭섭함을 가득 띠웠다. 바쁜 일우를 알기에 잡지 못하고 종종걸음으로 일우를 마중하며 아쉬움을 달랬다.

"회사 일 마무리 되면 다시 올게요. 풀떼기, 너도 수녀님께 간다고 인사드려라."

"안녕히 계세요, 수녀님."

가기 싫은지 골이 난 표정으로 마지못해 인사를 건네는 아주였다.

쥐방울만 한 게 고집만 세서는. 마음 같아선 입술로 얼굴 곳곳을 때려 주고 싶었다. 원장 수녀가 보고 있어 인간 된 도리로 참는 것뿐이었다. 나이 때문에 혈압 약도 드시는데 큰일 날 일 있나.

원장 수녀의 배웅을 받으며 둘은 천천히 정문 쪽으로 걸어갔다. 특히 일우는 발에 무거운 추라도 매단 듯 느릿느릿 움직이는 아주를 들다시피 해 성당을 빠져나왔다. 차를 주차해 둔 공터까지 나와서 생각해 보건대, 차라리 업어서 데리고 오는 게 나을 뻔했다.

"풀떼기 이 새끼가 이젠 걷지도 않으려고 하네."

오늘 일 다 끝내고 귀가하면, 걷고 싶어도 걸을 수 없게 만들어야겠다. 위아래 모두 아주 예뻐해 줘야지. 그럼 이런 불평불만도 하지 않을 거 아닌가.

"영감님, 나 옆구리 아파요."

일우의 팔에 들려 온 탓이었다. 얼마나 안겨 있었다고 아프다고 징징대는지. 저 입을 콱 때려 주고 싶었다. 물론 일우의 입으로.

"네가 걸었으면 아플 일도 없으니까 닥쳐."

"이제 우리 어디 가요?"

얌전히 닥칠 아주가 아니었다. 습관적으로 안전벨트를 매더니 다음 목적지가 어딘지 궁금해했다.

"바다."

"바다요?!"

바다라는 단어가 어린애한테 마법같이 들리는 것처럼 아주한테도 똑같이 적용됐다. 하는 짓은 진짜 애라니까.

"어. 근데 너 배는 타 봤나?"

"우리 오늘 배 타요?"

신나서 묻는 걸 보니 한 번도 타 본 적 없다는 대답이 자동으로 연상됐다.

"좋아하지 마라. 너 뱃멀미하면 바다가 원수처럼 느껴질걸."

"아뇨! 안 할걸요!"

아주는 당당하게 웃으며 자신했다. 아주의 해맑은 미소에서 왜 불안감이 엄습하는지 이유를 알고 싶었다. 정말 불행히도, 일우의 오감은 실제 경험을 토대로 미래를 예측했고 대부분 그 미래가 들어맞았다.

불안감은 절대 기우가 아니었다. 일우의 오감은 적중률 99.9퍼센트로 기상청보다 높은 수치를 기록했다. 이쯤 되면 검사 그만두고 인간 슈퍼컴퓨터로 전직해도 됐다.

"우웨에에에엑."

난간을 붙잡고 바다를 향해 한껏 몸을 구부린 아주가 우렁찬 소음을 토해 냈다. 음식물도 같이 게워 냈다. 오늘 아주가 무얼 먹었는지 알고 싶지 않았으나 일우의 눈에 정확히 들어왔다. 씨발, 이건 테러로 간주돼도 무방했다. 국가 재난이 아니라 일우의 안구에 재난을 퍼부었다.

"하, 씨발……."

시도 때도 없이 우웩거리는 아주 때문에 바람 잘 날 없는 일우는 아주 옆에 주저앉아 한숨을 연거푸 토했다. 욕은 당연했고 아주를 바다에 내던지고 갈까 1초쯤 고민도 했다. 하지만 벌건 눈으로 힘들어하는 아주를 보면 그런 마음도 쏙 들어갔다.

"영감님…… 우리 돌아가면 안 돼요?"

원래도 하얀 얼굴이 뱃멀미에 질려 밀가루 떡처럼 되었다. 마른오

징어도 아니고 배에 널브러져 해롱거리는 꼴을 보니 마음이 좋지 않았다. 하지만 꼭 아주와 함께 와야 했다. 지금 배를 타고 가는 곳은 일우한테 남다른 의미를 가졌다. 상당히 좋지 않은 의미로. 그건 곧 컨디션 난조를 의미했고, 제대로 정신을 붙들기 위해선 아주가 필요했다.

"많이 힘드냐?"

"흐어엉…… 네에."

"야, 씨발, 간격 1미터 유지 안 해? 어딜 가까이 와?"

은근슬쩍 다가와 안기려는 게 보통내기가 아니다. 토악질한 얼굴을 얻다 비비려 하는지. 30센티미터까지 가까워진 거리를 발견한 일우가 아주를 향해 사납게 일갈했다. 사랑과 토사물은 별개다. 작은 배를 통째로 빌려서 망정이지 다른 사람이라도 같이 승선했다간 봐라. 크지도 않은 배에서 눈총으로 등이 뚫릴 뻔했다.

"너무해. 사람이 어떻게 그렇게 매정해요?"

"네가 나였으면 넌 날 바다에 던져 버렸을걸."

"나 그 정도는 아니에요."

"너 그 정도 맞아. 솔직히 너도 부정 못 하잖아. 아니냐?"

"아니…… 우에에엑."

"지랄한다, 지랄을. 배 처음 타 보는 티는 자기가 혼자 다 내지. 뱃멀미를 이렇게 심하게 하는 인간은 처음 보네. 입덧하는 것도 아니고."

입덧이라. 하소연처럼 흘린 단어였는데 머릿속에 콕 박혔다. 애를 밴 아주를 상상해 보니 입꼬리와 광대가 하늘 높은 줄 모르고 승천했다. 불가능한 일이란 건 알지만, 자신의 유전자가 또 어떤 식으로 힘써 줄지 모르는 일 아닌가. 계속 노력하다 보면 언젠간 되지 않을까? 복권

당첨보다 못한 확률의 궤변이었다.

일우가 망상에 잠겨 있을 즈음, 선장이 선실에서 나와 다가왔다. 묵직한 소금기가 느껴지는 바람이 끈적였다. 굉장히 기분 나쁜 농도였다. 근처에 왔구나. 직감으로 알았다.

"검사님!"

일우의 기분이 엉망으로 틀어지기 직전, 일우를 부르는 소리에 상념에서 깨어났다.

"저기 보이죠? 이 항로대로 온 게 저 섬입니다."

"저깁니까?"

일우의 어린 시절을 틀어쥐었던, 기억조차 하기 싫은 곳이 저렇게 형편없는 곳이었다니. 나무도 듬성듬성 있는 바위섬은 관광객이라곤 눈을 씻고 봐도 없을 만큼 볼품없었다. 일우가 손바닥을 들어 섬을 가렸다. 원근감 때문에 불빛 하나 없는 섬은 가볍게 가려졌다. 어딘가 모르게 허무했다. 손을 내린 일우는 침잠한 눈으로 섬을 바라봤다.

"옙. 저기 보이는 거요. 저 섬 이름이 뭐더라……."

선장이 기억을 더듬으며 뒷머리를 긁적였다. 저곳에 갇혀 있었던 일우도 섬의 이름은 몰랐다. 처음 수첩을 발견했을 땐 항로를 보고도 별생각 없이 넘겼다. 이후에 사건 조사를 위해 수첩을 뒤지다가 뒤늦게 번쩍 항로가 있다는 생각이 스쳤다. 일우가 갇혀 있었던 곳도 섬이고, 수첩의 앞을 장식하는 것도 섬으로 향하는 항로라는 걸 깨달은 즉시 검색에 돌입했다.

서해안 섬 지도를 인쇄해 수첩에 그려진 항로대로 따라 그렸다. 쭉 이어진 선 끝엔 사도(死島)가 있었다. 아니길 바랐는데, 제가 익히 아는 곳이었다. 이름부터 죽을 사(死)를 쓰는 게 특이하긴 해도 영 틀린 말은 아니다. 죽어서만 나갈 수 있었고, 죽을 때까지 잊을 수 없으니까.

"사도 맞습니까?"

"어, 어떻게 아셨대. 사도가 뭡니까, 사도가. 이름을 대체 누가 지었는지 참."

선장은 못마땅한 목소리였다. 일우가 보기엔 누가 지었는지 몰라도 그만큼 저 섬을 잘 표현하는 단어는 없을 것이었다.

"실제로 많이 죽었나 보죠."

일우가 비뚜름한 웃음을 걸치며 싸늘한 눈으로 섬의 외곽을 훑었다. 이인경, 사랑에 미친 등신 새끼인 줄 알았더니 여기까지 찾아내고 대단하네. 정말 진실에 가까이 다가간 거일지도 모르겠다. 이인경이 모은 자료를 가지고 온 일우는 눈앞에 진실을 두고도 쉽사리 열지 못했다. 모든 일에 시니컬한 일우도 보고 싶지 않은 기억쯤은 있었다.

"하기는, 몇십 년 전에 불이 크게 난 뒤로 완전 죽은 섬이 됐다고 하더라고요."

"정확히 26년 전이죠."

일우가 원장 수녀를 만나 보육원에 입성한 것도 26년 전인 1993년도였다. 잊을 수도 없지. 한 해의 마지막 달인 12월, 겨울바람에 에인 볼이 터질 것 같아도 어떻게든 살고 싶었다. 뒤에서 화마가 일우를 집어삼킬 듯 위협해도 살고자 했다.

"그걸 우째 알아요? 이야, 역시 검사 아무나 하는 게 아닌가벼."

선장이 일우를 보며 감탄했다. 일우는 그 오해를 굳이 정정하지 않았다. 거기서 살았다고 고백할 것도 아니고. 씨발, 천벌받을 새끼들. 상상만으로 입맛이 뚝 떨어진 일우가 시체 타들어 가는 냄새가 진동하는 기억을 회상했다.

지옥이라는 단어 외엔 표현할 길이 없었다. 사면이 바다라 어디로 오도 가도 못 하는 인생. 마음대로 죽지도 못하고, 설령 죽음을 지목당하더라도 편안히 가지 못하는 그런 지옥. 생살을 가르고, 약물을 주입하고……. 그러다 흔적을 없앤다는 명목으로 산 채로 태워 버렸지.

"가까이 좀 가 봅시다."

"아까 말하는 걸 깜박했는데 저 섬은 선착장이 없어서 정박이 안 돼요. 최대한 가까이 간다고 해도 저 암초 주변인데 괜찮겠어요?"

선장이 사도 근처에 우뚝 솟은 검은 암초를 가리켰다. 일우의 기억 속에도 존재하는 암초였다. 실험실에 갇혀 있다가 운 좋게 바깥에 나오는 날이면 저 암초를 바라보며 생각했었지. 저기까지 헤엄쳐 가면 자유가 될 거라 믿었었다. 배 타는 사람들한텐 성가신 존재에 불과한 것이 좁디좁은 공간에서 강제로 사육되는 이들한텐 희망의 상징이었다.

"그러면 저기라도 가 보죠."

당시 어떤 이유에서인지 큰불이 났고 그때 살아남은 이는 일우를 제외하고 네다섯 정도가 전부였다. 불타는 건물에서 필사적으로 탈출해 도망가던 탓에 일우와 함께 해변으로 내려온 사람들이 어떻게 생겼는지 기억도 나지 않았다. 빛이라곤 달과 불에 타는 건물뿐이었으니 더 했지. 개중 희야가 있었을지는 모르겠다. 다른 곳에 연구소가 있었을 수도 있으니까.

구석에 정박된 작은 배를 발견하지 못했더라면 간신히 암초까지 헤엄쳐 갔다 한들 물살에 휩쓸려 익사체로 발견됐을 수도 있었다. 많이 무모했지. 그만큼 절박했고. 과거를 회상한 일우는 감상에 젖지 않으려 부단히 노력했다.

"아, 검사님. 혹시 그때 죽은 주민들 때문에 가려는 겁니까?"

"그것보단 조사할 게 있어서죠. 안 된다는데 고집 피울 생각은 없습니다."

희야와 이주경이 동시에 엮이지만 않았어도 여기에 올 일은 평생 없었다. 일우에게 지옥 같은 고통만 선사한 곳인데 굳이 돈과 시간을 들여서 올까. 아주를 괴롭히면 괴롭혔지, 일우는 자신을 괴롭히는 변태 짓 따위 하지 않았다.

"어머니라면 어떻게 들어가는 방법을 아실 수도……."

"어머님이요?"

세찬 바닷바람에 코트가 휘날렸다. 일우가 선장 쪽으로 고개를 돌렸다.

"옙, 저야 막둥이라 이제 나이 마흔 먹었다지만 어머님이 올해 구순 치릅니다. 열다섯에 시집오셨다고 했나…… 아무튼 평생을 섬에서 사신 분입니다. 이 근방 섬은 어머니 손바닥 안이라 봐도 무방하죠."

그렇다면 여기서 일어났던 비극에 대해 알고 있을 가능성이 높다. 섬사람들 입 무거운 건 알아줘야 하는데. 그 무거운 입을 어떻게 열어야 하나. 막막한 게 한둘이 아니었다. 하지만 생각만 하는 것보단 뭐라도 행동하는 게 나았다. 죽이 되든 밥이 되든 부딪쳐 봐야지.

"어머님은 어디 계십니까?"

"어, 바로 가시게요?"

"네, 듣고 보니 굳이 암초까지 갈 필요를 못 느끼겠어서요. 지금 뱃머리 돌리세요."

열심히 토하던 아주는 영혼이 빠져나간 동태 눈깔을 하고 흐물흐물 늘어져 그물 위에 널려 있었다. 저거 아직도 정신 못 차리지. 먹은 건 다 게워 내고, 힘까진 뺀 아주의 상태를 확인한 일우가 혀를 쯧, 찼다.

"그래도 되겠어요? 환불은 안 되는 거 아시죠?"

"돈 돌려 달라고 안 할 테니 섬으로 돌아가죠. 어차피 제 일행도 영 상태가 안 좋고요. 아, 혹시 근처에 쉴 곳도 있습니까?"

"하나 있긴 한데…… 소일거리로 하는 민박집이라 검사님이 머물 만큼 좋진 않아요. 괜찮겠어요?"

"비 피하고 몸 누일 수 있음 됐죠. 보기보다 까탈스러운 사람 아닙니다."

섬에 직접 들어갈 수 없다면 여기서 시간 낭비 할 이윤 없었다. 마침 상태가 점점 나빠지는 아주를 눕혀 둘 곳도 필요했다. 어디든 눕혀 둘 수 있기만 하면 됐다. 출렁이는 배 위만 빼고.

"그럼 뱃머리 돌리죠, 뭐."

고개를 끄덕인 일우는 선실로 돌아가는 선장을 등지고 아주한테 다가갔다.

"……이제 집에 가요?"

"뭐, 집은 아니더라도 땅에 가긴 갈 거야. 일단 좀 누워라."

일우는 찬 바람이 부는데도 개의치 않고 코트를 벗어 그 위에 아주를 눕혔다. 가까이 다가오지 말라고 할 땐 언제고 친히 허벅지까지 빌려줬다. 일우의 허벅지를 베고 널브러진 아주는 흐리멍덩한 눈을 깜박였다.

"여기는 왜 온 거예요?"

어디서부터 설명해야 할지 참 막막했다. 일우는 속도 안 좋은 아주한테 처음부터 설명하느니 입을 다무는 걸 선택했다.

"나중에 얘기해 줄게."

아주의 두 눈 위에 손바닥을 올린 일우는 점점 더 작아지는 사도를 응시했다.

토하는 데 기운을 다 쓴 아주는 일우의 등에 업힌 채 하선했다. 다 큰 남자를 거뜬하게 업고 움직이는 일우가 신기한지 선장은 연신 일우를 돌아봤다.

"왜 그렇게 쳐다봅니까."

"아니, 참 힘도 좋다 싶어서요. 뭐 좋은 거라도 챙겨 드십니까?"

사람 피라고는 하지 못했다. 시골 우려먹듯 기절할 때까지 몰아붙이는 아주라곤 더더욱 못했다.

"그냥 운동하는 거죠."

정확히 말하면 섹스지만 운동은 운동이지. 선장은 일우의 말을 곧이 곧대로 믿었다. 일우는 무슨 운동을 해야 할지, 또 그게 건강에 좋을지 묻는 선장을 따라 굽이진 길을 올라갔다. 농사짓는 시골에나 가야 볼 법한 주황 지붕의 낮은 돌담집이 일우를 반겼다. '민박집'이라는 정직한 간판이 보였다.

"하룻밤 묵으실 거요?"

"오늘 육지로 돌아가야 해서요. 두어 시간만 있겠습니다."

"그럼 2만 원인데……."

한 시간에 거의 만 원꼴인 바가지에도 일우는 얌전히 지갑을 꺼내 돈을 건넸다. 군말 없이 깔끔히 계산하는 일우에 선장이 이를 드러내며 씩 웃었다.

"얘 좀 눕혀 놓고 나오겠습니다. 어머님께 바로 가 보죠."

"그럼 예서 담배 하나 피우고 있겠습니다. 거 일행분 눕히고 후딱 나오세요."

선장이 담배를 꺼내 물고는 담장 옆으로 사라졌다. 일우는 아주를 업고 방으로 들어갔다. 쿰쿰한 먼지 냄새가 가득한 방에 아주를 조심스레 앉혀 두고, 장롱을 열어 이불을 꺼냈다. 두꺼운 요를 깔고 그 위에 벽에 기대 둔 아주를 안아 눕혔다. 맥없이 잠든 걸 확인한 일우는 이불을 하나 더 꺼내 아주에게 덮어 줬다. 혹여 일어나서 일우를 찾을까 메모도 남겼다.

[어디 나가지 말고 여기 있어. 5시까지 올게. -영감님.]

잠든 아주 옆에 메모를 놓아둔 일우가 구겨진 코트를 입고 나왔다. 잠든 아주를 혼자 두고 나가는 게 영 마음에 걸렸다. 하지만 아까부터 힘들어하는 애를 깨워서 데려갈 수도 없고. 나이 든 어르신을 여기로 모실 수도 없는 일이었다.

최대한 간결하게 묻고 답을 얻자는 생각으로 담장 옆에서 줄담배를 피우는 선장 옆에 갔다.

"앞장서세요."

담배꽁초를 신발로 비벼 끈 선장이 고개를 까딱이며 따라오라고 말했다. 일우는 아주와 같이 있을 때와 달리 차가운 표정으로 선장 뒤를 따랐다.

얼마나 걸었을까, 조금 전 주황색 지붕의 낡은 민박집과 달리 그나마 깔끔한 외양의 집이 나왔다. 그곳이 선장의 집인지 대문을 벌컥 열고 마당 안으로 뚜벅뚜벅 걸어갔다.

"어머니, 막내 왔소!"

올해 구순이라는 선장의 어머니는 귀가 안 좋은지 선장이 대청마루에 앉자마자 크게 소리쳤다. 귀가 얼얼할 정도의 큰 소리였다. 일우가 귀를 째는 소음에 잠시 눈을 찌푸렸다. 잠시 조용하더니, 안에서 문이 열렸다.

선장의 아내로 보이는 여자와 노모가 함께 나왔다.

"막내 왔나?"

무릎을 절뚝이며 달려온 노모는 선장의 얼굴을 살피며 뺨이 차다고 걱정했다. 지극정성이네. 섬사람이 바닷바람 좀 쐰 게 뭐 그리 장한 일이라고 살뜰히 막내의 안위를 챙기던 노모가 일우를 봤다. 선장의 아내도 일우를 뚫어지게 바라봤다.

"인사가 늦었습니다. 인천지검 형사3부, 현일우 검사라고 합니다."

"검사요?"

"뭔 사?"

선장의 아내가 놀라 눈을 휘둥그레 떴고, 노모는 세월의 풍파를 맞아 둔해진 청력 탓에 되물었다.

"검! 사! 판검사 할 때 그 검사요. 여 검사님이 어머니께 물을 게 있대요."

선장이 노모 옆에서 큰 목소리로 다시 대답했다. 검사라고 밝힌 일우를 높은 분이라 판단했는지 선장의 아내는 뭐라도 내오겠다며 주방으로 달려갔고, 노모는 느닷없이 일우의 손을 붙잡았다. 일우는 갑작스러운 접촉에 놀라기는커녕 맞잡으며 눈을 맞췄다.

"어머님, 사도라고 아십니까?"

몇 번이나 되묻는 수고를 덜기 위해 최대한 또박또박 분명히 발음했다. 다행히 일우의 말을 찰떡같이 알아들은 노모가 느릿느릿 고개를 끄덕였다.

"그쪽에 얽힌 사건이 하나 있어서 여쭙고자 왔습니다. 귀한 시간 할애 부탁드립니다."

선장이 노모와 일우를 거실로 이끌며 자리에 앉히고는 노모의 대답을 자처했다.

"어머니, 어려운 건 하나도 없다니까요."

"예. 맞다, 아니다만 해 주셔도 됩니다."

섬사람들은 으레 외부인에게 배타적이기 마련이지만, 선장은 아낌없이 돈을 뿌리는 일우에게 호의적이었다. 선장이 옆에서 도와줄 때 노모를 구슬려 답을 얻어야 했다. 노모가 아끼는 막내아들이니 더욱 효과적일 것이었다.

"사도에 주민이 살던 때에 하얀색 큰 건물이 있었잖습니까. 기억하십니까?"

노모가 다시 한번 고개를 주억거렸다. 이게 뭐라고 속이 답답해졌다. 현일우, 이딴 거로 흔들리지 마. 마음을 굳게 다잡았다. 마침 선장의 아내가 건넨 음료를 고마운 마음으로 받아마셨다. 찬 게 들어가자 좀 차분해지는 것 같았다.

"거기 흰색 옷을 입고 다니던 사람들……. 흰색 가운 입고 다니던 사람들이 뭘 하는 사람인지 아십니까?"

이번엔 침묵이었다. 모르는 건지, 모르는 척하는 건지 알 수 없었다. 다른 질문을 해 볼까 하는 순간, 노모의 입에서 한 단어가 흘러나왔다.

"의사, 의사 선상이었제."

차가운 분노가 들끓었다. 의사라니, 씨발, 그것들이 어떻게 의사야. 사람 목숨 가지고 장난치던 것들이 왜. 섬 주민이 그들을 의심하고 관찰하지 않았을까 하는 기대는 무너졌다. 그들은 애초에 숨기지 않았다. 외부인에게 민감한 섬 주민들이 의심조차 하지 않게 봉사하는 의사들로 위장해 당당하게 섬을 오간 것이다.

"우리 막내 아플 때도 공짜로 고쳐 주고 불주사 놔 주고……."

"어어, 맞다. 거기 의사들이 근교 섬 주민들 무료로 검진해 주고 주사 놔 주고 했어요. 어머니 손잡고 따라가서 맞았었는데."

선장이 옷소매를 걷어 햇볕에 그을린 팔뚝을 보여 줬다. 천연두 예방 주사 자국이 보였다. 자신을 비롯한 사람들을 버러지처럼 쳐다보던 것들이 아프지 말라고 사람들한테 예방 주사를 놓았다니. 누구는 계속 아프기 싫어서 차라리 스스로 죽는 걸 선택했었는데.

아이러니한 상황을 목도하니 웃음도 나지 않았다. 다 똑같이 살아 숨 쉬는 사람인데 그토록 고통 속에 살았어야 했던 이유는 뭘까.

'국가를 위해서.'

"……."

일우가 기억 속에 깊이 파묻었던 문장이 생각났다. 갑자기 왜 그 말이 떠올랐을까. 문장 하나에 조바심과 갈증이 동시에 났다.

"어머니, 그럼 세창이라고 아십니까. 세창해운이요."

"뭔 창?"

"아이, 어머니. 세창이요, 세창! 기억 안 나세요?"

"낙도 보조 운항권 독점하던 회삽니다. 서해안 쪽을 꽉 주름잡고 있었던데요."

혹시 몰라 가져온 수첩을 보여 줬다. 노모는 캄캄한 눈으로 수첩을 살폈다. 별다른 반응은 보이지 않았다. 평생을 섬에서 산 사람이라면 모를 리가 없는데. 답답함이 가중될 때, 선장이 반응을 보였다.

"어머니, 이거 옛날에 우리 집에 있었잖아요. 수건 말이에요, 수건."

"그랴……. 있었제. 막둥이가 기억력도 좋구나."

노모가 불분명한 발음으로 제 아들을 칭찬했다. 꾀는 일우가 부리고 먹이는 선장이 먹는 꼴이었다. 하지만 그러면 어떻나. 일우는 진실에 다가가기만 하면 됐다.

"어머님, 세창해운 아십니까?"

"예서 자란 섬사람은 모를 수가 없제……. 의사 선상들이 다 세창 배를 타고 왔응게. 색시랑도 오고."

수첩에서 수없이 봤던 것들이 머릿속을 스쳤다. 열일곱, 열여덟. 얼굴에 젖살도 채 빠지지 않았을 여자를 어디서 데려오나 했더니. 혹 아내로 둔갑해 데리고 온 것일까.

"에이, 어머니. 색시가 아니라 부리는 사람이죠. 고것들 딱 봐도 막 상경한 촌년들이었다니까요."

잠자코 듣고 있던 선장의 아내가 참견했다.

"그걸 어떻게 아십니까?"

외부인이 들어오는 것에 이목이 집중되는 동네이긴 하다만, 그래도 몇십 년 전 일인데 그걸 기억하고 있는 걸 일우가 날카롭게 꼬집었다. 선장의 아내는 어깨를 으쓱하며 대답했다. 일우의 물음을 대수롭지 않게 생각하는 태도였다.

"왜 몰라요, 다 알지. 그때 똑단발 하고 다니던 애들이 학생 말고 더 있겠어요. 가끔 교복 입은 애들도 있었고. 짐 보따리 품에 든 것들이 이 먼 섬까지 들어오는 거 보면 돈이지 뭐겠어요."

인신매매도 여러 유형이 있다. 납치도 있지만 구인 광고를 내 유인하는 경우도 흔했다. 어떻게든 집안 살림에 보태려 학교도 뒷전으로 미루고 지방에서 상경한 어린 학생들을 실험에 썼다……. 단순한 가정에 불과한 문장이 이토록 역겹기는 처음이었다.

"어린 학생들이 뭐 하러 여기까지 들어와 일한답니까."

"돈은 많이 주잖아요. 옛날이나 지금이나 사람 쓰고 싶어도 못 써요. 일하는 사람들 봐요, 다 섬사람이지. 젊은 애들은 섬 싫다고 다 육지 나가니까 우리 같은 늙은이만 남죠."

"그 학생들이 다시 육지로 나가는 건 보셨습니까? 그만둘 수도 있는 거 아닙니까."

갈수록 속이 착잡해졌다. 노모가 또 다른 걸 봤길 바라면서 이어 물었다. 전과 달리 노모는 고개를 저었다.

"어머니나 나 같은 여자들은 물건 싣고 들어오는 배나 마중 나가지, 육지 나가는 배는 안 봐요."

일종의 불문율인 듯했다. 섬에서 사는 여자들의 현시점이기도 했다. 사실 답을 듣지 않아도 됐다. 어차피 조금 더 확실히 하느냐, 안 하느냐 정도의 차이일 뿐이다. 섬까지 데리고 들어왔는데 그 여자들을 내보냈을 리가 있을까. 답은 '없다'였다.

자신이 이런 능력을 가지게 된 이유가 뭘까. 대체 얼마나 위대한 일이길래 이처럼 많은 사람이 희생을 강요당해야 했던 걸까. 도대체 어떤 목적을 가졌는지 몰라도 역겨웠다. 그게 어떤 이유든 이 일은 학살이고 절대 정당화될 수 없었다.

보육원에 들어오기 전 겪은 과거를 평생 모른 척 외면하고 살았다. 알려 하지 않았고, 알고 싶지 않았다. 아주를 만나고 점점 달라졌다. 희야를 중심으로 알아낸 진실만 해도 단순히 묻을 수 있는 정도가 아니었다.

"알겠습니다. 말씀 감사합니다."

정의감은 검사로 일하면서 다 내던져 버린 줄 알았는데, 무슨 일이 있어도 밝혀내겠다는 오기가 치솟았다. 인사하고 나오는 일우의 뒤를 선장이 따랐다.

"어째 이 정도로 된답니까?"

"예, 뭐."

의문스러운 것투성이지만, 첫술에 배부를 수는 없다. 나중에 다시 오는 한이 있더라도 일우한테 주어진 시간이 많지 않다 보니 일단 섬을 나가야 했다. 이곳을 빠져나가 가장 먼저 할 일은 이인경이 남긴 판도라의 상자를 여는 것이다.

과거와 조우하든 말든, 진실이 무엇인지 확인해야만 했다. 눈감고 넘기기엔 너무 많은 죽음이 얽혀 있었다. 자신이 무슨 자격으로 피한단 말인가. 일우는 운 좋게 탈출해 산 사람일 뿐이지, 죽은 사람들을 대신해 가해자를 용서하거나 덮을 자격은 없었다.

"배 준비해 주세요. 일행 데리고 선착장으로 바로 가겠습니다."

할 일이 급격히 늘어났다. 이인경을 살해한 진범을 잡는 것, 이주경의 누명을 벗기는 것, 이인경의 자료가 터뜨릴 폭탄까지. 겨울이 오기 전에 끝낼 수 있으려나. 후우, 크리스마스만은 쉬고 싶은데.

"예에, 20분까지 오면 됩니다."

"알겠습니다."

시간을 확인한 일우가 발걸음을 빨리했다. 민박집에 도착해 잠든 아주를 눕혀 뒀던 방의 문고리를 잡아 돌렸다. 아주는 여전히 조용히 자고 있었다. 너무 곤히 자고 있어 깨우기 미안했다. 무엇보다 뱃멀미하는 아주는 지금처럼 자는 게 나았다. 자고 일어나면 육지일 테니까 멀미를 느낄 새도 없을 것이다.

축 늘어진 아주를 안고 나온 일우는 선착장으로 향했다. 배에 미리 승선해 있던 선장이 일우를 보고 손을 흔들었다.

"빨리 타쇼! 더 늦으면 못 나갑니다!"

선장의 재촉에도 일우는 뛰지 않고 느긋이 아주의 등을 토닥이며 걸었다. 마지막으로 사도가 있는 방향을 응시했다. 모든 일의 시작점이자 이름도, 얼굴도 불분명한 이들의 무덤인 곳을.

'파도가 너무 거세서 더는 안 되겠는데요.'

키를 잡고 운전하던 선장이 바람 때문에 선실로 들어온 일우를 향해 말했다. 섬에서 나갈 때부터 먹구름이 끼며 조짐이 안 좋더니. 완전히 어둠이 내려앉은 하늘처럼 선장의 표정도 좋지 않았다.

'그게 무슨 말입니까?'

정말 못 알아들어 묻는 것보다 섬을 빠져나가지 못하는 현실을 부정하는 의미가 더 컸다.

'더 가다간 배 자빠진다는 말입니다. 섬에서 하루 묵으셔야겠는데요.'

하, 씨발. 일우가 허공을 바라보며 한숨을 쉬었다. 창문을 통해 선실 바깥을 바라봤다. 아까부터 격렬하게 요동치는 배도 그렇고, 사람 하나 날릴 듯 매섭게 부는 바람도 심상치 않았다.

'돌아가죠.'

'그래도 되겠어요?'

'방법이 없는데 어떡합니까. 배 돌리세요.'

첨단 과학으로 무장한 사람도 거대한 자연 앞에선 무력했다. 이대로 쭉 갔다가 사고라도 나면 어쩔 것인가. 다 같이 빠져 죽자는 것도 아니고. 일우가 얌전히 포기하자 선장이 뱃머리를 돌렸다. 곧 거친 파도를 뚫고 섬으로 돌아왔다. 사도는 먹구름에 가려 거의 보이지 않았다.

오후에 육지로 돌아갈 생각이었기에 갈아입을 옷가지 하나 챙겨 오지 않았다. 하룻밤이니 그냥 맨몸으로 잘까, 싶었으나 하필 하선할 때 비가 내렸다. 아주를 업은 채라 빠르게 뛰지도 못했다. 세차게 내리는 비를 뚫고 민박집으로 돌아온 일우는 물에 빠진 생쥐 꼴이었다. 그때 코트로 머리부터 덮어 둔 아주도 잠에서 깼다.

"일어났냐."

늦가을 비를 맞아 홀딱 젖은 일우의 몸이 차갑게 식기 시작했다. 이불 위에 대충 던져둔 아주는 비몽사몽한 눈으로 일우를 바라봤다.

"영감님……?"

습관처럼 일우를 부르는 아주였다.

"영감님 힘드니까 그만 불러."

젖은 셔츠를 벗은 일우가 화장실 앞에 서서 물기가 뚝뚝 떨어지는 셔츠를 쥐어짠 뒤 옷걸이에 걸었다. 단단한 근육을 두른 몸을 움직여 보일러도 틀었다. 20년 이상 된 집에서나 볼 법한 오래된 보일러였다. 이거 따뜻해지긴 하는 건가. 별 게 다 의심스럽다.

"치, 한 번 불렀거든요."

실내 온도를 26도로 설정한 일우가 아주를 돌아봤다. 잠에서 다 깨지도 않았으면서 볼멘소리를 늘어놓는 게 자유분방한 주둥이를 가진 아주다웠다.

"말대꾸하기는."

"여긴 어디예요?"

"민박집."

"영감님은 혼자 뭐 했길래 젖었어요?"

"여러 좆같은 일이 있었지."

섬에 오기 전까지만 해도 화창하던 날씨가 갑자기 어두워지더니 비까지 오고. 일우의 속을 뒤집으려고 작정한 것 같았다. 선장의 어머니와 아내를 만나 무슨 얘기를 듣긴 했는데 큰 소득은 없고, 어떻게든 사도에 들어가야 결론이 날 것 같았다. 문제는 선장이 가겠냐는 건데.

"무슨 일인데요?"

"알려 하지 마, 다쳐."

혼자 거대한 꿍꿍이라도 있는 듯이 묘한 말투로 대답했다. 속내는 하나씩 풀어 설명하기 귀찮다는 이유가 전부였다.

"온도가 빨리 안 올라가네. 풀떼기, 안 춥냐."

일우는 방금 건드린 보일러를 쳐다보며 온도가 올라갔는지 확인했다. 노려본다고 해서 물 끓듯이 온도가 바로 올라가진 않는다. 실내 온도는 이제 겨우 20도를 웃돌았다. 맨몸으로 서 있기엔 약간 쌀쌀한 정도였다.

"영감님이랑 다르게 안 젖어서 안 추워요."

"뽀송뽀송해서 존나 좋겠네, 됐냐?"

"영감님은 추워요?"

"흠, 네가 안아 주면 안 추울 것 같은데."

몸에 열이 워낙 많아 별로 춥진 않았다. 또 머리가 복잡해 추운지도 모르고 있었다. 하지만 아주가 먼저 얘기를 꺼낸다면 말이 달라지지. 춥지 않아도 추운 척해야 했다. 서 있던 일우가 아주 앞에 주저앉아 팔을 벌렸다.

"영감님은 열 많으니까 그대로 있어도 돼요."

일우가 양팔을 벌리고 있는 걸 보고도 무시한 아주는 이불 속으로 꾸물꾸물 들어갔다. 풀떼기가 점점 앙탈을 부린다. 그냥 넘어갈 일우가 아니다. 이불째 끌어안고 손을 집어넣어 아주의 몸을 마음껏 헤집었다.

"차가워요!"

일우의 품에 안긴 이불 더미가 거세게 요동쳤다. 스킨십이 점점 깊어지고 결국 이불 속에 얼굴을 묻고 있던 아주의 얼굴이 밖으로 튀어나왔다. 푸하, 발개진 얼굴이 일우를 뾰로통하게 쳐다봤다.

"뭐."

"손 차갑단 말이에요."

"그러니까 따뜻하게 해 달라는 거잖아."

"그럼 손을 잡으면 되잖아요."

아주가 손을 쑥 내밀었다.

일우의 손보다 조금 작고, 더 하얀 아주의 손. 얼굴만 보면 고생은 하나도 안 했을 것 같은데, 손을 자세히 들여다보면 자잘한 상처나 굳은살이 많았다. 그런 흔적엔 일부러 눈길 두지 않았다.

"섹스까지 한 마당에 손잡기는 지랄."

'손만 잡고 잘게'라는 말은 환상 속에나 있는 거다. 시작이 어디인진 몰라도 사람이 그래선 안 되는 거다. 왜 욕망을 배신해. 듣기만 해도 속이 터졌다. 심지어 일우는 아주의 성감대까지 꿰뚫고 있는 상태였다. 그런 사이에 손만 잡는 게 웬 말인가.

하지만 일우는 아주의 손을 맞잡았다. 아예 만지지도 못하는 것보단 이게 낫지. 아주가 이불 속으로 들어오라며 이불을 들췄다. 꽃무늬가 자글자글한 낡은 이불을 나눠 덮으니 안 덮이는 곳이 더 많았다. 최선책에 욕망을 더해서, 아주를 껴안은 채 이불을 덮었다. 원래 목적을 달성한 것이다. 아주는 뒤늦게 어리둥절했으나, 이미 일우의 품에 안긴 후였다.

"영감님 심장 소리 너무 커요."

쿵쿵쿵. 일우의 귓가에도 박동 소리가 울렸다. 사랑과 재채기는 숨길 수 없다는 말처럼 아주를 볼 때 뛰는 심장도 조절할 수 없었다. 몸이 반응하는 걸 어떡하나. 아주의 등과 머리통을 내려다보며 나직이 읊조렸다.

"내가 널 너무 사랑해서 그래."

말함과 동시에 아주가 움찔하는 게 느껴졌다. 아예 반응 안 하진 않는구나. 이걸 다행이라고 여겨야 해, 말아야 해.

돌아누운 아주를 일으켜 세워 진지한 대화를 좀 나눠 볼까 할 때, 밖에서 검사님을 찾는 소리가 들렸다. 선장의 목소리다. 못 들은 척 이 분위기를 이어 가고 싶었다. 하지만 그는 다시 한번 검사님을 부르짖었다. 여기 다른 검사가 있을 린 만무하니 선장이 찾는 이는 일우가 맞았다.

"타이밍도 좆같네."

아주를 끌어안고 있던 팔을 풀고, 일어났다. 젖은 셔츠라도 입는 게 맞는데 아직도 물기가 떨어지는 셔츠를 입고 싶지 않았다.

"영감님, 어디 가요?"

"누가 찾아와서. 안에 있어, 나오지 말고."

궁금해하는 아주를 떼어 놓고 나갔다. 민박집 마루에 나오니 장화를 신고 검은색 우산을 든 선장이 앞에 서 있었다.

"무슨 일 있습니까?"

싸늘한 늦가을 바람이 일우의 등과 어깨를 수차례 스쳤다. 추운 것보다 아주와 함께 있고픈 마음이 더 컸다. 저녁은 좀 더 있다가 챙겨 주겠다고 했으니 식사 문제는 아닐 테고. 또 뭔가 있나 싶었다.

"아니, 검사님 짐도 없으면서 뭐 입고 있나 해서요. 그런데⋯⋯."

선장이 대놓고 일우의 몸을 훑어보며 감탄했다. 선장이 그러든 말든 일우는 당당하게 웃통 깐 채 그가 건네는 옷가지를 받았다. 다른 짐 없이 섬에 들어온 일우를 배려한 것이다.

"최대한 큰 거로 챙기긴 했는데 사이즈가 맞으려나 모르겠네요. 검사님이 워낙 키가 크셔 가지고."

"대충 맞겠죠. 생각도 못 했는데 감사합니다."

"식사는 집사람이 조금 이따가 가지고 올 겁니다. 생선 못 드시고 그런 건 아니죠?"

식사라는 말에 일우의 행동이 모두 멈췄다. 풀떼기 이 새끼, 아까 점심 먹을 때 풀만 먹어서 입이 댓 발 나왔을 텐데 고기 없다고 지랄하는 거 아니야?

"선장님."

"예?"

"생선도 고기에 속하겠죠."

꽤 진지한 목소리로 물었다. 일우한텐 아주와의 쓸데없는 실랑이를 줄일 수 있는 중요한 물음이다.

"에헤이, 그럼요. 생선을 뭐라고 부릅니까? 물고기 아닙니까. 고기 맞죠."

산에 사는 고기가 있으면 물에 사는 고기도 있는 법. 아주가 반찬 투정을 할 시에 이 논리를 펼치기로 마음먹었다.

"그럼 됐습니다. 특별히 가리는 거 없으니 편하게 주세요."

"옙. 쉬세요."

선장이 찰팍찰팍 젖은 땅을 가르고 대문을 나갔다. 일우도 다시 방 안으로 들어왔다.

"누구였어요?"

"선장. 이따가 저녁밥 가지고 온다고 하더라."

저녁밥이란 단어에 반응한 아주가 벌떡 일어나 문을 박차고 나가려고 했다. 아주가 일우의 옷을 끌어당기지만 않았어도 뛰쳐나갔을 것이다. 얘가 진짜 미쳤나? 일우는 어이가 두 번 정도 털린 눈으로 아주를 바라보며 외쳤다.

"지금이 아니라 이따가 온다고, 이따가!"

"이따가 언제요?"

"나도 모르지."

"배고픈데……."

불만에 가득 찬 아주를 혀를 차며 본 일우는 선장이 건넨 옷을 들고 화장실로 들어갔다. 옷을 벗고 샤워기 같지도 않은 곳에 머리를 들이밀었다. 차갑지도 뜨겁지도 않은 미지근한 물이 쏟아졌다. 수압도 괜찮았다. 일우는 반쯤 닳은 비누로 머리를 감고 몸을 씻었다. 오이와 꽃을 대충 짓이겨 둔 듯한 향기가 나쁘지 않았다.

짧은 샤워를 끝낸 일우는 선장이 건넨 티셔츠와 운동복 바지를 입었다. 티셔츠는 근육 때문에 양쪽으로 팽팽하게 늘어졌고, 바지는 발목이 훤히 보이는 길이였다. 격식 차리는 곳도 아니고 이 정도면 무난했다. 큰 불평 없이 화장실에서 나온 일우는 생선 꼬리를 들고 있는 아주와 눈이 마주쳤다.

"뭐 하는 짓이야?"

일우가 미간을 찌푸렸다. '짓'이라는 단어가 현 상황에 가장 적절했다. 구운 생선을 들고 있는 아주의 모습은 추호도 예상하지 못했다. 일우가 이렇게 빨리 나올지 몰랐는지 아주가 화들짝 놀라며 생선을 내려놨다.

"뭐 하냐니까."

아주가 눈을 굴리며 대답을 회피했다. 누구는 속옷도 없이 남의 옷 빌려 입고 있는데 이런 상황에서도 반찬 투정하는 건가. 아주가 이럴 건 진작 알고 있었지만, 직접 마주하니 또 스팀이 오른다. 고운 말을 하려고 해도 할 수 없었다.

"물고기잖아. 싫어도 그냥 먹어."

어쨌든 고기는 고기라며 말한 일우는 벗은 옷을 마저 옷걸이에 걸어 말렸다. 보일러가 보기와 달리 제대로 작동하는지 방이 꽤 훈훈했다.

"……나 생선 못 먹어요."

"뭐?"

"생선 못 먹는다구요."

아주가 고개를 숙이고 웅얼거렸다. 일우는 처음 듣는 이야기였다. 그러고 보니 아주랑 생선 먹은 적이 없었던 것 같다. 끽해야 분식, 양식 정도 먹였고. 나머지는 돼지, 소, 닭 같은 육고기였다.

"왜? 알러지 있냐? 수박처럼?"

일우가 미약하게 눈썹을 찌푸리곤 물었다. 수박 먹은 뒤 발갛게 올라온 피부 때문에 밤늦게 아주를 데리고 응급실에 갔던 기억이 스쳤다.

"가시 있잖아요."

"그게 뭐. 돼지나 소도 뼈 있어. 다 발골해서 고기만 남긴 거지."

이유는 생각보다 간단했다. 가시 발라 먹기 귀찮아서 그런 건가. 하긴, 생선 가시가 좀 자잘하긴 하지. 근데 좀 의외였다. 무쇠도 씹어 먹을 것처럼 굴던 아주인데 겨우 가시 좀 있다는 이유로 생선을 안 먹는다니.

"그런 게 아니고……."

"그럼 뭐."

일우가 교자상 앞에 앉았다. 떡 벌어진 상체를 구기고 숟가락을 들어 미역국을 한 술 떴다. 홍합을 넣었는지 홍합 살이 둥둥 떠다니는 게 꽤 괜찮았다.

"옛날에 먹다가 생선 가시가 목에 걸려서 죽을 뻔했단 말이에요."

"목에 생선 가시 걸려서 죽은 사람은 못 봤는데. 수술 잘못돼서 사망한 사례는 있어도."

유명한 판례도 있었다. 가시 제거 수술을 받다가 잘못된 게 사망 원인이라며 재판을 반복하다가 결국 의사가 무죄 받았었지. 철저히 결과만 따지면, 수술 때문에 사망했다고 할 수 없으니, 생선 가시 때문에 죽은 사례는 제로에 수렴했다.

"난 그랬다니까요!"

"예, 그러시겠죠."

건성으로 대답한 일우가 생선을 해체하기 시작했다. 젓가락을 들어 머리부터 꼬리까지 쭉 갈랐다. 반으로 갈라진 생선 속, 등뼈를 빼고 생선 살 사이 숨어 있는 가시도 제거했다.

"내가 발라 주면 되지. 먹어 봐. 요즘 삼치 맛있어."

일우가 생선 살덩어리를 집어 아주의 밥 위에 올렸다. 눈을 흘긴 아주가 반신반의하며 숟가락을 들었다.

"이게 끝까지 사람 안 믿네. 야, 그렇게 의심하면 안 피곤하나?"

아주는 음식을 우물우물 씹으며 고개를 저었다. 그렇겠지. 피곤할 일이 뭐가 있겠어. 아주 어깨는 세상에서 가장 말랑말랑할 것이다. 걱정이라곤 해 본 적이 있어야지. 실제로도 말랑말랑했다. 온갖 근심을 짊어지고 세상 제일 바쁜 부장의 어깨와는 정반대였다.

"근데 생선도 먹고, 생각보다 잘 먹고 다녔나 본데."

집도의처럼 집중하며 두 번째 생선의 등을 가르던 일우가 물었다.

"살은 몇 번 안 먹어 봤어요. 대부분 뼈랑 껍질을 버리잖아요."

버리잖아요. 아주는 아무렇지 않게 얘기하고 지나갔지만, 일우는 짧은 문장에서 숨은 사정을 완벽히 파악했다. 쓰레기까지 주워 먹고 살았구나. 자신을 좀 더 일찍 만났더라면 그런 일 따위 겪지 않아도 됐을 텐데. 일우가 없던 시간 속 아주의 삶이 그려졌다. 이리저리 떠돌며 어디에도 정착하지 못하고 배를 곯았을 아주가.

"넌 고양이도 아니고 뭘 그런 걸 주워 먹고 다녔냐. 생선 잘못 먹으면 골로 가. 가만 보면 넌 진짜 살아 있는 게 용하다, 용해."

일우도 가벼운 농담을 섞어 타박하기만 했다. 정도를 넘는 위로는 안 하는 것보다 못했다. 이미 다 지난 과거, 동정해서 얻다 쓰게. 그저 앞으로 잘해 주면 되는 일이다.

"당장 배고픈데 어떡해요?"

"그럼, 씨발 나한테는 왜 그러냐? 누울 자리 보고 발 뻗는 거냐고."

배고픔에 눈이 멀어 남들이 먹고 버린 생선까지 주워 먹던 아주는 일우한테만 야박했다. 선영과 수녀님한테도 그러지 않는데 말이다.

하는 말은 험해도 일우의 젓가락질은 부드러웠다. 두 번째 생선 살도 몽땅 아주의 밥그릇에 들어갔다. 아주의 밥은 절반 이상 사라졌는데, 일우는 손도 안 댔다. 자신의 입에 넣기보다 아주의 입에 넣는 게 더 바빴다. 흡사 어미 새와 종일 배만 고픈 새끼 새의 느낌이었다.

"발을 왜 뻗어요?"

"말을 말자. 밥이나 먹어."

입에 생선과 밥을 잔뜩 욱여넣은 아주가 위아래로 고개를 끄덕였다.

볼에 밥풀 묻히고 먹는 애랑 무슨 말싸움인지. 일우가 아주의 뺨을 손가락으로 훑었다. 물론 살짝 꼬집기도 했다.

"이 밥풀은 뭐냐. 아껴 뒀다가 비상식량으로 먹으려고?"

엄지손가락에 묻은 밥풀을 보니 픽, 웃음이 났다. 에휴, 이걸 진짜 잡아먹을 수도 없고. 밥풀 묻은 손가락을 혀로 핥은 일우는 보기만 해도 배가 부르다는 느낌이 무엇인지 느꼈다.

더워서 깬 건지, 속이 답답해 깬 건지. 동이 트기도 전에 눈을 뜬 일우는 이불을 걷어차고 위로 두 팔을 올린 채 나비잠을 자는 아주의 상태를 확인했다. 어제 종일 토해서 뒤늦게 아프면 어쩌나 싶었는데, 쿨쿨 자는 걸 보아하니 아주 건강했다. 좀 더운 듯해 보일러 온도를 낮추고, 드러난 아주의 배 위로 이불을 끌어다 덮어 줬다.

"으응……."

이불이 답답한지 덮자마자 버둥거렸다.

"얌전히 좀 자라."

아주의 코를 아프지 않게 잡고 가볍게 흔든 일우는 밖으로 나왔다. 어느새 비는 그쳤고 먹구름도 걷혔다. 새벽 공기 특유의 상쾌함에 비 냄새가 섞여 묘한 향취를 불러일으켰다.

"아, 담배 피우면 딱인데."

낮게 가라앉은 안개까지 축축한 게 완벽했다. 꼭 회사에서 밤을 지새우고 이른 아침을 먹으러 가는 길 같았다. 가기 전에 한 대, 먹고 나서 한 대 피우는 게 쳇바퀴 돌리듯 반복되는 회사 생활 중 유일한 낙이었다. 어차피 당장 담배도 없고, 아주 때문에 피우지도 못하지마는.

새벽 6시. 일우는 부장한테 예약 문자를 남겼다. 바다가 잘 보이게 플래시를 터뜨려 사진도 찍었다. '섬에 갇혔습니다. 배 뜨면 출근하겠습니다.' 거의 통보였다. 부장이 문자를 보고 길길이 날뛸 게 눈앞에 그려졌다. 어차피 자신이 알 바 아니었다. 싫으면 애초에 이주경 사건을 맡기지 말았어야 했다.

모처럼 나온 김에 섬을 둘러보기로 했다. 어슬렁어슬렁 긴 다리를 휘적거리며 부두 쪽으로 나왔다. 점퍼에 손을 꽂고, 흔한 운동복 바지를 입었건만 이 순간 일우는 런웨이 위에 선 모델 못지않았다. 다만 그런 모습이 새벽부터 일을 시작한 사람들에겐 귀신으로 보였다는 게 문제였다.

"에구머니나!"

진심으로 놀란 가슴을 쓸어내리는 상대를 보자 잠시 자괴감이 몰려왔다. 얼굴에 후광이 비친다는 말은 들어 봤어도, 눈앞에서 졸도하듯 놀라는 이는 목격하지 못했다.

"못 보던 분인데? 관광객인가? 배 나갈 시간까지 한참 남았는데……."

"이 여편네가 모르는 척은? 그 뭐야, 박 씨랑 온 검사님 아녀! 검사님!"

민망함과 자괴감이 뒤섞였다. 일우는 그의 신분을 두고 티격태격하는 부부에게 묵례하며 자리를 떴다. 그 뒤로 이상한 소리가 잡혔다.

"검사님이 여길 왜 와? 거 몇 년 전에 왔던 남정네처럼 조사하러 온 건가?"

몇 년 전, 남정네.

몇 가지 단어를 잡아챈 일우가 뒤를 돌아봤다. 부부로 보이는 두 남녀와 눈이 마주쳤다. 여자는 입이 방정이라며 제 입을 가리곤 서둘러 자리를 떴다. 그들의 얼굴을 익힌 일우도 일단 물러났다. 여기에 뭘 조사하러 올 사람이라면 한 명밖에 없는데.

……혹시 이인경이 왔던 걸까.

여러 생각을 거듭하며 부두를 따라 걷다 보니 동이 트기 시작했다. 저 멀리 사도가 보였다. 일출이 눈부셨다. 바다에 반사된 강렬한 빛에 눈을 찡그렸다. 파도는 잠잠했다. 마음만 먹으면 당장이라도 헤엄쳐 갈 수 있을 것만 같았다.

"어? 검사님?"

사도를 바라보고 있는데, 어디서 익숙한 목소리가 들렸다. 선장이었다. 고무장화를 신고 바닷바람을 잔뜩 묻힌 그가 다가왔다.

"일찍 다니시네요."

"그거야 제가 할 말인데요. 예서 뭐 하십니까?"

"좀 답답해서 나왔습니다. 오늘 배 몇 시에 뜹니까?"

"12시인가…… 그럴 겁니다. 아침 드시고 나가면 딱 맞을 겁니다."

"그 전에 저기 가 볼 수 없겠습니까?"

일우가 가리킨 건 사도였다. 아까 여자의 말대로 이인경이 여기에 왔다면 그도 사도에 가 봤을 텐데, 이제 와 일우가 못 간다는 건 말이 안됐다. 하지만 선장은 어제 했던 말을 되풀이하며 곤란한 얼굴을 했다. 잠시 고민하던 일우는 핸드폰을 켜 무언가 적고는 선장 앞에 들이밀었다. 액수를 확인한 선장의 눈이 눈덩이처럼 불어났다.

"다녀오면 현찰로 드리죠."

더 변명할 수 없게끔 쐐기를 박았다. 이 돈이면 선착장을 만들어서라도 데려가야 했다.

"……언제 가면 됩니까?"

바로 태도를 바꾸는 선장의 모습에 일우는 핸드폰을 집어넣고 옅은 미소를 지었다.

"지금 당장요."

선장이 일우에게 올라타라고 손짓했다. 일우는 그물을 걷고 남은 생선이 펄떡펄떡 뛰어다니는 배에 올라타 앉았다. 배는 사도를 향해 빠르게 전진했다. 정박할 곳을 찾아 사도를 한 바퀴를 빙 돌았다.

적당한 곳이 없다며 중얼거리는 선장의 말은 모른 척했다. 배우 해도 되겠네. 일우는 속으로만 빈정거렸다. 곧이어 다 부서져 망가진 선착장 하나를 발견했다. 저기 세워도 되나 싶은 부실함이 멀리서도 보였다. 엔진을 끈 선장이 일우를 불렀다.

"같이 갑니까?"

"아뇨, 혼자 다녀오겠습니다."

"괜찮겠어요? 여서 사람 몇이나 죽었는데……."

선장은 가까이 가기도 싫다는 듯이 몸서리쳤다. 같이 가자고 해도 절대 안 내릴 것 같은데.

"전 산 사람이 더 무서워서요. 한 시간 안에 오겠습니다."

일우는 선장이 건네는 손전등을 받아 하선했다. 삐걱거리는 나무 선착장을 홀로 걸었다. 아침 해는 밝았으나, 사람 사는 흔적 하나 없이 고요한 섬은 으슥한 느낌이 들었다. 관리되지 않은 나무는 우거졌고, 풀은 아무렇게나 자라 있다. 잡초가 거의 일우의 키와 맞먹었다.

안으로 깊숙이 들어갈수록 하늘이 어두워졌다. 이름 모를 새소리와 철썩거리는 파도 소리가 희미하게 들렸다. 이정표나 길 없이 육감대로 걸었다. 문득 뒤를 돌아보니 어떻게 들어왔는지 모를 정도로 남은 흔적이 없었다. 무서움보단 막막함이 일우를 사로잡았다. 시간제한이 있는 일우는 묵묵히 작은 동산을 넘었다. 절벽 위에 가까워지니 까맣게 탄 나무가 보였다.

"……."

벼락 맞은 것처럼 새까맣게 탄 나무는 죽어 있었다. 툭 건들면 부서질 듯 연약했다. 천천히 발을 내디뎠다. 섬광처럼 눈앞에 어떤 기억이 스쳤다. 일사불란 움직이는 사람들, 하얀색 가운이 펄럭이고 자신의 주변에 있던 모든 이가 불에 타거나, 피를 토하며 죽었다. 굳이 능력을 쓰지 않아도 됐다. 그날의 기억은 일우가 여태 걸어 잠갔을 뿐, 잊지 않았다.

도망쳤던 그날과 반대로 건물이 있던 곳으로 올라갔다. 죽은 나무가 반, 새로 자라난 나무가 반이었다. 그마저 건물이 있었던 터는 잡초만 무성했다. 불에 탔다고 해서 건물의 뼈대까지 전소되진 않을 텐데. 어떻게 이렇게 흔적도 없이 사라질 수 있는지. 허망함이 가슴을 때렸다.

일우가 허리를 굽혀 주변에 널려 있는 나뭇가지를 하나 들었다. 애꿎은 수풀만 휘휘 헤쳤다. 벌써 30년 가까이 지난 일이다. 갑작스레 난 불이 사고일 수도 있지만, 인재(人災)일 수도 있다는 생각이 들었다. 후자일 가능성이 더 컸다. 그렇다면 10년 넘게 실험을 진행하다가 갑자기 사고로 위장해 모든 걸 없애야만 했던 이유가 뭘까. 다시 한번 한 문장이 머릿속을 부유했다.

'국가를 위해서.'

어린 학생을 섬으로 유인하고, 봉사자로 위장한 의사를 데려온 것만 봐도 절대 떳떳한 기관이 아니다. 그들이 정말 의사 면허가 있었는지도 의심스럽다. 섬 하나를 통째로 쓰며 건물을 짓고, 인력을 투입해 실험하고, 사람들을 아무렇지 않게 납치하고도 어떤 뒤탈도 없을 규모라면 그 끝엔 결국 하나만 남는다.

입 안이 말랐다. 모든 일의 시작인 사도의 중심에 선 일우가 죽은 나무를 만졌다. 능력을 쓰지 않는 이상 더 알아낼 수 없었다. 전부 추측일 뿐이다. 커다란 나무 앞에 주저앉은 일우가 두 손으로 머리를 싸맸다.

피도 안 마셨는데 돌아갈 때까지라도 버틸 수 있을까. 씨발, 비상약처럼 비상 혈액 팩이라도 들고 다니든 해야지. 뾰족한 수가 생각나지 않았다. 일우는 마른세수를 반복하며 고민을 거듭했다.

"하, 어떡하냐……."

* * *

한 시간을 꼬박 채워 나타난 일우는 북풍의 서리처럼 차갑고도 무표정했다. 원래도 말 걸기 쉬운 타입은 아니었다만, 지금은 바늘 하나 찔러도 안 들어갈 것처럼 팽팽했다. 선장이 괜히 일우의 눈치를 보며 눈을 피했다. 시동을 걸고 천천히 뱃머리를 우회해 사도에서 멀어졌다.

허리 위로는 눈바람이 몰아치는데, 아래로는 묘한 열기가 느껴졌다. 일우는 욕구를 참듯이 마른 입술을 혀로 몇 번이나 핥았다.

어느 정도 거리가 떨어졌을 무렵, 일우가 선장에게 물었다.

"선장님, 여기 살면서 군인들 본 적 있습니까."

"군인들이야 종종 보죠. 섬 일손 부족할 때 우리가 어디에 손 벌리겠습니까."

"근래 말고요. 선장님 어렸을 때요."

일우의 물음에 선장이 어깨를 움찔 떨었다. 일우의 눈이 입을 우물거리는 선장의 얼굴로 향했다. 다 알고 있으니 당장 말하라고 멱살이라도 잡고 싶은 심정이었다. 영장을 받아 오든 해야지, 씨발. 도저히 못 해 먹겠네.

"몇 번 본 것 같기도 하고……."

"여기 사도에 들어오는 건요."

"기억이 잘……."

선장이 관자놀이를 긁적이며 말끝을 흐렸다. 착잡한 속이 그을린 나무처럼 죽어 갔다. 돈을 주니 알아서 정박하던 선장의 모습에서 익숙함을 느꼈던 건 착각이 아니었다. 망가졌더라도 선착장은 선착장이다. 존재를 몰랐을 린 없고, 우연히 발견했다고 하기엔 너무 기가 막혔다.

협조하는 척하며 돈 챙기고, 일우는 아무 소득도 없이 돌아가길 기다린 건지. 어이가 없었다. 결국 다 한통속이었다. 이런 상황에서 조사하러 다닌 이인경이 대단할 지경이다. 그가 남긴 자료가 어떤 진실을 담고 있을지 궁금했다. 분명 처참하겠지. 이 참상이 세상에 낱낱이 공개되면 어떻게 되려나. 상상만으로 손끝이 저릿했다.

"됐습니다. 담배 있으면 담배나 한 대 주세요."

일우가 까맣게 가라앉은 눈으로 멀어지는 사도를 바라보며 손을 내밀었다. 선장이 머리를 긁적이며 담배를 꺼내 건넸다. 일우가 피우는 것보다 두 배는 독한 거였다.

"선장님도 참 독한 걸 피우시네."

일우가 픽 웃으며 입에 담배를 물고 라이터로 불을 붙였다. 빌려 쓴 라이티는 다시 선장에게 건넸다. 오랜만에 매캐한 담배 연기를 들이마셨다. 머릿속이 띵하게 울리고 속이 울렁거렸다.

금연을 하면 얼마나 했다고, 벌써 몸이 담배를 거부했다. 하지만 지금은 이런 고통도 반가웠다. 고통이든 뭐든 자신의 머릿속을 좀 비워 줬으면 했다. 담배를 쥔 손끝이 조금씩 떨렸다. 재가 바람에 흩날려 바다에 점점이 떨어졌다.

해는 완전히 떠서 바다를 아름답게 비추는데, 일우는 거꾸로 어둠에 잠식됐다. 담배가 반이 넘게 꺾였는데, 일우는 멍하니 바다만 보고 있었다. 뜨거운지도 몰랐다. 선장이 일우의 어깨를 뒤흔들고 나서야 정신을 차릴 수 있었다.

"한 대 더 드릴까?"

선장이 담뱃갑을 다시 꺼내 일우 쪽으로 향해 쥐었다.

"……됐습니다. 아까 배 출발이 12시라고 하셨죠."

"예? 아아, 옙. 12시요. 정시 출발이니까 늦으면 안 됩니다."

"유의하죠. 돈은 이따가 갈 때 드리겠습니다. 머리가 좀 아파서."

일우가 손끝으로 관자놀이를 툭툭 쳤다. 웃는다고 웃는데 입꼬리조차 올라가지 않는다. 과부하 걸린 몸이 일우의 명령을 거부했다.

민박집에 올라가는 길이 멀고도 멀었다. 계속 걷는데 거리가 좁혀지지 않았다. 지나가는 관광객과 주민들이 먼 곳부터 눈길을 끄는 일우를 쳐다봐도 그들을 신경 쓸 여유 따위 없었다.

민박집에 도착한 일우가 끼익끼익 소리 나는 마루를 딛고 섰다. 햇살은 눈부셨고 하늘은 화창했다. 그 뜻은 곧 이곳에서도 사도가 잘 보였다는 뜻이다.

이렇게 가까운데 모르고 살았을 리 없지. 기억을 읽기 전이면 모를까, 이후 생각이 바뀌었다. 이 섬 사람들은 설령 관여를 하지 않았다 한들 방관자였다.

'방관자는 죄가 없잖아요.'

이주경의 호소문이 떠올랐다. 이어서 지랄, 이라는 단어가 스쳤다.

끼익, 문을 열고 방 안으로 들어갔다. 불도 켜지 않은 방에 아침 햇살이 창문을 가르고 들어왔다. 아주 위에 노란빛이 넘실거렸다. 꽃무늬 이불에 둘러싸인 채 잠에 든 아주와 그 위를 덮은 빛. 따뜻하고 평화로운 광경이다. 일우는 명화를 감상하듯 잠시 관망하다가 그 속으로 들어갔다.

바닷바람을 어깨에 달고 온 일우가 아주를 조심스레 끌어안았다. 아주의 따뜻한 체온이 전해졌다. 노곤하게 잠에 취한 아주를 나직이 불렀다.

"풀떼기."

꼭 닫힌 눈꺼풀이 슬쩍 열렸다가 다시 닫혔다. 재차 불렀다. 풀떼기, 일우가 아주를 부르는 그만의 애칭. 애정이 담긴 이름.

몇 번이나 반복해 부르는 일우에 결국 아주가 눈을 떴다. 잠이 다 물러가지 않았는데도 맑은 동공이다. 그걸 보니 자신이 꼭 아주한테 나쁜 짓을 가르치는 어른이 된 것 같았다. 영 틀린 말은 아니지. 피식 웃은 일우는 아무렇지 않은 척, 담담한 목소리로 물었다.

"너라면 어떻게 했을 것 같아."

막 일어난 아주의 눈에는 별다른 열의가 없어 보였다. 그러든 말든 일우는 신에게 기도하듯이 아주에게 물었다. 진정 답을 바라고 하는 물음은 아니다. 외려 스스로 자문하며 답을 구하는 과정이었다.

"내가 피를 먹는 거, 능력을 쓰는 거, 모두 다른 사람들하고 다르잖아."

"그게 뭐요……."

갑자기 뭔 소리냐는 듯이 아주는 손등으로 눈을 비비며 바르작거렸다. 새삼스럽다는 몸짓이었다. 이래서 아주가 좋았다. 일우의 어떤 고민도 아무렇지 않게 대하는 무심한 태도가, 세상을 관망하듯 자신의 길을 걷는 것도 전부 다.

"근데 그게 누군가에 의해 강제로 받은 능력이라면, 네가 원하지 않은 거였다면 어떻게 할래."

"하아암, 영감님은 하고 싶은 거 다 하고 살아요? 난 아닌데."

뭔 소리를 하나 했다. 요컨대 쓸데없이 불평불만 말고 주어진 대로 살라는 뜻이다. 고장 난 시계도 하루에 두 번은 맞는 것처럼, 아주의 개똥철학도 일우에게 도움을 줬다. 그것과 별개로 괘씸한 건 어쩔 수 없었다. 어디서 본인은 아닌 척이야.

"웃기시네, 넌 하고 싶은 거 다 하고 살잖아."

"아닌데요."

세상에 불만 하나 없이 얌전히 순응하는 척하는 아주한테 거짓말 말라는 뜻으로 코를 아프지 않게 쥐고 흔들었다. 아주가 모기를 잡듯이 일우의 손등을 때렸다. 쿡쿡, 웃은 일우는 아주가 원하는 대로 손을 놨다.

"그래서 뭘 어떻게 해요?"

"이제 좀 들을 생각이 들었나 보지."

눈을 깜박이던 아주가 고개를 끄덕였다. 네가 말하고 싶어 하는 것 같으니 들어 줄게, 같은 태도였으나 일우는 이쯤에서 만족했다. 잠시 숨을 고른 일우가 아주의 턱을 쓸고, 손끝으로 부드러운 뺨을 매만졌다.

"능력에는 대가가 따르는 것처럼, 당시 기억이 끔찍해서 외면하고 살았는데 사실 그 일을 당한 사람이 너만이 아니었어. 나는 살아남았지만, 그들은 죽었지. 너라면…… 이걸 세상에 알리겠어?"

"세상에 굳이 왜 알려요? 영감님이 하기 싫으면 하지 마요."

"나만 있었다면 그랬을 거야."

생존자는 다섯 손가락에 꼽을 수 있을 만큼 적었다. 개중 희야는 사고로 죽었고, 나머지는 생사조차 불투명하다. 일우가 유일한 생존자라고 해도 무방했다.

아주를 만나지 않았더라면, 그들이 납치되어 섬에 갇혔단 사실을 몰랐더라면 조용히 자신만의 비밀로 묻었을 것이다. 일우는 총대를 메고 악당을 고발할 정도로 정의로운 사람이 아니었다.

하지만 이젠 혼자만의 일이 아니었다. 일우가 감히 어떻게 하겠다고 선택할 입장도 못 됐다. 조금 전 사도에서 확인했던 기억 속, 불에 탄 시체를 다시 한번 잔인하게 도살하는 군인들을 본 뒤로는 망설이는 것조차 죄악이라 여겼다.

애초에 제대로 된 장례는 기대도 안 했다. 그러나 구덩이를 파 매장하고, 흔적을 없애려 건물을 허물고, 혹여 생존자가 있을까 가슴팍을 흉기로 찌르며 확인 사살까지 했을 줄은 몰랐다.

더불어 군인이 동원됐다는 뜻은 곧 단 한 가지 결론만 남는다. 이 일의 배후가 누구인지 정확히 가리킬 수 있었다.

이인경이 지녔던 수첩에 적힌 82년부터 일우가 이곳을 탈출해 보육원에 들어온 93년까지는 군사 정권이 나라를 쥐고 흔들던 암흑의 시대였다. 어떤 실험을 했고, 어떤 목적이었던 간에 그 끝이 어딜지는 뻔했다. 군인을 동원하고, 국가가 뒤를 봐줬으니 무서울 것도 없고 은폐하긴 더욱 쉬웠겠지.

반짝이는 청춘을 등지고 여기까지 온 이 중 어느 누구도 땅에 묻히는 비참한 미래를 꿈꾸진 않았을 것이다. 씨발, 돈 한 푼 더 벌겠다고 오지 산골보다 더한 섬까지 배 타고 들어온 이들 앞에 펼쳐진 미래가 겨우 그따위였다니.

앞으로 마주할 진실의 무게가 두려운 건 사실이다. 정말 막막했다. 이럴 때 아주라면 어떻게 했을까. 보육원에 들어오기 전, 상처투성이의 어린 일우가 순간 나타났다가 속으로 들어갔다.

"많이 끔찍했어요?"

"어. 생각하기도 싫어."

말하기도 싫고. 넘치던 자신감이 바람 빠진 풍선처럼 고갈됐다. 일우가 아주를 끌어당겨 머리통을 안았다. 아주의 귀가 단단한 가슴에 맞닿았다. 일우는 자신의 심장 박동이 너무 빠르게 뛰지 않길 바랐다.

"영감님은 어떻게 하고 싶은데요?"

"……글쎄."

일우가 흐린 웃음을 지었다. 세찬 변동을 겪는 이 세상에서 신념을 갖고 살기란 굉장히 어려운 일이다. 하지만 때로는 그 신념까지 꺾어야 할 때가 있다. 지금이 그때라는 걸 직감으로 알았다.

"적어도 후회는 안 했으면 좋겠네."

"그럼 하면 되잖아요."

"너는 어떻게 그렇게 다 쉽냐."

"영감님은 왜 다 어려운데요?"

"그러게."

일우가 피식 웃었다. 뭐가 그렇게 어려울까. 속물처럼 저게 나한테 이득이 될까 재고, 걱정해서 그렇다. 차라리 몰랐더라면 편했을 것이고, 깊게 알았더라면 이인경처럼 나서서 고발했겠지.

적당히 알고 적당히 몰라서 문제였다. 과거를 마주하는 일이 일우를 천국으로 이끌지 바닥으로 처박을진 알 수 없지만, 결과에 연연하지 않고 행동해야 하는 걸 안다. 아는데…… 어려워서 문제지.

"그러는 너는 뭐가 그리 다 쉽냐. 그렇게 쉬우면 나도 좀 사랑해 주지 그러냐."

복잡한 속내를 드러내는 대신 철부지 아이 같은 생각을 꺼냈다. 한탄을 가장한 진심이었다.

"나 영감님 안 싫어해요."

"사랑하진 않잖아."

아주가 눈을 피하지 않고 일우를 빤히 바라봤다. 일우는 아주의 눈을 마주치는 대신 아주의 이마 위에 흐트러진 앞머리를 손으로 만졌다.

평소와 달리 가라앉은 일우가 어색한지 아주가 몸을 이리저리 비틀었다. 일우도 가만두고 보지 않았다. 외려 아주를 더 잡아당겨 자신의 허벅지 위에 앉혔다. 능력을 쓴 탓에 발기한 아래가 아주와 맞닿자 더 아프게 욱신거렸다.

"……영감님, 엉덩이에 뭐가 닿는데요."

"그럴 땐 그냥 조용히 있어. 분위기 깨지 말고."

떨떠름한 목소리로 얘기하는 아주에 일우가 후우, 숨을 가다듬으며 얘기했다. 일우가 다시 분위기를 잡고 촉촉하게 빛나는 눈동자로 사랑을 갈구했다.

"특별한 거 같다며. 그러면 좀 사랑해 줘. 피 좀 마시면 어떠냐. 어차피 평범한 사람인데."

살면서 단 한 번도 평범한 적 없던 일우는 은연중에 평범함을 갈망했다. 복에 겨운 바람이지. 하지만 달라고 한 적도 없는 걸 쥐여 주더니, 본래 지닌 걸 강탈하는 건 너무 잔인한 일이다. 일우에게 외모와 지성, 능력을 주고 가족과 평탄한 삶을 빼앗은 것처럼 말이다.

"영감님 하나도 안 평범한데. 일단 사람이 아니잖아요. 뱀파이어지."

일우와 아주 사이에 끈적한 분위기는 생성되지 못했다. 아주한테 진지함을 바라면 안 되는 걸 간과한 탓이다.

"그놈의 뱀파이어 아니라고, 씨발."

하여튼 풀떼기, 산통 깨는 데 선수지, 선수야. 말 받아치는 거 하나는 국가 대표급인 아주에게 농락당한 일우는 어떻게 혼내 줄까 고민하다가 눈앞에 있는 아주의 유두를 옷 위로 꼬집었다.

"아파요!"

"안 아프게 해 줄게."

아프다며 소리친 아주한테 머리채를 잡혔으나, 일우는 재빨리 아주가 입은 맨투맨을 걷어 올렸다. 혓바닥은 유륜을 핥았다. 쾌감이 증폭될수록 일우의 머리칼을 틀어쥔 아주의 손도 점점 힘이 빠져갔다.

"흐읏……."

참지 않고 소리를 흘리는 아주의 목소리가 일우의 머리 위에서 울렸다. 아주의 얼굴이 점점 달아올랐다. 가슴을 빠는 소리도 점점 커졌다. 아주의 온몸이 일우의 타액에 젖었다. 일우가 욕심껏 깨문 자국도 발갛게 남았다.

"야하네."

눈앞에 펼쳐진 문란한 광경에 일우가 픽 웃으며 멍울진 유두에 뽀뽀했다.

"……그, 그만 깨물어요."

그만하라는 것과 달리 아주는 두 손을 번쩍 들어 일우가 맨투맨을 수월하게 벗길 수 있도록 했다. 적극적인 태도는 언제나 환영이지. 꼿꼿하게 선 유두와 유륜을 손가락으로 매만졌다. 아주가 흐읏, 소리 냈다.

"뱀파이어는 주기적으로 이갈이 해서 깨물어 줘야 해."

정말이다. 일우는 그 말의 신뢰도를 높이기 위해 아주의 목덜미에 이를 박아 넣었다. 아픈 게 전부는 아닌지 아주는 비명을 지르는 대신 눈을 찡긋거렸다.

"훗, 거짓마알……."

"거짓말이면 어떻고 아니면 어때."

아주한테 잘게 키스한 일우가 목젖을 울리며 웃었다. 일우를 뱀파이어라고 지칭했으면 거기에 대한 책임을 져야지.

아주의 허리를 잡고 들어 바지와 속옷을 함께 벗겼다. 살짝 발기한 성기가 퉁, 튀어나왔다. 털 하나 없이 매끈한 성기를 가볍게 잡아 압박했다. 으흥, 아주가 얼굴을 가렸다. 그런다고 달아오른 눈가는 숨겨지지 않았다.

"착실하게 느끼네."

중얼거리는 목소리가 바닥을 긁었다. 거진 짐승의 소리였다. 아주가 일우의 목덜미에 얼굴을 묻었다. 숨을 고르는 소리가 더 잘 들렸다. 이게 사람 자극한다는 걸 모르는 걸까. 그렇다면 기대에 부응해 줘야지.

일우도 아래를 들썩이곤 성기를 꺼냈다. 사도에서 빠져나온 순간부터 발기한 성기는 이미 참을 대로 참은 상태였다. 아주의 아래에 선액이 떨어지는 성기를 비비며 손으론 아주의 것을 애무했다. 단단한 기둥을 감싸고 핏줄을 자극했다. 하악, 가쁜 숨소리가 전해졌다.

"먼저 가도 돼. 이제 시작이니까."

천천히 아래를 움직였다. 바닥에 깔린 요가 위로 밀려났다. 아주의 둔부를 가르는 귀두 끝이 움찔거렸다. 선액이 주룩 흐르며 질척였다. 당장 저 구멍을 뚫고 싶지만 참았다.

앞으로 혈액 팩뿐만 아니라 콘돔도 구비해야겠다. 섬에 들어오기 전, 콘돔을 챙기지 않은 자신을 욕하며 일우는 아주의 성기를 애무하는 속도를 높였다.

"훗, 으읏……!"

간지러운 듯 허리를 뒤트는 아주를 품속에 꽉 가두곤 입을 맞췄다. 아랫입술을 살짝 깨문 일우가 씩 웃으며 떨어졌다. 멀어지는 둘 사이에 타액이 늘어졌다.

동시에 일우의 손 위에 정액이 터졌다. 아주는 허벅지를 떨며 땀으로 젖은 이마를 일우의 셔츠에 비볐다. 예뻐해 달라는 아우성 같은 몸짓이었다. 저게 의도한 게 아니라는 게 진짜 사람 미치게 하는 거지.

가슴에 얼굴을 묻은 아주의 뺨을 잡아 올린 일우가 시선을 맞췄다. 아주는 초점 나간 눈으로 고개만 주억거렸다.

"풀떼기."

대답을 하는지 마는지 웅얼거리는 아주의 입술에 몇 번이나 입을 맞춘 일우가 느리게 아래를 들썩였다. 감질났다. 하지만 모든 섹스가 삽입으로 끝내는 건 아니지. 입꼬리를 길게 늘어뜨리며 웃은 일우가 자세를 바꿔 아주를 다시 일으켜 세웠다.

한 번 정액을 토해 수그러든 아주의 성기를 만지며 단단하게 세웠다. 아주의 두 손을 잡아 내린 다음 강제로 펴 일우와 아주의 것 모두 한 번에 쥐게 했다.

"계속 만져, 후우, 멈추지 말고."

일우도 아주의 손등을 감싸 압박했다. 아주가 상체를 수그리며 즉각 반응했다. 귀엽기는. 일우도 방심할 때가 아니었다. 성기에 가해지는 자극은 약했으나 아주라는 시각적 자극이 강했다. 쿨쩍쿨쩍. 아주의 것에 묻은 정액과 선액이 손짓에 뒤섞여 난잡한 소리를 냈다.

"큿……!"

아주의 얼굴이 새빨갛게 달아오를 즈음, 갈 데까지 간 두 성기가 사정했다. 일우가 한 번 갈 동안 두 번 사정한 아주는 숨을 몰아쉬며 요 위로 늘어졌다. 한창때라고 믿을 수 없는, 저질 체력이다.

일우야 몇 번이고 더 할 수 있고, 어제 종일 토하고 힘들어했던 아주를 더 몰아세울 만큼 양심도 없었으나, 곧 아침 먹을 시간임을 상기하고 물러나기로 했다. 아쉬움을 뒤로한 일우는 자신의 성기를 슥슥 문지르며 남은 정액을 손바닥에 모두 사정했다.

낡은 서랍장 위에 놓인 티슈를 몇 장 뽑아 아주의 아래를 닦고, 자신의 것도 닦았다. 비릿한 냄새가 방 안을 가득 채웠다.

"누워 있지 말고 가서 씻어."

먹음직스러운 하얀 엉덩이를 까고 누운 아주를 뒤흔들었다.

"귀찮은데……."

아주는 이불과 다시 한 몸이 돼 나뒹굴었다. 저 몸을 일으켜 욕실에 보내는 건 어렵지 않았다. 단 한 마디만 보태면 됐으니까.

"그럼 내가 씻겨 주고. 대신 한 번 더 해야 해."

"씻고 올게요."

터덜터덜 일어난 아주가 욕실 안으로 기어들어 갔다. 씰룩거리는 엉덩이를 붙잡아 한 번 더 맞붙을 뻔했으나, 일우의 눈빛이 심상치 않음을 눈치챈 아주가 도망가는 게 더 빨랐다. 욕실 문이 닫히고 잠그는 소리까지 들렸다.

"안 잡아먹어, 새끼야."

마음에도 없는 소리를 농담처럼 지껄인 일우는 창문과 방문을 모두 열어 환기했다. 바닷바람에 실린 짠내가 코끝을 찔렀다. 저 멀리 사도도 보였다. 그러고 보니 아주는 희야가 무슨 일을 당했는지 아예 모르고 있다.

"······."

희야도 자신처럼 능력이 있었을까. 문득 궁금했다. 다행히도, 아주는 일우처럼 거기서 태어나진 않은 듯싶었다. 일우가 알기론 임산부는 따로 관리했다. 햇빛도 못 보게 아주 깊숙한 곳에서 돌봤다. 희야가 당시 임신했다고 가정해도 아주가 그에 비하면 너무 어렸다. 이제 막 성인이 된 애새끼 같은데 뭘.

불행 중 다행이지, 정말. 아주마저 이 일에 연루됐다면 아마 일우는 버티지 못했을 것이다. 당장 개자식들을 찾아내어 사지를 찢어 죽였겠지. 상상만으로 욕이 절로 나왔다.

사도를 보며 사색에 잠긴 일우를 일깨운 건, 욕실 문을 붙잡고 옷이 없다며 도움을 청한 아주였다. 바닥에 널브러진 맨투맨, 바지, 속옷을 가리키며 가져다 달라고 호소하는 아주한테 말했다.

"왜 그냥 나와. 보기 좋은데 뭘."

일우는 절대 도와주지 않았다. 아주가 떼를 써도 외려 옷을 깔아뭉개 앉으며 어디 한번 나와 봐라, 하는 태도를 취했다. 결국 아주는 씩씩거리며 수건으로 온몸을 감싸고 나왔다. 그런다고 옷을 바로 받진 못했다. 나무꾼을 가장한 일우한테 입술을 몇 번이나 뺏기고 나서야 선남, 아주는 옷을 돌려받을 수 있었다.

입술을 강탈당한 아주는 구시렁거리며 불만을 토로했지만, 일우는 아주가 그러든 말든 가뿐히 넘겼다. 마음껏 키스한 자만 가질 수 있는 여유로움이었다.

"나 좋은 일 시키고 싶거든 계속 구시렁거려라."

또 확 키스해 버리게. 일우가 덧붙인 말을 들은 아주는 입을 꾹 다물었다. 속이 훤히 보이는 아주의 행동에 결국 일우는 크게 웃음을

BLOOD TYPE
LOVE TYPE
LIFE TYPE

터뜨렸다.

* * *

넓고 푸른 바다만 펼쳐지다가 드디어 육지가 보였다. 선장이 10분 안에 도착한다며 소리쳤다. 하루를 꼬박 섬에서 보내고 나니 육지가 이렇게 반가울 수도 없었다. 하루 사이 너무 많은 일을 겪은 탓에 당분간 바다는 꼴도 보기 싫었다. 일우의 마음을 어떻게 알았는지, 타이밍 좋게 바닥에 쭈그려 앉은 아주가 뚱한 얼굴로 중얼거렸다.

"영감님, 나 바다가 싫어졌어요."

바다를 보는 게 난생처음인 애가 좋고, 싫고를 따질 겨를이 있을까 싶었다. 심지어 오늘 아침으로 나온 해물칼국수를 싹 비운 아주였다. 그걸 아는 일우는 바다가 싫다는 아주의 주장을 쉬이 받아들이기 힘들었다. 헛웃음을 지은 일우가 되물었다.

"밥 잘 먹어 놓고 갑자기 뭔 소리야."

"바다에 사는 애들이랑 바다는 달라요. 우욱⋯⋯."

아주는 입을 틀어막고 갑판으로 달려가 난간을 붙잡았다. 블랙홀과 동급인 아주의 위장이 배에 타기 전 음식물을 다 소화시킨 덕분에 입 밖으로 나오는 건 없었다. 연신 헛구역질만 반복할 뿐.

"그러니까 앞으로 바다엔 오지 마요."

어디 아픈 사람처럼 창백하게 질린 아주가 나직이 중얼거렸다.

"누가 보면 CPR이라도 한 줄 알겠네. 염병 떨지 마라."

"진짜 힘들단 말이에요⋯⋯."

아주가 바닥에 벌러덩 대자로 누웠다. 일우가 잔소리하든 말든 이젠 자기 멋대로 하겠다는 뜻이었다. 힘들다는 애한테 뭐라고 하기도 그렇고. 어차피 곧 하선해야 했다. 잠시라도 아주가 하고 싶은 대로 두자 싶어 일우는 아주를 일으키기는커녕 벌러덩 누운 아주 옆에 앉았다.

"잠깐만 참아. 곧 내릴 거야."

"……영감님."

"왜."

"업어 줘요."

"돈 내. 돈 내면 업어 줄게."

"얼만데요?"

"얼마인지 알면 어쩌게. 너 돈은 있냐?"

"아뇨."

"근데 뭘 물어봐."

"빌리면 되죠. 영감님, 돈 빌려줘요."

아주가 두 손을 모아 일우한테 내밀었다. 졸지에 대부업체가 된 일우는 미간을 찌푸렸다.

"지랄 그만하고 일어나라. 우리 내려야 돼."

부두가 코앞으로 다가왔다. 배는 속도를 줄였고, 파도의 출렁임이 잦아들었다. 일우는 아주가 내민 손에 돈다발을 얹는 대신 손을 잡았다.

"도착했어요?"

일우가 고개를 끄덕이며 잡은 손을 당겨 아주를 가볍게 일으켰다. 일우의 손을 잡은 아주가 마지못해 일어났다. 배가 완전히 정박하고, 선장이 선실에서 나와 둘을 배웅했다.

"저, 검사님. 약속한 돈은……."

아주를 앞서 보낸 일우가 그를 따라 천천히 걸었다. 배웅을 핑계로 배에서 내린 선장이 일우의 뒤를 좇아왔다.

"안 잊었습니다."

"계좌 알려 드릴까요?"

일우는 고개를 내저으며 거절했다. 수사의 일환이니 계좌로 송금해도 상관은 없었다. 하지만 액수가 문제였다. 단순 수사비로 주기엔 너무 많지. 일우가 훗날 이 사건을 고발할 때 괜히 꼬투리 잡히면 곤란했다.

"잠시 여기서 기다리세요."

마침 근처에 편의점이 있었다. 거기서 돈을 뽑아 올 생각이었다. 아주도 데리고 가서 바나나 맛 우유나 사 줄까 싶었다.

애가 어디로 갔나 굳이 찾아볼 필요도 없었다. 이미 편의점 앞에 서 있었기 때문이다. 참새가 방앗간을 그냥 지나치지 못한다는 말과 동일한 상황이었다.

방금 전까지 멀미했으면서 뭐가 그리 먹고 싶을까. 참 신기한 위장이다. 쟤는 전생에 소였을 거야. 위장을 네 개나 가진 소.

편의점으로 빠르게 걸어간 일우가 편의점 앞에 멍하니 서 있는 아주의 등을 툭툭 쳤다.

"뭘 그리 빤히 보고 있어?"

대체 뭐가 그리 재밌는지 보자 싶어 일우도 무릎을 굽히고 아주의 시선에서 편의점을 바라봤다. 특별한 건 없었다. 하나 있다면, 편의점 창문에 포스터가 붙어 있다는 것 정도.

'라면 먹고! 이벤트 응모하고! 하와이로 떠나고!'

가만 보니 전에도 비슷한 상황이 있었던 것 같다. 언제였더라, 선짓국 먹었던 때인가. 하와이 여행을 홍보하는 CF를 한참이나 보고 서 있었지.

홈쇼핑으로도 보고 있었고. 고구마랑 사과 따는 중노동에 시달려서 그런지, 사이비가 세뇌시켜서 그런지 몰라도 아주한테는 하와이가 정말 천국처럼 느껴지는 듯했다. 귀엽기는.

일우는 아주의 볼을 꼬집어 정신을 일깨운 뒤 같이 편의점으로 들어갔다. 아주는 바나나 맛 우유를 골랐고, 일우는 ATM에서 현금을 뽑았다. 편의점 밖으로 나와 선장한테 약속한 돈을 건넸다. 아주는 일우의 뒤에서 비밀 거래를 목도하고도 바나나 맛 우유를 마시기 바빴다.

"생각나는 거 있으면 연락하시고요."

선장한테 자신의 연락처를 알려 주며 여지를 남겼다. 검사님, 가세요. 선장의 인사를 뒤로한 채 돌아섰다. 차를 주차해 둔 곳으로 걸어가며 일우가 아주에게 말했다.

"회사 가기 전에 고기나 한 판 구울까."

아주는 함박웃음을 지으며 좋다고 했다. 그래, 네가 뭔들 싫겠어. 조금은 가벼워진 기분으로 차에 올라탄 일우가 코트 주머니에서 진동하는 핸드폰을 느꼈다. 보나 마나 언제 오냐고 지랄하는 부장이겠지. 일부러 무시했다. 하지만 안전벨트를 매고 차에 시동을 거는 순간까지 핸드폰의 진동은 멈출 줄 몰랐다.

"영감님, 전화 오는 거 아니에요?"

진동 소리를 듣고 아주가 물을 정도였다.

"이거 받으면 너랑 고기 못 먹어."

"그럼 받지 마요."

아주의 답은 놀랍도록 명쾌했다. 하지만 일우의 핸드폰은 조용해지지 않았고, 시간이 지나면 지날수록 여러 흔적을 남겼다. 신 부장한테 온 전화가 여덟 통, 정 계장과 유 주임이 각각 두 통. '검사님, 지금 어디세요?'

일우의 행적을 묻는 메시지들. 무언가 일이 틀어졌음을 직감했다. 당장 전화를 걸었다. 수신인은 정 계장이었다.

"현일웁니다. 무슨 일입니까?"

—김동연, 잡혔어요.

급박한 목소리, 그보다 더 충격적인 소식이 전해졌다. 일우의 목소리도 덩달아 낮아졌다.

"어디서요."

—근데 저희가 체포한 게 아니라…… 자수한 거예요.

이건 전혀 예상하지 못했다. 일우의 입매가 순식간에 굳었다. 사람 죽인 새끼가 자수? 심지어 이주경이 범인이라고 잡혀 구속된 상황인데, 무슨 이득이 있다고 나타나나. 구린내가 폴폴 났다.

—진짜 문제는 김동연이 자수하기 전에 인터뷰했단 거예요. 방금 속보 뜨고 회사 앞에 기자들 쫙 깔렸어요. 차장님이 검사님 찾고 난리도 아니에요. 지금 어디세요?

잠시 눈앞이 아득했다. 자수하고 광명 찾을 것이지 쓸데없이 인터뷰는 씨발, 왜 해? 스팀이 확 올랐다. 그보다 더 막막한 건 앞으로 일어날 일들이다. 해일처럼 몰려오는 일 더미에 일우가 침묵했다.

"지금 막 배에서 내렸습니다. ……30분만 기다려요."

충격을 회복할 틈도 주지 않고 일우를 바닥에 고꾸라트리는 세상을 향해 나한테 왜 그러냐고 포효하고 싶었다. 다만, 일우는 이성이 있는 인간이라 참았다. 진작 회사를 그만뒀어야 하는 건데. 후회해도 이미 늦었다.

"야, 풀떼기. 우리 고기 못 먹겠다."

정 계장과 통화를 끝낸 일우가 아주한테 말했다. 언론과 여론이야

둘째 치고, 당장 검사장부터 차장, 부장 순으로 연달아 깨져 그 자신이 고깃덩어리가 되기 직전이었다. 고기를 먹기는커녕 그들 앞에 가서 해명하는 대신 자신을 구워 먹으라고 소리쳐야 할 판이었다.

"왜요? 영감님 회사 가요?"

아주가 절망적인 표정을 지으며 이유를 물었다. 순식간에 무너지는 표정을 보며 일우도 미안함을 느꼈다. 한껏 기대하게 해 놓고 안 된다고 자르는 것만큼 잔인한 것도 없었다.

"어, 미안. 당장 오라고 난리네. 대신 박선영한테 데려다줄 테니까 걔랑 같이 밥 먹어."

"그래도······."

"나랑 그렇게 밥 먹고 싶나? 어젯밤에 저녁도 같이 먹고, 아침도 먹었잖아."

아주가 입을 삐죽이며 대답하지 않았다. 불만족스럽다는 표현이었다. 자신과 같이 있고 싶다는 건 양팔 벌려 환영할 일이나 현실이 도와주지 않았다. 일우도 아주를 일보다 우선시하고 싶었다.

"다음에 사 줄 테니까, 그만 삐죽대고 박선영한테 전화해 봐."

일우가 핸드폰을 건넸다. 핸드폰을 받아 든 아주가 마지못해 고개를 끄덕였다. 전보다 능숙하게 선영의 연락처를 찾아 전화를 걸었다. 통화 연결음이 들리고, 선영의 목소리가 들렸다. 시작부터 비속어였다. 문제는 전화를 건 사람이 일우가 아니라 아주라는 거였다.

"선영이 누나?"

아주가 자신이 전화했음을 드러내자, 건너편 목소리가 굉장히 부드러워졌다. 말씨가 고운 것은 물론이고, 저게 진정 선영의 목소리인가 싶을 정도였다. 하, 어이없네. 핸들을 돌린 일우가 헛웃음을 지었다.

"풀떼기, 핸드폰 이리 내."

마침 빨간불에 걸렸다. 브레이크를 밟은 일우가 아주한테 핸드폰을 받아 귀에 댔다.

―아주야, 이거 현일우 핸드폰인데? 둘이 같이 있어?

"어, 나랑 있어."

―뭐야, 이 듣기 싫은 목소리는. 회사는 어쩌고 대낮부터 둘이 뭐 해? 데이트해?

"데이트는 지랄, 섬에 갇혔다가 이제 나왔어."

―세상 제일 바쁜 척하며 살더니 나들이 갈 여유도 있고 부럽다? 이게 바로 공노비와 사노비의 차이인 건가.

"다 같은 노비 처지에 부러움은 무슨. 그렇게 부러우면 지금이라도 검사 하든가. 야, 나 곧 도착하니까 주차장으로 혈액 팩 하나만 갖고 내려와라."

―얼마 전에 잔뜩 갖다줬잖아. 그건 다 어떻게 했는데? 설마 갖다 팔았냐?

시간이 없어 나중에 얘기한다는 말로 대답을 생략했더니 선영의 말이 점점 길어졌다.

―내가 드라이브스루도 아니고 장난하니? 그리고 집에 들를 시간도 없으면 아주는 어쩌게?

어쩌기는. 믿는 구석이라고는 선영밖에 없는 일우가 아주를 두고 갈 곳은 뻔했다. 분명 지금 말했다간 난리치겠지. 일우는 현명하게 입을 다물었다.

"지금 사거리 신호 하나 남았다. 바로 내려와."

올망거리는 눈으로 일우를 바라보는 아주를 선영에게 강제로 맡겨 놓고, 드라이브스루가 있는 카페에서 커피를 포장하듯이 혈액 팩을 받아 마신 일우가 회사에 들어서며 심호흡했다.

꼴도 엉망, 머릿속도 엉망. 앞으로 들이닥칠 폭격을 견딜 수 있으려나 모르겠다. 회사 내에서 이슈를 몰고 다니는 일우가 드디어 나타나니 시선이 집중됐다. 소곤거리는 소리가 귀에 내리꽂혔다.

근거 없는 헛소문이 난무하는 와중, 일우는 고고한 학처럼 사람들 사이를 지나쳐 엘리베이터를 잡아탔다. 엘리베이터 안에 들어선 뒤, 5층을 눌렀다. 거울에 비친 흐트러진 모습이 마음에 들지 않았지만, 시간 들여 깔끔한 모습으로 나타나는 것보단 나았다. 늦으면 늦었다고 뭐라고 할 것 아닌가. 곧이어 엘리베이터가 5층에 도착했다.

폭풍 전야처럼 고요한 복도를 걸었다. 사무실로 들어가려 문을 여는 순간, 무언가 날아와 일우의 이마를 스쳤다. 검사 현일우라고 적힌 명패였다. 명패가 부딪친 이마가 화끈했다. 바닥에 나뒹구는 검은색 자개 명패를 바라봤다. 고개를 들어 던진 사람과 시선을 맞췄다.

"……."

"뭘 잘 했다고 고개를 치켜들어?"

일우한테 다짜고짜 명패를 던진 이는, 다름 아닌 차장이었다. 부장은 적어도 선은 아는 사람이지만, 차장은 달랐다. 차장까지 올라간 것만 봐도 알 수 있지. 검찰 특유의 꼰대 기질과 기수 문화에 찌들어서는 사람 가지고 급 나누는 비열한 인간. 겨우 7년 차인 자신이 얼마나 우습게 보이고, 같잖을까. 아마 차장은 자신을 사람 취급도 안 할 것이다. 그렇지 않다면 이렇게 명패를 던지고도 뻔뻔하게 큰소리칠 수 없겠지.

"검사라는 새끼가 범인 하나 제대로 색출 못 하고 무턱대고 기소해? 검찰이 생사람 잡았다고 난리도 아닌데, 이거 어떻게 책임질 텐가?"

정 계장이 걱정스러운 표정으로 티슈를 건넸다. 감사합니다, 일우가 조용히 중얼거렸다.

"제가 기소한 거 아닙니다."

일우가 티슈로 이마를 지혈하며 말했다. 관자놀이를 타고 흐른 피가 셔츠를 적셨다. 기분 좆같네. 자기들 입맛대로 닦달하며 굴릴 땐 언제고 뒤늦게 책임을 묻다니. 어이없는 것과 별개로 자신의 이름으로 처리한 사건인 만큼 책임을 회피할 생각은 처음부터 없었다.

"담당 검사가 안 했으면 귀신이 했나?"

"누가 먼저 기소하라고 지시했고, 누가 사인했는지 여기서 가려 볼까요, 차장님."

전체를 거스르는 아나키즘 검사, 일우가 차장 검사를 똑바로 바라보며 하극상을 일으켰다. 옆에 서 있던 부장은 경악했고, 차장의 표정도 더하면 더했지 덜하진 않았다. 짜증을 삼킨 일우가 바닥을 나뒹구는 명패를 집어 들었다. 그렇게 원하는 절차대로, 원칙대로 하려고 얼마나 참았는데. 사람을 이렇게 건드리네.

"계장님, 지금 김동연은 어디 있습니까."

"부평서에요. 범행 사실 모두 인정했대요. 정리되는 대로 바로 송치하겠다고 연락 왔어요."

거기도 난리인가 봐요. 정 계장이 조심스레 덧붙였다.

"그럼 이주경은 아직 구치소에 있겠네요."

이마를 닦은 티슈가 피로 젖어 흐물흐물 찢어졌다. 끈적끈적한 불쾌감이 일우의 얼굴에 잔뜩 묻어났다. 정 계장이 고개를 끄덕이며 티슈를 몇 장 더 뽑아 건넸다.

그때까지도 일우는 명패를 든 채 차장을 노려보듯이 시선을 맞추고 있었다. 신 부장이 차장 옆에 서서 일우를 향해 눈 깔라고 입 모양으로 어필했으나, 일우는 절대 피하지 않았다. 오히려 뚜벅뚜벅 걸어가 명패를 제자리에 올려놓기까지 했다.

이제 보니 검사라는 글자에 피가 묻어 있었다. 티슈로 닦을 수 있었으나 닦지 않았다. 검사, 라는 직업이 깨끗하지만은 않다는 걸 보여 주는 것 같아 절묘했다. 헛웃음이 막 새어 나왔다.

"오해하실까 말씀드리는데 김동연은 저희도 추적하고 있었습니다. 이주경이 진범이 아니라는 것도 알았고요. 다만 기소한 후라서 김동연을 잡은 뒤에 처리하려 했던 것뿐입니다."

정 계장이 일우의 말에 힘을 실어 주려는 듯, 뒤에서 고개를 끄덕였다. 문제는 김동연이 뜬금없이 왜 자수했냐는 거지. 서늘함을 온몸에 두른 일우가 핸드폰을 들어 김민철에게 전화 걸었다. 여보세요?! 다급하고 숨 가쁜 목소리가 들렸다.

"현일웁니다. 김동연, 자수했다면서요."

—옙…… 난리도 아닙니다. 다들 모가지 날아가게 생겼어요. 검사님은요. 거기도 만만치 않죠?

"오자마자 명패로 얻어맞을 줄은 몰랐습니다."

그 말을 하면서 일우가 차장을 쳐다봤다. 차장의 눈엔 고개를 숙이고 들어와도 모자랄 일우가 바락바락 대드는 것처럼 보였다. 말문이 막힌 차장은 의자에 앉아 일우를 바라보기만 했다.

"하나만 묻죠. 김동연 왜 자수한 겁니까. 명분이 없잖습니까."

—도박 빚이요. 사채업자한테 엄청 쫓긴 모양입니다. 장기 털리느니

감옥 가는 게 나은 건지……. 아무튼 그냥 자수했으면 되는데, 아니 이 새끼가 별안간 인터뷰해서 이 지랄…… 아오!

"정확한 겁니까?"

—예? 그럼요. 이 이상 일 나면 저희 팀 진짜 끝입니다.

김민철이 한숨을 푹푹 쉬었다. 건너편에서 소음과 잡음이 넘실거리는 걸 보니 정 계장의 말대로 뒤집어지긴 한 듯싶었다.

"알겠습니다. 정리되면 바로 송치하세요. 끊습니다."

통화를 끝낸 일우가 모두에게 보란 듯이 시선을 던졌다.

"안 그래도 강압 수사다 뭐다 말도 많은 상황에 너, 이거 어떻게 할 건지 읊어 봐."

읊으라고 하니 성심성의껏 읊어 드려야지. 일우는 거리낌 없이 앞으로 헤쳐 나가야 할 난관을 늘어놨다.

"일단 병원에 있는 이주경은 구속 철회하되, 기소는 유지할 겁니다. 김동연이 진범이 맞는지는 앞으로 밝혀내면 됩니다. 어차피 저희 쪽에서 이주경이 범인이 아니라고 공표한 적도 없으니, 표면적으로 김동연이 한 인터뷰는 일방적인 주장에 불과합니다. 앞으로 보완 수사해서 사실 여부 판단하겠다고 브리핑하고, 범행 사실 확인되면 그때 가서 이주경 기소 취하할 겁니다."

"네 말인즉슨, 우리가 범인을 잘못 잡았다는 걸 인정하겠다, 뭐 이런 건가? 신 부장 너 애들 관리 어떻게 하는 거야?"

죄송합니다, 차장님. 부장이 차장 앞에 고개를 조아렸다. 이렇게 나올 걸 알고 있었지만 실제로 겪는 것과는 차원이 달랐다.

자신도 그다지 정의로운 편이 아니라는 걸 스스로 알고 있었다. 하지만 남이 잘못한 걸 보고도 못 본 척하는 것과, 내 잘못을 하지 않은 척

덮는 건 완전히 다른 문제였다.

"잘못한 거 맞지 않습니까. 이주경은 자기가 범인 아니라고 했는데도 불구하고 경찰은 자백을 강요했고, 전 묵인했습니다. 멀쩡한 사람을 구렁텅이에 던져 넣었으니 그에 상응하는 벌은 받아야 하지 않겠습니까."

그게 설령 검찰에 대한 거센 질타이든, 더 나아가 일우가 결국 검찰을 떠나는 일이든 간에 피하지 않을 것이다. 이젠 일우한테는 물러설 곳도 없다. 후퇴란 곧 이주경을 비롯해 섬에서 뼈가 아스러지고, 차가운 땅에 매장당한 수백의 사람들을 다시 물밑으로 처박겠다는 소리였다.

"김동연이 인터뷰를 했든 말든 저희는 절차대로 해야죠. 법과 질서를 수호하는 검사 아닙니까, 차장님."

"절차대로 했으면 넌 이미 나가리야! 됐고, 다 덮어! 김동연 공무 집행 방해로 집어넣든 말든 걔는 걔대로 기소하고, 이주경으로 밀고 나가! 이번 분기 실적 다 망칠 일 있어?"

차장이 핏대 세워 소리치더니 일우를 향해 삿대질하며 뭐 저런 게 다 있냐며 욕했다. 부장은 제대로 잘못 걸렸다는 표정을 짓고 중재하기 바빴다. 일우는 절대 물러나지 않았다.

"진실을 바로 세우고 잘못에 대해 정당한 비판을 받는 게 왜 잘못된 일입니까? 실적 그까짓 게 그렇게 중요하면 그냥 지나다니는 사람들도 다 기소하지 그러세요."

실적 하나는 기똥차게 채우겠네. 일우는 비아냥을 멈추지 않고 차장 앞에 걸어가 그를 내려다봤다.

"사리 분별 하나 못 하는 새끼가…… 어디서 눈을 치켜뜨고 설교야?"

설교라. 누가 누구한테 좆같은 논리로 설교하는지 진정 몰라서 이러는 걸까. 뻔뻔한 작태에 웃음도 안 나왔다.

"계장님, 밖에 기자들 깔렸다고 하셨죠?"

"……네."

"잘됐네요. 원하시는 대로 절차, 원칙 다 무시하겠습니다."

속전속결이 뭘 뜻하는지 알려 주지. 차갑게 일갈한 일우가 홱 돌아서 사무실을 나갔다. 뒤에서 차장이 길길이 날뛰는 소리가 들렸으나 무시했다. 피를 닦은 티슈도 복도 휴지통에 휙 던져 버렸다. 옷매무새를 정리하며 계단으로 내려가 1층으로 갔다. 1층 로비에 돌아다니던 사람들이 일우를 보고 흠칫, 놀랐다.

"야, 현일우! 너 미쳤어?"

뒤따라 내려온 부장이 일우를 불렀다. 뒤늦게 그도 일우가 무슨 짓을 하려는지 깨달은 것이다. 예, 미쳤습니다. 하지만 말리기엔 이미 늦었다. 회사 로비를 당당히 가로지른 일우는 검색대를 통과해 포토 라인에 선 뒤였다.

형제 살인 사건 담당 검사를 발견한 기자들이 연달아 플래시를 터뜨렸다. 부장이 바로 뒤까지 쫓아왔으나 말릴 수 없는 지경에 이르렀다. 일우의 턱 밑으로 마이크가 집합했다.

"친형 살인 혐의로 기소된 피의자가 진범이 아니라는데요. 어떻게 된 일입니까?"

"검찰의 무리한 기소 사실, 인정하십니까?"

일우가 서늘한 눈매로 앞다퉈 질문하는 기자들을 둘러봤다. 목소리를 가다듬고 머릿속을 정리했다. 기자들이 궁금해하는 건 결국 하나였다. 이주경이 범인이 왜 아닌지 알려는 것. 그리고 일우의 잘못된 기소를 파헤치고자 하는 것.

"부평 형제 살인 사건의 담당 검사인, 현일웁니다."

답할 틈도 주지 않고 쉴 새 없이 밀어닥치는 기자들의 질문에 침묵하던 일우가 드디어 입을 뗐다.

8장. 일기일회

　'[종합] 자백 강요와 무리한 기소로 인해 고욕 치른 검찰, 이대로 괜찮은가.

　인내동 화재 사건의 유가족인 피의자 이 모 씨(27)가 친형을 살해한 혐의로 26일에 기소됐다. 이 모 씨는 기소 사실에 분개하며 혀를 깨물었고 당시 조사 당국은 강압 수사 의혹을 받았다. 현재 피의자 이 모 씨는 인천 소재의 병원에서 입원 치료 중인 것으로 알려졌다.

　31일 오전, 삼정일보에서 자신이 형제 살인 사건의 진범이라고 주장하는 김 모 씨의 인터뷰가 실린 기사가 발행됐다. 해당 사건의 담당 검사인, 현일우(34, 40기) 검사는 오늘 오후, 인천지검 입구에서 전례 없는 브리핑을 강행했다.

　현 검사는 살인죄로 기소된 피의자 이 모 씨가 현재 공판 중지 상태이며 기소 취하까지 검토하고 있다고 밝혔다. 이어서, 이 모 씨가 현행범으로 체포된 탓에 경찰 조사 당시 자백을 강요받았으며, 압박감을 이기지 못해 자신이 죽였다고 시인한 것으로 보인다고 했다.

현 검사는 '추가 수사를 요구했으나 기소 압박으로 인해 더 검토하지 못하고 기소했다'고 밝혔다. 또한, 피의자가 범행을 부인함에도 불구하고 해당 주장을 묵인했고, '이것은 명백한 예단이며 다신 저지르면 안 될 끔찍한 실수'라고 표현하며 자신의 오판과 검찰 내부에서 공공연히 일어나는 압박에 대해 강력히 비판했다.

한편 본인이 진범이라고 주장한 김 모 씨에 대해서는 철저한 수사를 통해 사실을 가려낼 것이며, 범행 사실이 확인되면 기소할 것이라 밝혔다. 김 모 씨와 해당 언론사 사이에 금품이 오갔는지의 여부도 확인할 것으로 보인다. 김 모 씨의 범행 동기를 추측하는 질문에 현 검사는 '철저히 수사하겠다'라는 대답으로 일축했다.

이로써 현 검사는 강압 수사와 자백 강요 및 오판으로 인한 잘못된 기소 사실 모두 인정하게 된다. 검찰 역사상, 현직 검사의 양심 고백은 최초이다.

누리꾼들은 카메라 앞에 얼굴을 드러내고 잘못을 고백하고 바로잡을 것이라고 발표한 현 검사에 대해 칭찬하는 반면 인천지검은 '브리핑에 대해선 논의된 바가 전혀 없다'며 모두 그의 독단적인 주장임을 암시했다.'

xxdi***

2019.09.30. 22:31
저 얼굴에 검사 ㄷㄷ? 미쳤네ㄷㄷ

dd_0***

2019.09.30. 22:34

학생 때도 ㅈㄴ잘생겼다고 유명햇음ㅋㅋㅋ 난 사과대라서 오며 가며 재 많이 봄 근데 성격도 싹바가지 없기로 유명ㅋ

o_o1***

2019.09.30. 22:37

아 그래서 본인도 S대 출신이시겠다...?

king***

2019.09.30. 22:38

지가 잘못해서 멀쩡한 사람 친형 죽인 패륜아 만들었는데 얼굴이 무슨 상관 ㅅㅂ

kss9***

2019.09.30. 22:42

위에 기사 한 줄도 안 읽었나? 빡대갈 미친ㅋㅋㅋ 담당 검사가 제대로 수사하기 전에 위에서 기소했대잖아 담당 검사는 잘못 ㄴㄴ

ooov***

2019.09.30. 22:43

대한민국 사법부 뭐함?

jyk6***

2019.09.30. 22:45

사법부는 법원이고 ㅂㅅ아 검찰은 행정부 산하기관임 삼권분립 안 배웠나?

-_-v***

2019.09.30. 22:45

여기 댓글 다 왜이럼? 논점 흐리기 오지네... 결국 피의자는 존나 억울한 상황인 건데 검사는 왜 찬양하냐? 지가 잘못한 건데??

ilil***

2019.09.30. 22:49

와씹;; 심지어 사시 동차합격임? 세상 존나 불공평하네...

sped***

2019.09.30. 22:29

기사 3줄 요약

1.경찰 : 자백강요 피의자 : ㅠㅠ넴 검찰 : 기소ㄱㄱ

2.피의자 : 인생ㅈ됨+깜방+살인자 쓰리콤보

3.진범 : 내가 죽였는데 등신들ㅋ 검찰 : 아 ㅈ됐네+사실 걔 범인 아니었음요ㅎㅎ; 쏘리

그래서 이 사달 난 거 ㅇㅇ

[답글] 59

lily***

2019.09.30. 22:31

깜방 아니고 구치소임. 둘은 엄연히 다름. 깜방은 재판 다 끝나고 유죄 확정 나야 가는데;

sped***

2019.09.30. 22:32

구치소나 깜빵이나ㅋㅋ

lily***

2019.09.30. 22:32

달라 등1신아

reve***

2019.09.30. 22:34

근데 진범은 뭐 하러 인터뷰함? 걍 모른 척하면 끝나는 거 아님?
검찰도 몰랐다면서? 관종인가??

0i0i***

2019.09.30. 22:45

근데 그럼 형은 왜 죽은 거임? 강도 살인? 그런 거임?

zxcv***

2019.09.30. 22:56

담당 검사 징계당할 거 같은데 ㄷㄷㄷ 저렇게 발표하면 안 되는 거
아닌가...

일우가 무감한 눈으로 기사를 읽었다. 선영은 소독약을 묻힌 솜으로
일우의 이마를 소독하고 그 위에 거즈를 붙였다.

"다행히 꼬맬 정도는 아니네. 여태 병원 안 가고 뭐 했어?"

"바빴어."

기자들 앞에서 모든 걸 밝힌 뒤 한바탕 난리가 났다. 제대로 상처
를 소독할 시간도 없이 이리저리 끌려다니기 바빴다. 내사는 물론이
고 중징계가 있을 거라며 부장이 단단히 으름장을 놨다. 하나도 무섭
지 않았다. 자를 테면 자르라지. 어차피 기자들 앞에 서서 모든 걸

밝힌 후부터 각오했다.

"근데 이 씹새들이 손으로 똥을 싸지르네. 댓글 수준 하고는……."

"그러게 그걸 뭐 하러 보고 있어?"

라텍스 장갑을 벗은 선영이 구급함을 정리하며 혀를 찼다. 뭐든 알아두면 도움이 되지. 앞으로 여론의 힘을 잘 이용해야만 하는 일우는 댓글과 기사를 꼼꼼히 살폈다. 언제, 어디서 터뜨려야 할지 타이밍도 재면서. 일우가 열심히 기사를 읽는 동안, 일우 앞에 앉아 있는 아주의 표정은 펴질 줄 몰랐다.

"누가 보면 나 죽은 줄 알겠어. 표정 좀 풀어라."

핸드폰을 끈 뒤, 자신의 앞에 앉은 아주를 잡아당겼다. 입매가 시무룩한 게 여간 속이 상한 게 아닌 듯했다. 밖에선 욕 듣고, 얻어맞았는데 아주가 속상함을 내보이니 이상하게 뿌듯했다. 걱정받는 게 이렇게 좋을 일이던가.

"……영감님, 왜 다쳤어요?"

"맞았어."

"누구한테요?"

"누군지 알면 때려 주게?"

"네."

아주가 결연한 얼굴로 고개를 끄덕였다. 일우는 폭행을 예고하는 아주의 말에도 말리기는커녕 흐뭇한 웃음을 지었다. 사랑하면 닮는다더니, 풀떼기도 가만 보면 파이터 기질이 있다.

"하긴, 국보급 얼굴에 흠집 내는 죽을죄를 짓긴 했지. 내가 왕이었으면 나 때린 새낀 사형이야."

염병한다, 선영이 구급함 뚜껑을 닫고 일어나며 중얼거렸다.

"근데 굳이 안 때려도 돼. 내가 이미 빅엿 날렸거든. 아마 지금쯤 고혈압으로 실려 갔을걸."

웃으라고 한 농담에도 아주의 표정은 풀릴 줄 몰랐다. 슬쩍 미소 지은 일우가 아주의 볼을 살짝 꼬집으며 말했다.

"또 뭐가 불만인데."

고개를 가로저은 아주는 양팔을 뻗어 조용히 일우를 안았다. 요즘 따라 예쁜 짓만 골라 하네. 사람이 안 하던 짓을 하면 죽는다던데. 짐짓 심각한 표정을 지은 일우가 손을 들어 아주의 이마를 짚었다.

"……?"

일우가 아주의 이마를 만지며 열을 재는 시늉을 하자, 아주가 고개를 갸웃거렸다.

"열은 없는데."

"나 안 아파요."

"알아, 안 하던 짓을 하니까 이상해서 그런 거지."

"내가 뭐가 이상해요. 나 하나도 안 이상한데."

"그래, 안 이상해."

존나 예쁘기만 하지. 선영이 있어 애정 표현을 참은 일우가 아주의 어깨를 가볍게 두드렸다. 물론 어깨를 비롯해 목덜미와 팔 같은 곳들도 만지긴 했다. 그것도 좀 오래. 온몸이 말랑말랑한 풀떼기는 감도마저 다 좋았다. 안 예쁜 곳 찾는 게 더 힘드네.

친구의 꼴사나운 애정 행각을 가자미눈으로 바라보던 선영이 현관 앞에 서서 말했다.

"야, 현일우. 나 간다."

"어, 오늘 고마웠다."

드라이브스루에 아주 돌보미, 출장 주치의 서비스까지. 오늘 선영의 활약이 대단했다. 하지만 고마움과 별개로 바닥에 앉은 일우는 일어날 줄 몰랐다. 현관을 향해 잘 가라, 하며 인사할 뿐이었다.

"고마우면 나와서 배웅이라도 해."

"자차 끌고 온 애한테 무슨 배웅. 우리 집에 CCTV 열여섯 대 있어. 무슨 일 생기면 신고해 줄게."

개소리를 잠자코 듣고 있던 선영이 터벅터벅 걸어와 일우의 허리를 걷어찼다. 허리를 비롯해 꼬리뼈까지 번지는 아픔에 일우가 욕을 중얼거렸다. 아, 얘 진심이네. 결국 일우는 귀찮음을 참고 슬리퍼를 꿰신었다. 아주야, 누나 갈게. 손을 흔들며 거실에 달랑 남은 아주를 향해 인사하는 선영의 이중적인 면모에 일우가 위선자라며 중얼거렸다.

"할 말 있으면 할 말 있다고 할 것이지, 허리는 왜 차냐. 내 허리 망가지면 네가 책임질 것도 아니면서."

계단을 내려가며 일우가 별로 아프지도 않은 허리를 부여잡고 죽는소리를 했다. 평소 같으면 쏘아붙일 법한 선영이 웬일로 조용했다. 후, 장난칠 때 아닌가 보네. 주차장 앞에 와서야 선영이 무겁게 다물고 있던 입을 열었다.

"하나만 묻자. 너 이렇게까지 하는 이유가 뭐야?"

"뭐가."

"점심 먹다가 뉴스 보고 사레 걸려서 뒤질 뻔했어. 현일우 너 진짜 미쳤니?"

"갑자기 왜 짜증이야."

"눈앞에서 사람 죽어도 미동도 없을 인간이 감정적인 척은."

"그 정도로 최악은 아닌데."

야박한 평가를 들은 일우는 미간을 찌푸렸다. 이마 쪽 근육을 움직이니 상처가 따끔따끔했다. 아프긴 해도 나름 영광의 상처였다. 무언가 지키기 위해 맞선 건 처음이었다. 그것도 자신이 아닌 남을 위해서. 나아가 아주를 위해서. 이게 진짜 인간답게 사는 거지.

"아니긴, 너 그런 인간 맞아. 그리고 참 나, 맞기는 누가 맞아? 넌 누구한테 가만히 맞을 위인이 못 돼. 선빵 때리면 때렸지. 아까 보니까 상처도 맞아서 생긴 상처 아니던데."

쯧, 눈치가 너무 빨라도 힘들다니까. 일우의 이마에 난 상처는 누가 봐도 어디 긁히거나 걸려 찢긴 상처였다. 하물며 작은 상처도 아니었다. 분명 무슨 일이 난 것이라 짐작한 선영은 가능한 한 밝은 얘기만 들었으면 하는 아주가 없는 곳에서 확인하고자 했다.

"좀 넘어가면 어디가 덧나냐. 별거 아냐. 차장이 명패 던져서 좀 다친 거지. 근데 존나 아프더라. 너도 호신용 무기 필요하면 명패 들고 다녀. 모서리로 찍으면 사람 죽겠던데."

"……설마 아주 때문이니?"

"풀떼기가 여기서 왜 나와?"

"그럼 뭔데 그러냐고. 이런 일 하루 이틀 겪은 거 아닐 거 아냐. 검사 생활 7년이면 더러운 꼴 다 봤을 텐데 네 인생 망치려고 작정한 것도 아니면 대체 왜 그러는 건데? 매년 성병 검사받으면서 자기 몸은 끔찍이 아끼던 새끼가 이마 찢어진 채로 나타난 것만 봐도 그래."

그러게, 어쩌다 이렇게 됐을까 싶은 생각이 들었다. 검사 자리를 보전하기는커녕 사회에서 매장당할 수도 있는 큰일이었다. 내부 고발이란 으레 그랬다. 외부에선 영웅 취급당해도 그 업계에선 앞으로 발도 못 붙인다고 봐야 했다.

"뭐, 그냥. 위에서 하는 꼴도 마음에 안 들고, 그게 쌓이다 보니 이젠 이 짓도 신물 나는 거지."

과거의 일우라면 이번 사건도 차장의 명령을 듣는 둥 마는 둥 하며 적당히 타협하고 넘어갔겠지만, 아주를 사랑하게 되면서 마음속 깊이 걸어 잠근 핏빛 과거를 직면한 일우는 달랐다.

이렇게 하는 게 옳은 거잖아. 그게 정의잖아. 그러면 온몸을 부딪쳐서라도 고쳐야지. 심지어 일우는 그걸 실현할 수 있는 힘이 있었다. 그런 힘을 올바르게 사용하지 않는 게 바로 직무 유기였다. 이게 바로 대학생 일우가 꿈꾸던 바람직한 검사의 모습이었다.

"그리고 겨우 이런 일로 망칠 인생이었으면 진작 망쳤어. 나 인생에 굴곡 많은 사람인 거 모르냐. 영화 찍으면 한 트럭쯤 나올 거다. 그러니까 겨우 이런 걸로 호들갑 떨지 마."

"굴곡은 아주 같은 애가 굴곡이 많은 거지. 어디서 힘든 척이야."

"지랄, 걔 어깨가 얼마나 말랑말랑한데. 어깨만 보면 평생 고생 한번 안 해 본 사람 같아."

"아주 어깨가 말랑말랑한 건 또 어떻게 알았대."

어떻게 알기는. 많이 만져 봤으니까 알지. 일우가 눈을 살며시 돌리며 하늘을 바라봤다. 선영은 그 모습을 보며 아주와 일우 사이에 흐르는 묘한 기류와 친밀한 스킨십의 원인을 모두 눈치챘다.

"섹스 처음 해 보는 고딩처럼 굴지 말고 적당히 해라, 적당히."

"너한테 그딴 조언 듣고 싶지 않으니까 신경 꺼라. 남의 연애사에 입대는 거 아냐."

"연애사래, 미친다 진짜."

일우와 선영은 헛웃음에서 시작해 박장대소를 터뜨렸다. 차에 타기 직전, 선영이 일우를 돌아보며 말했다. 선영은 어딘가 후련한 표정이었다.

"사람 됐네, 현일우. 아니지, 아주가 널 사람 만든 건가."

"풀떼기가 마늘이나 쑥도 아니고 뭘 사람을 만들어. 그리고 뿌듯한 얼굴로 쳐다보지 마. 존나 소름 끼쳐."

잘난 얼굴을 구긴 일우는 불쾌함을 숨기지 않고 드러냈다. 선영도 일우의 언행이 불쾌하긴 마찬가지였다. 일우를 한심한 눈으로 훑어보는 것에서 알 수 있었다.

"말본새 하고는. 그럼 나 걱정 안 한다. 사식으로 혈액 팩 넣어 주고 싶진 않거든."

"불길한 소리 말고 빨리 가기나 해."

일우가 차 문을 잡고 서 있는 선영을 향해 손을 흔들었다. 어서 꺼지라는 신호였다.

"재촉 안 해도 갈 거야."

선영이 눈썹을 까딱이더니 이내 차에 올라탔다. 차 문이 닫히고, 얼마 지나지 않아 선영의 차가 주차장을 빠져나갔다. 일우도 돌아서서 건물에 들어왔다. 도어 록을 해제하고 집에 들어오니 아주가 얌전히 소파에 앉아 있었다. 저기 가만히 앉아서 뭐 하는 거야? 일우가 다가가자 아주가 고개를 돌렸다. 눈이 마주쳤다.

"선영이 누나랑 무슨 얘기 했어요?"

"너 마늘이랑 쑥이라는 얘기."

"난 마늘도 아니고 쑥도 아닌데요."

"그래, 풀떼기지."

"풀도 아니에요!"

아주는 씩씩대며 분노했지만, 일우의 눈엔 고양이가 하악질하는 것에 불과했다. 날카로운 발톱도 없는 주제에 씩씩대 봤자지.

"풀떼기라고 불리기 싫으면 이름을 바꾸든가. 한우나 삼겹살 어때."

아주를 놀린 뒤 만족스러운 웃음을 지은 일우는 소파에 앉았다. 일어나려는 아주를 잡아 옆에 끼우곤 리모컨을 들어 TV를 켰다. 밤늦은 시각이라 하는 프로그램이라곤 예능이나 드라마뿐이었다. 예능을 보며 웃을 기분은 아니라 이리저리 채널을 돌렸다.

"어? 저거 영감님 아니에요?"

"맞아."

채널을 변경하다 보니 낮에 일우가 기자들 앞에서 인터뷰했던 모습이 나왔다. 그땐 몰랐는데 지금 보니 꼴이 참 엉망이다. 머리칼은 흐트러져 있고, 슈트 재킷엔 피가 떨어진 탓에 짙은 자국이 남아 있었다. 저 꼴을 하고 카메라 앞에 섰다니 정말 눈에 뵈는 게 없긴 했구나.

"어때, 잘 나왔냐."

"그냥 영감님인데요."

"내가 저렇게 생겼다고?"

일우는 눈살을 찌푸리며 되물었다. 아주는 평온한 얼굴로 고개를 끄덕였다. 일우는 다시 한번 얼굴을 들이밀고 물었다.

"다시 봐. 이 얼굴이 어떻게 저 얼굴이랑 같냐?"

시선이 마주쳤다. 아주가 이마부터 시작해 일우의 얼굴을 천천히 훑었다.

"똑같은데……."

말끝을 흐리다가 고개를 확 돌려 TV를 바라봤다. 귀 끝이 빨갰다. 한두 번 본 얼굴도 아닌데 새삼스레 부끄러워하는 모습에 놀리고 싶은 충동이 들었다.

"왜 더 안 보고 고개 돌리냐."

"어차피 영감님은 항상 잘……."

아주가 아차 싶은 표정으로 입을 다물었다. 하지만 일우는 이미 뒷말을 예상한 뒤였다. 씩 웃으며 능글맞게 아주 앞에 얼굴을 재차 들이밀었다.

"잘? 잘 뭐. 잘생겼다고?"

"그런 말 안 했는데요?"

아주의 얼굴을 두 손으로 잡은 일우는 자신의 얼굴을 보도록 돌렸다. 아주는 태연함을 가장하고 눈알을 굴렸다. 일우가 보기엔 잘못을 저지르고 시치미 떼는 강아지같이 보였다. 아닌 척 부정하기는.

"거짓말할 거면 내 눈이나 똑바로 쳐다보고 해."

"잘생겼다고 안 했어요."

겨우 1초 마주치고 바로 시선을 돌리는 걸 봤는데 그걸 믿으라는 건지. 웃음이 나왔다.

"잘생긴 걸 잘생겼다고 하는 게 뭐 나쁜 거라고."

킥킥 웃은 일우는 아주를 놀리는 걸 멈추고, 아주의 양 뺨에 가볍게 입을 맞췄다. 아주는 싫은 티를 내도 피하진 않았다. 뽀뽀도 자연스럽게 받아들이는 사이라는 게 일우에게 큰 만족감을 선사했다.

"영감님, 근데 왜 TV에 나와요? 잘못한 거 있어요?"

잘못해서 나온 게 아니라 잘못을 바로잡으려고 나왔다는 표현이 적절했다. 어떻게 된 일인지 다 털어놓으면 좋겠지만, 그렇게 되면 필히 희야의 이야기가 나오게 된다. 일우는 아주에겐 희야가 무슨 일을 당했는지 알리고 싶지 않았다. 결국, 어물쩍 말을 돌리는 걸 선택했다.

"왜 당연히 내가 잘못했을 거라고 생각하냐? 이거 안 되겠네."

"전에 사람도 때렸으면서……."

"그건 그 새끼가 잘못해서 처맞은 거고. 맞다, 씨발. 그러고 보니 내일이네."

"뭐가 내일이에요?"

"경찰서 출석하라고 전에 등기 하나 왔었잖아. 그거 내일이야."

아주랑 얘기하다 보니 잊고 있던 게 떠올랐다. 출석 요구서에 적힌 날짜가 당장 내일이라는 걸 휘몰아치는 다른 일 때문에 깜박했다. 까먹을 게 따로 있지 이런 걸 잊냐. 자신을 욕해도 달라지는 건 없었다.

"그럼 영감님 내일 경찰서 가요?"

"어. 씹, 사고 쳐서 시간 내기 힘든데 좆 됐네."

연락해서 날짜를 다시 조율할까 하는 생각이 잠시 들었다. 하지만 모든 언론의 주목을 받는 중, 폭행 사건까지 질질 끌면 상황이 악화될 뿐 나아지진 않을 것 같았다. 하루라도 빨리 끝내는 게 낫지.

"나도 같이 가도 돼요?"

"경찰서가 뭐 좋은 데라고 같이 가냐. 그리고 경찰서에 개도 와. 너 개랑 마주치는 거 싫어하잖아."

그러고 보니 김민철 형사가 아주에게 합의 의사를 물어 달라고 부탁했던 게 생각났다. 이걸 물어봐야 해, 말아야 해. 순식간에 속이 복잡하게 엉켰다.

"걔가 누군데요?"

"너 만진 새끼."

"난 만나도 상관없는데요?"

"얼씨구, 욕조에 앉아서 질질 짤 때는 언제고 이젠 상관이 없대."

"신고했으니까 영영 안 볼 수는 없잖아요."

아주가 보인 반응은 꽤 뜻밖이었다. 물론 전에 물어봤을 때 김민재가 감옥에 가는 건 싫다고 하긴 했었다. 하지만 지금 아주는 전과 달리 안 익은 단호박처럼 아주 단호했다.

"그 사람이 내 인생에 큰 변화를 줄 만큼 대단한 사람이 아니라는 걸 알아요. 영감님이 때려 주기도 했고요."

아주가 덤덤하게 늘어놓는 얘기를 들은 일우의 표정은 썩 좋지 못했다. 이건 아주의 머릿속에서 나올 법한 어휘가 아닌데.

"너 누가 이렇게 얘기하라고 시켰냐?"

단기간에 비약적으로 성장한 말솜씨는 일우를 속이지 못했다.

"그런 거 아닌데요."

"너한테 쓸데없는 소리 지껄일 애는 박선영밖에 없는데."

"선영이 누나 아닌데……."

"웃기시네. 솔직히 말해. 걔가 뭐라고 그랬는데."

"별말 안 했어요."

"별말 했으니까 네가 이렇게 나오는 거지. 누굴 속이려 들어?"

박선영 이 미친 게 또 무슨 헛소리를 지껄여서 애를 이 모양으로 만든 거야?

"그냥, 선영이 누나가 영감님 뉴스에 나오는 거 보고 욕한 것밖에 없는데……."

일우가 물러나지 않자 고집 피우던 아주도 순순히 시인했다.

"그게 뭐, 아니 잠깐만. 그럼 너도 뉴스 봤다는 거잖아. 아깐 왜 처음 보는 척했냐?"

"누나가 모르는 척하래서요. 영감님은 내가 아무것도 모르길 바랄

거랬어요."

허를 찔린 기분이었다. 급히 표정을 관리했으나 당황이 새어 나갔다. 아무것도 모르길 바란 건 맞다. 그건 지금도 변하지 않았다. 설명하기 귀찮다는 이유보단 단지 아주가 제 품에서 평온하게 살길 바라는 마음에서였다. 겪지 않아도 될 이별을 많이 겪고, 몸과 마음을 난도질한 상처를 달고 살아온 아주가 이제는 편하게 있길 바랐다.

설령 일우의 행위가 이기적이라고 손가락질당해도 귀를 막고, 눈을 막는 게 나쁘다고 생각하진 않았다. 아주가 일우를 빤히 쳐다보며 이어 말했다.

"나 똑똑하진 않아도 아무것도 모르는 바보는 아니에요."

"누가 뭐라고 했냐. 왜 혼자 찔려서 난리야."

아주가 잘못한 것도 아닌데 제 발 저리는 사람처럼 말이 곱게 나가지 않았다. 쏟은 물을 주워 담을 수 없는 것처럼 뱉은 말도 주워 담을 수 없었다.

아주의 얼굴이 살짝 가라앉았다. 아주를 가까이서 지켜본 일우만이 눈치챌 수 있는 작은 변화였다. 씨발, 말 좀 곱게 하자. 곱게. 속으로 몇 번 곱씹은 뒤에야 한결 부드러운 말투로 말했다.

"박선영이 내 욕 하고 뭐라 그랬는데."

"영감님이 자기 앞길 막으려고 작정했다고……."

아주가 말끝을 흐렸다. 맑은 하늘에 회색 구름이 낀 것처럼 덩달아 아주의 반짝이던 눈도 흐려졌다. 아주의 말마따나 특별히 잔소리하거나 쓸데없는 말을 늘어놓은 건 아닌 것 같았다. 그러면 풀떼기가 갑자기 저렇게 심오한 말을 하고, 풀이 죽은 이유는 뭘까.

"그게 김민재랑 도대체 무슨 상관인데."

"……영감님한테 짐이 되긴 싫어요."

잠시 할 말을 잃었다. 언제는 자신을 먹여 주고 재워 주는 사람 취급하더니, 이런 생각을 하고 있을 줄이야. 마냥 해맑던 아주가 이런 식으로 나오니 여간 당황스러운 게 아니었다.

복잡한 머릿속을 정리했다. 당황스러움과 별개로 아주의 착각을 바로 잡아 줄 필요가 있었다. 이 풀떼기가 어디서 아닌 척이야.

"너 이미 짐이야. 그것도 존나 무거운 짐. 거기에 무게 좀 더한다고 달라질 것 같냐? 안 달라져. 100킬로그램이나 101킬로그램이나 그게 그거야."

"나 그렇게 안 무거운데요……."

나름 위로랍시고 비유했는데 그 와중에도 아주는 개떡같이 알아들었다.

"누가 너 100킬로그램 나간댔나? 그냥 비유한 거잖아. 아오 씹, 하여간 한 번에 알아듣는 법이 없어요."

일우가 자신의 머리칼을 흐트러뜨리며 폭발했다. 아주는 혼자 발광하는 일우를 보며 작게 중얼거렸다.

"내일 경찰서 간다면서요. 나 때문에 영감님이 경찰서 또 가는 거 싫어서 그래요……."

"야, 나 경찰이랑 존나 친해. 경찰서 몇 번 더 간다고 내 인생 안 바뀌어."

일우는 아주의 얼굴에 내려앉은 어두움 한 자락을 걷어 가겠다고 경찰과의 친분을 과시했다.

"아는 형사 번호 다 불러 줘?"

실제 핸드폰에 저장된 연락처는 거의 없지만, 끝까지 허세 부렸다.

그래야만 아주가 조금이나마 안심할 것 같았기 때문이다.

"그래도 싫어요."

아주의 얼굴에 내려앉은 어둠은 전혀 걷히지 않았지만, 어두운 대로 결연했다. 풀떼기가 이번엔 마음을 정말 단단히 먹었나 본데.

"너 진짜 걔 용서해도 후회 안 하겠어?"

아주를 보던 일우가 고개를 옆으로 돌리고 후우, 한숨을 뱉었다. 다시 아주를 바라봤다. 아주를 바라보는 일우의 눈이 출근길 지하철처럼 혼잡했다.

"용서한 적 없어요. 이젠 그 사람이 어떻게 되든 상관없어서 그런 거예요."

일우의 생각을 뛰어넘는 말에 앓는 소리가 절로 나왔다. 뛰는 일우위에 나는 아주였다. 이건 뭐라고 설득해도 설득되지도 않을 것 같고. 일단 시간이나 벌자는 생각에 조금 더 생각해 보라고 권했다.

"너무 섣불리 결정하지 말고. 내일 걔 얼굴 보고 다시 생각해도 안 늦어."

"섣불리 결정한 거 아닌데요."

"알겠으니까 잔말 말고 가서 씻어."

"할 말 없으니까 괜히 뭐라고 그래."

아주가 입을 댓 발 내밀고 중얼거렸다. 이럴 때 아주의 엉덩이를 가볍게 만드는 마법의 단어가 있다. 일우가 환장하고 아주의 속도 환장이 되는 것.

"그럼 섹스나 할까? 나야 좋지."

아주가 바로 엉덩이를 떼어 소파에서 일어났다. 그러고는 바로 욕실로 직행했다. 아주가 사라진 뒤, 일우의 눈이 차갑게 가라앉았다.

연거푸 마른세수하며 엉킨 실타래를 하나씩 풀어 갈 궁리를 꾸몄다.

* * *

아침부터 빗발치는 민원과 인터뷰 요청 속에서도 일우는 꽤 덤덤히 자기 할 일을 했다. 갈 때 가더라도 자기 할 일은 끝내야지, 하는 책임감에서였다. 머릿속으로 오늘 할 일을 정리하며 엘리베이터에서 내렸는데, 제일 보고 싶지 않은 사람 중 하나와 마주쳤다.

"이야, 현 프로. 슈퍼스타 현 프로! 내부 고발자 현 프로! 국민의 대변인 현 프로!"

이 검사가 일우를 발견하고 다가왔다. 문제는 한 걸음씩 내디딜 때마다 주먹 쥔 팔을 흔들며 일우를 놀렸다는 거였다. 쪽팔리게 진짜. 안 그래도 이제 동네 유명 인사를 넘어 전국적으로 얼굴이 팔렸는데, 이 검사가 한술 더 떴다.

"조롱하지 마세요."

일우는 선배에 대한 예의는 저 멀리 갖다 버리고 진심으로 얼굴을 구겼다. 아침 댓바람부터 뭐 하는 짓인지. 저 인간이 진정 할 일이 없어 저러는 건가 고심했다.

"조롱은 무슨. 진짜 대단해서 그래. 칭찬하는 거야."

"입에 침이나 바르고 거짓말하세요. 뭡니까."

"사실 탓하러 온 거지. 현 프로 때문에 형사부 분위기 개판 됐어. 진짜 숨도 못 쉬겠다니까. 어제부터 눈치 보느라 머리 아파 죽겠어."

이 검사가 머리를 부여잡고 앓는 소리를 냈다. 일우는 그래서 어쩌라고, 라는 심정이었다. 예전에도 눈치는 안 봤지만 그래도 일우의 기준에서 아주 튀는 행동은 아니었다. 밥 먹듯이 회식 빠지기, 물불 안 가리고 할 말 하는 정도였지. 위에서 시키는 일은 나름 착실하게 했다.

"그만둘 거라고 입에 달고 사셨으니 이만 가실 때 됐나 보죠. 그리고 형사부 분위기 개판인 게 하루 이틀도 아니고 그게 왜 제 탓입니까?"

"네 탓이지 그럼 내 탓이겠어? 현 프로 너랑 자주 붙어 다녔다고 부장님이 특명까지 주더라."

"엑스맨도 아니고 무슨 특명이요."

유치해서 못 봐 주겠네. 헛웃음이 절로 나왔다.

"뭐겠어. 너 좀 이상한 거 없었냐, 그런 거지. 왜, 위에서 잘하는 거 있잖아. 약점 털어서 쥐고 흔드는 거. 항간에는 네 계좌까지 들쑤신다는 소문이 있어."

계좌를 들쑤시면 뭐 하나. 풀떼기 밥 먹인 흔적밖에 없을 텐데. 끽해야 동네 고깃집 이름이나 보겠지. 너무 한심해서 화도 안 났다. 어차피 그럴 감정도, 시간도 없었다.

"진짜 할 일도 없나 보네요."

"할 일을 선택적으로 만드니까 그렇지. 나야 간부도 아니고 일개 회사원이니까 알겠습니다, 하고 고개 숙여야지 별수 있겠어."

"선전 포고 하러 오신 거면 그만 가겠습니다. 바빠서요."

"어제 퇴근하지 않았어?"

"그게 뭐요."

"퇴근했단 건 적어도 잠잘 시간은 있다는 건데. 어제 그런 폭탄을 터뜨리곤 살 만한가 보지?"

"그것보단 내 몸 부서져라 일해 봤자 돌아오는 게 없다는 걸 깨달은 거죠."

"아예 작정을 했네, 했어."

"꼭 그렇지도 않습니다. 세상에 진실보다 무거운 건 없거든요. 굳이 작정하지 않아도 그 무게를 이길 수 있는 사람은 여기 없습니다."

"와, 현 프로. 진짜 멋있네."

이 검사가 웃음기를 싹 지우고 감탄했다. 양손으로 따봉을 만들어 치켜세우기도 했다.

"일 없으면 나랑 점심이나 먹을까?"

"더 할 말 없으시면 갈게요. 약속 있어서요."

이 검사의 점심 식사 권유는 듣지 못한 척, 말을 마친 일우가 돌아서 앞으로 걸어갔다. 이 검사가 '약속 누구?!' 하고 소리쳤으나 대답은 하지 않았다. 내 풀떼기를 아무한테나 보여 줄 수 없지. 더군다나 전에 풀떼기와 마주친 이 검사라면 더욱이.

"많이 기다렸어?"

회사에서 일찍 나왔는데 차가 막혀서 약속 시간보다 조금 늦었다. 후드 티를 입고 서 있는 아주의 뺨이 붉게 물든 게 보였다. 아주가 차에 올라탈 땐 찬 바람 냄새가 났다. 아주는 오래 기다리지 않았다며 고개를 저었지만, 괜히 미안함이 몰려왔다.

"추운데 집에 있지."

히터 온도를 조금 올린 일우가 한마디 툭 던졌다.

"그럼 영감님이 오는 걸 모르잖아요."

"전화하면…… 아, 너 핸드폰 없지."

"놀리지 마세요."

아주의 눈이 가로로 길어졌다. 진짜 고양이도 아니고 눈이 어떻게 저렇게 자유자재로 움직이지. 새삼 신기했다.

"자기 듣고 싶은 대로 듣네. 사실을 말한 거지 놀릴 의도는 없었어. 너 핸드폰도 하나 사야겠다. 내가 불편해서 안 되겠네."

사 줘야지 마음먹었다가 인별에 중독된 아주 때문에 무산한 계획이었다. 핸드폰이 없으니까 진짜 불편하긴 하네. 일우의 말에 아주의 눈이 번뜩 트였다.

"물론 스마트폰 말고 2G로 살 거야."

"2G요?"

"옛날 핸드폰. 접었다 펴는 폴더 폰 같은 거."

"진짜 너무해……."

바로 시무룩해지는 아주의 얼굴에서 핸드폰으로 뭘 할 생각이었는지 훤히 읽혔다. 스마트폰 사 줬다가 또 인별에 빠져 허우적거리는 아주를 보고 싶지 않다. 인별은 아주와의 평화로운 연애를 방해하는 최대의 적이니까. 앱 따위에 풀떼기를 또 뺏길 순 없지.

"아니면 집에 전화 설치할까? 어차피 너 집에만 있잖아."

아주의 입이 꿀 먹은 것처럼 꾹 닫혔다. 집 전화보단 옛날 거라도 핸드폰이 낫지. 어떤 게 더 이득인지 잘 아는 아주는 창밖으로 고개를 돌리며 일우가 더 말하지 못하게 대화를 차단했다. 영악하기는.

얼마 지나지 않아 경찰서 앞에 도착했다. 차에서 내린 뒤 일우는 아주와 함께 경찰서로 들어갔다. 합의하러 가는 길인데도 주눅 들지 않고 일우는 당당히 서를 활보했다. 몇몇 사람이 일우를 알아보기도 했다. 어제 TV 나온 검사 아니냐며 손가락질하는 광경도 연출됐다.

"다 영감님만 쳐다봐요."

경찰서 내부를 둘러본 아주가 시선이 집중된 걸 발견한 뒤, 목소리를 한껏 낮추곤 속삭였다. 소곤거리며 조심스레 말을 전하는 아주의 모습을 보니 일우는 자신이 꼭 수배 내려진 대역 죄인이 된 기분을 느꼈다.

"내가 죄인이냐? 속삭이지 마. 당당히 말해."

"저 사람들 영감님만 쳐다본다구요."

"잘생겨서 그래, 잘생겨서. 이런 외모를 어디 가서 또 보겠어."

"그래서 보는 거 아닌 것 같은데……."

"저기 신경 쓸 시간 있으면 나한테 신경 써."

"별로 그러고 싶지 않은데요."

"넌 살면서 어떻게 네가 하고 싶은 것만 하려고 하냐?"

고민하는 흔적도 없이 바로 거절하는 아주의 모습에 섭섭함을 느낀 일우가 참지 않고 불만을 토로했다.

"영감님 신경 쓰는 게 세상에 필요한 건 아니잖아요."

"적어도 우리 관계엔 필요하지."

씩 웃은 일우가 아주의 입술을 손으로 잡고 가볍게 흔들었다. 풀떼기가 점점 입만 맹랑해져서 큰일이다. 다른 게 적극적이면 좀 좋아. 입술도 좀 빨려고 하면 도망가고, 잡으면 또 도망가고. 삼십육계 줄행랑을 몸소 보여 줬다. 안 그래도 되는데.

"늦었어요."

경찰서 한쪽에 마련된 의자에 앉아 있던 김민재가 불퉁한 표정으로 일우에게 다가왔다.

"네가 일찍 온 거지 난 안 늦었어."

경찰서에서 보기로 한 시간까지 아직 5분이나 남았다. 늦기는커녕 일찍 왔다. 꼴랑 몇 분 더 일찍 온 것 같은데, 생색내기는.

"쟨 왜 데리고 왔어요?"

할 말이 없어진 김민재가 가만히 있는 아주에게 시비를 걸었다. 어딜 내 풀떼기한테 삿대질이야. 확 손가락을 꺾어 버릴라.

"누구한테 쟤래? 얘가 너보다 나이 많은 거 모르냐? 버릇없기는."

물론 김민재보다 나이가 많은 것이라고 '추측'하는 거였지만, 거짓말은 아니니까.

"······그럼 민증 까 보시든가요."

"뭘 그런 거 가지고 민증까지 까냐. 야, 후딱 합의하고 가자. 나 존나 바빠."

"싫은데? 나 진단서 가지고 왔거든요?"

꾸깃꾸깃한 진단서를 부적처럼 일우 앞에 들이민 김민재의 표정이 위풍당당했다. 얼굴에 남은 희미한 상처를 달고 그래 봤자 그가 바라던 멋 따윈 없었다. 일우의 눈은 여전히 바닥을 기는 벌레를 보는 듯했다.

"그래서 어쩌라고, 씨발."

"이거 제출하면 상해죄 된다면서요. 그럼 합의해도 감옥 가. 용서해 달라고 무릎 꿇으면 제출할지 말지 생각해 볼게요."

감옥이라는 단어에 아주의 눈빛이 불안하게 흔들리는 걸 목격했다. 아, 씨발. 저 새끼 입에 손수건 뭉쳐서 쑤셔 넣고 싶네. 어째 하는 말마다 다 속을 뒤집어 놓는지 모르겠다. 풀떼기도 자신의 속을 뒤집어 놓는 건 마찬가지지만, 저렇게 싸가지 없지는 않았다. 오히려 귀엽기만하지.

"제출해 봐. 네 인생 끝나는 거 보여 줄 테니까."

"······검사가 이렇게 일반인 협박해도 돼요?"

"나는 돼."

어차피 윗분들 눈 밖에 나고도 한참 났는데 사고 한두 개 더 친다고 뭔 상관인가. 좆 까. 어차피 구렁텅이에 빠진 검사 인생. 이판사판이다.

"별 같잖은 진단서 들고 설치는 꼴 보니까 요즘 편히 다녔나 보다, 너. 근데 어쩌냐, 너도 뉴스 봐서 알잖냐. 나 이제 눈에 뵈는 거 없거든. 네가 보기에도 한 짓에 비해 전치 4주는 좀 약했지?"

일우가 김민재한테 성큼 다가갔다. 김민재가 어깨를 움츠리며 뒤로 물러났다. 더 가까이 가려던 일우는 뒤에서 옷을 잡아당기는 손길에 멈춰 섰다.

영감님, 때리면 안 돼요! 아주가 뒤에서 옷을 쭉 잡아당기며 속삭였다. 안 때려. 겁만 줄 거야. 일우도 아주를 돌아보며 살짝 속삭였다.

그렇게 말해도 불안한지 일우의 손을 맞잡기까지 했다. 화가 가라앉은 기분이었다. 분노까지 가라앉히고 내 풀떼기 만병통치약이네. 맞춤복 말고 현일우 맞춤 약.

"스물하나 먹은 애한테 그렇게 협박하고 싶어요?"

"누가 애야? 넌 법에서 미성년자라고 구분하는 나이도 지났어, 인마. 어디서 촉법소년 행세야."

일우가 혀를 츠츠 차며 김민재에게 설교했다.

"왜 맞은 건 난데 설교 들어야 하지? 내가 합의 안 하면 어쩌려고?"

"은근슬쩍 말 놓지 말고 길게 해라."

"……"

버르장머리 없는 건 풀떼기랑 비슷한데 어쩜 이렇게 다른지 모르겠다. 아주는 귀엽고 사랑스럽고 예쁘기만 한데, 김민재는 걸쭉한 마녀 수프에서 막 빠져나온 개구리처럼 생겼다. 아주는 배고픔을 못 이겨

3,200원만 썼는데 이 씹 새끼는 내 풀떼기 엉덩이나 만지고. 죄의 경중이 달랐다. 비교하는 것 자체가 무의미했다.

"사람 입이 말이야, 뚫려 있다고 다 같은 입은 아니거든. 누구는 똥 싸는 것보다 못하더라고. 내가 널 왜 때렸는지 원인을 굳이 따져 줘야 하나?"

"아, 그만 좀 싸우세요! 그만 좀! 두 분 합의하러 오신 거 아닙니까? 그냥 검찰에 넘길까요? 예?"

한참을 통화하다가 일우와 김민재가 말다툼하는 걸 발견하고 한걸음에 달려온 형사가 둘을 뜯어말렸다. 그래, 심호흡해야지. 김민재를 거대한 모기로 착각해서 또 때리기라도 하면 큰일이다. 다른 건 몰라도 아주가 속상해하는 건 싫었다.

"맞습니다."

"그러면 제발 합의하고 가세요! 그리고 검사님은 참, 공중파까지 나왔으면서 여기서 애랑 싸우긴 왜 싸웁니까?"

"참을 인을 세 번 써도 안 참아질 때가 있거든요. 김민재 씨, 그만 합의하죠."

아까와 전혀 다른 말투와 면모를 보이는 일우에 김민재가 어이없다는 표정으로 바라봤다. 지킬 앤 하이드를 실제로 목도한 사람 같았다. 눈에서 레이저 나오겠네.

"남의 얼굴 감상 그만하시고. 그거 실렙니다."

일우와의 말싸움에서 완전히 KO 패 당한 김민재는 넋을 놓은 채 형사에게 이끌려 자리에 앉았다. 형사의 주도하에 합의금을 조율한 일우는 그 자리에서 바로 김민재의 계좌에 송금하고 바로 일어났다.

다시 내 눈에 띄면 죽여 버리겠다고 속삭이고 싶은 마음을 꾹꾹 눌러 어른답게 뒤도 안 돌아보고 아주의 손을 잡고 나가려던 찰나, 김민재가 일우를 불러 세웠다.

"잠, 잠시만요! 그럼 쟤가 나 신고한 거는요?"

자기가 강제 추행해서 신고당했다는 걸 저렇게 돌려 말하는 걸 보니 기가 찼다. 누가 보면 정말 무고한 줄 알겠다. 말로 하진 않았지만, 표정으로 한껏 비아냥거린 일우가 자신의 손을 잡은 아주를 내려다봤다.

"어쩔래."

김민재를 바라보던 아주가 일우를 올려다봤다.

"쟤가 네 인생에 어떤 영향도 주지 못해?"

"네."

하긴, 저 버러지 같은 놈이 일우에게 소중한 아주의 삶을 뒤흔든다는 것도 웃겼다. 그렇게 두지 않을 것이고, 가만히 지켜볼 일우도 아니었다.

"정말 어떻게 되든 상관없겠어?"

아주가 다시 한번 네, 하고 대답했다. 씩씩하게 대답하는 아주의 성장이 반갑고도 씁쓸했다. 좋은 일만 겪고 단단해지면 좀 좋아. 일우는 아주를 당장 끌어안고 수없이 키스하고 어루만지고픈 충동을 참아야 했다. 차에 돌아가면 놔주지 않을 것이다.

"그럼 네가 김민재한테 말해."

"……내가요?"

"어."

입술을 깨물고, 눈을 데굴데굴 굴리며 잠시 고민한 아주가 김민재를 봤다. 갑작스레 시선이 마주친 탓인지 김민재가 슬쩍 눈길을 돌렸다가 다시 바라봤다.

"너 나한테 한 짓 미안하긴 해?"

어린애 싸움이라고 표현하기엔 너무 질 낮은 범죄이지만, 당돌하게 말하는 아주의 모습이 꼭 어린애 같아 그런 생각이 들었다. 존댓말하지 않고 반말하는 것까지 전부. 왜 웃음이 날까. 자식의 성장 과정을 뒤에서 지켜보는 부모의 마음을 알 것만 같았다. 막 걸음마를 뗀 아기처럼 아주도 한발 더 나아간 덕분이었다.

"……."

김민재는 아주의 물음에 버르장머리 없이 고개를 끄덕였다. 싸가지 없는 새끼. 일우가 세모눈을 하고 김민재를 훑었다. 김민재를 못마땅하게 여기는 일우의 마음을 어떻게 읽었는지, 아주는 누구도 예상하지 못한 말을 꺼냈다.

"고개 끄덕이지 말고 말로 해."

어디서 많이 들어 봤다 했더니 일우가 아주와 만나고 얼마 안 지나서, 고갯짓으로 대답하는 아주에게 심심치 않게 했던 말이었다.

"어른한테 싸가지 없게 고갯짓하는 거 아냐. 넌 그것도 몰라?"

아주는 거기서 멈추지 않고 싸가지를 운운하며 김민재를 조목조목 팼다. 푸흡, 일우는 결국 참았던 웃음을 터뜨렸다. 부모는 자식의 거울이라는 말처럼 아주는 일우의 못된 면만 착실하게 배웠다. 살다 보면 생각보다 많은 싸움을 경험한다. 그때마다 상대를 조져 놓는 욕은 필수다.

그렇게 따지면, 일우는 실생활에 특화된 파이터이며, 말싸움의 교과서였다. 생긴 건 어디 TV에서도 흔히 볼 수 없게 생겼으면서 버릇없는 걸 세상에서 가장 싫어해, 장유유서를 기준으로 삼아 상대의 약점을 조목조목 팼다. 일우와의 첫 만남부터 말로 절대 지지 않던 아주는 일우와 함께 지냄으로써 비약적으로 성장했다.

"너 감옥 가고 싶어?"

"······아니, 요."

"그럼 왜 서 있어?"

"예?"

"무릎 꿇고 빌어. 그럼 봐주는 거 생각해 볼게."

아, 미친다 진짜. 일우는 소리 없는 아우성도 아니고 소리 없는 박장대소를 하고 있었다. 김민재가 진단서로 일우에게 협박을 일삼았던 걸 아주가 그대로 돌려주고 있었다. 내심 아주를 걱정했는데 그럴 필요 따윈 없었다.

일우가 아주를 종종 고양이에 빗대 표현하는 것처럼, 아주는 진정한 스트리트 출신이었다. 깡은 정말 남다르지. 눈 하나 깜짝 안 하는 것 좀 봐. 조금 전, 자신에게 김민재 때리지 말라고 만류하더니, 이번엔 본인이 말로 김민재를 전치 8주로 만들었다. 한여름 계곡물에 입수한 기분이었다.

아, 이미 반했는데 또 반하겠네. 아주와 단둘만 남으면 자신의 인생을 책임지라고 떠넘길 생각까지 했다. 그사이 아주에게 기가 눌린 김민재가 쭈뼛쭈뼛 무릎을 굽혔다.

"진짜 꿇어······요?"

"그럼 꿇지 말든가. 영감님, 우리 가요!"

앙칼지게 외치고 망설임 없이 돌아서는 것까지 완벽했다.

"이야, 풀떼기 오늘 태도 존나 마음에 든다."

대놓고 쿡쿡 웃은 일우가 아주와 함께 나가려 하자 김민재가 빠르게 달려왔다. 정말 아주가 가 버릴까 봐 꽁지 빠지게 와서 앞을 가로막았다.

"어디, 어딜 가요!"

"너 사과 안 할 거잖아?"

아주의 무구한 물음에 김민재가 주먹 쥔 채 부들부들 떨더니 꼴에 자존심은 지켜 보겠다고 딱 1초 무릎을 꿇고 바로 일어났다.

"……미안해요."

개미 목소리만큼 작게 속삭이는 김민재에 일우가 미간을 찌푸렸다. 지금 아주의 표정이 어떤지 궁금했다. 하지만 아주의 뒤에 서 있는 탓에 그가 어떤 표정을 짓고 있는지 보이지 않았다. 울려고만 하지 않았으면 좋겠는데.

"넌 모르겠지만, 나는 너 때문에 울었어."

아주가 김민재 앞에서 이야기를 꺼냈다. 목소리는 떨리지 않았다. 일우는 자신이 참견할 때가 아니라는 걸 본능적으로 깨달았다.

"한 시간도 넘게 울었어. 근데 영감님이 내가 왜 당했는지 생각하지 말고 널 욕하라고 했어. 맞아, 넌 진짜 나쁜 새끼야. 영감님한테 더 맞아도 싸."

김민재가 조용히 고개를 숙였다. 일우도 아주가 하고 싶은 이야기를 다 하도록 지켜봤다. 여차하면 제 품에 안으면 되니까, 무너지지 않도록 뒤를 단단히 받치고 섰다.

"처음엔 네가 불행하길 바랐어. 그러다가 그런 생각을 하는 내가 너무 못된 것 같아서 감옥은 가지 않았으면 했어. 근데 이젠 네가 감옥에 가든 말든 아무 상관도 없어. 왜냐면 너는 나한테 길에 굴러다니는 쓰레기만도 못하니까."

"……."

"나는 네가 어떻게 돼도 상관없어. 하지만 널 감옥에 보내려고 영감님이 고생하는 게 싫은 것뿐이야. 그러니까 착각하면 안 돼. 나는 너 용서 안 했어."

아주의 속마음을 들은 일우가 아주와 맞잡은 손에 힘을 주었다. 손가락 사이를 파고들어 단단히 깍지를 꼈다. 따뜻한 온기가 전해졌다. 아주가 하고픈 말을 다 했는지 일우를 올려다봤다.

둥근 이마, 맑은 눈동자, 곧은 콧대, 꾹 다물린 입술. 일우는 슬쩍 미소 지으며 뺨을 쓰다듬었고 입 모양으로 말했다. 고기 먹으러 가자. 이윽고 아주가 이를 드러내며 환히 웃었다.

합의한다는 게 결코 쉬운 결정이 아닌데 당차게 화도 내고, 자기가 어땠는지 드러낸 아주가 대견했다. 그건 자기가 당한 일을 피하지 않고 마주할 수 있는 자신감이 생겼다는 뜻이다. 마주하면 극복할 수 있고, 설령 극복하지 못하더라도 아주처럼 상대를 쓰레기 취급하면 됐다. 내가 잘못해서 당했다고 하는 게 아니라. 내 풀떼기, 존나 예쁜데 멋있기까지 하네.

"……합의하겠다는 거죠?"

단순히 합의해 주는 것과 용서를 하는 것의 차이를 모르는 김민재는 어리둥절한 표정이었다. 차이를 알기엔 김민재의 머릿속이 너무 얕은 탓이다. 아주는 김민재의 말을 대놓고 무시한 뒤, 일우에게 물었다.

"영감님, 쟤한테 얼마 줬어요?"

"130만 원."

"그럼 나도 130만 원 받을래요."

"뭐 하러 적게 받냐. 더 받아도 돼."

"그럼 500만 원?"

130만 원 부를 땐 움찔하는 게 전부였던 김민재가 아주의 입에서 500만 원이란 말이 튀어나오자 부르르 떨며 발악했다.

"합의금을 저렇게 막 정해도 되는 거예요? 장사하는 것도 아니고!"

김민재가 형사를 쳐다보며 일우를 향해 삿대질했다. 당장 달라고 한 것도 아닌데 발작하는 모습을 보니 갑자기 짜증이 확 솟구쳤다. 장사? 미친 새끼가 단어 선택 하고는. 일우가 미간을 찌푸린 채 아주의 두 귀를 막았다. 저런 거 듣지 마.

"장사는 씨발, 뭔 놈의 장사. 야, 피해 보상을 돈으로 받는 건 당연한 거야. 네 논리대로라면 범죄 피해자들이 돈 받는 것도 다 장사냐? 뭘 배운 게 있어야 머리가 무겁지."

아주의 두 귀를 손으로 막은 일우가 이때다 싶어 욕을 지껄였다. 개새끼가 목숨이 두 개라도 되는 것처럼 발작하네. 일우가 참지 않고 사납게 굴자, 김민재는 자연히 움츠러들었다. 제대로 덤비지도 못할 거면서 일단 던지고 보는 꼴 하고는. 한숨만 나왔다.

"영감님, 영감님."

"왜."

아주가 자신의 귀를 틀어막은 일우의 손을 잡고 떼어 냈다. 일우도 버티지 않고 아주가 바라는 대로 손을 놨다.

"나 그냥 영감님이 준 돈만 받을래요. 쟤랑 더 얘기하기 싫어요."

"합의금은 조율하는 데 원래 시간 좀 걸려. 당장 안 정해도 돼."

"또 봐야 한다는 거잖아요."

"경찰서 안 나오고 전화나 문자로 해도 돼."

"그래도 싫어요."

"고집 하고는……. 네 맘대로 해라."

일우는 아주를 더 설득하지 않고 형사를 향해 눈짓했다. 대강 일이 마무리됐으니 합의서를 쓰자는 무언의 몸짓이었다. 형사는 안도의 한숨을 쉬며 고개를 끄덕였다.

합의서를 쓴 뒤, 개인 계좌가 없는 아주는 합의금을 전액 현금으로 받았다. 김민재한테 돈을 건네받을 때 아주는 기분이 나빠 보이지도, 좋아 보이지도 않았다. 아무 말 없이 돈이 든 봉투만 꼭 쥐고 있었다. 그런 아주를 지켜보던 일우는 경찰서를 완전히 벗어난 뒤 물었다.

"기분이 어때."

"네?"

"기분이 어떻냐고."

"무슨 기분이요?"

"네 기분 말이야."

"그냥 배고픈데요."

아주의 말에 헛웃음만 나왔다. 이어서 다행이란 생각이 들었다. 정말 아무렇지도 않구나. 일이 끝났다는 후련함도 김민재를 마주한 불쾌함도 없구나. 길바닥에서 구르며 살던 아주라 그런지 상처를 회복하는 게 참 빨랐다. 대견하기도 하고, 안쓰럽기도 한 양가감정이 들었다.

이윽고 양가감정이 들면 어떤가 싶었다. 이젠 일우가 아주를 꽉 끌어안아 아주를 괴롭히는 모든 것들을 막아 줄 텐데. 가만히 있는 아주와 달리 일우가 대신 후련함을 느꼈다.

"그래, 고기나 먹으러 가자."

비싼 한우를 굽는 냄새가 퍼질 때, 점심시간에 바람처럼 사라진 뒤 여태 복귀하지 않은 일우를 찾는 연락이 쏟아졌다. 일우의 핸드폰이

테이블 위를 돌아다니며 팝핀을 췄다.

[유진아 주임 : 검사님, 어디세요?]
[유진아 주임 : 부장님이 계속 찾으세요...]
[유진아 주임 : 검사님ㅜㅜㅜㅜ]
[김민철 : 검사님, 합의해 주셨다고 동생한테 들었습니다. 언제 한번 밥이라도...]
[신재철 부장(30기) : 너 어디냐?]

일우는 핸드폰 액정에 뜬 여러 메시지를 눈으로 훑을 뿐, 전화를 받거나 문자에 답장하는 행동은 하지 않았다. 김민철 저 양반은 눈치도 없이 문자를 보내고 자빠졌다. 유일하게 그 문자만 확인해 삭제했다.

"영감님, 계속 전화 오는데 안 받아요?"

고기에 넣을 놨던 아주까지 합세해 전화 안 받냐고 할 정도였다. 하지만 일우는 울리는 전화를 줄곧 무시했다.

"어. 안 받아."

시끄러워서라도 받을 법한 상황에서 꿋꿋이 전화를 못 본 척하는 일우를 아주가 수상한 사람 보듯 훑었다.

"야, 내 얼굴 그만 보고 고기나 먹어."

아주가 시선을 거두지 않자, 연거푸 진동이 울리는 핸드폰을 코트 주머니에 집어넣었다. 그제야 아주도 고개를 숙이고 고기를 먹는 데 집중했다.

"어? 풀떼기, 여기 네 동생 있네."

집게와 가위를 들고 열심히 고기를 구워 아주의 그릇 위에 올려 주던 일우가 갑자기 아는 체했다. 밥그릇에 코를 박고 있던 아주도 슬그머니 고개를 들었다.

"나 동생 없는데요."

"여기 명이나물 있잖아."

"그게 왜 내 동생이에요!"

"너랑 같은 명씨잖아."

일우가 고기를 잡았던 집게로 명이나물을 집고 말했다. 명아주, 명이나물. 둘 다 명으로 시작하는 풀떼기란 공통점이 있었다. 농담 같지도 않은 농담을 들은 아주의 눈이 급격히 싸늘해졌고, 입꼬리는 미동도 없었다. 풀떼기가 박선영과 자주 다니더니 점점 매정해졌다. 예전엔 웃어주는 척이라도 하더니.

"영감님 진짜 재미없어."

"이 얼굴에 재미까지 있으면 어떡하냐. 다른 사람도 생각해야지."

물론 그런 것에 굴복할 일우가 아니었다. 재미없다는 아주의 말에도 능청스레 받아치는 여유는 기본이었다. 언제부터 다른 사람 밥그릇을 걱정했냐는 듯이 영혼 없는 말을 하기도 했다.

"영감님은 안 먹어요?"

"안 먹어."

"왜요? 맛있는데."

"너나 많이 먹어라."

회사 돌아가면 체할 것 같은 상황이 끊임없이 이어질 거란 걸 알았다. 아주가 밥을 다 먹을 때까지 일우는 밥 한술 뜨지 않고 고기만 열심히 구웠다. 거의 아주 전용 고기 굽는 셔틀이었다. 고기 몇 판을 해치운 아주가 후식으로 자판기 코코아를 뽑아 먹을 때, 일우는 계산을 마쳤다.

코코아도 모자라 계산대 위에 놓인 사탕을 야무지게 챙기는 아주를 질
질 끌고 밖으로 나오는 것도 일우의 몫이었다.

"영감님, 어디 가요?"

당연하게 차로 향하던 아주가 멈춰서 반대쪽으로 걸어가는 일우에게
말했다.

"핸드폰 사러."

명료한 일우의 대답에 아주의 눈이 휘둥그레졌다. 일우는 아까 식당
에 들어가기 전 미리 봐 뒀던 핸드폰 가게로 향했다. 코코아를 흘릴까
온 신경을 종이컵에 집중하던 아주의 눈이 돌아가는 순간이었다.

"영감님, 나 핸드폰 사 주게요? 정말? 진짜? 나 놀리는 거 아니구요?"

아주가 온 신경을 집중했던 코코아는 이미 안중에도 없었다. 일우는
오랜만에 주인을 만난 개처럼 자신의 주변을 정신 사납게 뛰어다니는
아주의 양팔을 붙잡고 속삭였다.

"조용히 입 닫으면 사 주고 아니면 그냥 가고."

이럴 때만 눈치 있게 행동하는 아주는 입을 꾹 다물고 결연한 눈으
로 가만히 있겠노라 약속했다. 일우는 망아지처럼 방방 뛰던 아주의
목에 간단히 고삐를 채우곤, 자신을 멍한 눈으로 바라보는 직원 앞에
섰다.

"핸드폰 보러 오신 건가요? 생각해 둔 기종 있으세요?"

직원이 친절한 미소를 지으며 말했다. 일우가 사려고 하는 기종은 단
한 가지. SNS를 할 수 없는 기종이다. 그런 핸드폰이 요즘 세상에 어디
있냐고 하지만, 있긴 있다.

"2G 핸드폰 있습니까? 아무거나 상관없습니다."

아주가 뒤에서 참견하고 싶은지 일어났다가 앉는 걸 반복했다. 일우가

가만히 있으라고 경고하지만 않았어도 옆에 쪼르르 다가와 종알종알 시끄럽게 굴었겠지.

"그건 없죠. 2G 쓰시려면 공기계 구해서 오셔야 해요. 가져오면 저희가 개통은 도와드려요."

"그럼 키즈 폰은 있습니까?"

통화, 문자, 카메라 다 되지만 앱스토어는 접속조차 불가능하다는 키즈 폰은 일우가 원하는 조건을 모두 갖추고 있었다. 등신들이 판치는 인터넷 세상이나 인별 그 어떤 것도 용납하지 않을 것이다. 아주를 또 그런 이상한 앱에 뺏길 수 없었다.

"키즈 폰이요? 있긴 한데, 누가 쓰실 건데요?"

"쟤, 제가요."

손가락으로 아주를 가리키던 일우가 재빨리 손가락을 접고 말을 바꿨다. 현재 아주가 주민 등록 번호도 없는 불법 체류자나 다름없는 신분이란 걸 잠시 망각했다. 자기 명의로 핸드폰을 사는 게 불가능하단 소리였다.

일우는 졸지에 다 큰 성인이, 그것도 어디 영화에서나 나올 법한 미남이 작고 귀여운 키즈 폰을 쓰고자 하는 묘한 상황을 연출했다. 직원의 눈빛도 덩달아 오묘해졌다.

"……키즈 폰은 만 12세까지만 사용 가능합니다."

만 32세, 오는 12월이면 만 33세가 되는 일우는 해당 사항이 없었다. 그렇다고 아주가 만 12세 자녀처럼 보이지도 않았다. 있는 게 뭐야? 일우의 표정이 딱 그렇게 얘기했다. 창피함을 느낄 새도 없이 일우는 자신의 핸드폰을 꺼내 직원한테 내밀었다.

"그럼 이거랑 똑같은 기종으로 주세요."

이렇게 된 이상 커플 폰이나 해야지. 일우는 스무 살도 하지 않을 유
치찬란한 짓을 했다. 일우의 말을 들은 아주는 뒤에서 박수를 짝짝짝
쳤다. 소리 없는 환호성을 지르는 게 느껴졌다. 얼마 지나지 않아, 창고
에 갔던 직원이 일우가 쓰는 것과 색깔까지 똑같은 핸드폰을 가지고
왔다.

"이거 맞으시죠? 바로 개통해 드릴까요?"

일우가 고개를 끄덕이자 요금제나 전화번호 같은 건 어떻게 할지 물
었다. 자잘한 건 모두 돈 쓰는 사람 마음이지. 일우는 아주의 첫 전화번
호를 제 핸드폰 뒷번호와 똑같이 맞췄다. 커플 핸드폰과 커플 연락처.
완벽했다.

* * *

아주를 집에 데려다주러 가는 길에도 아주는 일우가 사 준 핸드폰을
열심히 만지작거리며 배시시 웃고 있었다. 핸드폰이 뭐 별거라고 저렇
게 좋아할까.

"그렇게 좋냐."

"네. 근데……."

"근데 뭐."

"핸드폰은 왜 사 줘요?"

좋은 것과 별개로 의심은 걷히지 않았다. 자신이 이렇게 신뢰받지 못
하는 남자였던가. 일우가 잠시 떨떠름한 표정으로 아주에게 슬쩍 시선
을 돌렸다가 앞을 봤다.

"참 빨리도 묻는다. 왜 사 줬겠냐. 너랑 연락하려고 사 줬겠지."

"지금까지 연락 안 했잖아요."

이제 와 새삼 무슨 연락이냐는 투였다. 뭐야, 반응이 왜 이래? 사방팔방 자랑하러 다니며 좋아할 것처럼 굴던 아주가 갑자기 새침한 목소리로 입술을 삐죽였다. 연락 안 해서 서운했다는 건가. 제멋대로 해석한 일우의 입꼬리가 슬쩍 위로 올라갔다.

"싫으면 다시 환불하고."

때마침 신호에 걸린 차가 정차했다. 브레이크를 밟고 멈춰 선 일우가 차를 돌리는 시늉을 했다. 그러자 아주가 화들짝 놀라며, 고개를 붕붕 휘저었다.

"그건 아니구요······. 근데 진짜 왜 사 준 거예요?"

"집에 못 들어갈 것 같아서."

"네?"

아주는 더 설명을 요구하는 얼굴로 일우를 바라봤다. 핸들을 붙잡은 채 손가락으로 툭툭, 몇 번 치던 일우가 초록색으로 바뀐 신호에 액셀을 밟으며 중얼거렸다.

"잠시만 성당에 가 있어."

스치는 바람처럼 가볍게 꺼낸 말에 아주는 도토리를 잃어버린 다람쥐처럼 허망한 얼굴을 했다. 작은 입을 살짝 벌린 채, 믿을 수 없다는 듯이 눈을 빠르게 깜박였다. 아주의 당황이 일우에게도 느껴졌다. 아, 이걸 뭐라고 설명해야 하냐.

"표정 풀어. 잠시야, 잠시. 절도 아니고 성당인데 설마 풀만 나오겠냐. 밥도 맛있을 거야. 정 걱정되면 내가 수녀님께 매일 고기 구워 달라고 부탁해 두고."

"······밥 때문에 그러는 거 아니에요."

"그럼 뭐 때문에 그러는데. 말을 해야 알지."

일우 자신도 왜 성당에 가 있으라는 건지 설명하지 않으면서 아주에 겐 자세한 설명을 요구했다. 울 것처럼 얼굴을 일그러뜨린 아주가 잠시 간 침묵을 지키다가 입을 열었다.

"……영감님, 나 버리는 거예요?"

"내가 널 왜 버려?"

버린다니. 기상천외한 답변에 일우가 황당한 얼굴로 되물었다.

"영감님, 나 좋아한다더니 다 거짓말이에요?"

"혼자 소설 쓰고 있네. 그런 거 아니니까 넘겨짚지 마라."

"나랑 가족 하자고 할 땐 언제구요. 이젠 나 필요 없어졌어요?"

"너는 무슨 말을 해도 지랄같이 하냐. 네가 필요해서 옆에 두는 것 같냐? 야, 그리고 나랑 가족 하기 싫다 한 건 너였어."

일우가 슬쩍 이야기를 다시 꺼내며 어필했지만, 아주는 들은 척도 안 했다.

"노랑이랑 깜장이 밥은 어떡해요? 밥 줄 사람 없잖아요. 내가 줘야 하는데요?"

오히려 아주는 자기가 한 주장이 열세에 처하자 다른 방향으로 틀었다. 이번에는 아주가 밥을 챙겨 주곤 했던 고양이를 핑계로 댔다.

"새벽에 사우나 갈 때 밥만 주고 가든가 하면 되지."

"걔네 밥은 주면서 왜 나는 안 돼요?"

"……안 되는 게 아니라, 하하. 일이 너무 바빠질 것 같아서 그래. 믿고 맡길 곳이 성당밖에 없는 걸 어떡하냐."

워낙 야근이 잦아 회사 근처로 집을 구했음에도 불구하고 못 들어올 때가 많았다. 최근에야 아주 때문에 어떻게든 억지로 퇴근하고 있다만, 정말 검사직을 내려놓을 각오를 하고 밝혀야 하는 게 남았다. 이주경의 무고, 그리고 사도에서 행해졌던 인체 실험. 매일 신경이 곤두선 채 일해야 할 텐데, 그런 날카로운 모습을 아주에게 보여 주고 싶지 않았다.

"난 지금도 영감님 없이 잘 있는데요?"

"지금이랑은 달라. 일주일 내내 혼자 있어야 할 수도 있어. 그건 싫잖아."

"영감님이 옆에 있으면 되잖아요."

"내 육신은 회사에 있는데 어떻게 같이 있냐. 한발 양보해서 영혼은 같이 있을게."

그런 것치곤 전혀 영혼 없는 대답이었다. 일우의 대답이 영 마음에 들지 않는지 아주는 해결책 같지 않은 해결책을 내놓았다.

"……퇴근하면 되잖아요."

"그래, 네 말대로 퇴근할게. 대신 네가 일해."

"시켜 주면 할게요."

"웃기시네, 하긴 뭘 해. 네가 검사했다간 수사해야 할 사람은 안 하고, 수사 안 해도 되는 사람 수사할 텐데."

아니, 그건 자신도 마찬가지인가. 일우는 자학하며 피식 웃다가 심각한 표정을 지으며 자신을 노려보는 아주에게 딱밤을 가볍게 날렸다. 아주는 아프다는 내색도 없이 이마를 문지르며 중얼거렸다.

"진짜 보낼 거예요?"

"그렇게 가기 싫어?"

아주가 시무룩한 얼굴로 사탕을 까 입에 넣으며 고개를 끄덕였다.

"……영감님이랑 있을 거예요."

"그렇게 내가 좋냐."

"네."

끼이이이익. 집 앞 골목에 막 들어서던 일우의 차가 급정거했다. 일우는 자신이 헛것을 들은 게 아닌가 싶어 되물었다.

"다시 말해 봐."

아주는 두 눈을 감고 뒤늦게 자는 척했지만, 소용은 없었다. 조수석 쪽으로 상체를 숙인 일우가 아주의 뺨을 잡고 입맞춤했다. 살짝 열린 입술 사이로 혀를 집어넣고 아주의 입 속을 돌아다니는 사탕을 빼앗았다.

"말하면 돌려줄게."

입 안을 가득 채운 사탕의 단맛도 아주의 '네' 한마디보다 못했다. 설탕의 단맛은 그냥 입만 달게 하지만, 사랑은 온 신경을 달게 만들 수 있었다. 자는 척하는 걸 포기한 아주는 조금 전 입맞춤 때문에 발갛게 달아오른 얼굴을 푹 숙였다. 꼬물거리며 손을 움직이더니 주머니에서 무언가 꺼냈다. 좋아한단 한마디만 기다리고 있던 일우의 속은 점점 환장으로 치달았다.

거기에 아주가 화룡점정을 찍었다. 주머니에서 나온 건 다름 아닌 식당에서 한 움큼 집어 온 사탕이었다. 딸기 맛, 포도 맛, 오렌지 맛. 많기도 했다. 존나 징글징글하게 많았다.

"나 사탕 많은데요. 이만큼 있어요."

씨발……. 허무함이 가슴을 거세게 때렸다. 일우는 끔찍한 단맛만 남은 사탕을 치아로 파삭, 깨뜨렸다.

달콤한 듯 씁쓸한 키스를 끝으로 집에 도착한 일우는 회사로 돌아갈 준비를 했다. 옷가지를 몇 벌 챙기고, 서재로 향했다. 먼지 특유의 퀴퀴한 냄새가 코를 찔렀다. 이인경이 남긴 판도라의 상자를 들고 현관을 막 나설 때, 아주가 옆에 슬쩍 다가왔다. 일우를 바라보는 눈빛이 밤하늘처럼 오묘했다. 일우가 사 준 핸드폰을 꼭 쥐고 무언가 할 말이 있다는 듯이 입을 달싹였다.

"영감님."

"왜."

"내가 전화하면……."

"전화하면 뭐."

"꼭 받아야 해요. 알았죠?"

무슨 말을 하나 했다. 누가 보면 전화도 안 터지는 전쟁터에 가는 줄 알겠다. 그만큼 아주의 목소리가 비장했다.

"싱겁기는."

"빨리 약속해요."

언젠가 일우의 지갑을 훔쳐 달아난 아주를 잡아다 훈수 됐던 때가 생각났다. 일우가 자신의 연락처를 손바닥에 적어 주고 떠나려 하는 걸 붙잡았었지. 그래 놓고 겨우 하는 말이 전화해도 되냐는 거였다. 그것조차 제대로 끝맺지 못하던 아주가 이제는 먼저 전화를 걸겠다며 예고했다.

"알았어. 꼭 받을게."

"새끼손가락 걸어요."

꼭 받으라고 귀여운 협박도 하고. 이 귀여운 걸 어쩌냐. 상자를 바닥에 내려놓은 일우가 새끼손가락을 걸며 꼭 받겠다고 약속했다.

"전화할게요."

그 흔한 사랑한다는 말도 아니고 전화하겠다는 게 이리 기분 좋을 일이던가. 아주가 환히 웃으며 말한 순간, 일우는 속으로 다짐했다. 지금 이 밝은 미소가 다시는 눈물로, 더러움에 얼룩지는 일이 없도록 하겠다고.

* * *

일우는 미친 듯이 자신을 찾는 연락에도 회사로 향하지 않고 어느 병원에 도착했다. 전에 왔던 곳이었다. 바로 이주경이 있는 곳. 병실로 가는 도중 일우를 알아보는 사람이 몇 있었다. 그런 시선에도 아랑곳하지 않고 일우는 이주경이 있는 병실 앞에 다가갔다.

저번처럼 문 앞을 형사 한 명이 지키고 있었다. 전에 봤던 사람과 다른 형사였다. 프리 패스는 안 되겠네. 일우가 재킷 주머니를 뒤져 공무원증을 찾고 있을 때, 형사가 일우의 앞을 가로막았다.

"누구, 어? 검사님?"

초면인 형사가 일우를 알아봤다. 어떻게 자신을 알고 있을까. 관할 경찰서라 오가며 한 번쯤 본 걸까, 고민할 즈음 궁금증이 풀렸다.

"전에 뉴스 나오신 거 봤습니다. 성함은 익히 들어 알고 있었는데……"

"아, 뉴스."

"실물이 더 잘생기셨네요."

"그런 소리 자주 듣습니다. 이주경 안에 있습니까?"

뻔뻔하리만큼 당당한 일우의 대답에 형사가 잠시 말을 잃었다. 이내 고개를 끄덕이며 이주경이 있다고 알렸다.

"수갑 열쇠."

"예?"

"수갑 열쇠 주세요."

"설마 풀어 주시게요?"

형사의 얼굴에 난감함이 번졌다. 공식적으로 공소 취하한다고 발표한 것도 아닌데 열쇠를 줘도 되나, 고민하는 기색이 역력했다. 일우는 내민 손을 거두지 않았다. 결국 형사는 수갑 열쇠를 넘겨줬다. 검사인 일우가 뭐 사고라도 치겠냐는 생각과 더불어 직위가 깡패인 탓이다. 열쇠를 쥔 일우는 병실 문을 가볍게 노크하고 안으로 들어갔다.

"이주경 씨, 오랜만입니다."

전보다 안색이 훨씬 나아진 이주경이 일우를 바라봤다. 연락도 없이 나타난 일우에 당황스러울 법도 한데 고개를 꾸벅 숙여 인사했다.

"여긴 어쩐 일로……."

이주경이 말했다. 발음이 전보단 나아지긴 해도 여전히 부정확했다. 혀가 손이나 발처럼 안 쓸 수 있는 기관도 아니라 회복이 더딘 듯했다.

"말 좀 맞출까 해서 겸사겸사요. 몸은 좀 어떡니까."

일우가 자연스레 이주경이 앉아 있는 침대로 다가갔다.

"그냥, 괜찮아요."

"다행입니다. 손은 안 불편합니까?"

일우가 수갑에 결박된 이주경의 왼손을 가리켰다. 수갑은 철제 프레임과 연결돼 있어, 움직임에 제약이 많았다.

"불편하긴 한데, 어쩔 수 없잖아요. 남들이 보기엔 전……."

살인자니까요. 기어들어 가는 이주경의 목소리에 일우가 미간을 찌푸렸다.

"사건 재검토하고 기소 취하하겠다는 거 못 봤습니까?"

TV도 안 보고, 병실에서 종일 뭐 하는 거야? 일우는 답답한 이주경의 모습에 고개를 저으며 형사에게 받은 열쇠를 꺼내 수갑을 풀었다. 이주경이 일우를 떨떠름한 눈빛으로 올려다봤다. 왜 풀어 주냐는 속마음이 얼굴에 쓰여 있었다.

"보긴 봤는데요……. 그거 진짜예요?"

"내가 미쳤다고 기자들 앞에서 거짓말할까 봐요. 나도 이주경 씨 같은 케이스 늘리는 거 지긋지긋합니다."

후우, 이주경이 쏘아 올린 작은 공이라고 해야 할까. 이주경에서 시작해 나비 효과처럼 밝혀진 일만 해도 어마어마했다. 이어서 일우는 목소리를 가다듬고 정중하게 묵례했다.

"원래 사과를 먼저 해야 했는데 늦어서 미안합니다. 기소는 오늘 취하될 거고, 구속도 마찬가집니다."

"그럼 방금 수갑 푼 것도……."

이주경은 자유로워진 손이 어색한지 두 손을 활짝 쥐었다가 펴는 걸 반복하며 물었다.

"예, 이젠 채울 필요 없으니까요."

너무 예기치 못한 일이라 그런지 이주경은 갈피를 잡지 못하고 눈만 이리저리 굴렸다. 억울하고 열받겠지. 일우였으면 멱살 잡고도 남을 일이었다. 하지만 이상하게도 이주경은 조용했다. 억울하다며 소리치고, 혀까지 깨물었던 예전과 180도 다른 모습이었다.

"이 일에 대해선 배상 청구할 수 있습니다. 물론 아직 재판까진 안 가서 금액은 적을 겁니다. 원래 이런 거에 인색하거든요. 치료비는 제가 개인 비용으로 전액 지원할 겁니다. 혹여 그게 부족하다고 생각되면 나한테 민사 거세요, 져 드릴게요."

일우는 자신한테 소송 걸라는 말을 아무렇게나 했다. 그 말에 이주경이 일우가 이 병실에 들어온 뒤, 처음으로 웃었다.

"검사님이 그런 말 해도 돼요?"

"뭐 어떱니까. 없는 말 지어내는 것도 아닌데. 그리고 이주경 씨는 그래도 돼요. 억울하게 옥살이……는 아니고 구치소살이 했으니까요. 다치기도 하고. 그래서 말인데 뭐 하나만 물읍시다."

이주경에게 사과와 함께 앞으로 벌어질 일을 대강 설명한 일우는 이곳을 찾아온 본 목적을 꺼냈다. 이주경도 이어질 말을 기다렸다. 이주경이 좀 협조적으로 나오면 좋을 텐데, 어떻게 될지 모르겠다. 모 아니면 도, 앞 아니면 뒤. 동전은 던져졌고, 어떤 결과가 나올지는 하늘에 맡겨야 했다.

"당신 형을 자기 죽여 달라고 스스로 청부 살인 맡긴 희대의 또라이로 만들래요, 아니면 정의롭지만 안타깝게 죽은 사람으로 할래요. 아무리 생각해도 이인경 씨가 공익 제보 하려고 목숨까지 잃은 게 안타까워서요."

매번 이인경을 등신이라고 칭하던 일우는 입에 침도 안 바르고 이인경이 안타깝다며 거짓말했다.

"사실 이대로 가면 전자로 사건이 종결될 가능성이 큽니다. 아니면 범행 동기를 적당히 짜 맞춘 뒤에 원래 서로 간 불화가 있었다는 식으로 조용히 묻든가요."

김동연이 범인이 아니라는 시나리오는 일우의 폭로로 옛 저녁에 물 건너갔다. 그렇게 되면 어떻게든 사건을 축소해 덮으려고 하겠지. 김동연이 이인경에게 자기를 해쳐 달라는 청부를 받은 사실은 온데간데

없이 사라지고 시비에 걸려 홧김에 살해했다든가, 뭐 그런 식으로 바뀔 것이다.

언론에 여러 번 보도된 사건인 만큼 사건을 축소하는 과정에서 잡음이 생기겠지만, 윗선에서 그런 걸 신경 쓸 리가 있나. 국민 여러분께 심려를 끼쳐 죄송하다며 고개 몇 번 숙이고, 일우는 개또라이로 분류해 꼬리를 자를 것이다. 내사 얘기 도는 것만 들어도 불 보듯 뻔했다.

하지만 일우는 일이 그렇게 흘러가도록 두지 않을 생각이다. 그리고 그 거대한 폭탄을 투하하기 위해선 이주경의 도움이 필요했다.

"그게 가능해요?"

"왜 안 될 거라 단언합니까. 이주경 씨도 살인 혐의로 기소될 때 동기는 충분했습니다."

개구리가 올챙이 적 일을 기억 못 한다더니, 딱 그 짝이었다. 이주경은 이인경과 빚 때문에 시골집을 팔자고 다퉜던 게 가장 큰 범행 동기로 꼽혔다. 조금만 더 알아봤으면, 이인경이 대출 담보로 집을 잡아서 경매로 넘어갔다는 걸 알았을 텐데도 그땐 그랬다. 이주경도 할 말을 잃었는지 입을 꾹 다물었다.

"원래 범행 동기는 끼워 맞추기 나름이에요. 거기에 돈이 끼면 금상첨화고."

"그렇게 하면 안 되잖아요. 경찰인데, 검찰인데……!"

물이 고이다 못해 썩어서 그런 걸 나보고 어떡하라는 건지.

"나도 환멸 나니까 그 얘긴 그만하고. 사실 이주경 씨가 할 일은 많지 않습니다. 희야란 존재만 잊으면 됩니다. 레드 선."

일우가 이주경의 눈앞에서 손가락으로 딱, 소리를 냈다.

이주경이 눈을 깜박이며 물었다.

"……희야 누나가 드러나면 안 되는 이유라도 있나요?"

"죽었으니까요."

간단했다. 희야가 살아 있다면 중요한 증인이 됐을 텐데, 죽으니 불가했다. 출생 신고라도 제대로 된 사람이었다면, 그것 또한 어떻게든 엮어 보겠으나 일우가 알아본 바론 희야는 서류상으로 세상에 없는 사람이었다.

더 나아가 희야가 무슨 일을 당했는지, 이인경이랑 왜 얽혔는지 같은 시시콜콜한 과거를 아주만은 몰랐으면 했다. 일우가 인체 실험에 대해 폭로하고 나면 이 사건을 파헤친 이인경에 대해서 분명 주목할 것이다. 그럼 이인경이 이 사건을 왜 조사해야만 했는지 이유도 찾겠지.

뉴스에 관심 없는 아주마저 언젠가 희야가 당한 불행을 알게 될 것이다. 그건 일우가 그리는 최악이었다. 아주만은 이 일에서 완전히 배제돼야 했다.

"정말 그게 끝이에요?"

"끝입니다. 나머지는 내가 알아서 하죠."

쉽네요, 정말. 이주경이 허탈한 듯 천장을 바라보며 두 눈을 빠르게 깜박였다.

"……이렇게 쉬운 걸 형은 왜 그렇게 멀리 돌아갔을까요."

이게 쉬워 보이다니. 앞으로 벌어질 일을 예견한 일우는 소리 없이 픽 웃었다. 멀리 돌아간 것처럼 보여도 이인경은 그 나름 자신이 할 수 있는 최선을 다했다. 최선이 마지막에 엉뚱한 방향으로 튀었다는 게 문제지만.

"희야 누나가 대체 뭐라고……."

"때론 사랑이 양심도, 미래도 다 잡아먹습니다. 당신 형의 마지막 양심이 그 사람이었던 거겠죠."

일우가 양심을 저버리고 이 사건에서 희야란 사람을 아주를 위해 완전히 지운 것과 같았다. 이야기를 마친 일우는 테이블 위에 놓인 메모지에 자신의 연락처를 쓴 뒤 이주경에게 건냈다.

"내 연락첩니다. 이쪽으로 연락해서 치료비 청구하세요. 가끔 기분 좆 같을 때 욕 문자 보내도 되고요. 나도 잘못한 거 있으니까 세 번까지 봐 드리겠습니다."

일우가 손가락 세 개를 편 채 이주경의 눈앞에서 흔들었다.

"……그런 거 안 보냅니다."

"싫으면 말고요. 김동연 수사 가닥 나오면 연락할게요. 이번엔 이주경 씨처럼 억울하지 않게 탈탈 털어서 죗값 치르게 하겠습니다."

이건 확실히 약속할 수 있었다. 부족하면 몇 번이고 능력을 써서라도 있는 죄 없는 죄 탈탈 털어 기소할 테다. 가능한 한, 무단 횡단 하는 것까지 잡아서 죄목에 넣을 생각이었다.

"이제 다 끝인 건가요?"

이주경이 조금 지친 듯하면서도 후련한 목소리로 물었다. 표정도 아까보다 훨씬 폈다.

"이주경 씨는 끝이고, 나는 이제 시작이죠. 더 할 말 없으면 이만 가 볼게요. 자리 좀 비웠더니 전화가 계속 오네."

자신이 커피콩도 아닌데 또 얼마나 들들 볶으려는 건지 지겨울 정도였다. 부재중 전화는 수십 통을 웃돌았고, 메시지엔 쌍욕이 난무했다. 일우가 독단으로 이주경을 풀어 준 뒤 나올 기사를 보면 뒷목을 잡고 쓰러질 듯싶었다.

어떡하겠어. 기소 취하 결재 안 해 줄 게 뻔하니, 이렇게 선수라도 쳐야지. 부장이 고혈압 약을 먹든가. 괜히 걱정하는 척해 보며 병실을 나온 일우는 바로 김민철 형사한테 전화했다.

"납니다, 현일우. 이주경 기소 취하했다고 바로 발표하세요."

마지막에 웃는 게 누구인지 가 보자고, 끝까지.

* * *

이주경이 퇴원하는 날엔 병원 정문이 카메라와 기자들로 꽉 찼으며 연신 플래시가 터졌다. 부장은 다행히 고혈압 약은 먹지 않았다. 그래도 뒷목을 잡았으며 거의 병원에 실려 갈 뻔했다.

살인 혐의를 벗은 이주경은 더 이상 피의자 신분이 아니었다. 오히려 이리저리 얽힌 사건을 푸는 데 여러 도움을 줄 증인이었다. 이인경이 죽은 걸 최초로 발견한 목격자이기도 했다. 이주경은 경찰의 삼엄한 경호를 받으며 퇴원했다.

그 뒤를 쫓은 기자들은 이주경에게 배상 소송을 할 거냐며 끈질기게 물었다. 이주경은 묵묵부답 일관된 태도로 차에 올랐다. 이주경이 소송을 하겠다거나, 일우를 탓하는 한마디만 했어도 특종감일 텐데, 이주경은 그러지 않았다. 너무 지친 걸지도 몰랐다.

자칫 잘못하면 자신이 모든 책임을 뒤집어쓰게 되는 그 순간에도 일우는 아무렇지 않은 듯, 회사에 앉아 뉴스로 상황을 지켜봤다. 검찰 대 언론. 평소엔 잘만 유착하던 것들이 서로 개떼처럼 물어뜯는 모습이 웃겼다.

부장실에 불려 가 세 시간째 벌받듯이 서 있던 일우는 뉴스를 보고 분개하는 부장과, 열심히 검찰을 비판하는 뉴스를 보며 웃음을 참았다. 크흠, 주먹을 쥔 채 입을 가렸다. 하지만 부장이 미소 띤 일우의 얼굴을 이미 확인한 후였다.

"웃기냐?"

"난리도 아니라서요."

"그 난리 네가 만든 거야, 네가! 회사 다 깽판 쳐 두니까 만족스럽냐? 어?"

"예, 조금 부족한데 괜찮네요."

"막 나가네, 막 나가. 너 어쩌려고 그러냐? 현 프로, 오늘부터 내사 시작되는 거 알기나 하냐? 네 앞에 배당된 사건 다 재배당시킬 거야."

"인력이 되겠습니까? 제 앞에 깡치 사건만 가득한데요. 큰 건이라곤 이주경이 전분데, 그것도 속 빈 깡통이고."

"차장님이 너한텐 절대 안 맡기겠단다."

"당장 짐 싸서 나가라는 거네요."

속이 너무 빤히 보이는 유치한 수법이었다. 나이를 다 어디로 잡수셨나. 한심하기 짝이 없었다.

"알면 숨 좀 죽이고 있어, 인마. 지금 너 모가지 떨어지기 직전이야."

"진작 잘린 줄 알았는데, 아직 달려 있습니까?"

한마디도 지지 않는 일우에 부장이 이마를 짚으며 깊은 한숨을 뱉었다.

"부장님, 그간 정을 생각해서 부탁 하나만 들어주십시오."

"너랑 쌓은 정 같은 거 없어, 새끼야."

"미운 정도 정이라고 하지 않습니까."

부장이 다시 한번 한숨을 뱉으며 손을 흔들었다. 어디 한번 지껄여

보라는 신호였다.

"김동연은 이 프로한테 넘겨주세요."

"걘 2부잖아."

"제가 워낙 사고를 많이 쳐서, 그 건은 차장님이 3부에 절대 안 남겨둘 것 같은데요. 사건 재배당할 때 정 계장님도 같이 보내 주십시오. 저만큼 잘 알고 계신 분입니다."

"이 프로가 동의하면."

"동의하고 자시고가 어딨습니까. 위에서 하라면 하는 거지."

일우가 뻔뻔하게 얘기하자, 부장이 환장하겠다는 듯이 답답한 속을 토로했다.

"너는, 너는 이 새끼야. 왜 위에서 하라는 대로 안 하고 이 지랄이야?"

"전 위에서 시키는 대로 기소했다가 이렇게 된 거죠. 상황이 좀 다르잖습니까."

"닭이 먼저냐 달걀이 먼저냐 같은 소리 그만하고. 너 이제 진짜 어쩔 거야."

일우는 대답하지 않고 바람 빠지는 소리를 내며 희미하게 웃었다.

"연예인이나 할까 했는데, 차장님이 얼굴에 스크래치 내서 그건 물 건너갔고. 이제 어쩔까요."

일우가 이마를 덮은 거즈를 손으로 가리켰다. 머리칼을 깔끔하게 넘긴 스타일 덕분에 이마에 있는 거즈가 적나라하게 보였다.

"개업이나 해, 자식아. 화분 하난 보내 줄게."

"변호사는 영 저하고 안 맞아서."

부장은 일우가 그만두고 나가는 걸 당연시하며 얘기했다. 일우도 딱히 부정하지 않았다. 부장이 해 보지도 않고 어떻게 아냐며 대놓고 면박을 줬다. 일우는 작게 콧방귀 뀌었다.

"시보 시절에 해 봤어요. 근데 적성에 안 맞더라고요."

"연예인은 맞을 것 같고?"

"얼굴이 되잖습니까."

부장이 동태 눈깔을 한 채 일우를 빤히 바라봤다. 일우는 능글맞게 슬쩍 웃었을 뿐이다.

"너 어쩌다 이렇게 됐냐."

"산전수전 다 겪었으니 그런가 보죠."

"이제 겨우 서른 좀 넘은 새끼가 인생 다 산 것처럼 얘기하지 마라. 아직 살날 많이 남았어."

마지막을 예감한 부장은 일우한테 조언을 가장한 걱정을 건넸다. 이어서 부장은 밉다 못해 한때 살인 충동마저 들었던 후배의 부탁을 마지 못해 들어줬다.

"일단 알겠으니까 나가 봐. 조금 이따가 조사실에서 호출할 거니까 그때까지 얌전히 대기하고."

부장실을 빠져나온 일우는 바로 자신의 사무실로 갔다. 유 주임과 정 계장의 표정이 말도 못 했다. 얼마 전, 일우를 애타게 찾던 그들도 끝을 직감한 것이다. 일우의 만행을 낱낱이 파헤치기 위해 꾸려진, 사실상 검찰 내부에 반기를 든 일우를 죽이기로 작정한 윗선에서 파견한 내사팀이 곧 도착한다는 내용이 회사 전체에 퍼졌다. 유 주임과 정 계장은 일우의 내사가 시작되는 순간부터 다른 검사실로 배정된다는 걸 미리 전달받은 후였다.

"왜 그렇게들 보세요."

"검사님이 이럴 줄 몰랐어요."

정 계장이 약간 일우를 탓하는 것처럼 말했다. 아쉬움과 안타까움이 번졌다.

"나도 그럴 줄 몰랐습니다."

"……사람이 변하면 죽는다던데요."

유 주임이 음산하게 목소리를 깔고 중얼거렸다.

"살다 보니 이런 날도 있고 저런 날도 있더라고요. 꼭 변화가 나쁜 것만은 아니잖습니까."

일우는 자신을 걱정스레 바라보는 두 사람을 등진 채 짐을 챙겼다. 명패까지 상자에 다 집어넣었다. 여기서 1년을 넘게 있었는데, 짐은 겨우 한 상자 남짓 나왔다. 나머지는 모두 회사의 것이었다. 컴퓨터나 의자, 하물며 볼펜이나 서류를 넘길 때 썼던 파란색 골무까지도.

"검사님은 아닌 척해도 자기 것은 확실히 챙기시니까…… 이번에도 그럴 줄 알았어요."

유 주임이 모든 걸 다 버리고 내던지는 일우가 의외였는지 솔직히 자기 생각을 꺼내 얘기했다. 밖에선 진실을 밝혀낸 내부 고발자인 동시에 영웅처럼 묘사되더라도, 안에선 안정적인 자리도 걷어차고 하극상까지 일으킨 일개 평검사에 불과했다.

"왜 다들 내가 죽을 것처럼 말씀하는지 모르겠습니다. 난 아직 아무것도 잃지 않았습니다."

하지만 일우는 당당했다. 검사라는 별 같잖은 직위가 주는 안정감, 권력보단 당장 세상에 알려야 할 진실이 중요했고 그것을 위해서 검사란 직위 하나가 희생된다면 당연히 내버려야 했다. 오히려 싸게 먹히는 거 아닌가. 일우의 큰 그림을 모르는 그들이 보기엔 머저리 그 이상,

그 이하도 아니었다.

"내가 그렇게 호락호락 당할 사람처럼 보였다면, 잘못 보신 겁니다."

"그건 그렇지만……."

평소 일우의 성격을 아는 정 계장이 긍정하며 고개를 끄덕였지만, 측은한 눈빛은 걷히지 않았다. 그때 유 주임이 한 발자국 더 가까이 다가와 소리쳤다.

"그래도 검사님 진짜 멋있어요!"

생각지도 못한 응원이었다. 일우는 잠시 할 말을 잃고 유 주임의 말에 귀를 기울였다.

"다들 예스를 외칠 때 검사님만 혼자 노를 외친 거잖아요. 저도 그렇고 민원실 사람들도 다 아닌 척하면서 검사님 응원해요. 다른 사람들은 검사님처럼 못 했을걸요?"

자신의 행동이 남에게 어떻게 보이는지 깊게 생각한 적 없었다. 깊이 생각하면 할수록, 그들에게 끌려가기만 할 뿐, 제 줏대를 똑바로 세우지 못할 거라고 여겨 더욱 앞만 보고 나아갔다.

"왜, 그런 말도 있잖아요. '행동하지 않는 양심은 악의 편이다', '침묵은 곧 동조이다'. 검사님은 침묵을 깨고 행동함으로써 한 사람을 살린 거잖아요."

아주를 위해서. 정말 그뿐이었는데, 유 주임이 이렇게 생각할 줄은 몰랐다. 뭐라고 할까. 검사로서 첫 사건을 처리하고, 언젠가 피해자가 찾아와 감사 인사를 전했던 때가 생각났다. 왜 이걸 여태 잊고 살았을까.

"명패로 맞기까지 하셨으면서 물러나지 않은 거…… 전 진짜 대단하다고 생각해요. 그동안 검사님이랑 일한 게 얼마나 자랑스러운지 몰라요."

그간 잊고 살았던 보람, 검사가 가져야 하는 진정한 가치 같은 게 마음을 수차례 때렸다. 그만 끝을 내자고 결심한 순간에 깨달은 게 참 어이없고도 다행이었다. 아는 것과 모르는 건 천지 차이니까.

"……고맙습니다."

힘이 되네요. 일우가 약간 가라앉은 목소리로 깨달은 마음을 전했다. 유 주임의 외침은 일우가 곧 벌어질 일들 앞에서 흔들리지 않고 중심을 잡을 수 있는 양분이 됐다.

"검사님, 그동안 정말 고생 많으셨어요."

"주임님도요."

일우가 숨을 가다듬고 손을 내밀었다. 가볍게 흔들리는 악수. 거기서 서로에 대한 신뢰와 고마움이 읽혔다. 때 아닌 감동을 맞이한 일우는 표정을 정리하고 정 계장을 불렀다.

"계장님, 선물입니다."

일우가 건넨 건 증거품을 담는 파란색 상자였다. 얼떨결에 상자를 건네받은 정 계장이 영문 모를 얼굴로 일우를 바라봤다.

"……이게 뭐예요?"

"김동연 건은 이 프로한테 재배당될 겁니다. 제가 마무리 지으면 좋을 텐데, 그럴 수 없으니 드리는 겁니다. 김동연이 단순 상해 치사로 끝나지 않게 해 주세요."

"검사님, 제가 무슨 수로요……."

정 계장은 파란색 상자를 든 채 난색을 표했다.

"계장님 유능한 거 여기 모르는 사람 있습니까. 물론 이 프로한테도 말해 둘 겁니다. 알아서 잘해 줄 거예요. 거기 담긴 모든 자료는 이인경이 수집한 겁니다. 이인경이 죽은 이유이자 몇십 년간 외면당했던 진실이기도 하고요."

"……그 진실이 뭐길래요?"

"이 프로한테 전해 주세요."

일우는 미묘하게 논점을 벗어나 대답했다. 정 계장이 무어라 더 얘기
하려는 찰나, 누구의 것인지 모를 핸드폰이 울렸다. 다들 주머니를 뒤적
거리며 핸드폰을 찾았다. 범인은 일우였다.

"호출이네요. 그만 가 보겠습니다."

일우는 비장함을 조금 걷어 내고 그들이 안도할 수 있게 웃는 얼굴로
사무실을 나갔다.

* * *

회사는 일우가 빠져도 잘만 돌아갔다. 일우가 그렇게 폭탄을 터뜨리
고 다닌다 한들, 일우마저 거대한 공장 속 부품에 지나지 않았다는 걸
공고히 하는 순간이었다.

일우는 회색빛의 우울한 조사실에 처박혀 강도 높은 수사를 받고 있
었다. 외부에선 사람 피 말려 죽인다고 수군거렸으나, 일우는 사실 아무
생각 없었다. 그도 그럴 게 질문 수준이 형편없었기 때문이다.

"일개 평검사가 건물 몇 채씩 갖는 게 가당키나 한 일입니까?"

개인 계좌 턴다 어쩐다 했던 게 현실이 됐다. 어떻게든 돈하고 지저
분하게 엮어 보고 싶은 것 같은데, 가능할 리 없었다. 굳이 세탁할 필요
없이 아주 깨끗하고, 스스로 땀 흘려 번 돈이었기 때문이다.

"오기 전에 예금만 보셨나. 주식으로 불린 거니까 증권 계좌 확인해
보세요. 급한 건 알겠는데, 그래도 나무 말고 숲을 보셔야지."

일우의 비아냥은 멈추지 않았고, 잘못해서 수사받는 사람 태도가 이게 뭐냐며 지적만 당했다. 일우는 들은 척도 하지 않았다. 어떤 타격도 없었다. 수사받는 이유가 횡령이나 뇌물도 아닌데 계좌를 어떻게 확인했냐며 외려 공격하기 일쑤였다. 자신을 향한 칼자루를 뒤집는 일우의 태도에 빈번히 상대의 말문이 막혔다.

"검사 동일체의 원칙, 상명하복 모릅니까? 윗선의 지시에 불복종한 것도 모자라, 피의자가 자해하는 걸 가만두고 보고, 이젠 피의자를 풀어 주기까지. 이런 하극상이 어딨습니까?"

"하나를 알면 둘을 아는 게 아니라, 셋을 모르시네. 첫째, 검사는 위의 지시에 복종하라고 있는 사람이 아닙니다. 둘째, 이주경이 혀 깨문 뒤에 지혈하고 1층까지 업고 뛰어간 사람이 납니다. 그 자리에 이주경 담당 변호사도 있었습니다. 셋째, 죄가 없으니 풀어 줘야죠. 무고한 사람 붙들고 재판 넘긴 다음에 무죄 판결 때립니까? 진작 무혐의 처분했어야 하는 사람입니다. 말이 되는 소릴 하세요."

일우는 절대 지지 않았다. 물러나지도 그렇다고 상대를 거세게 밀지도 않았다. 있는 사실 그대로 돌려줬을 뿐이다.

말이 통하지 않는 상대와 같은 주제로 싸우다 보면 에너지 넘치는 일우도 지쳤다. 한 번씩 저 새끼들 얼굴 한 대 때리고 차라리 감옥에 가는 게 낫겠다, 싶은 충동도 들었다. 그럴 때면 일우는 차장에게 맞아 생긴 상처를 핑계로 드러누웠다. 비유가 아니라 정말로.

"⋯⋯지금 뭐 하는 겁니까? 당장 일어나세요."

188센티미터의 큰 키에 넓은 등판, 어딜 봐도 건강하다 못해 혈기 넘치는 남자의 표본인 일우가 드러눕자 당황한 상대는 얼굴을 찌푸리며 일어나라 종용했다.

"출혈이 심해서 머리가 아픕니다."

누가 봐도 아픈 얼굴이 아니었다. 그냥 나 쉬고 싶다, 정도.

"계속 진행하겠다면, 강도 높은 수사에 대해 인권위에 진정 제기하겠습니다."

일우를 쥐 잡듯이 털러 온 상대는 결국 이마를 짚고 백기를 흔들었다.

"담배 좀 피우고 올게요."

금연한 지가 언젠데, 담배를 핑계로 밖으로 나왔다. 매일 꾀병만 부린다고 어떻게 좀 해 보라고 조사실에서 서로 싸우는 소리가 들렸지만, 무시했다. 일우가 햇빛 한 점 들지 않는 조사실에서 내사받는 사이 일은 착착 진행됐다.

유 주임은 공판 쪽으로 넘어갔고, 정 계장은 일우가 바라는 대로 이 검사 사무실로 배정됐다. 이 검사는 김동연을 상해 치사가 아닌 살인죄로 기소했다. 덕분에 이 검사는 일우만 봤다 하면 죽겠다며 곡소리를 냈다.

일우는 내사를 핑계로 교묘하게 빠져나와 사건을 제삼자의 위치에서 관전하고 있었다. 얼마 전까지만 해도, 저 폭풍 속에 있었는데 바깥은 이리도 평화로웠다.

"흐음."

흡연자들이 모여 있는 주차장 뒤쪽 공간에 도착한 일우는 뻐근한 어깨를 돌리며 하늘을 바라봤다. 머리 위에 떠 있던 해가 점점 지고 있었다. 일우는 불그스름하게 지는 하늘을 감상하며 벤치에 앉았다.

핸드폰을 꺼내 최근 통화 목록에 들어갔다. 맨 위에 있는 번호를 클릭해 전화를 걸었다. 단조로운 연결음. 그 끝에 통통 튀는 목소리가 들리겠지. 아주에게 전화를 걸고, 받길 기다릴 때면 막 사랑을 시작한 사람처럼 설렜다.

—영감님!

"풀떼기, 어째 목소리가 밝다."

자신이 없어도 잘만 사는 것 같은 아주의 목소리에 섭섭함이 몰려왔다.

—아이스크림 먹고 있어서요.

"맛있냐."

—네. 영감님, 오늘도 TV에 나온 거 알아요? 다들 영감님 보고 영웅이래요.

브리핑 한 번 때문에 이 사건 끝날 때까지 우려질 것 같은 예감이 들었다. 참지 않고 들이박은 게 죄였다.

"영웅은 무슨. 내가 영웅이면 세상에 있는 영웅 다 죽었게."

진심이었다. 영웅 삼을 사람 하나 없어 염병을 떨었다. 여기서도 저기서도 희생양인 일우는 자신의 처지를 한탄했다. 하여간 도움이 안 돼.

"왜 대답이 없어?"

아주가 조용히 있자, 일우가 아주를 불렀다. 얼굴도 못 보는 처지에 재잘재잘 말이라도 많이 해 줬으면 좋겠는데.

—영감님, 집에 언제 와요?

드물게 침묵을 지키던 아주가 입을 열고 말했다. 이렇게 바로 물을 줄은 몰랐는데. 무방비한 상태에서 공격당한 일우의 얼굴이 짐짓 굳었다. 아주의 목소리에서 그리움을 읽은 일우의 마음이 점점 무거워졌다. 그러게, 언제 갈 수 있을까.

"......"

일우가 나름 선방하며 버티는 것과 별개로, 고강도의 내사를 받고 있다는 사실은 변하지 않았다. 발이 묶였고, 자유를 침해당했다. 담배를 핑계로 밖에 나올 때, 아주와 하는 통화가 유일한 낙이었다.

그리고 아주는 일우의 현 상황을 전혀 몰랐다. 영웅 어쩌고 하며 말하는 것만 봐도 알 수 있었다. 그렇다고 아주한테 자신의 상황이 이래서 갈 수 없다고 솔직하게 털어놓을 순 없는 일. 일우는 양 볼에서 바람 빠지는 소리를 내며 둘러댔다.

"곧. 곧 갈 거야."

—저번에도 똑같이 말했잖아요.

"그땐 다음에 간다고 그랬지, 곧이라곤 안 했다. 보고 싶어서 그래?"

아주는 대답하지 않았다. 부끄러워하는 아주를 위해 일우가 먼저 판을 깔았다.

"말해 봐."

—……네.

보고 싶어요. 아주가 나직이 속삭였다. 벤치에 등을 기댄 일우는 눈을 감았다. 이윽고 보고 싶다던 아주의 속삭임을 곱씹었다. 지금 당장 아주의 목덜미에 코를 묻고, 꽉 끌어안고 싶었다. 그다음엔 자신이 아주를 얼마나 사랑하는지 상세히 알려 줄 것이다.

"나도, 나도 보고 싶어."

사랑과 애정을 듬뿍 담은 한마디. 일우의 주변 기류마저 변하는 달콤함이었다. 말도 안 되는 추문을 듣고 와 추궁하는 이들을 상대하느라 지쳤는데, 일우의 비타민 아주가 힘을 줬다.

버텨야지. 돌아가야지.

일우가 아주만을 위해 살듯이 아주한텐 일우뿐이었다. 몸 건강하게 집에 돌아가야 했다. 일우는 아주를 통해 높은 책임감과 안정감, 만족감을 다시금 상기했다.

지켜야 할 사람이 있다는 건 제멋대로 살던 일우가 정의롭게 살 이유를 줬고, 종국엔 신념이 됐다. 아주를 만나기 전엔 생각지도 못한 변화였다.

"보고 싶다. 내 풀떼기."

정말 보고 싶다. 일우는 아주를 향해 여러 번 보고 싶다며 중얼거렸다. 아주는 건너편에서 일우의 중얼거림을 얌전히 듣고만 있었다. 희미하게 들리는 숨소리가 전화가 끊기지 않았다는 걸 증명했다.

—……영감님.

"뭐."

—나 영감님 있는 곳에 가면 안 돼요? 당장 갈래요. 어디예요? 회사예요?

잠깐 마음이 흔들렸다. 하지만 이내 마음을 다잡았다. 아주를 다시 돌려보낼 수 있겠냐고 자문했다. 아니, 없었다. 그럴 자신도, 여유도.

품에 안으면 키스하고 싶어질 테고, 키스하면 몸을 섞고 싶어지겠지. 더불어 회사 내부 최고의 악동이자, 현재 모든 스포트라이트를 받는 일우였기에, 지금은 가능한 한 눈에 띄는 일은 피하고 싶었다.

"여기가 뭐 좋은 데라고 오냐. 뭐 하러 힘들여 와. 오지 마."

—나 안 힘들어요. 그리고 꼭 좋은 데여야만 갈 수 있어요?

자신이 마녀에게 납치돼 탑에 갇힌 라푼젤 같았다. 아주는 라푼젤을 멋지게 구해 주는 왕자님. 가끔 실수도 하고, 머리는 아무것도 쓰인 것 없는 백지였으나, 그건 곧 아주의 장점이었다.

편견 없이 모두를 평등하게 대하는 풀떼기. 그러니 여기가 얼마나 무서운 곳인지 모르고 오겠다는 거겠지. 그대가 가는 곳이 험지일지라도 그대를 위해서라면 기꺼이 몸 내던지리라. 뭐 그런 건가.

"말은 존나 예쁘게 하네. 그래도 오지 마. 내가 갈게."

험지에 몸을 내던지는 건 일우의 몫이었다. 아주는 그저 험지에 깔린 꽃들을 사뿐히 지르밟고 오면 되는 일이다.

―오늘, 오늘 올 거예요?

"그래, 늦게라도 갈게."

아마 별이 총총 뜬 늦은 밤이나 해가 막 뜨기 시작한 새벽이겠지만. 잠든 아주의 얼굴이라도 보고 싶었다. 예쁜 눈, 코, 입. 전부.

―그럼 약속해요.

"약속."

―말로 하지 말구요!

"그럼 말로 하지 뭐로 하냐? 지금 앞에 너도 없는데."

―잠시만요.

아주가 부스럭거리더니 띠링, 소리가 울렸다. 뭔가 싶어 봤더니 영상 통화 요청이었다. 피식, 웃은 일우가 통화 요청을 수락했다.

―영감님!

곧이어 화면에 나타난 아주가 손을 붕붕 흔들었다. 은하수가 흩어진 밤하늘을 오려다 박아 둔 듯한 눈은 흐릿한 화면 속에서도 영롱하게 반짝였다.

"풀떼기 오랜만이네."

―영감님도 오랜만이에요.

아주가 배시시 웃으며 인사했다. 한입에 꿀꺽 삼키고 싶은 내 풀떼기는 하룻강아지 범 무서운 줄 모르고 예쁨을 과시했다.

"영상 통화하는 건 언제 배웠대. 나도 까먹고 있었는데."

진작 영상 통화 할 걸 그랬다. 목소리만 듣다가 그리움만 커지고, 날이 갈수록 상상만 풍부해졌다. 일우가 조심스레 아주의 얼굴선을 쓰다듬었다. 손끝에 만져지는 건 차가운 액정이었으나, 기계도 일우의 그리움을 막을 수 없었다.

—이것저것 찾아보다가요. 근데, 뭐 하는 거예요? 손 치워요. 안 보여요.

"매정하기는."

낭만이라곤 없는 아주의 말에 결국 일우는 손을 거뒀다. 아주는 눈을 흘기긴 했어도 꿍얼거리진 않았다.

"풀떼기."

—네?

"나 회사 그만둘지도 몰라."

말할까 말까 고민했던 걸 드디어 꺼냈다. 그만둘지도 모르는 게 아니라, 정말 그만두는 거지만. 누가 봐도 분명한 보복이었고, 일우가 예상하던 결과였다.

공익을 위해 내부에서 목소리 냈더니 돌아오는 건 내사와 내쫓김이라니. 외부에서 보기엔 검찰이 거의 악의 축처럼 보일 테지.

그런 속내도 모르고 내사에선 거의 검사직 파면으로 치닫고 있었다. 원래라면 정직이나 봉급 삭감에 그칠 것을, 일우가 더욱 비아냥거림으로써 일우가 벌인 일에 비해 강도 높은 처벌을 받게 됐다.

그게 더 상황을 악화시킨다는 건 모르는 거지. 멀리 보지 않고 당장 눈앞에 놓인 일우만 터는, 좁은 식견 때문이었다.

—왜요?

"회사에 남아 있기엔 내가 너무 잘난 사람이라서. 썩은 물에 몸 담그면 내가 아무리 깨끗한 사람이라도 썩은 것처럼 보이지 않겠냐."

―영감님이 언제부터 그런 거 신경 썼어요?

심심한 위로 같은 걸 바란 건 결코 아니었지만, 이런 반응도 원하지 않았다.

"새끼가, 말하는 본새 봐라."

―그냥 그만두고 싶은 거면서.

"얼씨구."

어이가 없었다. 동시에 속마음을 전부 들킨 듯해 기분이 오묘했다. 일우가 왜 그만두는지 정확한 이유는 몰라도, 일우의 의지가 다분히 들어간 건 정확히 맞혔다. 풀떼기 이거 신들린 거 아니야? 일우의 눈이 가느스름해졌다.

―아무튼, 영감님 꼭 약속 지켜야 해요. 늦게라도 와야 해요. 알겠죠?

"알았어."

―얼른 약속해요.

아주가 새끼손가락을 걸라며 카메라 가까이 손을 댔다. 별 지랄을 다 한다. 그러면서 일우는 그 지랄에 열심히 장단을 맞췄다.

"그래, 약속해라. 해."

아주의 요구대로 손가락 도장까지 찍은 뒤에야 영상 통화를 종료할 수 있었다. 끊고 난 다음에 아쉬움이 몰려왔다. 그리움은 배가 됐고, 쌓이다 못해 터지기 일보 직전인 욕구는 누구 하나 잘못 건드리면 팡, 폭발할 것만 같았다.

"지겹네⋯⋯."

언제쯤 끝나려나.

일우 앞에 있던 사건들은 모두 재배당됐다. 그건 곧 일우를 검찰의 일원으로 인정하지 않겠다는 뜻이었다. 다른 검사를 굴리면 굴렸지, 너 한텐 일 안 시킨다. 그런 맥락이었다.

일우는 아무래도 상관없었다. 피의자를 신문했던 조사실에서 범죄자 취급받으며 공격당해도 짜증은 그때일 뿐, 한 귀로 듣고 한 귀로 흘려 넘겼다. 가족도 없고, 일만 보고 살았던 일우는 딱히 흠잡을 게 없었다. 외려 너무 완벽한 게 흠이면 흠일까. 그러니 아무 소득도 얻지 못하고 괜한 일로 꼬투리 잡는 나날만 이어졌다.

직무 정지 상태인 일우는 달리 할 일도 없었지만, 힘겨루기가 전부인 내사만 하루에 열네 시간씩 받았다. 담배를 핑계로 나왔으니 다시 돌아갈 때가 됐다. 그 전에 먼저 할 일이 있지. 일우는 조사실로 돌아가기 전, 5층에 올라가 사무관 둘이 빠져 쓸쓸한 사무실 안으로 들어갔다.

불이 꺼진 사무실 중앙에 서 있던 일우는 냉장고 문을 열었다. 안에는 복분자즙 한 상자가 덩그러니 홀로 있었다. 익숙한 듯, 그곳을 뒤진 일우는 맨 아래에 숨겨 둔 혈액 팩을 꺼냈다. 그것도 모자라 복분자즙도 하나 꺼내 같이 컵에 따랐다.

남들이 보기엔 피를 마시는 게 아니라 이 와중에도 복분자즙 마시며 살뜰히 몸 챙기는 것처럼 보이겠지. 일우는 쿡쿡 웃으며 피도 아닌, 복분자즙도 아닌 이상한 걸 마셨다.

"어디 갔나 했다."

그때 문이 열렸다. 이 검사는 어디 풀 뜯을 곳 없나, 둘러보는 기린처럼 목을 쭉 빼고 어슬렁어슬렁 걸어왔다. 이 검사를 발견한 일우는 피와 복분자즙이 섞인 걸 단숨에 마시고 컵을 내려놨다.

"이야, 잘 버티나 싶었는데 힘들긴 한가 봐. 현 프로가 즙 같은 걸 다 챙겨 먹네. 맛있는 거 혼자 먹지 말고 좀 나눠 줘."

"하나 꺼내 드시든가요."

일우가 냉장고를 가리켰다. 이 검사는 힘 넘쳐 봐야 일만 더 하지, 하며 고개를 내저었다. 일우는 바로 꼬리를 내리는 이 검사의 모습에 그저 웃고 말았다.

"방 거의 다 뺐네."

"예, 뭐."

서류는 다른 검사들 방으로 다 넘어갔고, 컴퓨터 하드는 내사팀에서 가져간 지 오래였다. 그나마 남아 있는 거라곤 일우의 물건을 담은 상자 정도였다. 상자에 다 들어가지 않아 위로 삐죽 솟은 명패가 이 검사의 시선을 빼앗았다.

"이게 그 유명한 명패냐?"

일우가 차장 검사한테 명패로 맞았다는 건 유명했다. 그 때문에 차장 검사의 매서운 손찌검이 눈에 띄게 사라졌다고, 다른 부장들이 은근히 좋아했다. 현일우 또라이 덕분에 뭐가 좀 바뀌긴 바뀌네 하면서 말이다. 예상외 소득이었다.

"만질 때 조심하세요. 거기 제 피 묻어 있으니까."

"아 씹, 좀 빨리 말해 주지……."

이 검사가 미간을 찌푸리며 바지에 손을 쓱쓱 문질러 닦았다.

"제가 전염병 환자라도 됩니까?"

허, 일우는 이 검사의 만행을 두 눈 똑바로 뜨고 지켜보며 헛웃음을 삼켰다.

"네 또라이 유전자 옮을까 그런다."

이 검사가 인상을 풀지 않고 명패를 책상 위에 올려놨다.

"그런다고 옳겠습니까. 피를 핥아 먹는 것도 아니고."

"여기서 뭐 하고 있었나? 내사 끝났어?"

"거의 끝났어요. 파면당할래, 얌전히 사직서 쓸래. 그런 것만 남았습니다."

"설마 파면까지 시키겠어? 말은 그렇게 해도 정직 몇 개월 처분하고, 수도권에 얼씬도 못 하게 저 멀리 지방에나 보내겠지."

"정직 몇 개월은 뭐 가벼운 것처럼 말씀하시네요. 그것도 나름 중징계입니다."

"그건 그렇지."

이 검사가 고개를 끄덕이며 긍정했다. 상자 안 다른 물건들을 뒤적거리며 실없는 질문을 몇 개 던지다가 일우를 돌아봤다.

"현 프로, 정말 후회 안 하겠어?"

미묘한 어투, 그냥 물러나자는 의미가 내포된 물음이었다. 왜 시답잖은 질문 던지며 시간 끄나 했더만. 결국 이것 때문에 온 거네.

"이거 그냥 덮어도 돼. 굳이 현 프로 인생 갖다 바칠 필요 없다고. 공소 시효도 다 끝난 마당에 밝혀서 뭐 하게. 누굴 처벌할 수 있는 것도 아니잖아."

"선배님, 후회할 거면 진작 후회했습니다. 그리고 지금 주동자 몇 처벌하고자 하는 거 아닌 거, 더 잘 아시잖습니까."

"나야 현 프로가 나서서 내사받으면서 시간 끌어 줘서 고맙긴 한데……. 공치사 다 내 거 되고, 현 프로만 낙인찍히고. 그걸로 끝이야. 검사 그만두고 아무것도 안 할 거 아니잖아. 나가서 개업해야지."

이 검사가 걱정스러운 태도로 말했다. 이 양반이 약 처먹었나 간지럽게 왜 이래. 일우는 이 검사의 모습에 황당하단 표정을 지었다가 이내 지웠다.

"변호사 안 해도 세상에 할 거 많습니다."

"……에휴. 난 모르겠다. 세상 잘난 맛으로 살던 놈이 왜 이렇게 됐는지도 모르겠고. 내가 현 프로였으면 라인 타서 위로 쭉 올라갔을 거야."

"세상에 저처럼 사는 사람도 필요하지 않겠습니까."

"그래, 그건 그렇지. 난 그게 꼭 현 프로 본인이 아니어도 된다는 소리였는데."

"압니다."

"아마 김동연 공판은 최 프로가 맡을 거야."

"잘됐네요."

"그치, 잘됐지. 이주경 그렇게 되고 최 프로도 아쉬웠을 텐데."

"그건 오히려 안 해서 다행이죠."

일우는 이 검사의 말을 부정했다. 이 검사는 일우를 멀뚱멀뚱 쳐다보며 이유를 물었다.

"재판 안 해서 다행이지 설마 아쉽겠습니까. 우리가 누구 벌주는 사람도 아니고요. 재판은 안 할수록 좋은 거고, 특히나 이주경은 혐의도 없는 일반인 아닙니까."

그 말을 하면서 일우는 자신도 누군가에게 저렇게 보였을까, 하는 생각이 들었다. 언젠가 감정적으로 일 처리한 적은 없었을까, 싶어 여러 감정이 공존했다.

"내가 말을 잘못했네."

"가만 보면 선배님도 검사 다 됐습니다."

"남들이 그렇게 말하면 칭찬 같은데, 현 프로가 말하면 욕 같아."

"아시니 다행이고요."

이번엔 이 검사가 헛웃음을 터뜨렸다. 이거 진짜 또라이네. 일우에게 그 말이 꼭 칭찬처럼 들렸다.

"아직도 이해 못 하겠네. 내가 아는 현 프로라면 내사가 뭔 상관이냐 하면서 불도저처럼 밀고 나갈 텐데."

"저 혼자였다면 그랬겠죠."

지켜야 할 사람이 있는 지금은 그래선 안 됐다. 이기심이 누굴 상처 줄지 뻔했다. 일우가 나서지 않으면, 희야의 존재가 드러날 테고 언젠 가 희야의 아들인 아주가 대두될 테지. 그건 일우가 바라는 그림이 아 니었다.

"증인의 본분은 다할 테니 선배님은 제 부탁대로만 해 주세요."

이 검사는 한숨을 쉬다가 이내 고개를 끄덕였다.

"그리고 선후배 이런 거 다 떠나서 인간 대 인간으로 얘기할게. 이런 말 하기엔 정말 늦었지만 말이야."

이 검사가 진지한 눈빛으로 호흡을 고르며 말했다.

"정말 유감이야."

유감은 무슨. 이 검사가 일우를 섬에 처박은 것도 아닌데 저런다. 괜 히 민망하고 머쓱함이 몰려와 일우는 바람 빠지는 소리를 내며 고개를 내저었다.

"다 지나간 일입니다."

"지나갔다고 한들, 다시 수면 위로 꺼내는 게 쉽겠어?"

"알아주셔서 감사하다고 절이라도 할까요."

일우가 피식 웃으며, 농담을 건넸다. 전보다 한결 가벼워진 분위기에 이 검사는 일우를 빤히 바라보다 말했다.

"현 프로 요즘 되게 홀가분해 보이네. 예전엔 무표정하더니 근래 들어 잘 웃고, 표정도 풍부해지고."

그랬던가. 자신에게 생긴 변화는 모두 아주가 이유였다. 홀로 변화의 이유를 짐작한 일우는 노을 지는 하늘을 바라보며 쿡쿡 웃었다.

"감정 하나 없이 살더니 왜, 사랑이라도 시작했어?"

들켰네요. 일우의 눈이 사랑에 빠진 남자처럼 노을에 붉게 물들었다. 대체 누군데 그래? 옆에서 일우를 추궁하는 이 검사의 말에도 일우는 단 한 곳만을 바라보며 혼잣말했다.

"있어요, 그런 사람."

되게 웃기고, 엉뚱하고 순수한 풀떼기. 너무 예쁘고 소중해서 자신만 아는 곳에 가둬 놓고 보고 싶은 풀떼기.

"현 프로가 그러니까 되게 낯설어. 꼭 다른 사람 보는 것처럼 말이야."

이런 모습이 낯설 정도인가. 하긴, 예전의 자신을 생각해 보면 꿈도 못 꿀 모습이긴 했다. 누군가를 위해 희생하고 참는다는 사람을 보며 미련하고 바보 같다고 욕하기 바빴으니까. 새삼 바뀐 자신의 모습에 일우는 옅은 미소를 지으며 말을 아꼈다.

"아무튼…… 다음 브리핑은 모레야."

"감사합니다."

"그때면 현 프로는 여기 없겠지?"

"없겠죠. 대신 다음에 참고인 신분으로 부르세요. 출석률 100퍼센트 보장해 드릴게요."

"뭔 무이자 대출 광고처럼 말하네. 누구 부탁 때문에 바빠서 그만 갈 게. 정리 잘하고."

"예. 고생하세요."

이 검사는 자기가 뭔 고생이냐며 손사래 치며 나갔다. 혼자 남은 일우는 해 지는 하늘을 바라보다가 상자를 들었다. 검사 인생이 이 상자에 다 들어갔는데 생각보다 마음이 무겁지 않았다. 고집 피우며 여기 눌러앉아 봤자 성가신 일만 생길 뿐이지.

물론 여기에 몸담은 세월에 비하면 마음이 가볍다는 거지, 아쉽지 않다는 건 아니었다. 하지만 자신이, 나아가 희야를 비롯한 사람들이 당했을 일을 밝히기 위해 불가피한 희생이었다.

"유감은 무슨."

이 검사의 말을 되뇌며 중얼거린 일우가 내사가 처음 시작됐을 때 기억을 떠올렸다. 한참 개 풀 뜯어 먹는 소리만 늘어놓는 내사팀을 상대하던 일우에게 이 검사가 혼비백산인 채로 달려왔었다. 일우를 몰아붙이던 내사는 이 검사에 의해 잠시 중단됐고, 일우는 이 검사와 독대했다.

'……너 이거 뭐야.'

이 검사가 일우 앞에 내민 건, 일우가 이인경이 남긴 것들을 긁어모아 정리한 자료였다.

'뭐긴요. 보면 아시잖아요.'

일우는 예상했다는 반응으로 평이하게 그를 대했다.

사도에서 빠져나온 날, 잘생긴 이마에 상처까지 단 일우는 그날부터 자료 정리에 매진했다. 이인경의 수첩에 적힌, 사람을 싣고 나른 흔적들과 자료를 대조하는 작업부터 했다. 실종 기사를 스크랩한 파일, 8, 90년대 신문에 난 구인 광고도 있었다.

결정적으로 모 회사에서 주기적으로 매출 대금을 결제하는 것처럼 꾸며 내 세창해운에 입금한 흔적을 발견했다. 현재는 다른 은행에 흡수된 옛날 은행 종이 통장 수십 개. 여기에 기재된 금액만 수십억을 호가했다. 현재 가치로 따지면 기백억을 웃도는 큰돈이었다. 사람을 고기 파는 것처럼 등급에 따라 사고팔았다니. 웃기지도 않았다.

'이것만으로 세창이 인신매매했다고 볼 순 없어. 심지어 실험이라니. 이게 말이 돼? 제대로 된 증인도 없는 마당에.'

그건 문제되지 않았다. 바로 자신이 있었으니까.

'제가 압니다.'

'뭐?'

'제가 안다고요. 거기에 있었으니까.'

'네가 거길 왜……. 그 전에 지금 무슨 얘길 하는 거야?'

이 검사가 어리둥절한 표정으로 물었다.

'이인경 죽은 거 스스로 청부한 겁니다. 인터뷰까지 감행한 김동연의 가벼운 입이라면 분명 불고도 남았을 텐데요. 아시잖아요.'

김동연 건을 넘겨받은 게 이 검사고, 그가 기소까지 했으니 모를 리 없었다. 일우의 말에 정곡을 찔렸는지 이 검사가 입술을 꾹 깨물었다.

'원 계약 조건은 죽이는 게 아니라 '적당히' 다치게 하는 거였을 겁니다. 그래서 금액도 적었고요. 결과적으로 그 적은 돈 때문에 이인경과 딜하다가 무심코 정말 죽이게 됐지만.'

'이인경이 미쳤다고 자길 찔러 달라고 돈까지 줘?'

'그것 때문에요.'

일우가 눈짓으로 이 검사가 든 자료를 가리켰다.

'이주경한테 물으니 형이 평생을 바친 것이라고 하더군요. 보시면 아시다시피 일반 개인이 수사했다고 하기엔 자료가 상당합니다. 그도 그럴

게, 자신의 부친과 조부가 가담했으니 쉬웠겠죠. 자기 아버지와 할아버지까지 고발할 생각으로 찾아다닌 거니까 나름 신념을 갖고 했을 겁니다. 10년을 넘게 거기에만 매진했으니 더했겠죠. 각설하고, 선배님도 말도 안 된다고 할 사건을 어느 신문사가 넙죽 받겠습니까. 의심하고 미친 사람 취급하기 바쁘지.'

'……'

'공익 제보하려고 1년을 넘게 돌아다녔다고 하더군요. 왜 범죄자 기사는 쓰면서 내 이야기는 들어 주지 않느냐고 분통을 터뜨리기도 했다고요. 아마 그 때문에 청부한 걸 겁니다.'

'그렇다고 죽으려고 해? 진짜 미친 새끼 아니야……?'

'진실 때문에 몇 주고 단식하고, 내 이야기 좀 들어 달라며 검찰청 앞에서 분신자살하겠다고 협박하는 사람이 수두룩합니다. 아예 말이 안 되는 이야기는 아니죠. 그쯤 되니 대강 이야기가 끼워 맞춰지더라고요. 대체 어디서부터 꼬인 건지.'

'잠시만, 근데 현 프로가 알고 있다는 건 무슨 얘긴데.'

'이인경이 제보하고 다녔던 인체 실험이요. 제가 그 섬에 있었거든요.'

'농담하지 마. 이런 농담 재미없어.'

'저도 재미없습니다.'

일우의 단호한 표정을 본 이 검사는 하아, 한숨을 내쉬었다. 이거, 진심이네. 이 검사가 중얼거렸다.

'별거 없어요. 그냥 있는 사실 그대로 흘려요. 자세한 건 특수부에 넘기겠죠. 선배님이 피 보는 일은 없을 겁니다. 증인 필요할 테니 망설이지 말고 저 세우세요.'

'뭐 하러 그래. 이거 제대로 수사나 가능할 것 같아?'

가능하고, 가능하지 않고는 문제 선상에 들지도 않았다. 애초 누군갈 벌주겠다며 시작한 게 아니었다. 본 목적은 해당 일에 대해 세상에 알리는 거였다. 이인경이 그랬던 것처럼.

'300명.'

그냥 덮자는 이 검사의 말에 일우가 조용히 숫자를 중얼거렸다.

'희생자가 어림잡아도 그쯤이에요. 어쩌면 그 이상일 수도 있습니다. 저는 그동안 잊고 살았는데, 생각해 보니 참 이기적인 거더라고요. 그 사람들도 살고 싶었겠죠.'

저처럼. 일우가 고개를 들어 이 검사와 눈을 맞췄다.

'선배님 말대로 지금 묻으면 달라질까요. 글쎄요. 언젠가 또 튀어나와 날 괴롭히겠죠. 살아도 사는 게 아닙니다, 그런 건. 살아남은 사람의 무게를 견디기로 결심한 마당에 벌을 주든 말든, 일단 밝힐 건 밝혀야 않겠습니까.'

공익의 대표자로서 정의와 인권을 바로 세우고.

검사로 임관될 때 맹세하는 선서의 한 구절이 머릿속을 스쳤다.

'후배로서 마지막 부탁입니다. 제가 김동연 건 맡으면 사건 관계자 돼서 증인으로 못 서잖습니까. 검사로 남아 있으면 입 틀어막히는 건 시간문제고. 그러니까 선배가 흘려 줘요.'

'너 그럼 일부러……'

'그럼 왜 당하고만 있겠습니까. 그럴 필요가 없는데.'

'징글징글하게 머리 좋은 새끼.'

'칭찬으로 듣겠습니다.'

이 검사는 마지못해 수락했다. 어차피 이 검사에게 있어서 나쁜 일은 아무것도 없었다. 외려 큰 건 잡았다며 칭찬하겠지. 세창해운이 국가랑

거래한 게 밝혀지기 전까지는. 모레 기자들 앞에서 이주경 그리고 김동연에 대해 마지막으로 브리핑하는 때가 마지막 기회였다.

"기자들 소설 쓰는 솜씨 좀 보자고."

일우는 이제 아무 자료도 남지 않은 컴퓨터를 켜 검찰 내부 통신망에 들어가 글쓰기 아이콘을 눌렀다. 키보드를 두들기며 작성하는 손이 어쩐지 매우 경쾌했다.

* * *

'[사회] 형제 살인 사건 담당 검사, 검찰 떠난다.

전현직 검찰 역사상 최초로 잘못된 기소를 인정하고 바로잡았던 현일우 검사(34, 40기)가 사의를 표명했다. 현 검사는 검찰 내부 게시판에 '마침표를 찍으며'라는 제목의 글을 올리며 정의를 위해 싸워야 할 검찰의 의미가 퇴색됐다고 주장했다.

현 검사는 "모 수사관의 말을 빌리며 시작하겠습니다. '침묵은 곧 동조이다'. 지난 몇 년간 법률가가 지녀야 할 양심을 등지고 동조하는 삶을 살았습니다. 불의에 저항한답시고 따돌림을 자처하며 소신을 지켰으나, 외부로 내 소리가 나간 적은 없었고 그건 곧 동조로 이어졌습니다."라며 운을 뗐다.

(중략)

그는 "정의를 위해 뛰어들었던 검사로서의 직분을 이제 내려놓지만, 소위 '개검'이라는 검찰의 또 다른 이름을 단지 오명이라 주장하는 죄를 갚기 위해서라도 맨발 투혼을 감행해야 할 것입니다. 잘못된 걸 알고도 넘기는 것과 반성하며 뉘우치는 것엔 하늘과 땅만큼 차이가 있습니다.

더 말하지 않겠습니다. 아직도 본인의 오판이 당당하다고 소리칠 수 있는 분은 딱 그 오판 때문에 상처 입은 피해자가 힘든 만큼 돌려받길 바랍니다."라고 강력하게 비판하며 글을 끝맺었다.

그는 글을 올린 어제저녁까지 내사를 받았다는 소식이 전해졌다. 강도 높은 수사 때문에 떠밀리듯 사직한 것인지는 아직 밝혀지지 않았다. 현 검사가 맡았던 형제 살인 사건은 인천 지검 형사 2부에 재배당됐다. 오늘 오후에 관련 브리핑이 있을 예정이다.'

일우가 검찰 내부 통신망에 올린 글은 빠르게 퍼져 나갔다. 누군가는 버르장머리 없는 새끼라며 손가락질하기도 하고, 몇몇 사람은 속 시원하다고 공감도 했다. 기자들도 일우의 글을 재정리하며 기사를 썼다. 일우가 바라는 대로 일이 착착 진행됐다.

그러는 와중 내사 같지도 않은 내사는 큰 소득 없이 일우의 사표로 끝을 내렸다. 애초 그럴 목적으로 시작한 거였으니, 별로 놀랍지도 않았다. 기분 더러운 것관 별개였다.

사직서도 제출했고, 이젠 정말 방을 뺄 차례였다. 이 시간이면 시끄럽게 울리는 전화를 받거나, 피의자를 불러 조사하고 있을 텐데. 조용한 사무실이 어색했다. 차츰 익숙해지겠지. 일우는 냉장고를 열어 혈액 팩을 숨겨 놓기 위해 산 복분자즙을 몽땅 버렸다. 이마에 붙어 있던 거즈도 떼어서 버렸다. 마무리는 언제나 깔끔해야지.

대강 정리를 끝낸 일우가 사무실을 둘러보며 1년 넘게 근무했던 곳에 작별을 고했다. 사무실을 나가기 전, 일우는 이 검사가 자신의 부탁대로 잘하고 있는지 점검했다.

"어디 한번 볼까."

깨끗하게 치운 책상에 걸터앉은 일우가 핸드폰을 꺼내 포털 사이트에 들어갔다. 때마침 속보가 뉴스란을 뒤덮었다. 한 기사를 클릭해 읽었다. 기사 본문에는 동영상도 첨부돼 있었다. 동영상을 재생하자, 단상 위에 선 이 검사가 담담한 눈빛으로 사건 수사 결과를 발표하는 모습을 볼 수 있었다.

"오, 선배 제법인데."

카메라 앞에 서기 직전까지 떨려 죽겠다며 오두방정 떨었을 그의 모습이 그려졌다. 피식, 괜히 웃음이 난다. 이 검사의 브리핑 이후, 너 나 할 것 없이 기자들이 손 들어 질문했다. 그 뒤엔 모 방송국의 기자가 마이크를 잡고 사건을 보도했다.

「……형제 살인 건으로 인천을 두려움에 떨게 했던 피의자가 진범이 아니라는 사실이 밝혀지며 국민을 큰 충격에 빠뜨렸던 인천 지검이 또 다른 충격을 선사했습니다. 인천 지검은 피해자 이 모 씨가 살해되기 전 지닌 물건을 수사하며, 모 회사의 인신매매 혐의를 포착했다고 전했습니다. 피해자 이 모 씨가 살해되기 전까지 국내 유수의 언론사 문을 두들기며 공익 제보를 하려고 했던 점도 뒤늦은 주목을 받고 있습니다. 인천 지검은 브리핑을 통해 인신매매는 사회 기강과 질서를 흐트러트리는 강력 범죄이며, 끝까지 추적해 모든 혐의를 밝힐 것이라고 공고했습니다.」

"이만하면 떡밥도 대강 던졌고."

일우는 만족스러운 웃음을 지으며 핸드폰을 주머니에 집어넣었다. 책상 위에 덩그러니 올려놨던 상자를 들고 사무실을 나갔다. 쾅, 닫히는 문을 다시 열 일이 없을 거라고 생각하니 허무함, 아쉬움, 후련함이 공존했다.

일우는 곧바로 주차장으로 향했다. 이 검사에게 인사나 하고 갈까, 했던 충동은 접었다. 어차피 곧 보기 싫어도 보게 될 텐데 뭘.

7년의 세월이 담긴 상자를 품에 안고 엘리베이터를 탔다. 엘리베이터엔 몇 사람이 먼저 타 있었다. 일우의 마지막을 짐작한 그들은 일우에게 눈인사를 건넸다. 일우를 부러워하는 눈빛도 있었다. 퇴사가 부러운 직장인의 심정인 건지 모를 복잡한 마음이 느껴졌다.

약소한 인사를 끝으로 일우는 엘리베이터에서 내렸다. 주차해 둔 차 앞에 다가가 짐을 조수석에 두고, 운전석에 올라타 마지막 퇴근을 하려는 찰나 눈에 익은 사람이 다가왔다. 저 사람을 여기서 다 마주치네. 어디 외근이라도 나가나 싶었다. 하지만 그는 예상과 달리 점점 일우에게 다가왔다. 이윽고 일우 앞에 서서 악수를 청했다.

"오랜만이죠?"

일우에게 다가온 이는 다름 아닌 최 검사였다. 공판부 에이스 최현정 검사. 이주경이 피의자였을 때 공판을 진행할 뻔한 검사이기도 했다.

"예, 오랜만입니다."

이런 인사를 나눌 사이는 아닌 것으로 알았는데. 그러한들 그만두는 마당에 전부 상관없었다. 마지막이란 건 일우에게 너그러움을 선사했다. 일우는 최 검사가 인사하며 내민 손을 가볍게 마주 잡은 뒤 놓았다.

"그만두시는 거 의외예요. 끝까지 남으실 줄 알았거든요."

"요즘 그런 말 자주 들어서 별 타격 없습니다."

"이 검사님한테 그랬다면서요. 재판 안 해서 아쉽기는커녕 다행이라고."

"예, 뭐 잘못됐습니까."

"아뇨. 그렇게 생각하는 사람이 떠난다는 게 아쉬워서요."

최 검사의 한마디가 대강 인사하고 가려고 했던 일우의 발걸음을 붙잡았다. 일우는 그제야 가벼움을 내던지고 진지한 태도로 최 검사를 마주했다.

"왜 항상 현 검사님 같은 사람이 떠나는 걸까요."

최 검사의 하소연 같은 중얼거림에 일우는 슬쩍 웃고 말았다. 절이 싫으면 중이 떠나야지, 별 뾰족한 수가 있나.

"최 프로는 끝까지 남아서 한번 바꿔 봐요. 여성 최초 검찰청장, 최현정 검사. 기대해 보죠."

"그게 되겠어요. 검찰 역사상 희대의 개또라이 현 검사님마저 떠나는 판에."

"희대의 개또라이라니, 말이 좀 심하시네."

말은 심하다고 해도 일우는 굳이 부정하지 않았다. 사실은 사실이니까. 최 검사도 그런 일우를 눈치채고 슬쩍 미소 지었다.

"정말 왜 그만두시는 거예요?"

다들 자신이 왜 그만두는지 알지 못해서 안달이다. 곧 궁금증이 풀리겠지만, 일우는 나름 솔직한 대답을 내놓았다.

"그땐 잃을 게 없었고, 지금은 있고요. 지켜야 할 사람이 있다는 건 많은 책임감을 요구하지 않습니까. 적어도 내 몸 하나는 건사하고 싶어서요. 다른 이유가 하나 더 있긴 한데, 어차피 곧 알게 될 겁니다."

"현 검사님이라면 뭔가 크게 한 방 먹일 것 같은데요."

"거의 정답에 가깝네요."

"뭔지는 잘 모르겠지만, 기대할게요."

희미하게 웃은 최 검사가 손에 쥔 종이를 내밀었다.

"받으세요. 사실 이거 드리려고 온 거예요."

"이게 뭡니까?"

"이주경 공판 카드예요. 원래 이러면 안 되지만, 저도 현 검사님 따라 일탈 한번 해 볼까 해서요."

구형 15년. 이주경을 기소하며 최 검사한테 넘겼던 공판 카드였다. 이어서 신 부장과 차장 검사까지 서명한 것. 생각지도 못한 등장에 일우의 말문이 막혔다.

"마지막이니까 검사님이 찢어서 버리세요. 그러면 속이 좀 시원하지 않을까요."

공판 카드를 건네받고 뚫어지게 바라보고 있던 일우가 표정을 정리하고 이어 말했다.

"저도 이런 말 하면 안 되지만, 고맙습니다."

"별말씀을요."

그 말을 끝으로 최 검사는 망설임 없이 돌아섰다. 그러다 곧 가던 길을 멈춰 다시 일우를 바라봤다.

"아, 이 일은 함구해 주시겠죠?"

"물론이죠."

최 검사가 일우의 말에 고개를 끄덕이며 다시 갈 길을 갔다. 낮은 구두 굽 소리가 또각또각 울리며 멀어졌다. 일우도 최 검사의 뒷모습을 바라보다가 차에 올라탔다.

숨을 깊게 들이마신 일우가 공판 카드를 조각내 찢은 뒤 조수석에 둔 상자 위로 흩뿌렸다. 정말 끝이라는 느낌이 들었다. 이어서 새로운 시작이라는 단어가 가슴을 휘어잡았다. 일우의 승리를 자축하듯 조각난 공판 카드가 공중에서 상자 속으로 천천히 흩날리며 떨어졌다.

아주에게 돌아가는 길은 콧노래가 절로 나왔다. 찬 바람이 쌩쌩 부는데도 열기를 주체할 수 없어, 창문을 열고 운전할 정도였다.

"내 풀떼긴 뭐 하고 있으려나."

10분이면 집에 도착할 텐데, 그사이를 참을 수 없어 전화를 걸었다. 통화 연결음이 들리고, 이어서 아주가 여보세요, 하며 전화를 받았다.

"어, 네 여보야."

전화를 받으며 습관처럼 하는 말인데, 괜히 오늘따라 기분 좋게 들려 농담 좀 던졌다. 물론 아주의 반응은 차갑게 그지없었다.

—끊을게요.

아주가 한다면 하는 성격임을 아는 일우는 농담을 빠르게 수습해야 했다.

"아 씹, 농담 좀 한 거 가지고 매정하네."

—영감님 한가해요?

앞으로 평생 한가할 예정이지만, 아직 아주한테 이 소식을 전하지 않았다. 깜짝 놀래 주고 싶어서였다. 지금 일우가 집으로 가는 줄도 모르고 있을 것이다.

—한가하면 집에 와서 나랑 놀아 줘요. 심심해 죽겠어요.

"내가 네 심심풀이 땅콩이냐. 뭐만 하면 놀아 달래."

이러나저러나 더 좋아하는 사람이 져 줘야지. 그런 말을 하면서 일우의 광대는 하늘 높은 줄 모르고 치솟았다.

"뭐 하고 있었어."

—그냥 TV 보고 있었어요.

"나 보고 싶다며."

—회사로도 오지 말라고 그러구, 그렇다고 영감님이 집에 오지도 않
잖아요.

이게 없는 말을 지어내며 연민을 자아냈다. 귀엽긴 한데, 사실을 정정
할 필요는 있어 보인다. 안 그러면 이대로 휘말릴 게 뻔했다.

"엊그제 갔잖아."

—밤에 잠깐 왔다 간 거잖아요.

오늘을 위해 시간을 아낀 것뿐이다. 단언컨대, 자신도 정말 잠든 아주
의 얼굴만 보고 나오고 싶지 않았다. 끌어안고 자신이 아주를 얼마나
사랑하고 보고 싶었는지 종일 속삭일 자신도 있었다. 아주의 툴툴거림
이 귀여워 일우가 나직이 웃었다. 왜 웃어요?! 아주가 건너편에서 날카
롭게 소리쳤다.

일우는 막 핸들을 꺾어, 집 주차장에 들어섰다. 아주도 차가 들어오는
소리를 들었는지 부산스레 움직이는 게 전화로도 느껴졌다. 일우는 전
화를 끊지 않고, 차에서 내려 위를 올려 봤다. 창문에 찰싹 달라붙어, 상
기된 표정으로 일우를 내려 보는 아주가 보였다. 억만금을 줘도 안 바
꿀, 내 예쁜 풀떼기.

"나와, 집 앞이야."

일우가 아주를 향해 속삭였다. 아주는 믿을 수 없다는 표정으로 멍하
니 있다가 집 안으로 모습을 감췄다. 재빨리 움직이는 아주의 모습이
눈앞에 훤히 그려졌다.

전화는 바로 끊겼지만 허망하긴커녕 설렘이 앞섰다. 도어 록이 해제
되는 소리, 계단을 뛰어 내려오는 아주의 모습이 창문에 언뜻 비친 것.
가슴이 점점 더 빠르게 뛴다.

"영감님!"

입구에서 넘어질 듯 휘청하며 빠르게 뛰어오는 아주를 일우도 달려가 끌어안았다. 일우는 자신이 쌓아 온 모든 것들이 사라진다고 해도 바꾸지 않을, 제 인생의 종착역이자 새로운 인생의 시작점인 아주의 무게를 오롯이 견뎠다.

아주의 살 냄새, 체온, 목덜미를 간지럽히는 머리칼. 아주의 모든 곳에 입술을 맞대며 사랑을 전달한 일우가 아주의 귓가에 속삭였다. 보고 싶었어. 그 말에 일우를 끌어안은 아주의 팔에 힘이 더 들어갔다. 나두요.

9장. B급 연애

회사를 그만두고 처음으로 만끽하는 백수 생활은 막 개막한 가을 야구와 함께였다. 평소엔 야구 볼 시간도 없었는데, 이 검사가 전면에 나서서 알아서 사건을 진행해 주고 있으니, 일우의 시간은 넘치다 못해 줄줄 흐르고 있었다.

잠까지 쪼개 자며 바쁘게 살던 일우는 자신이 나설 때를 기다리며 아주와 함께 여유를 만끽했다. 그러나 그 여유를 야구가 다 깎아 먹고 있다.

"와, 저걸 놓치네, 저걸."

이젠 감탄이 나올 지경이다. 연이어 실책하는 선수를 보며 속이 터지다 못해 가루가 돼 없어졌다. 내일 기분은 오늘 경기 결과에 따라 결정된다는, 야구팬의 중얼거림이 머릿속을 스쳤다.

"씨발, 내가 해도 저것보단 낫겠네. 차라리 해체해라, 해체해."

일우는 눈 앞에 펼쳐진 가관에 TV를 부술 듯 노려봤다. 숫제 리모컨을 던질 기세로 분노를 터뜨리기도 했다.

"영감님!"

"뭐, 왜."

"정신 사나워요!"

"내가 정신 사나워? 나는 쟤네 하는 꼴이 정신 사나워."

아주의 말에 헛웃음이 막 나왔다. 그래, 야구도 막 하는 마당에 헛웃음쯤이야.

응원하는 팀이 수비 실책으로 기어코 점수를 내주는 걸 본 일우는 결국 한숨처럼 욕을 터뜨렸다. 존나 등신처럼 져서 더 분노가 차올랐다.

"에휴, 씨발. 야구 안 보는 놈이 일류다, 일류. 나는 존나 삼류고."

소파에서 일어난 일우는 테이블 위를 손으로 더듬으며 습관처럼 담배를 찾았다. 하지만 끊은 지 꽤 지난 지금, 담배가 있을 리 없었다.

"뭐 찾아요?"

소파에 기댄 채 바닥에 앉아 일우의 카드로 시킨 치킨을 뜯던 아주가 애꿎은 테이블만 더듬는 일우를 보며 물었다.

"담……."

말을 꺼내고 나서야 뒤늦게 아차 싶었다. 일우는 담배라고 하려던 말을 가까스로 끊었다.

"담이요? 담배? 영감님 다시 담배 피워요?!"

아주의 눈빛이 순식간에 사나워졌다. 여차하면 들고 있는 치킨을 던질 기세였다.

"아니, 담에 야구장이나 갈까 해서."

아주는 방금까지 야구 보는 자신이 삼류라며 욕하던 일우를 의심하는 눈빛을 거두지 않았고, 일우는 태연한 얼굴로 되묻기 바빴다.

"왜, 가기 싫어?"

"가기 싫은 건 아니구요. 근데 언제 갈 건데요? 선영이 누나도 같이 가요?"

여기서 박선영이 왜 나와. 아예 아주와 선영을 붙여 놓지도 말았어야 한다. 뭐만 하면 박선영이 막 튀어나왔다. 가끔은 아주가 자신보다 선영을 더 좋아하는 게 아닐까, 고민했다.

"걔가 거길 왜 가. 그리고 박선영이랑 나랑 서로 응원하는 팀 달라."

"뭐 어때요. 같이 가면 더 재밌잖아요."

"안 재밌어."

같이, 라는 단어를 들은 일우가 인상을 팍 썼다. 아주면 모를까 선영과 같이 묶이고 싶지 않았다.

"둘 중 한 팀은 질 텐데, 박선영이 응원하는 팀이 져 봐라. 너 그거 어떻게 감당할래?"

일우는 선영의 고집에 못 이겨 경기장에 끌려갔던 과거를 회상했다. 하필 그날 선영이 응원하는 팀이 정말 등신의 표본처럼 졌었다.

당시 일우는 맥주 캔이 내용물을 사방으로 분출하며 반으로 갈라지는 걸 목격했다. 일우가 짜증을 욕으로 뱉고 끝낸다면, 선영은 행동으로 보여 줬다.

"난 감당 안 할 건데요. 영감님이 감당해요."

"염병하네. 안 가."

사서 고생하는 데 취미 없다. 일우는 소파에 다시 기대앉으며 가지 않겠다는 의지를 표명했다.

"그럼 선영이 누나랑 둘이 가야겠다."

아주가 아랑곳하지 않고 핸드폰을 꺼내 선영에게 전화를 걸려고 하자, 일우가 만류했다.

"야, 아무리 그래도 그렇지, 어떻게 나를 빼고 가냐?"

"영감님 회사 다닐 때도 선영이 누나랑 둘이 잘 놀았는데요."

"그땐 회사 다녔고 지금은 백수잖아. 그리고 너랑 나랑 데이트하는 거랑 박선영이 중간에 낀 거랑은 다르지."

"그냥 나랑 둘이 가고 싶다고 하면 되잖아요."

"부끄럽잖아."

아주의 눈빛에 한심함이 서렸다. 씨발, 어쩐지 자존심이 상했다.

결국 아주를 이기지 못한 일우는 선영에게 메시지를 남기기에 이르렀다. 안 그래도 같이 야구 보러 갈 사람을 찾고 있던 선영의 답은 빨랐다. 'ㅇㅋ'. 물론 상대가 일우이기에, 성의는 없었다. 너무하다 싶을 정도로 간단한 대답에 일우가 핸드폰을 소파 위에 던졌다.

"야, 박선영 간댄다."

"진짜요? 가서 뭐 먹지?"

"먹긴 뭘 먹어. 굶어."

아니면 내 사랑만 먹든지. 아주는 일우의 말을 들은 척도 하지 않고 메뉴를 고민했다. 여기저기서 무시당하고 참 애처롭네. 일우는 티켓 예매 창을 띄우며 자신의 신세를 한탄했다.

* * *

"고척은 오랜만이네."

"나는 자주 오는데."

경기장을 둘러보는 일우의 옆에 선 선영이 받아쳤다.

"너야 그렇겠지, 홈구장이니까."

승승장구하는 선영의 팀이 경기하는 당일, 야구장에서 만난 선영은 유니폼을 다 갖춰 입고 있었다. 머리띠, 슬로건, 응원 풍선까지 골고루 갖췄다. 한두 번 본 모습이 아니라 오늘도 가관이네 할 찰나, 아주의 옷을 주섬주섬 꺼내는 것에서 무너졌다.

"지랄한다. 그걸 뭐 하러 가져와?"

야구를 보긴 해도, 선영처럼 진심은 아닌 일우는 선영와 달리 편한 트레이닝복 차림이었다. 아주도 일우와 마찬가지로 후드 티셔츠에 편한 바지를 입고 있었다.

"뭐 어때? 이렇게 다 입고 하면 더 재밌어. 이왕 응원하러 온 거 제대로 해야지. 아주는 어느 팀 응원해?"

"이기는 팀 우리 팀! 선영이 누나 팀 우리 팀!"

아주의 눈치는 기가 막히게 작동했다. 일우가 뒤에서 하, 헛웃음을 내뱉었다.

"가만 보면 아주가 사회생활을 참 잘해."

선영이 흐뭇한 표정으로 아주의 머리에 머리띠를 씌웠다. 별걸 다 하네. 이내 아주가 방긋 웃으며 머리띠를 만지작거리는 걸 보고 일우도 잘 씌웠네, 하며 마음을 바꿨다.

"야구장은 뭐니 뭐니 해도 먹는 재미지. 아주야, 뭐 먹을래? 누나가 다 사 줄게."

선영은 머리띠도 모자라 슬로건까지 머플러처럼 아주의 목에 칭칭 감아 주고는 아주를 매점 쪽으로 이끌었다. 선영은 다 같이 응원하는 재미로 카드를 긁었고, 아주는 선영이 맛있는 거 사 준다니 좋아서 졸졸 따라다니며 음식을 얻어 냈다. 자신이 응원하는 팀이 와일드카드전에서 진작 패배해 떨어진 일우는 한낱 짐꾼 신세였다.

치킨이며 맥주며 바리바리 짊어지고 자리에 앉은 일우는 바로 맥주를 땄다. 선영과 아주는 한창 막대 풍선에 바람을 불어 넣고 있었다. 어느새 바람을 다 불어 넣은 둘은 막대 풍선을 흔들며 노래를 흥얼거렸다.

평소에 남의 팀이 이기든 지든 신경 쓰지 않지만, 오늘만큼은 꼭 선영이 응원하는 팀이 승리하길 바랐다. 야구에 '졌지만 잘 싸웠어' 같은 건 존재하지 않았다. 더럽게 이기느냐, 더럽게 지느냐의 차이일 뿐. 제발 평화롭게 집에 가자.

마침내 준플레이오프 1차전이 시작되고, 선영은 목이 터져 나가라 노래를 불렀다.

"우리 모두 하나가 되어!"

"하나가 되어!"

둥둥둥!

북소리와 노랫소리, 온 힘을 다해 외치는 응원가. 어느새 가사를 외운 아주도 선영을 따라 노래를 불렀다. 일우는 둘이 신나게 응원을 하든 말든 뒷모습만 바라보며 맥주를 마셨다.

이제 사람 사는 느낌 좀 나네. 퀴퀴한 건물 냄새에 회색빛 가득한 회사에 갇혀 있다가, 자연인으로 돌아오니 이게 사는 거구나 싶었다. 왜 이런 걸 여태 모르고 살았을까 후회도 됐다.

일우는 얼굴에 생기를 가득 띤 채 자신을 바라봤다가, 선영과 눈을 마주했다가 다시 경기장 쪽으로 시선을 돌리는 아주의 눈부심을 지켜봤다.

풀떼기, 예쁘기는 존나 예뻐.

일우가 새삼 아주의 외모에 감탄할 때, 선영이 답답함을 토로하며 일우가 마시고 있던 맥주를 빼앗았다. 아주를 보며 넋을 놨던 일우는 순식간에 맥주를 강탈당했다.

"역시 우리 팀. 내 기대를 절대 저버리지 않아. 오늘은 홈 버프 좀 받나 했는데, 동네 꼬마 야구 수준을 못 벗어나네."

득점도 실점도 없이 부진한 경기는 욕을 절로 생산했다. 옆에 아주가 있는 탓에, 선영은 그 나름대로 적나라한 표현은 참아 가며 욕했다. 하지만 어이없는 실수로 공을 놓쳤을 땐 온갖 동물 새끼들이 대거 출현했다.

"야이 개새끼야! 그걸 왜 놓쳐! 공이 뜨겁냐?! 어?!"

새부터 개까지 종류도 다양했다.

"홈이라고 좀 다르면 원정 간 팀은 다 지냐. 씹, 그리고 네 거 마셔."

일우는 선영의 손에 들린 맥주를 다시 빼앗았다. 선영이 더럽게 치사해서 안 마신다며 새 캔을 깠다. 맥주 CF의 한 장면처럼 시원하게 들이켜며 욕을 퍼붓는 선영을 중계 카메라가 잡았다. 옆에서 치킨 뜯던 아주와 가만히 앉아 있던 일우까지 덩달아 걸렸다. 주변이 떠들썩해지자, 그제야 일우도 자신의 모습이 중계 카메라에 걸렸음을 알았다.

"와, 중계 캠 오랜만에 걸리네. 아주야, 손 흔들어! 얼른!"

아주는 선영이 시키는 대로 손을 흔들었다. 물 만난 고기처럼 신나서 손을 흔드는 아주를 일우가 자신도 모르게 흐뭇하게 바라봤다.

"어딜 가나 주목받으니 피곤하네."

중계 카메라가 다른 곳을 찍자, 선영이 이상한 논리를 펼치며 자리에 앉았다. 설마 주목받아서 피곤하겠는가. 경기하는 내내 뛰고, 본인이 경기하는 것처럼 목이 터져 나가라 응원하고 욕하니 힘든 거겠지. 잠자코 듣고 있던 일우가 그건 아니라며 부정하기에 이르렀다.

"너 그것도 병이야. 아냐? 안 창피해?"

"이렇게 잘나게 태어나기가 얼마나 힘든데. 안 쓰는 게 죄라니까?"

"웃기시네. 네 도끼병 때문에 쪽팔렸던 게 한두 번인 줄 아냐. 당장 선영아 사랑만 해도…….."

"미친 새끼. 그 얘기 꺼내지도 마."

순식간에 얼굴을 굳힌 선영이 다 마신 맥주 캔을 두 손으로 찌그러뜨렸다.

"네가 자랑처럼 떠벌리고 다닐 땐 언제고."

"영감님이 선영이 누나 사랑한다고요?"

일우는 건수 잡았다는 듯이 쿡쿡 웃으며 놀렸고, 절반만 알아들은 아주는 뭔 말도 안 되는 소리를 지껄였다.

"내가 쟬 왜 사랑해."

"쟤가 날 왜 사랑해?"

아주의 헛소리에 일우와 선영이 동시에 정색했다. 일우는 아주만을 바라봤고, 선영은 일우만은 절대 쳐다보지 않았다. 서로 불쾌하긴 매한가지였다.

"그럼 뭔데요?"

아주의 물음에 선영은 설명하기 창피하다며 대화를 피했다. 기회를 잡은 일우가 피식피식 웃으며 설명을 시작했다.

"박선영이 옛날에 세상 모든 남자가 다 자기 좋아하는 줄 알고 착각했던 때가 있었거든. 지금도 그렇긴 한데."

선영아, 사랑해.

2000년대 초, 한 여성 전용 커뮤니티를 알리기 위해 전국에 동시다 발적으로 붙은 광고 문구였다. 하필 광고 문구에 쓰인 이름이 일우의 유일한 친구인 선영과 동명이었다. 더 큰 문제는 선영은 자기 예쁜 걸 너무 잘 알고 있었고, 학생 때도 마찬가지였다는 것이다.

달에도 몇 번씩 고백을 받던 선영은, 당연히 자길 좋아하는 남학생 아무개가 붙인 것이라고 생각했다. 아니, 착각했다. 주변인들마저 선영이 어마어마한 고백을 받는다고 생각했다. 하지만 그 착각은 몇 시간도 채 가지 않았다. 얼마 지나지 않아, 광고가 전국에 쫙 깔렸으니까.

"그땐 박선영도 어렸으니 그럴 수 있지. 근데 보통 창피해서라도 말 안 하지 않나? 쟤는 그걸 자기가 착각할 수밖에 없을 만큼 예쁘다는 소재로 쓴다니까."

선영과 대학 생활을 함께한 사람이면 술자리에서 이미 열 번쯤 더 들었을 이야기인데, 어느 정도 나이 먹은 이제야 좀 창피한지 뒤로 빠지기 일쑤였다.

"와, 멋있다."

"뭐가."

"그렇게 고백하는 거요."

황당했다. 결론은 선영이 진짜 고백받은 게 아니었다는 거였는데, 아주는 '선영아 사랑해'라는 광고를 온 동네에 붙여 둔 게 멋있다고 하고 있었다. 얘도 보통 미친 게 아니네.

"너 내 말을 대체 어디로 들었나?"

"제대로 들었…… 어, 어? 어!"

8회 말까지 아무 득점 없이 가던 경기가 9회에 접어들고, 선영이 응원하는 팀이 공격권을 쥐었을 때 일이 터졌다. 아주의 고개가 포물선을 그리는 공을 따라 움직였다. 심지어 끝내기 홈런이었다. 이대로 연장 가나 했더니, 선영의 팀이 승리하는 것으로 경기가 끝났다.

"꺄아아악! 진 등신 말고 이긴 등신 하라니까 진짜 일 내네!"

선영이 욕인지 칭찬인지 모를 말을 하며 환호성을 내질렀다. 아아아 아아아악! 고척의 아들! 선영과 마찬가지로 주변 역시 홈런 친 타자의 이름을 외쳤다. 선영도 거의 정신 줄을 놓고 이름을 외쳤다. 아주는 다들 소리 지르니까 좋다고 분위기에 휩쓸려 방방 뛰었다. 선영이 기쁨에 도취돼, 아주를 끌어안고 방방 뛰는 걸 필사적으로 뜯어말리는 것까지 모두 일우의 몫이었다.

자신이 야구 경기를 보고 온 건지, 애 둘을 달고 키즈 카페에 다녀온 건지 모르겠다. 신나게 놀던 아주는 돌아오는 차 안에서 꾸벅꾸벅 졸더니, 집에 도착하고도 여태 깨지 않아 일우의 등에 업혀 왔다. 아주를 침대에 눕힌 뒤, 일우는 핸드폰을 확인했다. 도착한 메시지가 여러 개 있었다. 개중, 이 검사에게 온 연락도 있었다.

이동훈 검사(28기) [사진] 오후 4:30
이동훈 검사(28기) [이거 너지?] 오후 4:31

이 검사가 보낸 사진엔 모자를 눌러쓴 자신이 있었다. 옆에 아주와 선영도 함께 보였다. 씨발, 이게 뭐야? 메시지를 읽었다는 표시가 사라지기 무섭게 전화가 울렸다. 이 검사였다.

"예, 선배님."

—야구도 보러 다니고 너 팔자 좋다? 나는 지금 누구 때문에 사무실

에서 썩고 있는데 말이야.

"선배님도 야구 중계 볼 시간 있는 거 보면 별로 안 바쁜 것 같은데요."

ㅡ야구 볼 시간은 무슨, 잠잘 시간도 없어. 나도 이거 제보받은 거야. 다들 너 어디로 이직하나 지켜보고 있는 와중에 갑자기 네가 TV에서 튀어나오잖아. 신 부장님이 네가 연예인 할 거라고 했다던데, 난 처음 들었을 때 진짠 줄 알았어.

"그걸 누가 믿어요. 당연히 농담이죠."

ㅡ그건 그렇고, 곧 너 참고인으로 곧 부를 거야. 시간 비워 놔라. 연락한 이유가 이거였나 보네.

"생각보단 좀 늦으셨습니다."

참고인 운운하는 이 검사의 말을 잠자코 듣고 있던 일우가 낮은 목소리로 대답했다.

ㅡ사건 전부 다른 부서 넘어갈 뻔한 거 내가 겨우 붙든 거야. 그거 감안하면 빠르지, 뭐. 부탁 들어줬으니까, 네 역할은 확실히 해 줄 거라 믿는다.

"음, 생각해 보니 퇴사한 곳에 제 발로 다시 들어가기 좀 그렇네요. 그냥 나중에 밥 한번 살 테니 그걸로 퉁치시죠."

밥 한 끼로 끝내자는 일우의 말에 건너편에서 온갖 걸쭉한 욕이 난무했다. 이 검사가 실시간으로 졸도하는 게 느껴졌다. 일우가 파르르 떠는 이 검사의 목소리에 낮게 웃었다. 이 검사는 믿을 놈을 믿었어야 했다며 원통함을 토로했다.

"농담입니다. 출석 연락 오면 가겠습니다."

ㅡ······현 프로, 아니, 후배님. 올해 들었던 농담 중에 제일 재미없었어.

"그럴 것까지야 있습니까."

―네가 던진 폭탄에 불붙인 게 나야, 나. 네가 남아 있었으면 너한테 다시 떠넘기기라도 하지, 이젠 누가 받아 주지도 않아.

"걱정 마세요. 폭탄이 아니라 폭죽이니까요. 스포트라이트 제대로 받게 해 드릴게요."

일우는 겸손은 곧 사치란 태도로 대답했다. 일우의 자신감이 그저 웃긴지, 이 검사는 너털웃음을 짓다가 곧 보자는 말로 통화를 끝냈다. 이 검사와 통화를 끝낸 일우는 침실로 들어갔다.

"풀떼기 아직 자냐."

일우는 늦은 밤도 아닌데 벌써 꿈나라에 간 아주 옆에 누웠다. 아주는 옆에 일우가 누운 줄도 모르고 쿨쿨 자고 있었다. 고른 숨을 내쉬며 자는 아주를 가만 바라보던 일우는 아주의 뺨을 만졌다.

머리칼도 슥슥 매만졌다. 그러다 이상한 종잇조각 같은 게 걸렸다. 손으로 떼어 뭔지 확인했다. 이윽고 일우의 입에 미소가 걸렸다. 선영의 팀이 이긴 뒤, 야구장에 흩날리던 폭죽들. 개중 종이 폭죽도 있었다. 아까 열심히 턴다고 털었는데, 다 떼어 내지 못했나.

"귀엽기는."

반짝거리는 종잇조각을 아주의 앞머리에 다시 붙였다. 반짝반짝. 아주의 얼굴만큼이나 빛나는 걸 바라보던 일우가 문득 생각했다. 풀떼기는 야구장도 처음 가 봤겠지.

내일은 어떻게 살아야 할지 고민하는 게 아니라, 단순히 오락을 위해서 팀을 응원하는 행위도. 사람 많은 곳에서 치킨을 뜯고, 선영처럼 몇십만 원 써서 유니폼을 사 입은 것도. 아주는 그 모든 게 처음이었을 거란 생각을 하니까 괜히 손끝이 저렸다.

"너는 왜 다 내가 처음이냐. 내가 나쁜 사람이면 어쩌려고……."

한숨처럼 이어진 말끝에 일우가 아주 몰래 씁쓸한 미소를 담았다.

명아주라는 이름처럼, 길가에 핀 들꽃 같은 흔한 삶을 살았으면 오죽 좋았을까. 부모가 양쪽 다 없어도, 중간에 삐뚤어진 길을 걸어도 평범한 가정에서 살았으면 어땠을까. 아주의 이름이 빛을 발휘한 건, 그저 여태 건강하게 살아남았다는 것뿐이었다.

그렇게 생각하니 희야가 정말 꼭 맞는 이름을 지어 줬구나 싶었다. 생각이 부족하고 짧은 아주한테 맞춤인 이름. 그 안에 담긴 애정의 크기를 일우는 조금 이해했다.

"네 엄마인 희야 말이야. 어쩌면 내가 봤을 수도 있어. 그러다 보니 왜 네 이름이 명아주인지, 다른 무엇보다 왜 네가 건강하게 오래 살길 바랐는지 알겠더라고."

일우는 아주가 깨지 않게 조심스레 머리칼을 쓰다듬으며 말을 이었다.

"자기는 삶이 너무 아팠으니까 자식인 너만큼은 절대 아프지 말았으면 했겠지."

현재 아주의 모습을 보면 남매라고 믿어도 될 만큼 어렸던 희야의 사진이 스쳤다. 건강하게, 그 말인즉슨 아프지 말라는 거지. 본인이 무슨 실험을 당했는지도 모르니까 더 그랬을 것이다. 당시 겨우 초등학생 나이쯤 됐던 일우도 기억이 이렇게 생생한데, 희야는 오죽했을까.

"……지금 생각해 보면, 자길 절대 닮지 않게 해 달라고 빌었을 수도 있겠어."

자신이어도 그랬을 것이다. 제 배로 낳았으나 얼굴도 닮지 말고, 박복한 팔자도 닮지 말고, 엄마와 전혀 다른 사람인 것처럼 살아가기를. 건강하고 또 건강하게만.

"이렇게 예쁜데, 안 닮았으면 어쩌려고. 안 그러냐?"

푸흐흐, 일우는 자문자답하며 웃었다. 이어선 아주의 허락도 없이 도둑 키스를 감행했다. 살짝 부딪치고 떨어지는 가벼운 입맞춤. 한 번으론 아쉬워 다시 한번 키스하고, 두 번도 아쉬워 세 번을 꼭 채웠다. 한국인은 삼세번이지.

"행운아야. 너도, 나도."

서로를 만난 게 행운이 아니면 뭐라고 설명할까. 풀떼기가 깨어 있었다면 분명 아니라고 외쳤을 것만 같아, 말하고도 웃음이 멈추지 않았다.

"근데 씨발, 어떻게 그딴 식으로 만났는지……. 호기롭게 지갑 훔쳤으면 돈이라도 펑펑 쓸 것이지. 꼴랑 3,200원이 뭐냐."

다시 생각해도 기가 찼다. 폴짝폴짝 토끼처럼 잘도 도망가더니, 간도 토끼만 하던 풀떼기. 분명 첫 만남은 환장스러웠으나, 이젠 아주를 만나지 않았을 때가 상상되지 않는다.

"네가 날 변화시켰어. 알긴 아냐."

아주는 본의 아니게 일우의 여러 부분을 바꿔 났다. 타인에게 마음 한 자락 내어 주지 않았던 일우가 불법 침입한 아주를 위해 마음 전체를 내주었고, 아주를 대중에게서 감추기 위해, 나아가 상처 주지 않기 위해 자신의 과거를 다 드러내기까지 이르렀다.

"그러니까 다 너 때문이야, 내 인생 책임져."

일우는 은근슬쩍 자신의 인생을 아주한테 떠넘겼다. 아주가 어디 멀리 도망가지 못하게 자신이란 무거운 족쇄를 걸려 했다.

"……거짓말."

아주가 나직이 중얼거렸다. 이어서 두 눈을 슬며시 떴다. 아주의 얼굴을 떡처럼 주무르고 있던 일우는 당황을 감추지 못했다.

"깨어 있으면 깨어 있다고 할 것이지, 도둑고양이처럼 엿듣고 있냐."

뒤늦게 탓해 보려 했으나, 이미 일우의 말버릇을 흡수한 아주는 만만한 상대가 아니었다.

"자는 사람 앞에서 중얼거린 건 영감님이에요. 그런 말 몰라요? 뭐지, 아침 말은······."

"낮말은 새가 듣고 밤말은 쥐가 듣는다?"

어, 네. 아주가 잠을 털어 내듯 느릿느릿 고개를 끄덕였다.

"다 들었냐?"

"영감님이 뽀뽀할 때 깼어요."

아, 민망하네. 그래도 이전 혼잣말은 듣지 않아 다행이었다.

"이게 생사람 잡네. 꿈에서 나랑 뽀뽀했나?"

일우는 민망함을 무기로 휘두르며 아주를 놀렸지만, 이번엔 아주가 한 수 위였다.

"영감님이 했으면서 안 한 척하지 마요."

"그냥 못 본 척하면 안 되냐."

"그럼 하지 말았어야죠."

점점 논리를 갖춰 가는 아주의 말에 이렇다 할 대답을 찾지 못한 일우는 이내 긍정했다.

"그래, 그 말도 맞네."

마지못한 긍정에 일우를 보던 아주도, 아주를 바라보던 일우도 실소를 터뜨렸다.

"근데요, 영감님."

"뭐. 창피하니까 뜸 들이지 말고 말해."

"영감님이 창피도 알아요?"

아주가 무구한 말투로 중얼거렸다.

"알긴 알아, 신경을 안 써서 그렇지. 그래서 무슨 말을 하려고 이렇게 시간 끄는 건데."

일우의 독촉에 아주가 본론을 꺼냈다.

"책임은 어떻게 지는 건데요?"

책임이라, 깊게 생각은 안 해 봤는데. 일우는 잠시 침묵을 지키다 말했다.

"마음 가는 대로 하면 돼."

시간은 흐르지 않고 차곡차곡 쌓였다. 일우가 노력한다 한들 치워지지 않았다. 아주에 대한 감정이, 시간이 쌓였는데 어찌할까. 그냥 몸을 맡기면 되는 일이다. 그것처럼 아주도 마음 가는 대로 하길 바랐다.

"마음 가는 대로요?"

"그래, 너 하고 싶은 대로 해. 다만 내 옆을 떠나진 말 것. 그게 조건이야."

"그럼 하나밖에 안 남잖아요."

"알아. 그래서 일부러 미끼 던져 줬잖아. 얼른 물어."

일우의 옆을 떠나지 말 것, 가족이 될 것. 조건은 간단하면서 가리키는 바가 명확했다.

"아직 물기만 했지 삼키지는 않았거든요?"

"알면 빨리 좀 삼켜라. 낚게."

일우는 강태공처럼 아주가 미끼를 무는 타이밍을 기다렸다. 아주는 도망갈 곳이 없음을 깨닫고 입술을 삐죽였다. 영 싫은 표정은 아니다.

"너 나 좋아하잖아."

"……아닌데요."

"아니기는. 네 얼굴에 다 쓰여 있어. 명아주는 현일우를 좋아한다고. 풀떼기, 인정하면 편해. 내가 네 앞길에 꽃만 뿌려 준다니까?"

"나 꽃 별로 안 좋아해요."

"그럼 고기. 소고기 뿌려 줄게. 꽃등심 어때. 한우 1++으로."

꽃등심이니까 꽃은 꽃이잖아. 일우는 궤변을 세상의 진리인 것처럼 늘어놨다.

한 덩이씩 포장된 한우를 던지는 상상을 하니 좀 많이 웃겼다. 그걸 아까워 밟지도 못하고 주워 드는 아주가 자연히 연상됐다. 영감님, 한우가 이만큼 있어요! 함박웃음을 지으며 구워 먹자고 달려오는 모습까지 상상하니 웃음이 막 새어 나왔다.

"영감님은 내가 고기만 좋아하는 줄 알아요?"

"맞잖아."

"아닌데. 난 영감님도 좋아하는데요."

예상하지 못한 말을 툭 던진 아주는 부끄러운 듯 몸을 말고 이불 속으로 기어들어 갔다. 일우는 자신이 무슨 소리를 들은 건지, 3초가 흐른 뒤에야 이해했다.

"야, 다시 말해 봐. 뭐?"

……한 번뿐이에요. 아주의 말은 이불에 파묻혀 발음이 뭉개지고 목소리도 작았다. 하지만 일우는 정확히 알아들었다. 좋아해요. 누가, 누구를? 명아주가 현일우를.

"안 들려, 못 들었어. 풀떼기, 다시 말해 봐."

일우가 이불 뭉치가 된 아주를 뒤흔들며 닦달했다. 채근을 이기지 못한 아주가 다시 한번 웅얼거리며 대답했다. 여전히 작은 목소리였다.

"……아해요."

일우는 좋아한다는 말 한마디가 이리 중독성이 강한 줄 몰랐다. 만족을 모르는 일우는 또 한 번 아주를 자극했다. 더 말해 줘, 얼른.

"뭐? 나랑 지금 당장 섹스하고 싶어서 미치겠다고?"

일우는 일부러 아주가 반응할 만한 질문을 던졌다. 작정하고 이불을 들어 올린 다음, 자신을 등지고 엎드린 아주의 허리까지 자신 쪽으로 쭉 잡아당겼다. 당장이라도 삽입할 것 같은 자세가 완성되자, 아주가 바르작거리며 일어났다.

"……그게 아니라!"

"이제야 봐 주네."

원하는 목표를 달성한 일우가 아주를 보며 씩 미소 지었다. 아주의 얼굴은 불타는 고구마처럼 새빨갛게 달아오른 뒤였다.

"좋아한다며, 그게 왜 부끄러워. 나는 너 존나 사랑해. 그래서 풀떼기 너만 보면 씨발, 미치겠다니까?"

말을 마친 일우는 창피는 알지만 신경 쓰지 않는다는 자신의 말처럼, 아주의 손을 잡아 제 아랫도리에 가져다 댔다. 이미 한껏 부풀어 오른 지 오래였다.

"영감님은 능력도 안 썼는데 왜……."

"왜기는, 네가 내 앞에 있잖아."

……변태. 아주가 손을 꼼지락거리며 속삭였다. 그래 봤자 자극만 될 뿐 일우의 질주는 막을 수 없었다. 조금 전, 아주한테 고백받은 일우는 기고만장을 넘어 자신감이 하늘을 뚫었다.

"그렇게 말해 봤자 좋을 거 없을 텐데. 네가 사랑하는 사람이 곧 변태란 뜻이니까."

누구 하나 물러서지 않았다. 그런다 한들, 이건 승자를 가리고자 하는 싸움이 아니다. 먹고 먹히는 약육강식의 섹스도, 단순히 욕정을 풀고자 하는 것도 아니다. 네가 널 사랑하고, 네가 날 사랑하고. 그에 대한 연장 선일 뿐.

"정말 변태적인 행위를 하고 싶은 거면 말해."

발정이 뭔지 보여 줄 자신 있으니까. 일우가 아주의 귓가에 진심을 다해 속삭였다. 그제야 아주가 순순히 시선을 맞췄다. 두 쌍의 눈이 마주할 때, 특히 자신이 아주를 내려다보거나, 아주가 자신의 위에 올라타 내려다볼 때마다 외설적인 무언가가 얽히는 기분이 든다.

"너는 네가 예쁜 걸 너무 잘 알아."

야구 유니폼을 벗기고 그 아래 자리한 티셔츠도 벗겼다. 아주도 일우 가 뭘 하려는지 알아채고 두 팔을 만세 하듯 올렸다. 바지를 벗길 땐, 엉덩이를 살짝 들어 도와주는 것까지 완벽했다. 이 모든 걸 자신에게 배웠다고 생각하니, 아래가 더 뻐근해졌다. 말은 싫다고 빼면서 몸은 협 조할 때, 미쳐 버릴 것 같다. 아니, 이미 미친 걸지도.

아주에게 기꺼이 멱살 잡힌 일우가 헐벗은 아주를 제 위에 올렸다. 아주의 하얀 둔부에 일우의 것이 닿았다. 벗지 않은 바지는 자신이 아 주의 아래를 탐하는 걸 방해하는 듯하면서 까슬한 촉감으로 촉각을 곤 두세우게 했다.

"……이상해요."

"이상하기는, 몇 번 넣어 봤잖아."

일우는 아무렇지 않은 얼굴로 아주의 둔부를 벌려, 자신의 것을 느 리게 비볐다. 부드러운 듯하면서 거친 직물의 촉감이 아주의 시선을 뒤흔들었다. 이런 느낌 싫어요……. 아주가 일우의 목을 끌어안으며 속삭였다.

"그럼 벗을까."

일우는 아주가 원하지 않으면 옷을 벗지 않을 거라는 듯이 말했다. 아주는 고개를 저었다. 부끄러워서 싫어요. 아주의 머리칼이 사부작거리며 목덜미를 간지럽혔다. 왠지 모르게 가슴도 간지럽다.

"옷 입은 채 하는 게 좋아?"

내 풀떼기 존나 변태야. 일우가 앙큼하다며 낮게 웃었다. 아주는 뒤늦게 아니라고 했지만, 이미 일우의 눈가엔 숨길 수 없는 웃음이 잔뜩 매달려 있었다.

웃음을 거두지 않은 일우는 아주의 얼굴 곳곳에 가볍게 입맞춤을 하다가, 자신의 손가락을 아주의 입에 물렸다. 아주는 익숙하게 두 손가락을 핥고, 빨았다. 송곳니가 손마디를 스친다. 일부러 한 게 분명한 짓에 일우도 손끝으로 아주의 입천장을 긁었다. 으응, 아주가 얕게 신음하는 게 들렸다.

적당히 타액이 묻은 손가락을 아주의 아래에 천천히 삽입했다.

"아……."

아주가 더운 숨을 뱉으며 긴장했다. 쉬이, 힘 빼고. 일우가 아주의 마른 등을 다독이듯 쓸었다. 유독 살이 붙지 않아, 움푹 팬 등줄기를 덧그리듯 손끝으로 쓸기도 했다. 아주의 촉각이 그쪽으로 쏠릴 때, 두 손가락을 전부 삽입해 둥글게 원을 그리며 넓혔다.

좋아서 혹은 부끄러워서 아니면 다른 이유가 있어서. 일우가 다리를 벌리는 대로 잘 벌어져 있던 아주의 두 다리가 점점 거리를 좁혔다. 이러면 안 되지. 아주의 등을 마음껏 휘젓던 손으로 허벅다리를 잡아 다시 벌렸다.

"왜, 너무 느껴?"

그러곤 짓궂게 물었다. 아주는 발갛게 물든 눈을 깜박이며 고개를 끄덕였다. 앞니가 입술을 깨물고, 그 사이로 신음이 자꾸 새어 나왔다. 일우는 이런 아주의 모습을 감상하듯 바라보다, 허벅다리를 벌리던 손으로 아주의 성기를 애무했다.

"나는 네가 잘 느꼈으면 좋겠어."

참지 말고, 느끼는 걸 표현하고, 숨기지 않길. 부끄러워하되 수치스럽게 생각하지 않길. 아주의 뒤를 가위질하며 넓히던 손가락을 한데 모아 삽입을 반복했다. 아주의 성기도 넓은 손바닥으로 꽉 쥐어 압박했다.

얼마 가지 않아, 일우의 손에 정액을 토했다. 아주의 가쁜 숨이 귓가에 선명하게 흩어진다. 뭘 말하려는지 자꾸 입술을 달싹이는 게, 야했다.

"나는요…… 나 말고 영감님도 느꼈으면 좋겠어요."

그랬더니 하는 말이 가관이다. 앞으로 자신의 처지를 비관해도 마땅할 풀떼기가 일우를 사서 걱정하고 있다.

"하, 누가 누굴 걱정해, 지금."

정말 즐거워 웃는다고 보기엔 헛웃음에 가까웠다. 아주의 뒤를 쑤시던 손가락을 빼고, 자신의 바지를 살짝 내렸다. 한계까지 발기한 것이 기다렸다는 듯이 퉁, 튀어나온다. 정액 범벅이 된 손으로 쓸어내리니 당장 사정하고파 부르르 떨었다. 일우는 아주가 도망가지 못하게 허리를 잡고는 벌어진 구멍에 귀두 끝을 맞췄다.

하아, 숨을 뱉은 일우가 아주의 목덜미에 이를 박아 넣었다. 아! 아주가 아프다는 듯, 일우를 밀어 냈다. 고통은 고의였다. 일우는 아주가 원하는 대로 밀려나지 않았다. 외려 제 성기를 밀어 넣기 바빴다.

"아, 영, 영감님……!"

일우를 붙잡은 아주의 손에 점점 힘이 들어갔다. 아무리 힘을 주어도, 일우는 끝까지 성기를 삽입했다. 이어서 바로 허리를 치고 올렸다. 아주도 아래를 가만두지 못하고 들썩였다. 속도를 맞추려는 것처럼 보였다. 아주 딴엔 덜 힘들려고 한 행위인데, 일우의 움직임에 가속도를 더할 뿐이었다.

"후우, 미안, 급해서."

아주는 호흡으로 겨우 대답했다. 뒤이은 대화라곤 아주의 신음과 간헐적으로 나오는 일우의 신음뿐이었다. 아주가 예뻐 죽겠다는 듯이 흘러나오는 감정을 실어 귀, 코끝, 턱선을 타고 내려가 쇄골에 쏟아붓는 입맞춤도 소리 없는 대화였다. 아주의 흉곽이 바삐 오르내렸다.

근육이 당겨지고 수축하길 반복했다. 아주의 아래를 빠르게 오가던 일우도 끝을 예감한 듯 더 거칠게 몰아붙였다. 아주의 허리에 발갛게 손자국이 났다.

팽팽하게 양쪽으로 당겨지던 줄이 단숨에 놓아지듯, 일순 아주가 일우에게 쓰러지듯 기댔다. 일우가 입은 티셔츠에 정액이 울컥, 쏟아졌다. 일우도 아주의 안에 사정했다. 성기를 느리게 빼자, 정액이 조금씩 새어 나왔다.

"좋아하면, 원래…… 이렇게 벅차요?"

아주가 일우의 가슴에 얼굴을 맞대고 혼잣말했다. 심장 소리가 아주의 귓가에, 일우의 온몸에 울렸다.

"……나는 항상 벅찼어."

일우는 자신에게 기댄 아주를 꽉 끌어안으며 읊조리듯 답했다. 너만 보면, 너하고 닿기만 하면 항상. 마음도, 몸도 전부 벅찼어. 지금도 그래.

* * *

어제의 감동은 잠시였을 뿐, 가뿐한 아침을 아주의 칭얼거림으로 시작했다. 보챔의 이유인즉슨, 일우가 자신의 성기를 아주의 안에 넣고 잤다는 거였다. 밑이 계속 벌어져 있는 것 같다며 죽는 소리를 해 댄다.

"흐어엉, 나중에 병원 가면 영감님이 책임질 거예요?"

아주의 안에 내내 넣고 있던 성기를 빼니, 빼는 느낌이 제일 이상하다며 아주가 더 거세게 반항했다.

"네 수발도 다 들 테니까 괜히 즙 짜지 마라."

"즙 아니거든요?"

"눈물 하나 안 흐르는데 우는 척하는 게 즙 짜는 거지, 아니면 뭐냐. 아, 풀떼기가 즙 짜는 거니까 녹즙인가?"

"씨이……!"

퍽, 아주가 일우의 어깨를 때렸다. 실없는 농담을 건넸다가 아침부터 아주한테 괜히 한 대 얻어맞았다. 어째 주먹에 점점 진심이 실린다. 그래 봤자 아프지 않지만, 문득 그런 생각이 든다.

"얼씨구, 시비 거냐? 아침인데 한 판 더 할까?"

'한 판 더'의 의미를 정확히 이해한 아주가 알궁둥이를 자랑하며 빠르게 침대 밑으로 내려갔다. 씻을 거예요! 무리해서 허리도 아플 텐데,

욕실로 열심히도 뛰어갔다.

일우는 깍지 낀 손을 머리 뒤에 붙이며, 여유롭게 침대에 기댔다. 아주의 허벅지에 말라붙은 제 흔적을 보면서 흡족한 미소를 짓는 것도 빼먹지 않았다. 욕실로 쪼르르 들어간 아주가 문 뒤에 숨어 물었다.

"……왜 웃어요?"

"그냥 기분 좋아서."

내 정액이 말라붙어 있는 게 좋다고 얘기했다간 저 눈초리가 더 사나워지겠지. 일우는 현명하게 말을 아꼈다. 영 찜찜한지 아주는 문을 닫는 순간까지 의심을 거두지 않았다. 어쩐지 유쾌한 하루가 될 것 같았다.

식탁에 고기가 올라오지 않으면 밥을 먹지 않는 아주를 위해 일우는 아주가 씻는 동안 삼겹살을 해동했다. 냉장고에서 죽어 가던 미나리도 한 줌 꺼냈다. 아주가 보디 워시 향을 폴폴 풍기며 나올 때, 주방엔 삼겹살이 노릇노릇 구워지는 냄새로 가득 찼다. 미나리의 향긋함도 함께였다.

"뭐 굽는 거예요?"

아주는 영롱한 삼겹살 옆에 자리한 초록빛 풀떼기가 마음에 안 드는지 손가락으로 가리키며 얼굴을 구겼다.

"미나리."

"미나리요? 향 별로예요."

생각만 해도 싫다는 듯이 아주가 몸을 부르르 떨었다.

"뱉지 말고 먹어. 몸에 좋은 거야."

일우는 잘 구워진 미나리를 아주의 입에 쑤셔 넣다시피 했다. 아주도 일우의 강요에 마지못해 겨우 한 줄기 씹어 먹었다. 향이 마음에 안 드는지 아주는 인상을 찌푸린 채 입 안에 남은 향을 곱씹었다.

일우가 잘 구운 삼겹살과 미나리를 그릇에 듬뿍 담고 식탁에 올렸다. 아주도 일우를 따라 식탁에 앉았다. 아주는 젓가락을 들고 미나리를 가리킨 뒤 물었다.

"어디에 좋은데 그래요?"

"피를 맑게 하지."

그 말을 들은 아주가 먹어선 안 될 음식을 먹은 것처럼 허망한 표정을 했다. 벌린 입 사이로 영혼이라도 빠져나갔는지 제정신을 못 차렸다.

"뭐."

"내 피 더러워서 안 먹는다면서요."

"어, 줘도 안 먹어."

"근데 이걸 왜 먹여요?"

"건강 생각해서, 인마."

"피 건강이 아니라요?"

어이가 없었다. 아주의 피 건강을 위해서는 맞는데, 그게 일우가 아주의 피를 섭취하기 위해선 아니다.

"야, 나는 네 피 줘도 안 먹어. 가만 보면 내가 너한테 뭘 해 주면 그게 전부 널 잡아먹으려는 거라고 착각하더라."

"자꾸 그렇게 오해하게 하잖아요."

"네가 오해하고 싶은 거겠지."

"영감님이 피만 안 마셨어도 그런 오해 안 해요!"

"나도 마시고 싶어서 마시는 거 아니거든, 씨발."

자신도 피를 마시지 않을 수만 있다면 절대 안 마실 것이다. 피 먹는 게 유쾌한 일인 줄 아나.

"영감님, 꼭 영화 속 주인공 같아요."

"나도 알아. 아무 곳에서나 볼 수 없는 외모이긴 하지."

일우는 자신의 외모가 영화배우 같다는 말로 알아서 오해했지만, 아주는 그런 뜻으로 얘기한 게 아니었다.

"아뇨, 피 마시는 거요."

기대와 다른 말이 나오자 일우는 흥미를 잃고 시선을 돌렸다.

"영화 제목은 〈뱀파이어와 인간〉 어때요?"

"누가 인간이야, 누가. 그리고 〈뱀파이어와 인간〉이 아니라 〈뱀파이어와 도둑〉이겠지."

자신은 한낱 피 마시는 괴물, 뱀파이어로 전락시켜 놓고 풀떼기는 그냥 인간을 하시겠다? 쉽게 용납할 수 없었다.

"나 도둑 아니거든요?"

"웃기시네, 나랑 처음에 만났던 일 기억 안 나냐?"

아주는 모르쇠 일관하듯이 시선을 피했다. 참나, 남의 지갑 훔쳐 놓고 시치미 뚝 떼는 것부터 진정 대도(大盜)의 싹이 보였다. 일우는 아주의 머릿속에 노란 싹수가 더는 자라지 못하게 말로 잘근잘근 밟았다.

풀떼기 너는 도둑질엔 전혀 소질이 없다느니, 예쁜 손으로는 자신의 좆만 만져야 한다느니, 그러니 내 옆에만 있어야 한다느니. 결론은 자신의 옆에 꼼짝하지 말고 있으라는 이상한 결론이 도출됐다. 아주는 일우의 개소리를 한두 번 듣는 것도 아니라, 한 귀로 듣고 흘렸다.

"하긴 네 말대로 첫 만남도 영화 같긴 했지. 뭔 B급 영화도 아니고 기가 막혔어."

"B급이요? 아닌데, 나 A급인데요. 고기도 A+만 먹어요."

뜬금없이 고기 등급 타령하는 것도 풀떼기다웠다. 여태 안 듣고 있던 척하다가 자기 욕먹으니 참견하는 것까지 전부.

"네가 어디서 감히 A급 타령이야. 너는 F지, F."

알파벳은 정확히 몰라도 A가 첫 번째, B가 두 번째인 것쯤은 아는 아주는 F가 결코 좋은 의미가 아님을 알아챘다. 입을 쭉 내민 아주가 일우에게 물었다.

"그러는 영감님은 뭔데요."

"나? 나는 A급이지. 대한민국에서 검사 되기 쉬운 줄 알아?"

일우는 아주를 놀리며 웃더니 장난기 가득한 목소리로 반박했다.

"영감님 그만뒀잖아요."

아주는 일우를 불손한 눈초리로 쳐다보며 얼마 전 회사를 그만둔 사실을 지적했다.

"수박이 호박인 척한다고 호박 되겠냐."

"그게 무슨 소리예요?"

"검사 그만뒀다고 A급인 내가 바닥으로 떨어질 일은 없다는 소리지. 풀떼기, 쓸데없는 소리 그만하고 밥이나 먹어."

자칫 잘못하면 종일 이 얘기만 하겠다 싶은 생각에 말을 돌린 일우가 아주의 밥그릇에 노릇노릇 잘 익은 미나리를 듬뿍 올렸다.

"특히 삼겹살 한 점 먹을 때마다 미나리 한 줄기씩 먹어라."

일우의 강요에 무너질 아주가 아니다. 삼겹살에 곁든 미나리는 고기 냄새가 배었다고 한들 풀떼기에 불과할 뿐, 고기가 되지 못했다. 여전히 아주한테는 찬밥 신세였다. 저거 편식하는 거 봐라. 일우의 눈이 점점 포기로 돌아섰을 때, 아주가 말했다.

"근데요. 우리 오늘 어디 가요?"

"그건 왜."

"영감님이 넥타이 매서요."

아주가 눈짓으로 일우의 차림새를 가리켰다. 하얀 셔츠와 남색 넥타이. 회사를 그만둔 후 목을 갑갑하게 옥죄는 넥타이는 쳐다보지도 않던 일우였으니, 평소와 좀 달라 보이긴 했을 것이다. 풀떼기가 맹한 줄 알았더니 꽤 예리하네.

"어디 가는데요?"

"법무사한테 갈 거야."

아주는 그게 뭐냐며 물었고, 일우는 미나리 한 줄 다 먹으면 알려 주겠노라 했다.

"몰라도 될 것 같아요."

"네 일로 가는 거야. 그래도 모르고 싶어?"

그럼 내 마음대로 혼인 신고 한다? 일우가 뒷말을 뱉었을 때, 충격받은 아주가 미나리를 한 움큼 집어 우물우물 씹어 먹었다.

"……진짜 결혼하는 건 아니죠?"

농담이라도 자신과 결혼하는 걸 무한한 영광으로 여겨야 할 풀떼기가, 평소엔 거들떠도 보지 않는 미나리를 씹으며 묻고 있다.

"결혼은 무슨, 네 성본 창설 하러 가는 거야. 언제까지 무적자로 살 순 없는 거 아냐."

언젠가 하와이를 그렇게도 꿈꾸던 아주였으니 한 번쯤 데려가는 것도 괜찮겠다 싶었다. 회사를 그만두고 시간도 넉넉하니 정말 갈까 했다. 하지만 곧 난관에 봉착했다. 여권이 있어야 가지. 여권을 만들려 해도 출생 신고조차 안 된 아주였으니 가능할 리 없다.

일우도 나름 시간을 쪼개 알아봤으나, 제 분야도 아닌 걸 잘 알 턱이 없었다. 처음부터 공부할 바엔 전문가의 힘을 빌리는 게 낫다고 결론을 내렸다. 인맥이라곤 가뭄에 콩 나듯 있는 일우는 마당발 이 검사의 힘을 빌렸다.

이 검사는 이럴 때만 후배인 척 부탁하지 말라고 핀잔을 놨다. 짧은 통화가 끝나고 연락처 하나가 메시지로 왔다. 너도 아는 앨걸. 그 말에 법무사 프로필을 찾아봤더니, 동기였다. 일우는 얼굴도 기억나지 않았지만, 그냥저냥 감사 인사를 표했다.

"성본 창설이 뭔데요?"

"네 성을 만든다고. 풀떼기 네 경우엔 '명'씨를 만드는 거지. 성을 만들고 가족 관계 등록부 창설 소송 하면 돼. 그러면 풀떼기 너도 우리나라 국민으로 인정받을 수 있어."

나아가 나라의 보호를 받고 국민으로서 의무를 지키고 정당한 권리를 행사할 수 있다. 멀쩡히 살아 있지만 죽은 것이나 다름없거나, 나라에서 생존 사실조차 모르는 아주 같은 산 유령들은 어디에도 정착하지 못하고 떠돌기 일쑤다. 일우는 세상 무서운 줄 모르고 이리저리 떠도는 아주를 제게 꽉 묶어 둘 생각이었다.

"이왕 만드는 거 성도 바꿀까. 현아주, 어떠냐?"

"싫어요."

단칼에 거절하는 게 아주 앙칼졌다. 뭔 말만 하면 다 싫대?

"그럼 현명아주는 어때. 현명하다는 뜻으로."

"영감님이나 현명일우 해요. 나는 명아주가 좋아요."

"고민하는 시늉이라도 좀 해라."

일우의 말에 아주는 젓가락을 내려놓고 손가락을 턱에 대고 고민하는 시늉을 했다. 딱 1초 정도. 존나 귀여운 새끼……. 일우는 헛웃음을 터뜨렸다.

"그럼 나도 가야 해요?"

"당사잔데, 가야지 그럼."

"그럼 빨리 먹을게요!"

아주가 삼겹살을 세 점씩 집어 먹기 시작했다. 천천히 먹어, 시간 많아. 일우의 말은 아주에게 가 닿지 않았고, 반쯤 포기한 일우는 턱을 괴고 양 볼이 미어터져라 밥과 삼겹살을 먹는 아주를 지켜봤다.

"너 먹여 살리려면 돈 많이 벌어야겠다."

일우가 감탄처럼 말을 툭, 뱉었다.

"영감님 돈 많잖아요?"

아주는 뭘 당연한 걸 묻냐며 입술을 삐죽이다가 다시 밥을 먹었다. 상대가 당연히 자신이라고 여기는 아주의 말이 왜 그리도 좋은지 모르겠다. 일우는 실실 새는 웃음을 참지 않고 드러냈다. 가만 보면 사람 조련하는 방법을 제일 잘 알아. 들었다 놨다 예술이네.

법무사는 이 검사의 말대로 일우가 아는 사람이었다. 이름도 얼굴도 희미했지만, 같이 강의를 들었던 기억이 났다. 연신 반가운 기색을 내보이던 동기는 일우 옆에 앉아 있던 아주가 무적자라는 소리를 듣고 조금 놀란 표정을 지었으나, 이내 사람 좋은 미소를 지었다.

'시간은 좀 걸리겠지만, 아예 없는 케이스도 아니고 가능해. 근데 네가 진행해도 될 텐데?'

얼마 전까지 검사였던 자신을 가리키며 묻는 동기에 일우는 고개를 내저었다.

'돈 주고 맡기는 게 편해.'

동기는 소리 내어 웃으며, 그건 그렇지, 하고 대답했다.

'그럼 부모는 누군지 모르고, 아주 씨 혼자만 있는 거야?'

'어. 얜 나밖에 없어.'

그게 슬프기는커녕 뿌듯하다고 하면 미친 새끼라고 욕할까. 아주는 직원이 내준 오렌지주스를 홀짝이며 고개를 끄덕였다.

'성은 명씨로, 이름은 아주로 할 거야? 나이는 정확히 기억해?'

'명아주 그대로 진행할 거고, 나이는 올해 스물하나, 아니면 스물둘 쯤. 본적은 인천으로 하고, 주소 필요하면 우리 집 주소로 해. 알려 줄게.'

성하고 이름은 그대로 갈지, 나이는 대강 몇 살인지 기초 정보를 알려 주고 필요한 서류를 안내받은 일우는 아주를 데리고 사무실을 나섰다.

"생각보다 간단하네."

검사였던 일우는 익숙한 단어와 절차가 반복되는 걸 확인하곤 예상보다 어렵지 않다는 걸 깨달았다. 그런다고 한들, 공판부에 있을 때 지겹게 갔던 법원에 굳이 또 가고 싶지 않았다. 무엇보다 이젠 검사도 아닌 자신보다야 이 일을 업으로 삼는 동기가 훨씬 낫겠지.

"그게 간단한 거예요?"

"뭐, 나름. 물론 나야 직업이 검사였으니 그런 거고. 관련 없는 일반 사람들은 힘들지."

동기에게 맡긴 것과 별개로, 아주에게 허세 부리는 건 잊지 않았다. 자신을 우러러보는 듯한 아주의 눈빛에 일우는 아는 체를 멈추지 않고 어깨를 으쓱했다. 좋아하는 상대에게 잘 보이고 싶은 마음은 일우까지 스스로 부풀리게 했다.

"영감님……."

"왜, 다시 반했냐?"

일우는 기회를 놓치지 않고 아주에게 좋아한다는 소리를 다시 듣기 위해 틈을 파고들었다. 물론 소득은 없었다. 오히려 아주의 눈총만 받았다.

"아뇨, 안 반했는데요. 나는 다른 거 물어보려고 했어요."

"뭔데, 그럼."

"내 나이가 스물하나예요?"

"난들 아냐, 네가 더 잘 알겠지. 아깐 대강 그쯤 되지 않았을까 추측한 거야."

"나 되게 어리네요."

무슨 말을 하나 했다. 그런 것쯤은 거울만 봐도 알지 않나.

"그럼 네가 나보다 나이 많겠냐."

아주를 빤히 보고 있자니 예전에 아주랑 절대 엮이지 말아야지, 했던 때가 회상됐다. 어쩌다가 이렇게 됐을까. 선영이 양심 없다고 욕하는 이유가 아주 조금, 진짜 조금 이해됐다.

그래도 언젠간 사랑에 빠졌겠지. 아무렇지 않은 척 자신의 마음에 들어오고 깽판 치는 아주니 말이다. 사랑이 뭐 별거 있나. 계속 생각나고 보고 싶으면 그게 사랑이지. 결정적으로 이렇게 예쁜 아주를 남에게 양보할 생각 따윈 없었다.

혼인 신고도 못 하는 마당에 도망가지 말라는 뜻에서 종신 계약이나 할까. 다시 법무사 사무실을 바라보며 말도 안 되는 상상을 할 즈음, 아주가 별안간 폭탄을 터뜨렸다.

"영감님 진짜 양심 없어요. 열세 살이나 어린 사람이랑 섹…… 으읍!"

아주의 입을 틀어막는 데 가장 좋은 것은 말이 튀어나오는 입을 막는 것이다. 손이 아니라 똑같이 입술로. 스치듯 한 입맞춤에 아주가 도리어 놀랐다. 두 눈을 크게 뜨고 주변을 살피는 것만 봐도 알 수 있었다.

"알아, 양심 없는 거."

뭘 새삼스럽게. 양심도 이기지 못한 사랑인 걸 어쩌라고.

양심 따위 조금도 없다는 듯이 바로 인정한 일우는 가볍게 눈을 찡긋거렸다. 그런 다음 아주의 이마를 손가락으로 툭 건드렸다. 예고 없이 입맞춤당한 아주만 이마를 문지르며 일우의 뒤에 서서 부끄러움을 삼켰다.

* * *

가을 야구가 무르익고, 선영이 응원하는 팀이 한국 시리즈에서 준우승을 차지했을 때 일우는 이 검사가 예고한 대로 참고인 신분으로 출석 요구를 받은 상태였다. 날짜를 조율한 게 엊그제 같은데 벌써 출석 당일이 됐다.

"영감님, 어디 가요……?"

잠결에 눈도 제대로 못 뜨면서 웅얼대는 아주의 뺨에 키스한 일우는 부끄럼도 모르고 나신을 드러내며 침대에서 내려왔다. 속옷을 주워 입고, 기지개를 켠 일우가 아주의 물음에 답했다.

"회사."

거긴 왜 가는데요……. 거의 입술이 맞붙어 있다시피 한 채로 아주가 물었다. 무슨 소리인지 눈치로 알아들은 일우는 쿡쿡 웃으며 아주가 들으면 놀랄 소리를 아무렇지도 않게 했다.

"조사받으러 가."

"조사…… 네? 무슨 조사요?"

아주가 비몽사몽 졸린 눈을 손등으로 비비며 일어났다. 드레스 룸에서 셔츠와 슈트 바지를 꺼내 입은 일우가 침실로 다시 나왔다. 차분한 남색 넥타이를 셔츠 깃에 두르며 아주가 한 질문에 말을 이었다.

"피의자 신분 말고 참고인 신분으로."

"……그게 뭔데요?"

"말 그대로 참고하려고 부르는 거지. 가서 내가 겪은 사실만 전달하고 오면 돼."

"뭘 당했길래 그러는데요?"

"관심이 너무 많으면 인생 피곤하다, 풀떼기야. 가서 잠이나 더 자."

"난 영감님에 대해 더 알고 싶은 것뿐인데……."

아주가 넥타이를 다 매고 돌아선 일우의 등에 얼굴을 묻고 팔을 뻗어 백 허그 했다. 이윽고 아주의 따뜻한 체온이 번졌다. 일우가 자신을 끌어안은 아주의 팔을 천천히 손을 내려 잡았다. 맞잡은 손과 팔이 따뜻하다 못해 뜨거웠다.

"풀떼기, 너……."

일우가 감동에 젖은 찰나, 잠꼬대 소리가 커어엉, 크게도 들렸다. 감동을 느끼기도 전에 아주가 백 허그 한 자세 그대로 다시 잠에 빠졌다.

"……씨발. 기대를 말아야지."

점점 무너져 내리는 아주를 안아 올린 일우가 다시 아주를 침대에 던졌다. 물론 행동은 과격해 보여도 다치지 않도록 살짝 내려 뒀다. 혹여 감기에 걸릴까 이불로 꽁꽁 싸매는 것도 잊지 않았다.

"후배님, 신수가 더 훤해졌네. 나도 퇴사하면 후배님처럼 될 수 있으려나?"

이 검사가 한걸음에 달려와 인사했다. 얼굴 전체를 손바닥으로 뒤흔들며 빛이 흐르다 못해 뿜어져 나온다고 말했다. 웃음이 나올 수밖에 없는 상황이다. 일우는 새어 나오는 실소를 참지 않고 말했다.

"이건 유전자 문제라 퇴사한다고 달라지진 않을 것 같은데요."

"슬픈 소리를 아무렇지도 않게 하는 걸 보니 잘 사나 봐. 성격 여전하네."

"사람이 쉽게 변하겠습니까."

"후배님은 쉽게 변했잖아. 사랑이 밥 먹여 주는 것처럼 굴더니, 설마 헤어졌어?"

퇴사하기 바로 전날, 이 검사와 만났던 때가 생각났다. 노을을 바라보며 아주를 떠올렸었지. 지금도 자신의 침대에서 시간 가는 줄 모르고 쿨쿨 자고 있을 풀떼기. 누구 보여 주기 아까워 가능하다면 주머니나 제 심장 속에 넣어 두고 다니고 싶었다.

"저도 변하기까지 나름대로 뼈를 깎는 인내의 고통이 있었습니다."

사람이 그냥 변하는 줄 아나. 자신도 힘든 시기가 있긴 했다. 언제인지 정확히 모르겠고, 크게 힘들지도 않았던 것 같지만 아무튼.

"그리고 안 헤어졌어요. 잘 지내고 있습니다."

"언제 한번 얼굴 보여 줘. 국수 먹기 전에 인사는 해야지."

국수는 무슨. 농담으로 하지도 못할 혼인 신고 얘기 꺼냈다가 미나리만

처먹는 아주를 본 게 벌써 몇 주 전이다. 그렇다고 이 검사의 오해를 정정해 줄 생각도 없었다. 알아서들 하라지.

"평생 저한테 국수는 얻어먹을 일 없을 겁니다. 근데 오늘 좀 조용하네요?"

일우는 웬일로 조용한 사무실을 둘러보며 말했다. 특히 이 검사 사무실로 발령 난 정 계장이 보이지 않았다.

"아, 정 계장님은 오늘 애가 아프대서, 조퇴."

"아쉽네요. 뵙고 싶었는데."

"계장님도 아쉬워하더라. 종종 부를 테니까 자주 와."

끔찍한 소리를 태연하게 하는 이 검사의 말에 일우는 싱긋 웃었다.

"세상엔 멀리해야 할 곳이 두 곳 있죠. 병원하고 법원."

"검찰청은 아니잖아?"

"앞으로 한 곳 더 추가하려고요. 병원하고 법원, 그리고 검찰청."

두 손가락을 펼친 뒤 하나 더 펼쳐 세 손가락을 뒤흔드는 일우를 본 이 검사는 어이없다는 듯이 헛웃음을 터뜨렸다. 정말 여전하네.

"아, 김동연 곧 공판인 거 알아?"

"아뇨, 몰랐습니다."

한번 챙겨서 확인해야 했는데 정말 까맣게 잊고 있었다. 이 검사는 그럴 줄 알았다는 듯이 이어 말했다.

"시간 나면 재판 참관 신청해서 보든지. 너도 궁금할 거 아냐."

"가 봤자 좋은 소리는 못 들을 것 같아서 참겠습니다. 결과야 기사 뜨는 거 보면 되고요."

김동연이 선고받고 무너지는 걸 생눈으로 보고 싶었지만, 쓸데없이 자신한테 집중되는 이목이 더 싫었다. 참아야지, 어쩌겠어.

"그건 그렇네. 수사는 잘 진행되고 있어. 너무 오래 지난 게 문제라면 문제인데."

"거의 제 나이만큼 세월이 흘렀으니까요."

"그치. 풀 한 포기라도 붙잡는 심정으로 여기 수첩에 쓰여 있는 섬도 가 봤는데……."

이 검사가 일우 앞에 수첩 사본을 들이밀며 말했다.

"아무것도 없었습니까?"

"그래. 없었어."

"섬사람들은요."

"취조하긴 했는데, 알잖아. 비협조적인 거."

"나중에 증인으로 불러 세워요. 증인 출석은 웬만한 이유 아니고서야 거절 못 하니까."

"그래, 그러자고. 일단 기억나는 대로 최대한 자세히 얘기해 주겠어? 어떻게 섬에 들어갔는지부터면 좋겠는데."

서류를 뒤적거리며 한데 모아 정리한 이 검사가 일우와 눈을 맞추곤 조심스레 물었다.

일우는 인신매매와는 관련이 없어, 피해자로 나서지 못했다. 실험을 당했고, 그에 대한 연장선으로 인신매매가 강행됐을 거란 의의로 출석한 참고인 신분이 최대였다. 그러다 보니 특정 질문보단 일우의 이야기를 듣는 것에 초점을 맞췄다.

"시작은 나도 정확히 모르겠습니다. 그냥, 기억이 시작된 순간부터 항상 섬에 있었습니다. 의사처럼 흰색 가운을 입은 사람들이 3층짜리 건물을 돌아다녔고, 방마다 사람들이 갇혀 있었어요. 감옥처럼 창살 달린 문도 있고요."

당시 어렸던 일우는 다른 사람에 비해 비교적 움직임이 자유로웠다. 아마 그곳에서 태어난 아이라서가 아닐까 싶었다. 그래서 그런지 검사도 받으러 이리저리 다녔다. 누군가에 손에 이끌려 다니다 보니 자신이 있는 곳이 섬이라는 걸 알고, 저 멀리 있는 바위까지 가면 살 수 있을까 고민하기도 했다.

"……이런 말 묻긴 좀 많이 그런데, 무슨 일을 당한 건지 기억나?"

"잊을 리가요."

일우는 한숨처럼 말을 툭, 뱉었다. 과거를 떠올리는 일우의 눈빛이 일순 일렁였다가 이내 잠잠해졌다.

일우는 가장 오래된 기억부터 차근차근 설명했다. 시간이 지나도 지워지긴커녕 선명해지는 기억들. 애써 잊거나 가슴에 묻고 지냈지만, 더 이상 외면할 수만은 없는 기억들을 언어란 틀에 담아 전했다.

무슨 표현을 해야 할까. 일우에게 그 섬은 죽음과 고통만 넘실거리던 곳이었기에 단어를 고르는 데도 시간이 조금 걸렸다.

"온갖 고문의 종류가 거기 다 있었어요. 사람이 어디까지 버틸 수 있는지, 어떻게 하면 죽지 않을 만큼 고통을 줄 수 있는지 시험하는 것처럼요."

생살을 뜯고, 찢고, 태우고, 매장하고. 사람에게 고통을 주는 게 주목적인 것처럼 굴었다. 일우의 말을 계속 듣고 있던 이 검사는 손을 내저으며 말을 끊었다.

"왜 더 안 들으시고요."

"내가 예상했던 거랑 비슷해서."

"그럴 만한 시기이긴 했죠."

모든 이가 불의와 독재에 침묵해야만 했던 시기였다. 침묵을 깨는 자는 곧 죽음에 이르렀고, 모두가 침묵을 깨기 두려워했다. 하지만 용기 있는 누군가는 죽음을 무릅쓰고 침묵을 깼고, 거센 저항과 투쟁 끝에 독재의 시대는 저물었다. 그리고 그사이엔 누구에게도 알려지지 않은 일우처럼 희생된 이들이 있었다.

"단순히 예상했던 거랑 그게 정말 현실이 되는 거랑은 다르잖아. 충격 흡수할 시간 좀 주라."

"천천히 하세요. 백수라 시간 많습니다."

"너는 네 얘기 하면서 농담이 나오냐?"

"그럼 우중충하게 얼굴 굳히고 있을까요."

일우가 쿡쿡 웃으며 너그럽게 얘기했다. 그제야 이 검사는 분노가 응집된 혼잣말을 하거나 마른세수를 하며 속을 삭였다. 세월이 쌓여 상처를 덮은 탓인지, 살아남은 사람이란 책임감 때문인지 당사자인 일우는 오히려 담담하기만 했다.

"대체 여태 어떻게 살았냐."

"어떻게 살긴요. 무뎌지는 거죠. 그러다 보면 과거라 치부하고 마음속에 묻게 됩니다. 나중엔 잊었다고 착각하게 돼요. 나한테 그럴 권리 따위 없다는 걸 비교적 최근에 알았고요."

"……."

"비겁하게 입 닫고 눈감고 있었던 세월만큼 굴리세요. 협조할 테니까."

일우는 자신이 한겨울 눈에 굴러다니는 눈덩이라도 되는 것처럼 굴었다.

"너도 알지? 이거 단순히 몇 년 가지고 될 사건 아니란 거."

시작하면 정말 끝을 봐야 해. 지든 이기든. 이 검사가 냉랭한 현실을 꼬집었다.

"압니다."

설사 중간에 꼬리를 자르더라도 최소 군부대 하나는 날아가겠지. 반대로 혐의가 제대로 입증 안 되면 이 검사나 일우한테 생사람 잡는다며 뒤집어씌울 것이고.

"주동자야 너도 알고 나도 아는 대가리 중 하나겠지. 그건 100퍼센트야. 문제는 혐의가 거기까지 올라가 줄 거냐는 거지."

"가 봐야죠, 끝까지."

일우의 단호함에 이 검사가 엄지를 치켜들었다.

"마인드 하난 마음에 드네."

"그럼 다른 건 별롭니까? 저도 어디 가서 절대 꿀리진 않는데요."

"후배님 잘난 거야 전국 단위로 아는 걸, 뭘 입 아프게 다시 말해."

이 검사가 일우에게 제발 잘난 척 좀 그만하라며 종용했다.

"다들 뭔가 착각하시는데, 전 잘난 척하는 게 아니라 잘난 겁니다."

일우가 깍지를 끼고 꼰 다리 위에 올리며 의자에 느슨히 기댔다. 이 검사는 여유 만만인 일우를 보며 고개를 내저었고, 일우는 가볍지 않은 미소를 지었다.

"전 지는 싸움은 절대 안 합니다."

지는 것처럼 보여도 승리를 쟁취하는 건 자신일 것이다. 설마 자신이 미쳤다고 인생 전체를 언제 끝날지도 모르는 재판에 강속구로 던질까.

"이젠 네 싸움이 아니라 내 싸움 되게 생겼어."

"그러니까 잘하셔야죠."

남은 수사는 이 검사가 알아서 잘할 테고, 자신이야 간간이 수사에 협조하거나 증인으로 나와 언론에 주목도를 높이면 되는 일이다. 이게 바로 손 안 대고 코 풀기지.

"선배님이 잘하셔야 제 인생도 피는 거고, 선배님 인생도 피는 거고. 아시죠?"

그리고 막말로 평생 거둬 먹여야 할 풀떼기가 집에 잠든 채 기다리고 있는데, 누구 인생 망칠 일 있나. 이 검사에게 여우 같은 마누라가 있다면 자신에겐 토끼 같은 풀떼기가 있다.

"다단계 같은 네 속셈에 제대로 말려든 것 같다."

"이제 아셨다니 안타깝네요."

일우가 작은 미소를 머금고 이 검사한테 한 방 먹였다. 못 말리겠다는 듯 이 검사는 고개를 내저었다.

"그래서 동훈이는 만나 봤어?"

"동훈이요?"

일우가 아는 동훈이는 이 검사밖에 없었다. 또 다른 동훈이가 있던가. 잠시 고민했다.

"전에 네가 물어봐서 소개해 준 법무사 말이야. 네 동기인 놈."

"걔 이름이 동훈입니까?"

"명함 안 봤어? 난 이동훈 걘 최동훈. 그래서 만나 봤냐고."

"예, 만나서 소송 진행 중이에요."

"이제 와 묻긴 좀 늦은 감이 있는데, 네 동생 친동생 아니지? 그것 때문에 성본 창설하려는 거고."

"들켰네요."

"후배님 가족 없는 거 온 세상이 다 아는데, 모를 리가. 하긴 그동안 이상한 게 한둘이 아니다 했어. 그래서 동생은 어디서 데려온 건데?"

"주웠어요."

"뭐?"

이 검사가 황당한 목소리로 되물었다. 황당하겠지. 자신도 어이없었는데 오죽할까.

"길바닥에 더러운 몰골로 굴러다니길래 주워서 씻기고, 먹이고 다 했죠."

"사람이 무슨 길고양이도 아니고……. 그렇게 쉽게 줍는 거야?"

"저라고 걜 주울 줄 알았겠습니까. 그냥 어쩌다 보니 그렇게 됐네요."

"무슨 동화 속 해피리 에버 애프터도 아니고, 어쩌다 보니 그렇게 됐다니. 후배님은 알다가도 모르겠어."

이 검사가 고개를 저으며 까도 까도 모르겠는 양파 같은 사람이라고 진저리를 냈다. 실없는 농담에 웃지도, 울지도 않는 묘한 표정을 짓는 일우에게 이 검사는 서류를 정리하며 마무리 짓듯 말했다.

"아무튼 도움이 됐다니 다행이네."

자신을 이만 보내려는 것 같은 이 검사의 몸짓에 일우가 픽, 웃었다.

"뭔 조사가 한 시간도 안 돼서 끝납니까."

일 제대로 안 하시네. 일우가 가볍게 비꼬자 이 검사가 이마를 짚으며 한숨을 쉬었다.

"야, 나도 집에 좀 가자. 나흘째 와이프 얼굴도 못 보고 있어. 어차피 이 사건이야 길게 갈 거라고 예상한 거 아냐. 가닥 좀 잡히면 다시 부를 테니까 연락이나 잘 받아."

이 검사가 내 번호 지우지 말고, 하며 으름장을 놨다. 일우는 알쏭달쏭 속 모를 표정으로 이 검사의 말을 받아쳤다.

"부르는 건 상관없는데 타이밍 잘 잡으세요. 저 한국에 없을지도 모릅니다."

일우는 조금 전 백수여서 시간 많다고 공고했던 것과 달리 오리발을
쑥 내밀었다.

"뭐? 왜? 어디 여행이라도 가?"

"동생 소송 다 끝나면요. 하와이에 갈까 합니다."

"하와이라, 좋지. 나도 신혼여행 때 다녀왔는데 지상 낙원이야."

"신혼여행이라……"

좋네요, 허니문.

묘한 웃음을 지은 일우는 아주와 하와이에 가는 목적을 단순 관광에
서 신혼여행으로 뜯어고쳤다. 입국 신고서 작성할 때 방문 목적을 허니
문이라고 적으면 아주에게 미친놈 취급받으려나.

"영영 국수 먹을 일 없을 거라면서."

곧 있겠네. 일우의 웃음을 뒤늦게 발견한 이 검사가 중얼거리지만 않
았어도 영영 상상의 나래에 갇혀 나오지 못할 뻔했다. 일우는 자신이
언제 신혼여행 간다고 했냐며 받아쳤고, 이 검사는 네 표정이 그렇게
얘기하고 있다고 다시 맞받아쳤다.

만담 같은 대화를 주고받던 일우가 그만 가겠다고 말하며 일어났다.
지금 가게? 이 검사도 일우를 따라 덩달아 자리에서 일어났다.

"선배님은 왜 일어나십니까. 남은 일 하셔야죠."

"오랜만에 후배님 오셨으니 무거운 엉덩이 좀 떼고 일어나려고."

"됐습니다. 부담스러우니까 나오지 마세요."

"야, 나도 바깥 공기 좀 쐬자. 요즘 시간 없어서 종일 짜장면 아니면
컵라면으로 때웠더니 속이 막 부대껴."

일우를 위하는 척하던 이 검사의 꿍꿍이는 따로 있었다. 일우를 배
웅한다는 핑계로 바깥으로 나온 이 검사는 매연과 미세 먼지에 찌든

공기를 상쾌하다고 들이마셨다. 야외 주차장 쪽으로 가며, 담배를 하나 꺼내 잘근잘근 깨문 이 검사가 일우를 향해 중얼거렸다.

"니가 가라, 하와이."

어느 영화에 나온 대사를 의미심장하게 말하며 멈춰 선 이 검사에 일우도 가던 걸음을 멈췄다.

"뭡니까, 갑자기."

"요즘 개또라이 현일우가 내친 자리 내가 꿰찼다고 위에서 말들이 많아. 너도 당분간 조심하라고."

이 검사가 아무 희생 없이 이 사건을 맡았을 거라곤 생각하지 않았다. 일우를 참고인으로 늦게 부른 것도 사건을 붙들고 있는 데 시간이 소요돼 그런 거라고 하지 않았던가. 이 검사를 압박했으면 다음은 나인가.

"누가 선배님께 위해라도 가했습니까?"

"위해는 무슨. 윗분들 입김도 모자라 정치인들 콧김 뿜는 소리까지 들리는 게 전부야. 차라리 대놓고 하니까 다행인 거지. 아무 말도 안 들리게 되면 그땐 진짜 무서운 거고."

수사를 막 시작한 지금도 이런데, 세창해운을 방패로 쓰며 저지른 인신매매와 국가에서 행한 인체 실험이 밝혀지는 순간, 세상이 어떻게 뒤집힐까. 유일한 증인이자 나라의 치부와 같은 존재인 자신을 어떻게든 없애려 할 수도 있었다. 그래도 어쩌겠어, 버텨야지.

이 검사는 현직 검사이니 쉽사리 건들진 못할 것이고, 자신이야 아무 가오 없이 덤빈 게 아니니 크게 상관없었다. 앞으로 어떤 고난이 펼쳐지든, 사도에서 억울하게 죽은 사람들이 당한 고통의 총합보단 적을 것이다.

"너무 걱정하지 마세요. 전 여차하면 선배님이랑 같이 죽을 준비 돼 있습니다."

일우가 묘한 미소를 지으며 말했다. 하지만 이 검사는 바라던 대답이 아니었는지 물고 있던 담배를 바닥에 떨어뜨리기까지 하며 거세게 반발했다.

"야, 나는? 내 의사는? 어? 나는 너랑 죽기 싫어!"

당장 그 결심을 철회하라며 이 검사가 길길이 날뛰자, 일우는 그제야 농담이라며 마음에도 없는 말을 건넸다. 이 검사는 질색팔색하며 진담 같은 얼굴로 그런 말 좀 하지 말라고 일우를 달달 볶기 바빴다.

일우가 세 번째 참고인 조사를 끝냈을 즈음, 이 검사가 얘기했던 것처럼 김동연의 첫 공판이 열렸다. 구치소에서 나와 재판장으로 향하는 김동연을 시작으로 여러 기사가 쏟아졌다.

이인경이 김동연에게 자신을 다치게 해 달라 청부하며 돈을 건넨 것, 그 돈을 받고 계획에 응수한 것. 그렇다고 해서 김동연이 저지른 살인이란 잔악한 범죄의 정당성을 보장할 수 없다는 내용의 판결이 내려졌다. 1심 선고는 무기 징역이었다.

하지만 사람들은 김동연이 받은 무기 징역이란 선고보다 이인경이 왜 김동연에게 자신을 죽여 달라는 것도 아니고, 다치게만 해 달라고 청부했는지에 더 집중했다.

네티즌의 관심이 일우의 예상처럼 이인경에게 집중되자, 기자들은 일우가 뿌려 둔 떡밥들을 열심히 주워 먹으며 소설을 써 재꼈다. 일전에 이 검사가 김동연 사건 관련해 브리핑할 때, 피해자의 소지품 중 인신매매 관련 자료를 포착했다고 했던 게 결정적이었다.

조부가 일으키고 죽은 아비가 물려받은 세창해운이란 회사를 아들인 이인경이 제 목숨까지 바쳐 가며 거기에 얽힌 추악함을 드러냈다는 걸 특히 높게 샀다. 혹자는 저게 진정한 영웅의 모습이라며 이인경을 추앙하기까지 했다.

[형의 죽음을 세상 사람들이 드디어 알아주네요…….]

그맘때 010으로 시작하는 낯선 번호로 문자가 하나 왔었다. 명함을 건네고도 아무 연락이 없던 이주경이었기에 처음엔 스팸 문자인가 했었다. 하지만 곧 이주경이 보낸 문자라는 걸 눈치챘다.

'당신 형을 자기 죽여 달라고 스스로 청부 살인 맡긴 희대의 또라이로 만들래요, 아니면 정의롭지만 안타깝게 죽은 사람으로 할래요.'

언젠가 병원에 입원한 이주경에게 했던 말이 스쳤다. 정의롭지만 안타깝게 죽은 이. 현재 이인경은 그런 수식어로도 모자랐다. 명함을 받고도 여태 연락 없던 이주경이 문자를 보낼 정도니, 이인경을 후자에 맞게 제대로 끼워 맞춘 듯했다.

[앞으론 더할걸요.]

일우는 간단하게 답을 보냈다. 일우가 자신만만하게 보낸 답처럼, 한 번 들끓은 여론은 쉽게 가라앉지 않았다.

80년대 초반부터 90년대까지 10년에 걸쳐 인신매매를 공공연하게 했다는 사실에 분노한 건 비단 네티즌뿐만이 아니었다. 그 당시 아이를 잃어버린 부모들, 실종 신고 하고 몇십 년이 흘러도 아이들을 찾아 여전히 혜매는 이들도 검찰청 앞으로 몰려들었다.

"검사니임! 우리, 우리 애 얼굴 좀 잘 봐 주씨오. 예?"

"우리, 우리 아도 보소! 이름은 헌영이고……."

다짜고짜 이 검사를 찾아와 우리 아이가 거기 있는지 좀 봐 달라며 사진을 들이미는 것부터 시작해 전국 팔도에서 잃어버린 가족이 혹여 인신매매의 희생양이 됐을까, 신상과 실종 날짜를 구구절절 적은 편지가 몰려들었다.

이렇듯 지푸라기라도 잡는 심정의 부모와 국민의 분노가 모여 세창해운이 저지른 인신매매에 대해 제대로 수사하라는 탄원이 파도처럼 검찰청을 덮쳤다. 그 덕분에 이 검사는 수사를 중단하라는 압박에서 조금 벗어나, 수사를 수월하게 진행할 수 있었다.

"현일우, 이 미친 새끼."

머리는 더럽게 좋아. 혼자 전전긍긍하며 이걸 어떻게 풀어 나가야 하나, 싶던 이 검사의 앞길을 김동연의 공판 하나로 뒤집은 일우에 이 검사가 감탄을 아끼지 않았다.

"사람 눈앞에 두고 그렇게 얘기하지 마세요."

"대단해서 그래, 대단해서. 여론이 이렇게 바뀔 거란 건 어떻게 알았어?"

"그냥……."

"그냥?"

"육감이죠."

큰 그림을 제대로 그린 일우는 겸손을 가장해 말을 아꼈다.

"땡감, 영감도 아니고 육감? 말이 되는 소리를 해야지 믿지."

이 검사가 농담을 던지며 고개를 내저었다.

"근데 넌 뭔데 이렇게 심각해. 잘됐잖아, 웃어야지."

큰 어려움 없이 진행된 건 맞지만, 그래도 마냥 웃을 수만은 없었다.

"앞으로 어떻게 할지 생각 좀 했습니다. 사람들은 세창해운을 고소하길 바라는데, 이미 망한 지 오래된 회사에 배상 능력이 있겠습니까, 뭐가 있겠습니까. 심지어 피고인석에 설 사람도 없어요, 거긴."

따지고 보면 세창을 고소한들 벌받는 사람은 아무도 없다. 이인경이나 이주경은 세창해운 창립자의 손자일 뿐, 그 일과는 연관도 없다. 오히려 이인경이 잘못을 드러내면 드러냈지.

"보여 주기 식으로 누구든 끌어와 기소한다 한들 어차피 인신매매는 공소 시효가 10년이니 처벌도 의미 없을 거고요."

일우가 하는 말의 형태가 점점 갖춰졌다. 빙빙 돌아가는 건 30년 넘게 해 왔던 짓이었다. 더는 돌아갈 필요도, 기다릴 필요도 없었다. 눈앞에 온 기회를 거머쥐고 멈추지 않고 달려가는 일만 남았을 뿐.

"너, 설마……."

"알잖아요, 선배. 사도를 뒤집어엎으며 시체 한 구라도 찾을 기회는 지금뿐이라는 거."

일우는 이 검사 앞으로 온 편지 중 하나에 들어 있던 사진을 집으며 말했다. 똑단발과 교복, 앳된 외모. 사진 귀퉁이에 적힌 88이라는 연도까지. 선장의 아내가 말했던 여자들의 인상착의와 비슷했다. 이렇게 예쁜 청춘을 빼앗기고 백골이 됐을 누군가를 이제 그만 꺼내 줄 때가 됐다.

"……너무 이르지 않냐?"

"이르긴요. 딱 적당한데요. 지금 아니면 안 됩니다. 검찰만큼 여론에 동화되는 곳도 없어요. 아시잖아요. 세창해운이 한 인신매매의 최종 목적이 뭐였는지, 어디에 사람들을 '공급'했는지, 사람을 고기처럼 '공급'받은 곳에서 무슨 일이 일어났는지 전부 다 풀어요."

그때부턴 내가 참고인이 아니라 진짜 증인이 될 테니까.

"영감님, 저기 우리가 갔다 온 곳 아니에요?"

아주가 리모컨으로 채널을 돌리다가 멈추더니, TV를 가리켰다. 뉴스 속에선 사도를 항공에서 찍은 사진이 보도되고 있었다. 아주는 전에 한 번 가 본 곳이라고 아는 체했다.

"맞아. 너 종일 토했던 곳."

가서 잠만 자던 애가 기억력도 좋아.

일우가 만들고 이 검사가 심지에 불을 붙인 폭탄이 공개된 뒤, 아주가 모르는 일우의 세상이 또 한 번 뒤집혔다. 세창해운의 인신매매가 불법 장기 매매나 매춘이 아닌, 인체 실험을 목적으로 한 것이었다는 사실에 나라 전체가 뒤흔들렸다. 수많은 억측이 난무하는 와중, 정부는 진상 위원회를 조직해 낱낱이 파헤칠 것을 검찰에 명했다.

이 검사는 일우가 증인으로 나설 수 있게 제대로 증거를 모아 수사하겠다는 대단한 포부를 보였다. 폐쇄적인 태도를 하던 섬 주민들마저 모두 반강제로 조사에 응하게 한 것도 모자라, 사도 전체를 수색하며 이미 백골이 되고도 남았을 시체를 찾아 나섰다.

"그건 배 탈 때만 그랬구요. 계속 토만 한 건 아니에요."

아주는 일우의 말에 입을 삐죽이며 반박했다.

"그렇다고 하지 뭐. 근데 넌 뭔 대낮부터 저런 뉴스를 보고 있냐. 보지 마."

일우는 대강 수긍하는 척하며 아주 손에 들린 리모컨을 뺏어 TV를 껐다. 저게 뭐 좋은 거라고 계속 보고 있어. 일우는 소파에 앉아 있는 아주 옆을 꿰차고 팔로 허리를 감쌌다. 아주가 일우의 속셈을 알아채고 슬쩍 몸을 뺐지만, 이미 일우의 손아귀에 들어온 뒤였다.

"저런 거 볼 시간에 나한테 집중해. 알았어?"

일우는 말을 마치자마자 아주의 입술을 탐했고, 아주의 대답은 입맞춤 속에 녹아 사라졌다.

—야, 난 이제 평생 생선은 안 먹을 거다.

"너무 많이 먹어서요?"

—어, 진짜 지겹도록 먹고 있어. 컵라면이 제일 먹고 싶어. 육지 돌아가면 육고기만 뜯을 거야, 말리지 마.

"그러시든 마시든 알아서 하세요. 거기 상황은 어때요."

—네가 말해 준 지점부터 수색하고 있어. 근데 아직 특별히 눈에 띄는 건 없어. 이쯤 되니 내가 구덩이에 들어가 눕고 싶어진다니까.

종일 섬에 나가 있느라 바닷냄새 맡기도 지겹다던 이 검사의 푸념은 예삿일이었다. 이렇게 오래된 사건의 증거가 쉽게 나오지 않을 거란 건 모두가 예상한 바였다.

"바로 증거가 나오면 그게 더 이상한 거죠."

—근데 자꾸 첫술에 배부르고 싶어서 문제야. 그건 그렇고, 후배님, 요즘 별일 없지?

이 검사가 목소리를 내리깔고 물었다. 이 모든 일의 시발점이기도 한 일우였으니 신변이 걱정되는 건 당연지사였다.

일각에선 이 사건을 허무맹랑한 이야기로 치부하며, 그 시대를 욕보이지 말라고 망언하는 사람도 있었다. 인체 실험의 주동자 혹은 방관자였을 그 당시 정부 인사들은 입에 꿀이라도 바른 듯 조용했다. 속이 다 빤히 보이는 침묵이었다.

"아직은 없습니다. 선배님은요."

—가끔 협박하는 인간들이 있긴 한데 종일 바다 한가운데 있는 사람을 어떻게 하겠냐? 그리고 현직 검사 건드렸다가 뭔 꼴을 보려고. 조심할 건 너지, 너.

아무튼 아무 일 없으면 다행이라는 이 검사와의 통화를 끝낸 일우는 찜찜함을 뒤로하고 고양이들 밥 주러 나간 아주를 찾아 나갔다. 얘는 밥을 주러 간다더니, 사료를 만들어서 주나.

"야, 풀떼기. 애들이랑 그만 놀고 들어와."

그런데 아주 옆에 있어야 할 고양이들은 안 보이고 이상한 사람들이 붙어 있었다. 저승사자처럼 새까만 정장을 입고, 안경을 낀 남자들이.

"영감님, 저 사람들이 영감님 찾아요."

아주가 쫄래쫄래 일우 옆으로 다가와 말했다.

"현일우 씨 맞습니까?"

방금 별일 없다고 이 검사하고 통화했는데, 참 신기한 타이밍이 아닐 수 없다. 이 검사 다음엔 나인가.

"네, 맞는데요. 택배면 거기 놓고 가세요."

일우가 현관 앞을 손가락으로 가리키며 돌아섰다. 졸지에 택배 기사가 된 남자가 일우를 불러 세웠다.

"택배 때문에 온 거 아닌 거 아실 텐데요."

"압니다. 그렇게 정장 입고 우르르 찾아왔는데 설마 모르겠습니까."

명색이 검사였는데, 그 정도 눈치도 없을까 봐. 쓸데없이 별 걱정을 다 해 준다.

"현일우 씨와 긴밀하게 나누고픈 이야기가 있어서 찾아왔습니다."

"그 긴밀한 이야기 별로 관심 없으니 돌아가세요."

일우는 자신의 팔에 찰싹 달라붙어 저 사람들 누구냐고 쑥덕이는 아주의 뺨을 꼬집으며, 눈 썩으니까 쳐다보지 말라 속삭였다. 무시하고 아주를 데리고 집으로 들어가려는 찰나, 남자는 일우를 향해 바로 본론을 꺼냈다.

"여기까지 하시는 게 어떻겠습니까. 이 이상 진행할 수 없다는 거 본인이 제일 잘 알 텐데요."

몇 수를 넘어 보는 척하며 말하는 게 몹시 거슬렸다.

"주어나 제대로 붙이고 말씀하시죠. 무슨 말 하는지 못 알아먹겠으니까."

"수사 시작한 지 벌써 한 달이 넘어가는데 제대로 된 증거도 없고, 당신의 증언이 유일합니다. 그걸로 이길 수 있겠습니까?"

이기다니. 자신의 목표를 단순히 재판을 이기고 지는 것에 의의를 두는 게 한심하기 짝이 없었다. 인신매매의 목적이 인체 실험이었다는 게 수면 위로 떠오른 순간부터 일우의 본 목적은 달성된 것이나 다름없었다.

"내 상대가 누군가 했더니 당신들 상관인가 봅니다. 거기에 제대로 된 증거가 없다는 건 또 어떻게 아셨으려나. 수사 진행 상황은 어디에도 보도되지 않았을 텐데."

성가시다 여기며 무시하고 들어가려 했더니, 알아서 연결 고리를 만들어 주네.

"그리고 당신들 말처럼 그대로 두면 알아서 지쳐 쓰러지든, 거꾸러질 사람한테 이렇게 찾아온 것부터 이상한 거 아닙니까?"

앞뒤 말이 전혀 안 맞잖아. 일우가 피식, 바람 빠지는 소리를 내며 웃었다. 오래된 기억만 가지고 덤빈다고 생각하면 오산이지. 능력은 폼으로 두나.

"당신 주위에 있는 누군가 다치더라도 계속 그럴 겁니까?"

남자가 일우 옆에 있는 아주를 곁눈질하며 말했다. 풀떼기 모가지를 꺾겠다는 건지, 이젠 대놓고 협박까지 한다. 사람을 얼마나 우습게 봤으면 그럴까 싶었다.

"원래 히어로의 가족은 안 건드리는 건데, 그건 위에서 안 알려 줬나 보죠. 기폭제에 불붙이고 싶으면 마음대로 하세요. 설마 펑, 하고 터지는 게 내가 될 것 같습니까?"

일우는 자신의 얼굴과 상대의 얼굴을 번갈아 가리키며 비웃음을 지었다. 적어도 자신을 깔아뭉개려거든 사도에서 죽은 목숨의 배수만큼 각오를 다졌어야지. 하는 거라곤 질 낮은 협박밖에 없으니, 상대할 기분조차 안 난다.

"나 지는 싸움은 절대 안 합니다."

남자가 눈썹을 꿈틀거리며 일우에게 무어라 하려 했지만 거기까지였다. 일우가 CCTV 개수를 자랑하며 조심하라고 경고했기 때문이다. 그들이 한 치 양보 없이 팽팽하게 맞서는 일우를 사납게 보든 말든, 일우는 아주와 함께 집으로 올라갔다.

어차피 거짓은 반짝이는 껍데기에 불과하고 진실은 언젠가 밝혀지기 마련이다. 진실을 숨기려 애쓰며 수백 명을 죽이고, 백골로 그 위를 덮어도 절대 숨길 수 없다는 것까지. 저 사람들은 백날이 지나도 절대 모르겠지.

그릇된 신념이 도덕심까지 잡아먹어 끔찍한 결과를 만들었고, 그

산증인이 바로 자신이었다. 이 끝이 어떻게 되든 간에, 살아남은 자는 섬에 갇혀 아스러진 죽음에 대해 밝힐 의무가 있었다.

"영감님, 저 사람들 누구예요?"

무구한 얼굴로 묻는 아주에 남자의 말이 스쳤다. '누군가 다치더라도'. 만약을 가장한 협박과 아주를 훑던 불쾌한 시선들에 일우는 굽힐 생각 따윈 없었다. 누군가 다치는 일이 있다면 그건 자신이지, 아주가 될 수 없을 것이다. 절대로.

"외간 남자한테 관심 갖지 마라."

일우는 아주의 머리칼을 손으로 헤집으며 관심을 차단했다. 유순히 고개를 끄덕이는 아주를 바라보며 자신이 이 사건에 어떤 자세로 임하는지 마음을 재차 다잡았다.

"그건 그렇고 풀떼기."

"네?"

"우리 여행이나 갈까?"

내가 널 위해서 내 인생 전체를 걸었다는 걸, 넌 모르겠지. 그리고 앞으로도 영원히 몰랐으면 했다.

* * *

"엊그제 뉴스에서 그러더라."

선영이 차가운 커피에 꽂힌 빨대를 휘휘 저었다. 얼음이 유리잔에 부딪치는 소리가 났다.

"뭔 뉴스."

"요즘 난리잖아. 인신매매해서 사람들 인체 실험 했다고. 거기 섬에서 시체 나왔다더라?"

하와이 여행에 대해 물어볼까 해서, 쉬는 날인 선영을 끌고 나온 탓인가. 모처럼 휴일을 강탈당한 선영의 입에서 폭탄 같은 말이 쏟아져 나왔다. 일우는 갑자기 선영이 사도에 대해 말하자 화장실 간 아주가 들었을까 주위를 살폈다.

"씨발, 풀떼기 들었으면 어떻게 수습하려고 그러냐, 너."

다행히 아주는 아직 오지 않았고, 안도의 한숨을 내쉰 일우가 선영에게 말했다.

"너랑 관련 있다고는 안 했는데?"

"너 앞으로 이거 관련해서 입도 벙긋하지 마."

선영은 일우의 경고에 성의 없이 입을 잠그는 시늉을 했다. 아, 머리 아프네. 일우는 그 모습을 보며 이마를 짚었다.

이 검사가 처음 시체를 찾았던 날, 개고생해도 언젠가 해 뜰 날은 온다고 말했던 게 떠올랐다. 그게 시작이었는지 이후에 시체가 무더기로 발견됐다. 뼈가 온전한 것도 있었고, 두개골만 덜렁 있는 것도 있었다. 공포 영화에서나 보던 광경은 당시 참상을 적나라하게 보여 줬다.

뒤늦게 현장에서 회사로 복귀한 이 검사는 이 정도면 인신매매랑 인체 실험이랑 서로 제대로 엮을 수 있다며 희소식을 전했다. 일우만 잠잠히 가라앉은 눈으로 그 소식을 전해 들었다.

"그건 그렇고, 갑자기 하와이를 가겠다는 건 뭐야. 설마 이 백수가 바쁜 직장인 쉬는 날 불러낸 용건이 겨우 이건 아니지?"

선영은 이걸 죽여, 살려 하는 사나운 눈빛으로 일우를 노려봤다.

"맞는데. 너 예전에 하와이 가 봤잖아."

선영이 레지던트가 된 기념으로 정말 짧은 휴가를 받고 하와이에 다녀왔단 걸 떠올린 일우는 여러 가지 조언을 들을 겸 선영을 불러냈다. 선물이라며 요란한 무늬의 하와이안 셔츠를 두 벌 사다 줬었지.

"야, 넌 내가 맨날 여행만 다니는 줄 알아?"

"맞잖아."

그렇긴 한데. 선영이 영 불만스러운 표정으로 부정하지 못하고 차가운 커피에 꽂힌 빨대를 잘근잘근 씹었다.

"나도 몇 년 전에 간 거라 기억은 잘 안 나. 차라리 패키지 관광을 가는 게 어때?"

선영이 어깨를 으쓱하며 남은 커피를 원샷했다.

"허니문 여행사를 찾아볼까."

별 도움이 안 되는 선영의 말에 일우는 자신도 모르게 속마음을 드러냈다.

"푸흡, 뭐, 허니문?"

일우의 말을 들은 선영은 즉시 폭소를 터뜨렸다. 일우가 신혼여행을 고민한다는 것 자체가 선영에겐 개그였다. 한참을 웃던 선영이 푸흐흐, 작은 웃음을 터뜨리며 눈물을 닦았다.

"야, 근데 너 여행 가도 괜찮겠어? 국내도 아니고 해외는 좀 자제해야 하지 않아? 너 해외여행 결격 사유자잖아."

선영이 혈액 팩은 세관 반입 안 될 텐데, 하고 문제점을 꼬집었다. 안 그래도 그것 때문에 골머리 좀 앓았다. 뾰족한 수는 없었고, 씨발 좆같은 몸뚱어리 하며 욕을 되새김하기만 했다.

"여차하면 풀떼기 피라도 마시게."

선영이 다시 한번 까르륵, 웃으며 뒤로 넘어갔다. 아주가 들으면 경기 일으키겠네. 걱정이라곤 전혀 하지 않는 목소리였다. 오히려 재밌어 죽 겠다는 듯 웃기 바빴지.

"그만 좀 웃어라, 씨발. 그렇게 웃기나?"

"천하의 현일우가 한 명한테 매여 있는 꼴이 웃기지, 그럼 안 웃겨? 아, 널 아는 사람들이 이 꼴을 다 봐야 하는데."

선영의 놀림에 속이 탄 일우는 제 몫의 커피를 쭉 들이켰다.

"그래서 소송은 다 끝났어?"

"어, 허가는 다 났어. 주민 등록증은 곧 나올 거고. 나오면 여권 만들 러 가야지."

"그럼 이미 증명사진도 찍었겠네?"

"말도 마. 씹, 사진 찍는 날 힘들어 죽는 줄 알았어."

"왜? 아주가 뭔 사고 쳤어?"

"오히려 사진관이 문제였지."

일우가 인상을 팍 찌푸리며 그날의 끔찍한 기억을 더듬었다. 증명사 진이 필요해 찍으러 갔던 날, 아주도 모처럼 깔끔하게 머리를 자르고 처음으로 셔츠를 입었다.

'영감님, 나 어때요?'

키가 전보다 조금 큰 아주는 매일 입고 다니는 후드 티셔츠나 맨투맨 과 달리 셔츠도 잘 어울렸다. 씨발, 내 풀떼기 존나 예쁜데. 이런 속마음 을 뒤로하고 일우는 애써 침착한 눈빛으로 괜찮네, 한마디만 건넸다. 아 주는 입을 삐죽이며 코트를 입었고, 일우는 뒤에서 실실 웃으며 풀떼기 의 예쁨을 감상했다.

일우는 나가기 직전 아주의 목에 체크무늬 머플러를 둘러 줬다. 둘은 밖으로 나가 차에 탔고, 가을 낙엽이 다 떨어진 늦가을은 차가운 바람을 자랑했다. 사진관을 가는 내내 아주는 창문에 입김을 불어 '명아주'라는 글자를 몇 번이나 썼다.

사진관에 도착해서 잠깐 대기한 뒤, 직원의 안내에 따라 아주를 스튜디오에 들여보냈다. 일우는 스튜디오 밖에 서서 아주가 사진사의 지시에 따라 의자에 앉는 걸 지켜봤다.

'고개 살짝 당기고, 오른쪽으로 살짝 움직이고. 아니 아니, 반대로. 조금만 더. 이제 웃어 볼까? 아주 좋아요! 그대로 있어요.'

사진사가 연신 셔터를 눌렀고, 아주는 눈으로 일우를 찾았다. 일우는 여기 있다는 신호로 손을 살짝 흔들었다. 아주가 그걸 보고 안도하는 게 느껴졌다. 존재 자체로 상대에게 안정을 심어 줄 수 있다는 게 일우한텐 감동으로 다가왔다.

사진사는 아주의 시선이 다른 데로 향하자 딱, 소리를 내며 아주의 시선을 집중시켰다. 아주의 입꼬리에 경련이 날 때까지 사진을 찍은 그는 아쉬운 듯 입맛을 다시며 촬영을 종료했다.

'영감님, 나 입에 쥐 난 것 같아요. 막 찌릿찌릿해요.'

아주가 '아에이오우'를 반복하며 입을 움직였다. 자신이 봐도 좀 오래 촬영하긴 하던데. 영 찝찝함이 감돌았지만, 일우는 대강 기분을 털어 내고 카운터로 갔다.

'현상하는 데 한 30분쯤 걸려요. 연락처 남겨 주시면 연락드릴게요.'

'아뇨, 나올 때까지 기다리겠습니다.'

'아, 그러실래요?'

직원이 의자 쪽을 손으로 가리켰고, 일우는 아직도 입을 이리저리 움직이고 있는 아주를 데리고 의자로 가 앉았다. 한 10분쯤 지났을까, 아까 아주를 촬영했던 사진사가 다가와 아주를 향해 말했다.

'아까 찍은 사진 저희 홍보용으로 사용해도 될까요?'

'안 됩니다.'

아주가 뭐라 대답하기도 전에 일우가 선수 쳐 대답했다.

'아니 저는 저분께 물었……'

'안 된다고요.'

사진사가 아주를 가리키며 재차 물었지만, 일우는 단호했다. 어딜 내 풀떼기 사진을 만천하에 공개하려고 해? 자신만 봐도 모자랄 아주의 얼굴을 말이다. 안 돼, 절대 안 돼. 인별의 악몽을 멍청이처럼 되풀이할 생각일랑 절대 없었다.

사진사는 정말 끈질겼다. 아주에게 얼굴을 들이밀고 정말 안 되냐고 몇 번이나 되물었고, 일우는 아주를 보며 눈짓했다. 뭐 해, 빨리 거절 안 해?

'싫은데요.'

역시 우리 풀떼기. 일우는 씩 웃으며 아주의 어깨를 감싸 안았다.

'모델료, 모델료! 드릴게요!'

이젠 사진사가 돈으로 회유했다. 예전이면 몰라도 아주는 더 이상 돈으로 회유되지 않았다.

'나 돈 많아요.'

아주가 흘낏 일우를 바라봤다. 아구, 내 새끼 말 잘한다, 하는 눈빛으로 일우는 흐뭇하게 아주의 눈짓에 대응했다. 그래, 내 돈이 다 네 돈이지.

"사진 인화 받아서 나가는 순간까지 그러더라."

"……징글징글하네. 너 아주 간수 잘해야겠다. 얘가 오죽 예쁘면 사진관에서까지 그래?"

"씨발, 근데 이상한 새끼들만 꼬이는 게 문제지. 전에 찜질방에서 있었던 일도 그렇고, 이번에도 그렇고."

"하긴 현일우 너도 낚았는데, 다른 애들이라고 안 꼬일 건 뭐야."

"얼굴 수준부터 다른 그것들이랑 하나처럼 엮지 마라."

일우는 불쾌함을 숨기지 않았다. 선영은 일우의 말본새에 혀를 찼다. 때마침 저 멀리서 화장실에 다녀오겠다고 나간 아주가 들어왔다. 밖에 나갔다 온 탓인지, 찬 바람에 뺨이 붉어진 아주가 자리로 돌아와 일우의 옆에 앉았다.

"아주야, 네 음료 다 식었겠다."

선영이 아주의 몫으로 시킨 핫초코를 가리켰다. 선영의 말대로 김이 모락모락 피어오르던 핫초코는 식어서 미지근해져 있었다.

"쟤 고양이 혀라 뜨거운 거 잘 못 먹어. 이게 나아."

일우는 아무렇지도 않게 아주의 식성을 얘기했고, 선영은 별꼴이라는 눈으로 일우를 훑었다.

"누나는 안 추워요?"

일우가 건넨 핫초코를 홀짝인 아주가 얼음이 가득 담긴 차가운 커피를 시킨 선영에게 물었다.

"이냉치냉이라는 말도 있잖아. 원래 추울 땐 차가운 거 먹는 거야."

이열치열을 말장난처럼 바꾼 선영이 씩 웃으며 말했다.

"……정말요?"

"그럼. 추울 때 먹는 아이스크림이 제일 맛있잖아."

"아이스크림은 원래 맛있는데요?"

"흐응, 아주가 뭘 모르는구나. 추울 때 먹으면 더 맛있어."

원래도 맛있는 음식이 더 맛있다니. 아주의 눈동자가 호기심에 물들기 시작한 걸 발견한 일우가 중간에 끼어들어 아주의 상상을 잘랐다.

"헛소리도 참 정성스레 한다. 야, 박선영 말 진지하게 듣지 마."

아주가 감기라도 들면 고생하는 건 모두 자신이었다. 안 그래도 아이스크림을 달고 사는 애인데, 더 먹어 봐라. 생각만으로도 끔찍했다.

"영감님, 집에 갈 때 아이스크림 사 가요."

하지만 아주는 이미 선영의 마수에 걸린 뒤였다. 일우는 선영을 보며 눈으로 욕했다. 야, 이거 어쩔 거야. 나보고 어쩌라고? 선영은 어깨를 으쓱하며 딴청 피우기 바빴다.

"네 돈으로 사라."

"누나, 나 아이스크림 사 주면 안 돼요?"

일우가 거절하자 아주는 개의치 않고 대상을 바꿨다. 선영은 아주의 말에 환한 미소를 지으며 카드를 꺼내 보였다. 아주의 말이라면 아이스크림 공장도 사다 바칠 기세였다.

"왜 안 돼? 당연히 되지. 대신 아주는 누나 볼에 뽀뽀해 주기."

선영이 오른쪽 볼을 손끝으로 툭툭 건드리자, 아주는 바로 뽀뽀하려 테이블 위로 몸을 숙였다. 이 미친 새끼가? 일촉즉발의 상황에서 일우는 재빨리 아주의 허리를 잡아 제 품에 가뒀다.

"아, 아쉽네."

선영이 입맛을 다시며 의자에 등을 기대고 다리를 꼬았다. 카드도 지갑 안에 다시 넣었다. 얼떨결에 일우의 품에 갇히게 된 아주는 발버둥 쳤고, 일우는 네가 외간 여자한테 감히 뽀뽀하려 한 거냐며 아주에게 잔소리하기 바빴다.

선영과 헤어지고 집에 돌아가는 길, 2차전이 시작됐다. 어떻게 자신이 보는 앞에서 선영한테 뽀뽀를 시도하냐가 싸움의 핵심이었다.

"뽀뽀가 뭐 어때서요? 난 노랑이랑도 하고 깜장이랑도 하는데요?"

키스도 아니고 단순한 뽀뽀라서 괜찮다는 아주의 말에 일우의 복장이
터졌다.

"꽹이한테 하는 거랑 박선영한테 하는 거랑 같냐?"

부부 싸움이 칼로 물 베기라면 아주와 일우의 싸움은 어린아이의 싸
움처럼 유치찬란했다. 대부분 일우가 마지못해 져 주는 것으로 끝났다.
이번에도 그럴 거라는 걸 예고하듯, 일우는 서른한 가지 맛 아이스크림
을 파는 매장 앞에 잠시 정차했다.

"풀떼기, 내려."

야타족도 아니고 내려족인 일우가 아주에게 특별한 설명 없이 내리라
고 종용했다. 삐친 티를 팍팍 내는 아주가 일우의 말에 눈을 굴리며 자
리를 지켰다.

"안 내릴 거야? 아이스크림 먹기 싫으면 말고."

일우가 다시 출발하려고 하자, 아주가 재빠르게 주변을 둘러봤다. 익
숙한 아이스크림 가게를 발견한 아주가 입을 살짝 벌리며 일우를 돌아
봤다.

"먹고 싶다며."

절대 안 사 줄 것처럼 굴던 일우가 선영과 달리 입술을 툭툭 쳤다. 박
선영은 볼이겠지만, 연인인 나는 입술에도 받을 수 있지. 이상한 곳에서
우월감을 느낀 일우가 옅은 미소를 지으며 말했다.

"계산은 확실히 해라."

"당연하죠!"

아주는 망설임 없이 일우의 입술에 가볍게 입맞춤하고 떨어졌다.

이윽고 바로 차에서 내려 아이스크림을 향해 달리는 아주를 보며 생각했다. 저리도 좋을까 하고.

아이스크림 하나에 울고 웃는 게 아주가 할 수 있는 최대의 고민이라 다행이었다. 이젠 생존이 아니라 저런 사소한 고민으로 하루를 보내겠지. 일우는 방향 지시등을 켜 둔 채 차에서 내렸다. 미워하고 싸울 시간이 어딨어. 사랑하기도 부족한데.

따뜻한 가게에 들어선 일우를 반기는 건 계산서였다. 아주 전용 호구답게 들어서자마자 계산부터 한 일우는 뒤늦게 아주가 주문한 걸 확인했다. 아주는 겁도 없이 자기 혼자 먹을 거면서 제일 큰 사이즈로 시켰다.

"너 다 먹을 수 있겠어?"

끄덕끄덕. 자신감이 넘치는 아주의 대답에 일우는 바람 빠지는 소리를 내며 웃고 말았다. 일우가 웃은 건 정말 별거 아닌 이유였다. 아이스크림이 세상에서 가장 소중하다는 듯이 껴안고 있는 게 너무 귀여워서였다. 답이 없다, 현일우.

집에 돌아온 뒤, 이르게 밥을 먹고 거실 바닥에 엉덩이를 딱 붙이고 앉은 아주는 아이스크림을 퍼먹을 준비를 했다. 그 모습을 발견한 일우는 자연스레 미소를 지으며 다가갔다. 분홍색 플라스틱 숟가락은 당연하게도 딱 자기 것만 가져왔다.

자기 얼굴보다 큰 아이스크림을 듬뿍 떠먹는 아주를 소파에 앉아 지켜보던 일우가 자신에겐 하등 관심 없는 아주를 툭툭 건드렸다. 와앙. 아이스크림을 음미하던 아주가 일우를 돌아봤다. 왜요, 일우의 방해에 아주가 눈으로 불만을 표했다.

"풀떼기, 너만 입이냐?"

일우의 채근에 마지못해 응수한 아주가 숟가락으로 아이스크림을 뜨려 하자, 일우는 그 손을 만류하고 아주의 입술을 탐했다. 아이스크림에 박힌 알갱이가 서로의 혀에 뒤엉켜 이리저리 튀었다.

아이스크림을 맛본다는 핑계로 아주와 키스한 일우가 멀어지며 눈썹을 어그러뜨렸다.

"넌 이게 맛있냐? 입 안에서 꼭 불꽃놀이하는 것 같은데."

톡톡 튀는 알갱이가 마음에 안 드는 일우는 인상을 풀 줄 몰랐다.

"……맛있는데."

도둑 키스 당한 아주가 이번엔 다른 맛을 떠먹었다. 얼핏 보기엔 바닐라 맛 같은데 어떻게 보면 딸기 맛 같기도 하고.

"그건 또 무슨 맛인데?"

일우가 다시 묻자, 이번엔 아주가 살포시 다가와 키스하곤 멀어졌다. 딸기와 치즈케이크 맛이 함께 느껴졌다. 달기만 한 아이스크림이 맛있게 느껴진 이유는 아주가 먼저 키스했기 때문이겠지.

"저건 무슨 맛인데."

이젠 뻔뻔하게 다른 맛을 손으로 가리키기까지 했다. 어서 먹은 뒤 내게 키스해라, 같은 일우의 모습에 아주는 매정하게도 등을 팽 돌렸다.

"궁금하면 숟가락 가져와서 먹어요."

"풀떼기, 이렇게 야박하게 굴 거야?"

아주의 동그랗고 예쁜 뒤통수가 위아래로 흔들렸다. 고개를 끄덕인 것이다. 여기서 물러설 일우가 아니다. 소파에 걸터앉은 채 일우는 바닥에 앉아 있는 아주의 겨드랑이에 손을 집어넣어 위로 쑥 당겨 올렸다.

"이, 이거 놔요!"

강제로 일우의 무릎에 앉게 된 아주가 반항하자, 일우는 잔키스를 얼굴 곳곳에 했다.

"너한테 잘 보이려고 예쁜 짓 했잖아. 여섯 가지 맛이니까 네 번만 더 하자."

"……딱 네 번이에요."

진짜 딱 네 번! 약속해요, 아주가 새끼손가락을 걸고 약속하라고 일우에게 손을 내밀었다.

아주가 뭘 하든 다 예뻐 죽겠는 일우는 네 번으로 끝낼 생각도 없으면서 새끼손가락을 걸었다. 알았어, 딱 네 번. 아주가 일우 밑에서 흔들리며 아이스크림 녹는다고 엉엉 우는 건 나중 일이었다.

* * *

아주와 함께여서 그럴까. 매일이 비슷하게 흘러가 계절의 변화도 모르고 살던 일우는 겨울이 왔다는 걸 폐부로 느꼈다.

일도 진척이 있었다. 이 검사는 사도에서 나온 증거와 일우의 증언을 바탕으로 당시 인체 실험과 연관된 이들을 추리는 중이었다. 일우가 능력을 써서 본 기억 속, 군인들도 군복에 수놓아진 마크를 추적해 조사에 착수했다. 문제는 일우의 기억에 의존한 탓에 일우가 직접 마크를 그려야 했다는 점이다.

'후배님, 내가 보기엔 시체 찾는 것보다 이거 찾는 게 더 힘들 거 같아.'

'대놓고 그림 못 그린다고 하시지 그래요.'

'얼굴은 그림같이 생겼으면서 실제로 그리는 건 못하네.'

이 검사는 일우의 그림 솜씨를 보며 고개를 내저었다. 이걸 어떻게 찾냐, 하고 혼잣말하던 이 검사는 일우의 그림을 책상 위에 올려놓고 물었다.

'그때 다친 건 좀 괜찮고?'

'예, 괜찮습니다.'

언젠가 일우가 선영에게 놀러 간 아주를 데리러 가던 길에 경미한 교통사고가 났었다. 중앙선을 침범한 차량은 바로 일우의 차로 돌진했고, 순발력으로 피했으나 깜짝 놀란 가슴은 쉬이 가라앉지 않았다. 아주가 있었다면 어떻게 됐을지 상상만 해도 등골이 서늘했다.

운전을 개떡같이 하네, 씨발. 쌍욕을 내뱉을 준비를 하고 차에서 내렸을 때, 일우는 상대 차량 운전자를 보고 놀랄 수밖에 없었다. 다름 아닌 전에 집으로 찾아와 일우를 협박했던 남자였다. 놀람도 잠시, 본인이 직접 처리해도 아무 뒤탈 없을 거란 뻔뻔함이 엿보여 일우의 분노가 더 치솟았다.

'오늘은 현일우 씨 혼자지만, 다음은 명아주 씨입니다. 어차피 당신은 이기지 못할 사람이니 여기까지 하세요.'

그 말에 일우의 모든 인내심이 터졌다.

'나도 그때 경고했을 텐데요.'

자신이 회사에서 왜 개또라이로 불렸는지 그들은 전혀 모르는 것 같았다. 그렇다면 알려 줘야지. 사람 우습게 보면 어떻게 되는지.

'이번엔 제대로 알아들어 먹길 바라죠. 기폭제에 불붙인 건 당신들이란 걸.'

그 길로 일우는 아주를 잠시 선영에게 맡기고 바로 이 검사에게 달려갔다. 이 검사는 사고 소식을 전한 일우의 말에 지체 없이 브리핑

일정을 잡아 발표했다.

이 검사는 현재 유일한 증인이 어떤 세력에 의해 물리적 협박을 당하고 있다며 함부로 일우를 건들지 못하게 공고했다. 더불어 증인 신변 보호에 힘쓰겠다는 검찰의 입장을 더하며 정의로운 검찰 이미지를 구축했다. 이건 곧 일우가 변을 당했을 때, 검찰의 책임도 있다는 뜻이었다.

이 검사의 발표 이후 검찰과 척을 치기 싫어서인지, 인체 실험의 존재를 물을 수 없다고 판단한 건지 몰라도 일우의 주변은 전처럼 조용한 일상을 되찾았다.

'미친개한테 단단히 물렸다고 생각할걸. 특히 넌 건들면 안 된다는 걸 알았겠지. 그래도 아예 손을 뗀 거 같진 않아. 피해자 수를 조작하려는 움직임이 있어.'

방향을 바꿨는지 최대한 사건을 축소하려는 그들의 속셈이 보인다는 이 검사의 말에 일우가 단호한 답을 내놨다.

'못 하게 막아야죠.'

단순하지만 이 방법 외엔 없다. 정도(正度)를 걷겠다는 일우의 말에 이 검사도 그래야지, 하며 답했다. 느려도 제대로 바른 길로 걸어야 진실에 도달할 수 있었다.

'이제 12월이네. 시간 참 빨리 간다. 그치?'

이 검사가 밖을 바라보며 중얼거리던 말이 남았다. 12월. 한 해의 마지막 달이라 그런가, 미뤄 뒀던 일을 끝내야겠단 생각이 계속 머릿속에 맴돌았다.

이 검사를 만나고 나서 얼마 뒤, 올겨울 첫눈이 내린다는 소식에 일우는 미뤄 뒀던 일을 하려고 선영과 원장 수녀께 연락했다.

원장 수녀는 식사 핑계를 댔지만, 선영은 무슨 핑계를 대고 불러야 하나 잠시 고민했다. 그러다 묘안이 떠올랐다. 어제 눈이 온다는 소식을 듣고 눈사람 만들러 가자고 조르던 아주가 생각났다.

분명 선영은 어이없어하면서도 와 줄 것이다. 아주의 일이라면 물불 안 가리고 하는 건 자신과 비슷했으니까. 아주와 눈사람 만들러 가자는 일우의 연락에 선영은 비속어가 절반인 메시지를 보냈다. 결론은 가겠다는 거였다. 어차피 올 거면서 안 올 것처럼 구는 건 뭐야?

대낮부터 선영에게 욕먹은 일우는 준비하고 나갈 채비를 했다. 그런데 이 소식을 듣고 가장 좋아할 아주가 조금 전부터 보이지 않았다.

달그락거리는 소리가 들리긴 하는데, 위치가 주방이었다. 아침은 진작 먹었고, 점심 먹을 때까진 시간이 좀 남았다. 입이 궁한 거면 냉장고를 뒤지면 될 걸, 시끄럽게 주방에서 대체 뭘 하는데?

"풀떼기 거기서 뭐 하냐."

주방으로 간 일우가 벽에 기댄 채 말했다. 아주가 바쁘게 주방을 휘젓고 다니다가 들려온 목소리에 화들짝 놀라 뒤를 돌아봤다.

"……!"

아주는 손에 쥐고 있는 건 다름 아닌 말린 미역이었다.

"미역은 왜 들고 있어?"

"……몸에 좋잖아요."

"미역 몸에 좋은 걸 누가 몰라. 생전 안 먹던 걸 왜 찾냐는 거지."

아주는 대답하지 않고 말린 미역을 냄비에 냅다 들이부었다. 가만 지켜보니 말린 미역 한 봉지를 다 털어 붓는 것 같았다. 분명 맨 앞에 한 봉지 30인분이라고 적혀 있는데 아무 소용 없었다.

"넌 뭔 미역을 30인분이나 불리려고 하냐. 네가 들고 있는 하나만 불려야지 봉지째 다 털어 넣으면 절대 다 못 먹어."

아주에게 다가간 일우는 냄비에 있는 말린 미역을 봉지에 다시 담았다.

"이렇게 작은데요?"

아주는 미역이 자기 손바닥만 하다며 이걸 누구 코에 붙이냐고 투덜댔다.

"말린 거라 그래. 미역은 이따가 먹고 일단 옷부터 갈아입어."

"어디 가는데요?"

"오랜만에 수녀님도 뵈러 성당이나 가자. 박선영도 온다니까 걔랑 눈사람 만들든가."

아주는 좋아할 거란 일우의 예상과 달리 옷을 갈아입으러 드레스 룸으로 뛰어가지 않았다. 애처럼 눈사람 만들러 가자고 조를 땐 언제고?

"왜, 싫냐?"

"아뇨, 좋은데……."

"좋은데 뭐."

"영감님, 그럼 이거라도 먹을래요?"

아주가 건미역을 일우한테 쭉 내밀었다.

"내가 이걸 왜 먹어?"

일우는 황당함을 감추지 않았다. 말린 미역 잘못 먹었다가 응급실에 실려 갈 수 있다는 것도 모르나. 일우는 아주의 손에 들린 말린 미역도 받아 든 뒤 봉지에 다시 넣었다. 아주는 아쉬운 듯 일우에 의해 찬장 안에 들어가는 미역 봉지를 몇 번이나 쳐다봤다.

"왜, 너 먹고 싶어?"

아주는 그건 아니라는 듯이 고개를 내저었다.

"호기심으로라도 건미역은 먹지 마. 손바닥만 하다고 함부로 먹으면 위에서 불어서 위세척해야 해."

혹여 아주가 입에 댈까 봐 일우는 단단히 일렀다. 아주는 안 먹어요, 하고는 옷을 갈아입으러 드레스 룸 쪽으로 향했다. 일우도 아주의 뒤를 따라갔다. 이상하게 어깨가 처진 것처럼 보인다.

대충 먹는 시늉이라도 해야 했나. 멍청한 생각인 건 아는데, 괜히 성의를 거절한 것 같은 묘한 기분이 든다. 들어줄 수 없는 거라 거절했을 뿐인데 괜히 찝찝했다. 밥 챙겨 준 고양이들이 보답이라고 종종 동물 사체를 갖다 줬는데, 그때 느꼈던 기분과 비슷했다.

"밖에 추우니까 옷 따뜻하게 입어."

일우의 말에 대강 고개를 끄덕인 아주는 빨간색 스웨터를 꺼내 입었다. 채도가 높은 빨간색이라 아주의 흰 피부를 더 돋보이게 했다. 입술도 괜히 더 붉게 보이고, 야해 보였다. 일우의 눈에만 그런 걸지도 모르지만, 아무튼 마음에 안 들었다.

"야, 그거 입지 마. 벗어."

"싫어요! 선영이 누나가 오늘 꼭 입고 오라고 그랬단 말이에요."

오겠다고 연락받은 게 조금 전인데, 언제 아주한테 연락했는지 모르겠다. 애한테 이런 걸 입고 오라고 하고, 하여간 마음에 안 들어.

"박선영이고 나발이고 난 허락 못 해. 당장 벗어."

빨간색 스웨터가 꼭 란제리라도 되는 듯이 구는 일우를 아주가 째려봤다. 아주는 등을 굽히며 절대 안 벗겠다는 의지를 보였고, 일우 역시 강경했다. 선영이 보면 스웨터 늘어난다고 잔소리했을 모습으로 씨름하다가, 바닥에 드러누워 버티는 아주를 보고 미친 고집이라는 걸 새삼 깨달았다.

당장 힘으로 아주를 뒤집어 벗길 수도 있었지만, 저렇게나 입고 싶다는 애를 더 몰아세우기도 그랬다. 일우는 그만 두 손 두 발 다 들고 아주를 내려놨다. 아주랑 있으니까 덩달아 유치해지는 기분에 짜증 섞인 한숨이 나온다.

"너 박선영이랑 뭐 짰나?"

고개를 절레절레 저으며 후다닥 일어나 도망가는 모습이 영 수상쩍었으나, 시간이 애매하게 남아 내버려 뒀다.

전에 사도에 갈 때 성당에 잠시 들른 게 마지막이라 모처럼 정장을 꺼내 입었다. 마지막으로 넥타이를 매고 있는데, 거실로 나간 줄만 알았던 아주가 나타나 빼꼼 얼굴을 들이밀었다.

"……영감님, 왜 넥타이 매요?"

"오랜만에 수녀님 뵈러 가니까 깔끔하게 입으려고."

"다른 거 때문에 그런 거 아니고요?"

"다른 거 뭐."

"아니에요."

말을 흐리며 사라지는 아주의 모습에 의혹이 증폭됐다. 나름 비밀을 고백한답시고 심각해 있는데, 자꾸 신경 쓸 일이 생긴다. 일우는 드레스룸에서 나와 거실 소파에 앉아 있는 아주를 바라봤다. 핸드폰 하는 아주의 얼굴에서 별다른 이상함은 포착되지 않았다. 뭐, 별거 아니겠지.

눈은 아주의 바람대로 많이 내렸다. 성당에 가는 길 내내 바람 차다고 창문 닫으라는 일우의 말에도 아주는 절대 닫지 않고 찬 바람을 그대로 맞으며 눈을 구경했다.

"그렇게 좋냐?"

"네. 옛날엔 싫었는데 이젠 좋아요."

짧은 한마디에 함축된 의미가 느껴졌다. 눈을 단순히 구경하며 즐길 수 있다는 건 곧 날씨에 일희일비할 필요가 없을 만큼 아주의 상황이 안정됐다는 것이다. 평범한 사람들에겐 이게 어떤 의미인지 와닿지 않겠지.

"그래도 손은 내밀지 마라, 위험해."

일우 몰래 손을 창밖으로 내밀어 내리는 눈을 잡으려던 아주가 손을 꼼지락거리며 주먹을 쥐었다. 혹여 위험한 상황이 생길까 봐, 창문도 올렸다.

평소에 30분이면 될 거리를 눈이 와서인지 두 배 이상 걸렸다. 성당 밖 주차장엔 선영의 차가 먼저 와 있었다. 예상보다 일찍 왔네, 웬일이래.

차를 주차한 뒤, 성당을 향해 달려가는 아주의 뒤를 천천히 따랐다. 성당이 있는 곳도 새하얀 눈이 펑펑 내리고 있었다. 소복소복 밟히는 눈길을 따라 올라가 원장 수녀가 계실 만한 곳으로 갔다. 새벽 미사만 있는 날이라 신도들은 안 보였다.

눈이 세상의 모든 소리를 앗아간 듯, 성당은 고요했다. 아주와 둘이서 조용한 성당을 돌아다니다가 어린아이들이 뛰어노는 소리가 희미하게 들려오는 보육원 쪽으로 갔다. 선영과 원장 수녀 모두 거기 있었다.

선영이 설마 아주와 같은 빨간색 스웨터를 입었을까 걱정했는데 기우에 불과했다. 오히려 일우처럼 오랜만에 수녀님을 뵈러 온답시고 깔끔하게 차려입은 모습이었다.

"일우랑 아주 왔니? 오랜만에 선영이도 와서 얘기 중이었어."

"수녀님!"

아주가 원장 수녀를 부르며 달려갔다. 원장 수녀도 달려온 아주를 껴안으며 반겼다. 아주는 수녀님 보고 싶었다며 애교도 피웠다. 아주가 그러는 동안 선영은 일우에게 다가와 시비를 걸었다.

"현일우, 너 그 옷 뭐야?"

팔짱 낀 채 위아래로 훑는 선영의 모습이 여간 날카로운 게 아니다.

"풀떼기도 그렇고 너도 왜 옷차림 가지고 시비 걸어?"

"아니, 너 요즘 정장 잘 안 입잖아. 그래서 그렇지."

먼저 시비 건 것치곤 선영이 쉽게 물러서며 기세를 누그러뜨렸지만, 일우는 의심을 거두지 않았다.

"풀떼기랑 너랑 나한테 숨기는 거 있냐?"

아주를 놀려 먹은 전적이 화려한 선영인 만큼 일우의 의심은 합리적이었다.

"아니, 없어."

선영은 대왕 오리발을 내밀며 고개를 확 돌렸다. 일우가 되물으려 했지만, 선영은 이미 네다섯 발자국 멀어져 있었다. 아주야! 눈사람 만들자! 외치며 아주까지 끌어들였다. 뭔 수작인진 몰라도 오늘 고백에 해가 되지 않는다면 상관없었다.

마음을 비운 일우가 아주와 보육원 아이들의 혼을 쏙 빼 놓으며 무언가 설명하고 있는 선영에게 다가갔다. 꼭 사이비 교주 같은 모양새에 일우가 혀를 내둘렀다.

"뭐 하냐, 너?"

"애들이랑 눈싸움하려고. 너도 할래?"

선영이 손에 든 것을 흔들어 보이며 말했다. 뭐든지 정성을 다하는 선영답게 이상한 도구였다. 집게처럼 생긴, 노란색 오리 모양 틀이었다. 이게 아까 오리발 내밀더니, 진짜 오리라도 된 건가.

"난 됐으니까 너네끼리 해라. 그건 그렇고, 이 이상한 건 뭐냐."

"이렇게 눈을 뭉쳐서 내려놓으면 오리 모양 되는 거야. 애들 주려고 여러 개 챙겨 왔어. 이거 눈싸움할 때도 좋아."

선영이 간단히 설명하고는 아주를 비롯한 아이들한테 오리 틀 집게를 건넸다. 아주가 제일 먼저 주저앉아 오리 모양 눈을 생산하기 시작했다. 색색의 털모자를 쓴 아이들도 아주를 따라 오리를 대량 생산 했다.

"넌 돈 지랄도 진짜 정성스럽게 한다."

"칭찬 고마워."

아주를 포함한 아이들과 눈높이를 저렇게 맞추는 선영이 대단했다. 선영도 칭찬 같지 않은 칭찬을 알아듣고 씩 웃었다. 여러 명이 달라붙은 덕분인지 눈 오리는 빠르게 쌓였다. 어디서도 보지 못할 진풍경에 일우는 고개를 저었다. 원장 수녀는 눈웃음을 지으며 흐뭇하게 바라보고 있었다.

"선영이도 참 여전하네. 언제 봐도 애가 밝고 참 예뻐."

남들이 들으면 일우의 짝으로 선영을 점찍어 둔 것처럼 들릴지 모르지만, 일우는 그렇게 듣지 않았다. 당신부터 결혼과 거리가 먼 수녀라 그런지 원장 수녀는 일우에게 누굴 만나라는 말을 일절 하지 않았다. 오랜만에 선영을 보니 좋아서 하는 말에 불과할 뿐 다른 의미는 없다.

"쟤 정신 연령이 아주랑 비슷해서 그래요."

"그만큼 선영이가 때 묻지 않았다는 거겠지."

원장 수녀의 말을 듣고도 일우는 침묵했다. 세속적인 거로 따지면 박선영이 여기서 제일일걸요, 어머니.

"그때 말했던 일은 다 끝났니?"

"예, 끝났습니다. 그래서 말인데요, 어머니."

드릴 말씀이 있어요. 일우가 낮은 목소리로 읊조리자 원장 수녀는 미소를 지으며 부드럽게 말했다.

"안으로 들어가자꾸나."

놀란 기색 없이 보육원 안으로 들어가는 원장 수녀의 모습에 이상하게도 자신의 마음이 전부 들킨 것 같았다. 할 말이 있다는 티가 많이 난 것일까. 나름 표정 숨기는 데 능숙하다고 생각했는데, 역시나 원장 수녀 앞에선 숨길 수 없었다.

보육원 안으로 들어온 일우는 마당에서 편을 나눠 서로에게 오리를 던지는 아주와 선영 그리고 아이들을 커다란 유리창 너머로 구경했다. 원장 수녀가 그런 일우에게 따뜻한 차를 건넸다.

"마시렴, 작년에 애들하고 같이 만든 거야."

"국화차네요."

국화 향기가 뜨거운 김과 함께 향기롭게 피어올랐다.

"너도 종종 만들었었지?"

"예, 손톱 끝이 노랗게 물들었던 것도요."

거의 20년쯤 된 기억이었다. 원장 수녀는 매년 정원에 국화를 심었고 국화가 흐드러지게 피는 가을이면 보육원 아이들과 함께 국화를 수확했다. 꽃을 조심스레 딴 뒤, 말려 겨우내 차로 마셨다. 소소한 일상이나, 살다가 한 번쯤 국화차를 마실 때면 어김없이 생각나는 따뜻한 추억이었다.

"오늘처럼 눈이 왔으면 제 이름은 일우가 아니라 설(雪)이 됐을지도 모르겠네요."

국화차를 한 모금 마신 일우는 제 이름의 비화를 툭 꺼냈다. 보통 이 맘때면 눈이 오기 마련인데, 그땐 일우라는 이름이 예견된 것처럼 비가 왔었지.

"어쩌면 그랬을 수도 있지. 일우 너는 분명 설이란 이름도 잘 어울렸을 거야."

애정이 듬뿍 담긴 원장 수녀의 말에 일우는 바람 빠지는 소리를 내며 작게 웃었다. 어머니도, 참. 얘기 꺼냈다가 본전도 못 찾은 일우가 멋쩍은 듯 중얼거렸다.

"어머니."

"그래, 일우야."

"어머니는 궁금한 적 없으셨어요? 제가 여기 들어오기 전에 어떻게 살았는지요."

원장 수녀가 찻잔을 내려놓고 주름진 눈가를 접으며 미소 지었다. 평생을 웃고 산 대가로 얻은 주름이라 그런지, 원장 수녀가 눈웃음 지으며 바라볼 땐 따뜻함이 전해졌다. 자신이 마신 국화처럼. 은은하고 편안한 무언가.

"왜 궁금하지 않을까."

"……."

"하지만 내 의도와 달리 호기심은 애들한테 독이 될 수 있단다. 특히 여기 보육원에 들어오는 애들은 각자 사정이 다양해. 복잡하고, 아프지. 행복은 다들 비슷한 이유인데, 아픔은 그렇지 않거든. 너무 다양해서 어쩔 땐 어떻게 보듬어 줘야 할까 싶을 때도 있었지."

너도 아주를 만났을 때 그런 생각이 들지 않던? 원장 수녀가 지나가 듯 물었다.

세상에 씻을 수 없는 상처란 존재하지 않는다. 모든 상처엔 새살이 돋고, 가끔 흉터는 남을지언정 더는 아프지 않다. 과거는 과거일 뿐이지, 현재가 중요하다고 여기는 일우도 조용히 예, 하고 대답했다.

"나는 그 아이들을 구분하고 판단하는 사람이 아니니까 말이다. 그저 하느님이 보낸 아이들을 어떤 편견도 없이 바라보고 사랑해 주면 되는 거야. 너도 마찬가지였단다."

어쩐지 가슴이 울렁거렸다. 선영과 아주는 일우의 몸의 비밀을 알고 있지만, 원장 수녀한텐 정확히 밝히지 않았다. 다 큰 지금과 달리 처음 여기 왔을 땐 더 어렸으니 들켰을 거란 생각도 했지만, 이렇게 들으니 감회가 남달랐다.

원장 수녀는 이미 일우가 피를 먹는다는 걸 어렴풋이 알고 있었다. 평범한 사람이라면 이상하게 여기고 이유를 물을 법도 한데, 원장 수녀는 오히려 오랜 시간 자신의 곁에서 조용히 사랑만 줬을 뿐이다. 일우는 자신이 왜 이런 몸이 됐는지, 원장 수녀에게 구태여 설명할 필요가 없다는 걸 깨달았다.

"네가 내게 온 뒤, 며칠간 잠꼬대하며 악몽을 꿨다는 사실은 알고 있니? 그럴 때마다 네 눈물을 닦으며 품에 안아 재운 게 나란다."

케케묵은 이야기를 꺼낸 원장 수녀가 과거를 회상하듯 멀리 바라봤다.

"나는 앞으로도 하느님께 널 지켜 달라고 기도할 뿐, 어떤 설명도 필요치 않아. 사람은 때론 말하지 않아도 모든 게 통할 때가 있는 법이야."

원장 수녀는 일우의 마음을 다 안다는 듯이, 울렁거리는 마음을 억누르며 가만히 있는 일우의 등을 천천히 쓸어내렸다.

"그만 나가 보렴, 저기 아주가 널 찾는 것 같구나."

원장 수녀가 창문 너머를 가리켰다. 거기엔 오리를 든 채 일우에게 소리치는 아주가 서 있었다. 선영과 아이들도 합세해 창문을 향해 오리를 던졌다. 나와서 같이 눈싸움하자는 신호 같았다. 목이 멜 정도로 벅찬데, 자신을 향해 나는 오리들이 웃겨서 웃지 않을 수 없었다.

"같이 눈싸움 안 해서 삐쳤나 봅니다. 나가 볼게요."

일우가 원장 수녀를 가볍게 끌어안으며 속삭였다. 어머니, 감사해요. 원장 수녀는 웃음으로 일우를 배웅했다.

원장 수녀에게 받은 감동을 추스르며 밖으로 나오기 무섭게 일우의 어깨를 오리가 강타했다. 어깨에 맞은 눈이 부서져 내렸다. 눈을 던진 범인은 다름 아닌 아주였다.

"미친 풀떼기가 나랑 한번 해보자는 거지."

그냥 넘어갈 일우가 아니었다. 일우도 바닥에 쌓인 눈을 긁어모아 아주를 향해 던졌다. 아주는 재빠르게 움직여 일우가 던진 눈덩이를 피했다.

그사이 아이들과 선영이 던진 눈덩이를 세 개쯤 더 맞았지만 개의치 않았다. 일우는 한 놈만 노린다는 말처럼 아주만 노렸기 때문이다. 열심히 도망가던 아주가 눈길에 미끄러져 엎어졌고, 일우가 놀라 가까이 다가갔다.

"풀떼기, 괜찮나?"

넘어진 아주는 일우의 부름에도 미동도 없었다. 혹여 어디 잘못 부딪혔나 싶어 서둘러 아주를 안아 올렸다. 아주는 잠자는 숲속의 공주처럼 두 눈을 꼭 감고 있었다. 일우가 놀라 아주의 뺨을 찰싹, 때렸다. 오른쪽 뺨과 왼쪽 뺨을 번갈아 쳤을 무렵, 아주가 두 눈을 번쩍 떴다.

"아, 아파요!"

오히려 아주는 너무 세게 때린다며 볼멘소리까지 늘어놨다. 오늘 풀 떼기가 속을 여러 번 뒤집어 놓네, 후우. 한숨을 크게 쉰 일우가 안고 있던 아주를 내려놨다. 일우에게 안겨 있던 아주는 일우가 내려놓음과 동시에 눈밭에 엉덩방아를 찧었다.

"아야!"

"넌 아파도 싸. 네가 널 얼마나 걱정하는 줄도 모르고 이런 장난을……."

일우가 놀란 마음과 함께 짜증을 삼키며 말할 때, 펑! 하는 폭죽 소리가 들렸다. 눈앞에 색색의 종이가 하늘하늘 흩날렸다. 새하얀 눈밭과 아주 그리고 예쁜 종잇조각들. 기억에 남을 만한 장면인 것과 달리 느닷없이 종이 폭죽을 쏜 아주의 의중을 도무지 이해할 수 없었다.

"……뭐 하냐, 지금?"

"영감님, 생일 축하해요."

아주가 배시시 웃으며 눈을 집어 일우의 얼굴에 생크림 묻히듯 눈을 던졌다. 이게 무슨 소리인가 곱씹어 생각할 때 또 다른 폭죽 소리가 등 뒤에서 들렸다. 펑! 이번엔 범인이 선영이었다.

"생일 축하해, 현일우."

선영의 뒤에 따라온 한 아이가 케이크를 들고 있었다.

"……오늘이 며칠이지?"

"며칠이긴, 12월 5일이지. 네 생일."

일우가 처음 보육원에 들어온 바로 그날이 오늘이었다. 원장 수녀에게 제 비밀을 고백하기로 마음먹은 날이 생일이었다니. 심지어 올해 첫눈이 내린 날. 우연으로 치부하기엔 너무 필연이었다.

"이거 애들이 너 준다고 색종이로 만든 거야. 꼭 쓰고 있어야 해."

선영이 으름장 놓으며 멍하니 있는 일우의 얼굴에 고깔모자를 씌웠다. 색종이를 여러 장 겹쳐 붙여 알록달록 우스꽝스러운 고깔모자를.

"영감님, 진짜 안 어울려요."

"푸흐, 그건 그렇다."

선영은 자신이 모자를 씌워 놓고는 아주와 함께 폭소를 터뜨렸다. 심지어 이 순간을 놓치지 않겠다는 듯 연신 사진과 동영상을 찍었다.

아침에 아주가 건미역을 들고 쇼하던 게 생각났다. 이래서였구나. 밥도 자신이 다 해 먹이거나 사 먹이는데, 자신의 생일이라고 못하는 요리까지 도전하려던 아주가 새삼 기특했다. 제대로 미역국을 끓이기도 전에 들켰으니, 원망할 만도 한데 아주는 환히 웃기 바빴다.

"고맙다."

풀떼기도, 박선영 너도 그리고 너희들도. 이제야 정신 차린 일우가 우스꽝스러운 고깔모자를 쓰고, 어깨엔 눈과 종잇조각을 달고 인사했다.

"삼촌! 촛불 불 때 꼭 소원 빌어야 해요."

어느새 몰려든 아이들은 일우에게 케이크를 건네며 얼른 촛불을 끄라고 채근했다. 받아 든 케이크엔 누가 생크림을 몰래 떠먹었는지 몰라도 손자국이 몇 개씩 나 있었다. 초에 붙은 불은 반쯤 꺼져 있었다.

완벽하지 않은 케이크인데 싫긴커녕 웃음이 막 났다. 아주와 선영이 끊임없이 웃은 탓에 전염된 걸지도. 일우는 반쯤 꺼진 초에 바람을 후, 불어 껐다.

"무슨 소원 빌었어요?"

아주가 어서 말해 달라고 신난 강아지처럼 꼬리를 살랑였다. 아이들은 소원을 말하면 안 된다고 입을 모아 말했지만, 일우는 아주의 귓가에 나직이 속삭였다. 너만 알고 있어. 아주가 상기된 뺨을 씰룩이고, 눈을 빠르게 깜박였다. 뭐라고 빌었냐면…….

이 세상에 태어나게 해 줘서 고맙다고.

단 한 번도 그렇게 얘기한 적 없던 일우가 말을 마친 뒤 아주의 눈을 바라봤다. 아주는 그건 소원이 아니라고 했지만, 일우한텐 이것으로 족했다. 고통스러운 시작이 없었으면 이처럼 달콤한 순간도 없었을 테고, 앞으로 경험할 무한한 날도 없겠지.

"가서 케이크나 나눠 먹자."

벅차고, 놀랍고, 고마워서 이 감정을 차마 설명하기 힘들었다. 말을 아낀 일우는 아주의 손을 잡고 이끌었다. 아이들은 선두에 선 선영을 따랐고, 일우와 아주는 그 뒤를 천천히 걸어갔다. 차가운 손이 따뜻해지길 바라며 손잡은 채 천천히 손끝을 눌렀다.

"근데 이거 각본 누가 짰냐?"

"무슨 각본이요?"

아주가 두 눈을 동그랗게 뜨며 무구한 얼굴로 말했다.

"모른 척 시치미 떼지 마. 박선영이지. 어쩐지 흔쾌히 오겠다고 한다 했어. 보니까 다 짜고 쳤는데 뭘."

"……."

"그리고 미역국은 먹은 거로 칠게."

"……싫어요."

"그럼 내년에 다시 도전하든가. 제발 그땐 말린 미역만은 좀 피해 줘라."

앞으로 풀떼기가 보여 줄 미래가 기대됐다. 매 하루가 오늘같이 벅차고, 고맙고, 놀랍겠지. 우연히 만난 순간부터 내게 기적이고 이유인 풀떼기. 내게 기적인 만큼 너도 내가 그런 의미였으면 좋겠다.

이런 일우의 생각을 아는지 모르는지, 아주는 일우의 농담을 듣고 씩씩대다가 어깨를 때렸다. 하필 눈길이라 미끄러운데, 아주가 때리기까지 해 케이크를 놓칠 뻔했다.

야, 이거 생일 케이크거든? 씨발, 놓칠 뻔했잖아.

그러게 왜 놀려요! 나도 열심히 하려고 했단 말이에요!

적반하장으로 나온다 이거지?

아, 하지 마요!

Epilogue

　아주의 신분증과 여권이 발급된 어느 날 저녁, 일우는 하와이행 티켓을 끊었다. 아주가 타는 첫 비행기이자 자신과 함께 가는 첫 해외여행이었기에 좌석도 제일 좋은 퍼스트 클래스로 예약했다.

　일우가 첫 여행지를 하와이로 고른 이유는 단순했다. 아주가 하와이에 갖고 있는 환상을 현실로 만들어 줄 겸, 하와이에서 보내는 크리스마스는 어떨까 싶은 생각에서였다. 눈이 펑펑 내리고 추운 날 대신 해변에서 따뜻한 크리스마스를 보내는 것. 이런 꽤 로맨틱한 계획을 아주는 아직 모르고 있었다.

　"영감님! 이 술은 어때요?"

　이제 나라에서 공인한 성인이 된 아주를 위해 술을 곁들인 작은 파티를 열기로 했고, 한창 분위기가 무르익었을 무렵 얘기할 생각이었다.

여행 간다는 걸 들은 아주의 반응이 어떨지 궁금했다. 눈을 크게 뜨며 놀랄까 아니면 환히 웃으며 좋아할까.

"그거 마시면 너 개 된다."

일우는 아주가 도수 높은 술을 카트에 담으려는 걸 제지하며 말했다.

"개요?"

"네 발로 걸어 다닌다고. 그건 빼."

술도 처음 마시면서 어쩜 이리 센 것만 골라 담는지. 일우가 옆에서 두 눈 부릅뜨고 지켜보지 않으면 보드카며 뭐며 쓸어 담기 일쑤다. 병이 예뻐서 그런가. 아주는 병에 적힌 도수나 설명을 보지 않고 라벨 디자인만 보고 골랐다.

"사람이 왜 네 발로 걸어 다녀요?"

"너무 취해서 인사불성 되면 그럴 수도 있어."

일우는 적당히 달콤한 아이스 와인과 샴페인, 도수가 낮고 목 너머로 넘어가는 느낌이 깔끔한 전통 과실주를 골랐다. 맥주도 몇 캔 사고 안주는 오로지 아주의 취향에 맡겼다. 아직 아주의 주량을 모르기에 내일 먹을 해장국 재료도 샀다.

둘이 먹기엔 좀 많은가 싶을 정도로 음식과 술을 카트에 담은 다음, 시식 코너에 알짱거리는 아주도 옆구리에 끼워 계산대로 향했다.

"너는 왜 눈만 떼면 사라지냐?"

마트에서 다 큰 성인에 이젠 신분증과 핸드폰까지 있는 아주를 잃어버릴 확률은 극히 낮겠지만, 걱정은 사라지지 않았다. 오히려 일우의 눈에 항상 예쁜 풀떼기를 누가 홀라당 잡아갈라, 감시하면 몰라도.

"안 사라졌어요. 소시지 몇 개 집어 먹기만 했거든요?"

"몇 개는 무슨. 시식 코너에 있는 거 네가 다 먹었잖아."

아니거든요? 아주가 눈을 흘기며 대답했고, 일우는 웃음으로 무마했다. 계산대 앞에 선 줄이 줄어들고 드디어 일우의 차례가 됐다.

"이번엔 네가 계산해 봐."

언제나 먼저 카드를 꺼내 계산했던 일우는 이번엔 한 발 뒤로 물러서서 아주를 앞세웠다.

"……내가 해도 돼요?"

"어. 나도 너한테 좀 얻어먹어 보자."

아주는 설렘에 뺨을 붉히며 신분증이 나온 기념으로 일우한테 선물받은 지갑을 꺼냈다. 얻어먹어 보자는 일우의 말은 농담에 불과했다. 아주의 지갑에 꽂힌 카드도 일우의 것이니 말이다. 아주는 카드와 신분증을 꺼내 들고 직원이 물건 바코드를 다 찍을 때까지 기다렸다.

"총 24만 5천 원입니다. 신분증도 보여 주세요."

"여기요!"

희미한 미소를 짓고 있는 아주의 사진이 붙은 신분증. 명아주란 이름과 일우와 처음 만난 날인 9월 18일이라는 생일. 그 아래 적힌 일우와 함께 사는 주소, 발급 일자도 겨우 며칠 전이다.

직원은 한껏 들뜬 목소리로 신분증을 건네는 아주를 흘깃 보고는 확인됐다며 다시 건넸다. 아주는 뭐가 그리 좋은지 웃음을 실실 흘렸다. 계산을 다 마친 뒤, 산 것들을 종이봉투에 가득 담았다. 카트를 미는 일우의 뒤를 따라오면서 아주는 콧노래를 부르며 영수증을 보고 있었다.

"그렇게 좋냐?"

"네."

일우는 끝도 없이 이어지는 긴 영수증을 하나하나 읽는 아주를 말리지 않았다. 나쁜 것도 아니고 태어나 처음 술을 사고, 제 카드로 계산한 게 저리도 좋다는데 뭘. 일우는 좋은 게 좋은 거라며 아주의 감상을 방해하지 않았다.

집에 돌아온 뒤, 묵직한 종이봉투를 식탁 위에 몽땅 올렸다. 술을 꺼내 냉장고에 넣어 두고 아주가 고른 냉동 피자와 조리 식품 판매대에서 파는 치킨을 데웠다. 웬일로 과일 코너를 기웃거리던 아주가 담은 것들도 깨끗하게 씻어 깎았다.

"와, 영감님 잘 깎는다."

"내가 못하는 게 어딨냐?"

사과 껍질을 얇게 잘 깎는 일우를 보고 아주가 감탄했다. 이게 뭐라고 일우는 어깨를 괜히 으쓱이며 답했다. 어느 정도 안주를 준비했을 무렵, 일우는 식탁을 정리하고 술을 꺼내 거실로 갔다.

아주는 크리스마스트리가 반짝이는 거실에 앉아 사과를 먼저 주워 먹고 있었다. 넓은 거실을 꽉 채운 트리는 아주가 꾸민 회심의 역작이었다. 조명도 달고, 별 같은 장식들도 주렁주렁 달았다. 트리의 크기도 거의 아주의 키만큼 컸다.

"맛있냐."

사과를 아삭아삭 베어 물던 아주가 먹던 걸 일우에게 건넸다. 일우도 아주가 먹던 사과를 한 입 베어 물었다. 맛있네.

"오늘은 풀떼기 신분증 나온 기념 파티니까 샴페인부터 따 볼까."

일우가 씩 웃으며 샴페인을 꺼냈다. 겉 포장지를 뜯은 뒤 뮤즐레를 살짝 손가락으로 눌렀다. 그다음에 뮤즐레와 코르크를 같이 고정하고 있는 철사를 풀고는 병을 한 손으로 잡고 살짝 돌리자 퐁, 소리와 함께 코르크가 튕겨 나왔다. 아주가 옆에서 작게 와아, 하며 감탄했다.

더 멋있는 걸 보여 주겠다고 일우는 샴페인 잔을 두 개나 한 손에 쥔 뒤, 샴페인 병을 기울여 따랐다. 이번엔 아주가 가볍게 손뼉을 쳤다. 기포가 톡톡 터지는 황금빛 샴페인이 담긴 잔을 아주에게 건넸다. 일우도 같은 샴페인이 담긴 잔을 들고 말했다.

"풀떼기 처음 마시는 술이네."

챙, 잔을 부딪친 일우가 샴페인을 한 모금 마셨다. 씁쓸한 맛은 곧 달콤한 탄산에 묻혀 사라졌다.

"어때요? 맛있어요?"

"마셔 봐."

일우가 웃으며 아주한테 맛을 보라고 권했다. 아주가 눈을 굴리며 일우를 바라보다가 샴페인 잔에 입을 대고 조금 마셨다.

"어때."

"……으, 써요."

"쓰기만 해?"

일우가 사과를 하나 집어 아주의 입 안에 넣어 주며 물었다. 일우가 주는 대로 사과를 받아먹은 아주가 고민하다가 말했다.

"쓰긴 쓴데 맛있어요."

"아직 맛이 익숙하지 않아서 그래. 많이 마시지 말고 적당히 마시고 싶은 만큼만 마셔."

고개를 끄덕인 아주가 샴페인을 홀짝이기 시작했다. 아주가 계속 술만 마실까 봐 중간중간 먹을 걸 집어 입에 넣어 주는 일은 전부 일우의 몫이었다.

한 잔이 두 잔이 되고, 두 잔이 한 병이 되는 건 시간문제였다. 샴페인 한 병을 까기 무섭게 술을 물처럼 들이켜는 아주 때문에 과실주는 물론 와인까지 깠다.

아주의 눈이 풀리는 걸 실시간으로 목격한 일우는 술을 섞어 마시지 못하게 같은 종류로 샀어야 했다고 뒤늦게 후회했다.

"야, 좀 먹으면서 마셔."

일우가 피자를 잘게 잘라 아주의 입에 넣었다. 먹을 걸 그리도 좋아하던 아주는 술 마실 때 이상하게도 안주에 손을 대지 않았다. 위에 그냥 술을 내리꽂듯 마셨다. 그걸 보며 일우는 기시감을 느꼈고, 곧 선영의 모습을 떠올렸다.

"씨발……."

뭔가 단단히 잘못 걸렸단 생각에 일우는 자신도 모르게 욕을 중얼거렸다. 원래 계획은 적당히 마시며 분위기 잡고, 하와이 여행 얘기를 꺼내는 거였는데. 아주는 자기가 술을 마시는 건지, 다른 걸 마시는 건지 모를 상태로 술을 비워 내고 있었다.

"야, 야, 그만 마셔. 이 미친 풀떼기가 온 집 안 술을 다 마시려고 작정했네."

이제 아주는 일우가 마시던 맥주 캔까지 탐냈다. 눈이 반쯤 풀린 아주한테 캔을 지키는 건 일도 아니었다.

"으응…… 이리 줘요."

아주가 허공에 대고 손을 뻗으며 허우적거렸지만, 이내 쓰러지듯 일우의 품에 안겼다.

아주가 마신 술이 도수가 높은 건 아니지만, 여러 종류를 섞어 마신데다, 두런두런 이야기를 나누며 홀짝인 게 아니라 더 빨리 취했다. 어느새 아주는 발갛게 달아오른 얼굴로 눈을 깜박이며 일우의 품속을 더 파고들었다.

일우는 테이블 위의 참상을 모른 척 고개 돌리고, 아주를 안아 올렸다. 아주는 일우의 허리에 다리를 휘감고 목에 팔을 감았다. 일우도 아주의 엉덩이를 손으로 받치곤 천천히 등을 토닥였다.

"작작 마셔라, 작작."

"으음, 얼마 안 마셨는데……."

아주가 입맛을 다시며 일우의 어깨에 얼굴을 비볐다. 일우는 소파 위를 굴러다니는 담요를 주워 아주의 등 위로 덮은 뒤, 아주를 안은 상태로 베란다에 나왔다.

차가운 바람이 술에 들뜬 뺨을 식혔다. 아주도 찬 바람이 기분 좋은지 고개를 들고 하늘을 바라본다. 일우는 잠시 베란다에 놓인 의자에 앉아 경치를 감상했다. 경치라고 할 것도 없는 늦은 밤 주택가의 고요함뿐이었지만 그래도 좋았다.

오래전, 사회 초년생 때 술을 마시던 기억도 나고 선영이 남자 친구와 헤어졌다며 일우를 불러내 푸념했던 것도 떠올랐다. 자신은 술을 별로 좋아하지 않지만, 대개 나쁜 기억은 없다.

아주도 그러길 바랐다. 술은 모름지기 재밌고 좋은 일이 있을 때 마셔야지, 나쁜 일을 잊으려 마시면 안 된다. 그러면 내가 술을 마시는 게 아니라 술이 날 마셔 버린다.

일우는 아기처럼 몸을 웅크린 채 담요 속에서 얌전히 눈을 감은 아주의 머리칼을 슥슥, 만졌다. 부슬부슬 흩어지는 머리칼의 느낌이 기분 좋았다.

"눈 오네."

올해 들어 벌써 두 번째 눈이 내렸다. 동글동글한 함박눈이 내리는 모습을 감상하다 문득 어떤 사실이 떠올랐다. 첫눈도 두 번째 눈도 전부 아주와 함께 맞았다는 것. 그리고 죽을 때까지 평생 이 풍경을 함께 보겠지. 그 사실이 고맙고도 좋아서, 일우는 참지 못하고 아주의 이마에 키스했다.

일우의 입맞춤에 선잠에서 깬 아주가 가물가물한 눈으로 하늘을 바라봤다.

"눈……."

초점도 제대로 못 맞추면서 용케 눈을 봤는지 아주가 조용히 중얼거렸다. 예쁘다아……. 아주가 눈을 잡으려 손을 뻗었고, 일우는 따뜻한 손이 추운 날씨에 얼어붙지 않도록 붙잡았다. 아주가 빠져나가지 못하게 깍지도 꼈다.

서로의 체온에 의지한 탓인지 찬 바람도 봄바람처럼 느껴질 무렵, 아주가 이상한 소리를 내며 몸을 배배 꽜다.

"……우욱."

"야, 잠깐……!"

일우가 놀라 일어나기도 전에 아주가 우욱, 입을 틀어막았다. 일촉즉발이란 걸 깨달은 일우가 서둘러 아주를 안아 집 안으로 들어왔다.

"씨발, 너 여기서 토하기만 해 봐."

네가 직접 옷 빨게 시킬 거야. 제대로 으름장을 놓으며 경고한 일우가 욕실로 아주를 밀어 넣었고, 곧이어 아주는 먹은 걸 모두 토했다. 쉼 없이 토하는 아주의 입이 쓸 것 같아 주스도 몇 번 억지로 먹였다.

"마셔야 토할 때 안 써. 이거라도 마시고 마저 토해."

고개를 도리도리, 돌리며 피하는 아주를 붙잡고 끈질기게 등을 두들겼다. 아주도 볼 장 다 볼 때까지 마시는 스타일이란 걸 깨달은 일우는 절대 선영과 맞붙으면 안 되겠다고 마음먹었다.

당장 내일 하와이에 가는 걸 얘기하기는 무슨, 상상과 달리 일우는 욕실에 주저앉아 눈에 넣어도 안 예쁠 아주의 등을 두들기며 구토나 돕는 신세였다.

결혼은 상대를 이해하는 극한점이라더니, 무슨 말인지 몸소 느꼈다. 하지만 인생의 교훈을 이렇게 몸으로 배우고 싶진 않았다. 새벽에 변기를 부여잡고 위액을 토하는 아주 옆에서는 더욱이.

아침 일찍 일어난 일우는 바삐 짐을 챙기기도 모자랄 시간에 북엇국을 끓였다. 파를 썰어 넣고, 달걀을 푼 다음 후추를 뿌렸다. 그것도 모자라 꿀물도 탔다.

"이 나이 먹고 뭐 하는 짓이냐, 이게."

술 마시자고 한 사람이 죄인이지. 옆에서 보고도 제때 말리지 않은 게 두 번째 죄고.

일우는 속으로 몇 번이나 한탄하며 아주의 숙취를 풀어 줄 음식들을 쟁반에 올려 침실로 가져갔다. 아주는 여전히 세상모르게 푹 자고 있었다. 업어 가도 모르겠네. 잠시 아주를 깨우지 말고 그대로 공항에 데려갈까 고민했다.

"풀떼기, 그만 자고 일어나서 해장해라. 아침 댓바람부터 너 때문에 주방에서 북어 볶았어."

일우가 흔들어 깨우자 아주는 천근만근 무거운 눈꺼풀을 천천히 들어 올렸다. 세월아 네월아 일어나는 모습을 보며 일우가 말했다.

"눈꺼풀 존나 무겁기도 하네. 속은 어때, 좀 괜찮냐?"

"아뇨……. 어지러워요."

"일단 꿀물부터 마셔."

관자놀이를 부여잡고 속이 안 좋다며 비틀거리는 아주를 붙잡고 일우는 꿀물을 먹였다. 아주는 먹기 싫다고 앙탈 부렸지만, 일우는 단호했다.

"어제 다 토해서 오늘은 토할 것도 없어. 참고 마셔."

살살 달래는 인내심은 어제로 끝이다. 아주는 일우가 물러나지 않을 걸 알았는지 얌전히 꿀물을 받아 마셨다. 북엇국도 마찬가지였다. 일우는 새벽에 일어나 북어를 볶으며 국을 끓였던 노고를 알라며 잔소리도 잊지 않았다. 아주는 듣는 둥 마는 둥 했지만, 대답은 착실히 했다.

"다 먹으면 씻고, 옷 입어라."

일우는 전에 선영이 선물해 줬던 하와이안 셔츠를 꺼내 침대 위에 올렸다. 아주를 만난 게 가을이라 그런지, 마땅한 여름옷이 없어 종종 잠옷으로 입는 반바지도 같이 뒀다.

얘는 옷 챙길 게 없겠네. 이왕 이렇게 된 거 옷이나 자잘한 것들은 모두 가서 살 생각이었다. 아주가 반강제로 북엇국을 먹고 씻으러 간 동안 일우는 드레스 룸에 틀어박혀 캐리어에 옷가지를 담았다.

씻고 나온 아주가 비누 냄새를 폴폴 풍기며 일우의 뒤에 다가왔다.

"영감님, 뭐 해요?"

"보면 모르냐, 짐 싸잖아."

일우가 캐리어 옆에 놔둔 여권 두 개를 손에 쥐고 흔들었다. 제 이름이 적힌 초록색 여권을 본 아주의 눈이 호기심에 물들었다.

"여권이 왜요? 오늘 어디 가요?"

"어, 호놀룰루 가."

"호루라기요?"

호놀룰루를 어떻게 하면 호루라기로 들을 수 있는지. 일우는 아주의 청력에 개탄했다.

"호놀룰루, 하와이 간다고."

짐을 얼추 챙긴 일우가 캐리어 두 개를 드레스 룸 밖으로 끌고 나왔다.

"……거짓말. 어젠 그런 말 없었잖아요!"

일우가 꺼내 준 대로 하와이안 셔츠를 입은 아주는 예고도 없이 이러는 게 어딨냐며 종알거렸지만, 일우를 이기기엔 한참 모자랐다.

"어제 얘기하려고 했는데 네가 술 마시고 뻗었잖아."

전부 아주의 탓으로 돌린 일우는 핸드폰을 꺼내 모바일 티켓을 보여 줬다. 믿지 못하겠다는 듯이 눈을 굴리던 아주는 일우가 건넨 핸드폰 화면을 확인했다.

화면엔 영어로 적힌 일우의 이름과 함께 출발 시각, 일자 등이 적혀 있었다. 아주는 두 눈을 빠르게 깜박이며 화면을 확인했지만, 뭘 뜻하는 건지 정확히 알지 못했다.

"이게 뭔데요? 나 영어 모른단 말이에요."

아주가 풀이 죽은 채 말하자, 일우는 QR 코드 밑 이름을 가리키며 설명했다.

"현일우, 내 이름이잖아."

인천에서 하와이로 간다는 표시부터 오늘 밤 9시 20분에 출발하는 비행기라는 것까지 전부 풀어 설명해 줬다. 일우의 설명을 가만 듣던 아주가 갑자기 고개를 들더니 물었다.

"내 이름은 왜 없어요? 영감님 나 혼자 두고 하와이 가는 거예요?!"

왜 이제야 묻나 했네. 일우는 움츠러들기는커녕 당당하게 말했다.

"내가 널 두고 왜 혼자 가나? 핸드폰이나 줘 봐."

일우의 말에 아주는 미심쩍은 얼굴로 핸드폰을 건넸다. 저게 속고만 살았나. 사람 의심하는 게 날이 갈수록 는다. 아주의 핸드폰으로 앱을 다운한 일우가 '내 예약 조회'를 눌러 화면을 보여 줬다.

"자, 네 이름 명아주. 자리는 내 옆자리."

아주가 핸드폰 화면을 한참을 뚫어지게 쳐다봤다. 눈도 아주 느릿느릿 깜박이는 게 화면 속으로 빨려 들어간다는 표현이 제격이었다.

"왜, 안 믿겨?"

끄덕끄덕. 아주는 말없이 고개만 끄덕였다. 크게 놀라거나, 좋아한다거나 하는 일우의 상상과 다르게 아주는 굉장히 조용했다.

시간이 지나자 줄곧 건드리지 않고 있던 핸드폰 화면이 꺼졌다. 검은색 액정에 아주의 얼굴이 비치고 나서야 아주가 일우 쪽으로 고개를 돌려 물었다.

"……왜 말 안 했어요?"

"서프라이즈 선물 하려고 말 안 했지. 근데 별로 안 좋은가 보네."

그냥 가지 말까. 일우가 농담처럼 묻자 아주가 즉각 고개를 절레절레 흔들었다.

"지금 네가 입고 있는 옷, 박선영이 전에 하와이 갔다가 사다 준 거야."

일우가 아주가 입은 붉은색 셔츠를 가리키며 말했다.

"이걸 선영이 누나가 사 줬어요?"

"그래, 인마. 나는 입지도 못할 사이즈로 사 왔다니까."

선영이 건넨 선물을 보며 딱 자기 같은 거 사 왔다고 욕했었지. 살 거면 사이즈나 제대로 맞게 사든가, 하고 얘기했지만, 선영은 어차피 입지도 않을 거 작으면 어떻고, 크면 어떻냐고 맞받아쳤다. 그때 버리지 않고 옷장에 대강 넣어 뒀는데, 이게 이렇게 쓰일 줄은 몰랐지.

"그래도 풀떼기 너한텐 잘 어울리네."

붉은색이 유독 잘 받는 아주인데, 화려한 무늬까지 더해지니 시선을 다 빼앗는다. 하얀 얼굴이 더 돋보이기도 하고. 예쁘네, 내 풀떼기. 일우는 아주의 부드러운 볼을 매만지며 이어 말했다.

"하와이에서 크리스마스 보내고 내년에 한국 오자."

내년이라고 해 봤자 며칠이지만, 아주는 천천히 고개를 끄덕이며 웃었다. 일우가 자신의 입술을 가리키며 웃어도 얌전히 뽀뽀하기까지 할 정도로 좋아했다.

늦은 저녁, 공항 주차장에 차를 주차하고, 국제선 터미널로 오기까지 여정도 순탄치는 않았다. 티켓이 퍼스트 클래스라 탑승 수속부터 출국 심사까지 편하게 했음에도 불구하고 공항이 처음인 아주는 이리저리 구경하느라 바빴다.

어제 술 마시고 아침까지 숙취에 힘들어하던 애가 맞나 싶게 펄펄 날아다녔다. 특히 면세 구역에 들어서서는 온갖 매장을 쏘다녔다. 일우는 아주의 뒤를 따라가며 아주가 하와이 가서 입을 옷 몇 벌을 구매했다.

"형, 이거 봐요!"

사람들 눈이 많은 곳이라 영감님이란 호칭을 쓰지 못하게 했더니 아주는 알아서 일우를 형이라고 불렀다. 아주에게 하와이안 셔츠를 입힌 게 문제였을까. 아주가 형형, 하며 일우를 부르자 그걸 들은 매장 직원들은 '동생이랑 하와이 가시나 봐요' 하며 말 걸기 일쑤였다.

크리스마스 시즌이라 그런지 면세 구역 곳곳에 트리도 크게 있었고, 매장마다 크리스마스 관련 소품도 많이 팔았다. 일우는 아주 몰래 산타

클로스 모자를 하나 구매했다.

아주의 옷이 담긴 쇼핑백을 들고 다니던 일우는 시간을 확인한 뒤, 다른 매장에 들어가려는 아주를 붙잡고 항공사 라운지로 향했다. 한눈 팔다간 아주를 꼼짝없이 잃어버릴 것 같아, 얼마 남지 않은 출발 시간까지 라운지에서 보낼 생각이었다.

"넌 안 힘드냐?"

"하나도 안 힘든데요."

일우는 더 돌아다니고 싶은 눈치인 아주에게 물을 가져오라고 시킨 뒤, 앞에 놓인 커다란 TV에 시선을 고정했다. 때마침 저녁 8시 뉴스가 방영되고 있었다.

「……인천지검은 해당 군부대를 압수 수색 한 자료를 토대로 인체 실험 피해자들을 생매장하라 지시한 이들을 추적해 기소할 방침이라 발표했습니다. 일부 시신은 소각한 것으로 보이며, 발굴된 시신은 국과수로 넘어가 실종자 DNA와 대조 중에 있습니다.」

그 말에 일우처럼 TV를 보던 다른 사람들이 술렁였다. 나라에서 시켜서 한 게 맞는다는 거야? 모르지, 그거야. 근데 진짜 대박이다……. 저기서 살아 나온 사람이 있다는 게 더 안 믿겨.

일우는 앵커의 말과 사람들의 수군거림을 가만히 듣고 있었다. 아주가 가까이 다가와 차가운 물병을 일우의 뺨에 대고서야 정신 차렸다.

"영감님, 뭐 해요?"

정지해 있던 일우의 시간이 아주가 등장한 직후 흐르기 시작했다. 일우는 앵커가 보도한 뉴스는 저 멀리 치운 뒤, 자신의 현재인 아주에 집중했다.

"그냥 쓰잘데기 없는 거 봤어."

아주가 더 관심 갖기 전에 다행히도 타이밍 좋게 나타난 직원이 퍼스트와 비즈니스 클래스 승객들을 인솔했다.

"출발 시간 다 됐나 보네. 가자, 우리도."

호놀룰루행 비행기로 가는 사람들은 막 결혼식장에서 온 듯한 신혼부부들이 대다수였다. 이제야 허니문 느낌 좀 나네. 일우는 아주 몰래 속으로 이 여행의 숨겨진 목적을 상기했다.

"명아주 님 티켓 확인되셨습니다. 1F 자리는 이쪽입니다."

"잠시만요!"

승무원의 안내를 받고 비행기에 막 오르던 아주가 갑자기 입구에서 신발을 벗었다.

"풀떼기, 너 뭐 하냐?"

일우가 황당하다는 듯 되물었고, 승무원은 웃음을 참는 표정으로 애써 침착하게 '슬리퍼 준비해 드릴까요?' 하고 되물었다.

"선영이 누나가 비행기에선 신발 벗는 거라고 그랬는데요."

"얼씨구, 여기 한번 둘러봐라. 지금 신발 벗는 앤 너밖에 없어."

"……뭐야, 비행기에서 신발 벗는 거 아니에요?"

"장시간 비행이니까 슬리퍼로 갈아 신긴 하는데 보통 너처럼 입구에서부터 벗진 않지."

박선영 하여간, 풀떼기 놀리는 거 너무 좋아해서 큰일이네. 아주는 일우의 말에 충격받은 얼굴로 멍하니 있었다. 그사이 배려 넘치는 승무원이 재빨리 슬리퍼를 가져다줬다.

"됐다, 이거나 신어."

일우는 아주의 신발을 챙긴 뒤 슬리퍼를 신으라 말했고, 아주는 고개를 푹 숙인 채 슬리퍼를 신고 터벅터벅 자리로 갔다. 그런 아주를 보며 같이 탄 승객들도, 승무원도, 하물며 일우도 웃음을 참기 바빴다. 아주에 딱 걸맞은 귀여운 소동이었다.

이륙하자마자 제공된 기내식을 먹기 무섭게 아주는 바로 잠에 빠져들었다. 승무원이 침대 세팅 해 주는 것도 못 기다려 잠에 빠진 탓에, 일우가 잠시 아주를 안고 있어야 했다.

기내 불이 소등되고 한국 시간으로 오후 11시가 넘어갈 즈음, 일우는 아주와 자신 사이에 있는 칸막이를 내린 채 아주가 자는 모습을 구경했다. 그렇게 돌아다니며 간식을 주워 먹었는데 피곤할 만도 하지. 숙취가 다 안 풀렸을 시간이기도 하고.

시차가 열아홉 시간이나 나는 탓에 일우는 아주를 깨우지 않고 자게 놔뒀다. 하와이에 도착할 때면, 거긴 아침일 테니 비행기에서 푹 자는 게 나았다.

한국을 완전히 벗어나 태평양 상공을 비행할 즈음, 일우는 시간을 확인했다. 아직 한국 시간에 맞춰져 있는 손목시계는 12월 25일로 넘어가는 자정을 가리켰다. 다른 승객들은 다들 자는지 굉장히 조용했고, 아주도 마찬가지였다.

상공에서 맞는 자정의 크리스마스. 아주는 여전히 눈을 감고 있지만, 같이 맞는 첫 크리스마스라는 건 변하지 않았다. 일우는 아주의 머리 위에 아까 산 산타클로스 모자를 살짝 올려 두곤, 미리 주문한 팔찌를 꺼내 아주의 팔에 채웠다.

안쪽에 양각된 글자는 '1st Christmas present, 2U'.

둘의 이름을 영문으로 쓰면 AJU와 ILU. 거기서 마지막 글자인 U만 사용해 만든 언어유희였다. 일우답지 않은 로맨틱한 선물이었다. 아마 아주는 안쪽에 쓰인 글귀의 존재를 평생 모를 것이다.

겉에는 국내외 어디서든 아주를 잃어버리지 않게끔 +82로 시작하는 일우의 번호가 적혀 있었다. 아주는 그걸 보고 선물은 무슨, 미아 방지용 팔찌라고 생각하고 말겠지.

일우는 아침에 일어난 아주가 어떤 얼굴을 할지 상상하며 양 뺨에 조심스레 키스하고는 나직이 속삭였다.

"Merry Christmas."

〈fin.〉

외전 I. 하와이에서 생긴 일

일우가 아주의 손목에 팔찌를 채우고 몇 시간이 더 지났을 무렵, 아주가 무거운 눈을 떴다. 푹 잤는지 붕어처럼 부은 눈과 반질반질 윤이 나는 얼굴을 마주한 일우가 픽, 웃음을 흘렸다.

"잘 잤냐."

"네…… 근데 왜 웃어요?"

아주는 자신을 보며 웃는 일우에 불길함을 감지했는지, 다 뜨지도 못한 눈으로 서둘러 주변을 살폈다. 저게 내가 매번 놀리기만 하는 줄 아나. 일우가 아주를 못마땅하게 쳐다보는 동안, 아주는 일우가 웃은 이유를 어렵지 않게 찾을 수 있었다.

"이게 뭐예요?"

까치집 지은 머리 위에 있는 산타 모자와 팔목에 채워진 팔찌를 발견한 아주가 눈을 깜박거리며 중얼거렸다. 조금 놀란 듯한 목소리와 동그랗게 뜬 아주의 눈을 본 일우는 흡족한 미소를 지었다.

"크리스마스 선물."

"나는 선물 없는데요."

일우의 선물만 받고 입을 싹 닫을 줄 알았더니 아주는 팔찌를 만지며 기특한 말을 했다. 기브 앤 테이크도 알고 많이 컸네, 풀떼기.

"그럼 몸으로 때우든가."

일우의 말에 아주가 눈을 흘겼다. 꼭 '농담이지?' 하고 되묻는 것 같았다.

"농담 아닌데."

진심이라는 일우의 말에 아주는 개의치 않아 했다. 순도 100퍼센트 진담이라는 걸 아주는 전혀 모르는 모양이다. 안타까워서 어쩌나. 일우는 속으로만 개탄했다.

곧이어 착륙 안내 방송이 나왔다. 안내대로 안전벨트를 매고 얌전히 앉아 있는 아주의 팔목에 자신이 채운 팔찌가 짤랑거리는 걸 보니 그냥, 기분이 좋았다. 아주가 자신의 것이라는 착각도 들었다. 아니, 반은 내 거 맞지 않나. 일우는 아주 몸에 대한 소유권을 고민하며 오늘은 아주의 헛소리나 이상한 요구를 다 들어줄 수 있을 것 같은 시간을 누렸다.

"영감님, 저기가 호루루루예요?"

"호루루루 말고 호놀룰루."

이를테면 이런 헛소리도 가볍게 넘길 수 있었다. 비행기 창문에 찰싹 달라붙은 아주는 일출이 시작된 하늘을 바라봤다. 비행기 안에서도 느껴지는 뜨거운 직사광선과 하와이의 상징인 야자수가 둘을 반겼다.

아주는 꿈에서만 그리던 하와이에 왔다는 사실에 들떴고, 일우는 신이 난 아주의 뒤통수를 감상했다. 부슬부슬 흩어지는 머리칼과 비행기 창문에 희미하게 비치는 아주의 얼굴은 잔뜩 상기돼 있었다.

하와이의 맑은 하늘도 아주만큼 깨끗하고 순수하진 않을 것이다. 일우는 하와이에서 처음 맞는 하루가 딱 지금 같았으면 했다.

물론 같았으면 하는 거지, 그렇게 될 거라고 하지 않았다. 비행기에서 내리면 바로 하와이로 나갈 수 있는 줄 아는 아주를 옆구리에 꽉 매단 일우는 지옥과도 같은 시간을 보냈다.

퍼스트 클래스 승객이라 여러 편의를 제공받았음에도 첫 여행, 첫 해외여행, 그것도 상상만 하던 하와이에 온 아주의 에너지는 가히 지나쳤다. 저 에너지의 근원이 자신이 아니라 하와이에 왔다는 것 때문이란 게 잠깐 일우의 심기를 건드렸다.

그래도 일우 나름대로 티는 많이 내지 않았다. 아주의 첫 여행인 만큼 최대한 맞출 생각이었다. 이 불편한 감정은 나중에 침대에서 풀면 되니까. 아주가 들으면 속이 열 번도 넘게 뒤집어질 생각을 일우는 당연시했다.

"영감님, 근데요."

"뭐."

호텔 리무진이 대기하고 있는 출구 쪽으로 걸어가던 도중, 아주가 물었다.

"나 영어 하나도 모르는데 어떡해요?"

일우는 조금 전, 입국 심사 할 때 자신이 가르쳐 준 대로 영어로 인사말을 뱉던 아주를 떠올렸다. 하와이가 세계 각국에서 유명한 관광지만 아니었어도 따로 불려 나갈 영어 솜씨였다. 도무지 상식이 있어야 말이지. 하지만 하와이에서 살 것도 아니고, 한국인인 아주가 영어를 잘할 필요는 없었다. 무엇보다 자신이 있지 않은가.

"내가 있으면 됐지, 뭘 더 바라."

애초에 신혼여행인데 말이 뭐가 중요하다고. 몸이나 맞추면 됐지. 관광 말고 다른 속내가 있는 일우는 방문 목적을 묻는 공항 직원에게도 딱 한 마디로만 답했다.

'For honeymoon.'

신혼여행 온 사람을 한두 번 본 것도 아닐 텐데 직원은 일우에게 당신을 차지한 행운의 주인공이 누구냐며 호들갑 떨었고, 일우는 먼저 입국 심사대를 통과해 자신을 기다리는 아주에게 미소 짓는 것으로 넘겼었다.

"그래두요."

이 여행의 본 목적이나 음흉한 일우의 속을 알 리 없는 아주는 시무룩한 얼굴로 대꾸했다.

"뭘 그래도야. 그럴 리는 없겠지만 혹여 길 잃으면 지나가는 사람 아무나 잡고 팔찌 보여 줘."

"팔찌는 왜요?"

"내 번호 적혀 있거든."

아주가 그제야 팔찌에 양각된 번호를 확인했다. 미아 방지용이란 걸 이제 알았는지 아주가 두 눈을 크게 떴다가 이내 가느스름하게 접었다.

"내가 애예요? 나도 핸드폰 있거든요?"

뒤늦게 팔찌의 정체를 알아채고 풀려고 하는 아주를 일우가 손을 붙잡고 만류했다.

"사람 성의를 이렇게 무시하네. 잃어버리지 말고 잘 하고 다녀."

일우는 아주를 말리는 데 성공하고도 잡은 손을 놓지 않았다. 손을 잡은 탓인지 몰라도 아주는 꿍얼거리며 불만을 표출해도 팔찌는 가만 냅뒀다. 하여간 귀엽다니까.

넓은 로비를 지나던 일우가 대형 크리스마스트리를 발견하고 멈춰 섰다. 일우에게 손을 붙잡힌 채 끌려오던 아주도 일우의 등에 퉁, 부딪쳐서 멈췄다. 아주가 부딪친 얼굴을 문지르며 일우를 노려볼 때, 일우는 아주를 끌고 출구로 향하던 방향을 틀었다.

"어디 가요?"

"잠깐만."

크리스마스트리 앞에 도착한 일우는 아주를 트리 앞에 세우고는 아까 벗었던 산타 모자를 아주의 머리 위에 다시 씌웠다.

"모자는 왜요?"

"가만히 있어 봐."

뒤로 물러난 일우는 하와이안 셔츠를 입고 산타 모자를 쓴 아주를 보며 사진을 찍었다. 어딜 가든 종일 사진만 찍는 사람들이 이해됐다. 이런 순간을 사진으로 남기고 싶은 거겠지.

화려한 꽃무늬의 하와이안 반팔 셔츠, 반바지와 샌들. 거기에 빨간색 산타 모자라니. 아이러니한 모습이 한 단어로 정의되지 않는 아주와 잘 어울렸다.

일우가 핸드폰을 꺼내 아주를 찍는 사이, 아주는 트리에 달린 화려한 오너먼트에 정신이 팔려 있었다. 그 덕에 굉장히 자연스러운 사진이 나왔다. 카메라를 보고 경직된 태도로 서 있는 아주가 아니라, 몸짓과 표정

모두 부드러웠다. 자신이 찍은 결과물을 보고 흡족한 미소를 지은 일우가 목이 빠져라 트리를 올려다보는 아주를 불렀다.

"풀떼기, 그만 가자."

트리를 구경하고 있던 아주는 일우의 말에 쪼르르 달려와 옆에 섰다. 슬쩍 곁눈질하며 아주는 일우가 찍은 자신의 사진을 확인하려 했지만, 일우가 핸드폰을 주머니에 집어넣는 게 더 빨랐다.

"나 몰래 사진 찍구."

"찍고 뭐."

"나도 보여 줘요."

일우가 뻔뻔하게 받아치자, 아주는 사진을 보여 달라고 졸랐다.

"그래, 봐라, 봐."

실랑이 축에도 못 들었지만, 괜히 대화가 길어질까 핸드폰을 다시 꺼내 아주한테 건네는 일우였다. 아주는 핸드폰을 받아 든 뒤, 사진을 확인했다.

"이게 뭐예요. 완전 못 찍었어."

"예쁘기만 하구만."

"나 카메라도 안 쳐다보고 있잖아요."

"그래서 자연스러운 거야."

"그냥 못 찍은 거면서. 사진은 선영이 누나가 잘 찍는데."

얼떨결에 선영과 비교당한 일우의 시선이 험악해지자 뒤늦게 아주가 말을 돌렸다.

"근데요, 영감님은 사진 안 찍어요?"

"어물쩍 넘어가려 해도 안 통해."

"그게 아니라 진짜 궁금해서 그런 건데."

뻔뻔한 낯으로 눈을 데굴데굴 굴리며 물으면 넘어갈 것 같은가. 일우는 아주를 잠시 내려다보며 숙면 덕분에 뽀얀 피부나, 혈색 좋은 입술을 훑었다.

"네? 왜 대답 안 해요?"

어물쩍 넘어가긴 무슨, '저 지나가겠습니다!' 하며 우렁차게 소리치는 아주인데 그냥 넘어가게 된다. 사랑하는데 어쩌겠어. 져 줘야지. 예로부터 사랑하는 사람한테 이기려 들면 안 된다고 했다. 사랑이 이기고 지는 게임도 아니니까.

"내가 내 얼굴 찍어서 뭐 하게? 거울 보면 되는 걸."

"그럼 내 사진은 왜 찍는데요?"

"넌 내가 사랑하는 사람이잖아."

일우는 낯간지러운 말을 부끄러움 없이 내뱉었다. 듣는 아주도 부끄러워하지 않았다. 가히 철면피다웠다.

"영감님은 영감님 안 사랑해요?"

스스로를 비하한 적은 없다. 그렇다고 해서 나르시시즘 있는 사람처럼 미친 듯이 사랑하는 것도 아니다. 머리 좋고, 돈 많고, 잘생긴 외관을 인정할 뿐이지. 가끔 느끼던 외로움도 아주의 등장 이후로 흔적도 없이 사라졌다.

"난 네가 사랑해 주잖아."

"나 영감님 사랑 안 하는데."

농담일 게 분명한 말에 일우의 마음이 조금, 진짜 조금 흠집 났다. 이 풀떼기가 미쳤나. 농담으로도 안 할 말을 막 뱉네.

"객기 부리지 마라."

"객기 아니에요."

"그럼 염병."

"염병도 아닌데요."

"그래, 그냥 사랑하는 게 아니라 날 진짜 존나 미친 듯이 사랑하나 보지."

절대 그 정도는 아닌 것 같았지만, 일우는 아주가 부정 못 하게 욕을 섞어 가며 으름장을 강하게 놨다.

"아니라고 하기만 해 봐. 너 평생 가둬 놓고 햇빛도 못 보게 할 거야."

한 치 거짓 없는 진심이었다. 일우가 아주의 장난에 진심으로 부딪친 건, 서로 가진 마음의 크기가 차이 난다는 걸 이미 알고 있기 때문이었다.

종종 아주가 눈에 보이지 않을 때, 인별을 통해 새로운 사랑을 받으려 할 때 들었던 기분과 흡사했다. 아주의 세상에 자신 외엔 아무도 없었으면 하는 그런, 질 낮은 소유욕, 짐승처럼 원초적인 사랑. 뭐 그런 것들.

"맞아, 아니야."

"아니……."

아주는 대답에 따라 자신이 처할 상황이 갈린다는 것도 모르고 장난을 1차에서 3차까지 치려 했다. 인내심이 닳아 없어지기 직전인 일우의 눈빛을 본 아주는 마지막에 말을 바꿨다.

"맞아요."

"그럼 키스해."

일우가 오만하게 당장 입술을 제게 부딪치라고 명령했다.

"여기서요? 영감님은 안 창피해요?"

방금 사랑한다는 고백을 듣고도 전혀 부끄러워하지 않던 게 누군데.

샐쭉하게 답하는 아주에 일우는 시큰둥한 눈으로 대강 주변을 훑다가 바로 상체를 숙였다.

"안 하면 내가 하고."

일우의 대답은 순식간이었다. 아주가 피하는 것보다 일우가 고개를 비스듬히 꺾어 키스하는 게 더 빨랐다. 말캉한 입술이 짓눌렸다.

아주와 하는 키스는 언제나 단 향이 났다. 체향 같은 것도 나고. 사람을 대놓고 자극하는 게 아니라 은근히 놀리는 무언가 있었다. 촉, 소리와 함께 짧은 키스를 끝낸 일우가 아주 입술 위에 남은 타액을 손끝으로 훑었다.

"가자, 풀떼기."

키스에 넋이 나간 아주가 일우에게 질질 끌려갔다. 길 한복판, 그것도 사람이 많고 많은 공항에서 하와이안 셔츠에 산타 모자를 쓴 아주는 안 그래도 눈에 띄었는데, 어딜 가나 이목을 집중받는 일우가 키스 상대라 더했다. 시간이 멈춘 것처럼 지나가던 사람들이 둘만 주목했다. 일우는 사람들이 그러든 말든 진짜 존나 박고 싶다는 생각밖에 안 했다.

당장 호텔에 들어가 아주를 발끝까지 씹어 먹을 계획을 세웠다. 예약해 둔 레스토랑 같은 걸 전부 룸서비스로 대체하고 싶은 심정이었다. 남들보다 높은 아주의 체온이 맞잡은 손으로 전해졌다. 일우는 그 온기가 날아갈라 꽉 잡고, 출구를 빠져나가 눈앞에 보이는 리무진에 다가갔다.

* * *

와이키키 해변 바로 앞에 위치한 호텔에 도착한 일우는 6층 리셉션에서 늦은 체크인을 했다. 아침 비행기로 오는 스케줄 때문에 어제 1박을 예약해 둔 탓이었다. 체크인을 완료한 일우와 아주에게 직원이 환영한다는 의미로 하와이 전통 목걸이인 레이(Lei)를 걸어 줬다.

"이게 뭐예요? 예쁘다."

"목걸이지 뭐겠냐."

일우에겐 쿠쿠이넛으로 만든 새까만 레이를, 아주에겐 주황빛 꽃으로 만든 향기로운 레이를 걸어 줬다. 화려한 향을 내뿜는 주황빛 레이가 하와이안 티셔츠를 입은 아주에게 꼭 어울렸다.

아주는 와이키키 해변과 시내가 한눈에 내려다보이는 호텔을 구경하다가, 목에 걸린 레이의 향을 킁킁 맡더니 눈을 반짝이며 주변을 둘러봤다. 일우는 풍경이고 나발이고 아주의 아래에 박고 싶다는 생각밖에 안 했다.

"이제 올라가자."

예약은 어제 오후부터였기에 방을 따로 준비할 필요 없었다. 늦게 체크인할 거라고 미리 연락해 두기도 했고. 일우는 호텔 내부를 두리번거리는 아주를 데리고 바로 엘리베이터에 올랐다.

"몇 층이에요?"

"PH층."

"PH…… 그게 무슨 층인데요?"

"펜트하우스. 여기 있잖아."

"어, 안 눌리는데요?"

"이런 덴 보통 키 꽂은 다음에 눌러야 돼."

카드 키를 꽂았다가 뺀 다음, PH층을 누르자 엘리베이터가 제대로 작동했다. 아주가 다음엔 꼭 자기가 할 거라며 주먹을 쥐었다. 그런 아주를 보며 일우가 미묘한 웃음을 지었다.

엘리베이터에서 내린 일우는 아주의 손을 꽉 잡고 카드 키로 호텔 방문을 열었다. 일우는 방에 들어오자마자 레이를 벗어 던지고 아주를 몰아붙였다.

"아!"

벽에 붙어 선 채 일우에게 아랫입술을 깨물린 아주가 신음했다. 직원이 미리 가져다 둔 캐리어가 다리에 걸린 탓에 자꾸만 자세가 무너지는 아주를 본 일우가 으름장을 놨다.

"제대로 서."

그러면서 아주의 허리를 부드럽게 잡아 안아 올렸다. 와이키키 해변과 즐비하게 늘어선 호텔 뷰가 파노라마처럼 펼쳐지는 창을 지나 눈앞에 보이는 소파에 쓰러지듯 아주를 눕혔다.

"으, 잠시만요!"

아주가 버둥거리며 일우를 밀어 냈지만, 아까 들은 충격적인 농담의 여운이 가시지 않은 일우는 비켜 주지 않았다.

"……아까부터 박고 싶어 죽는 줄 알았어."

일우는 아주가 입은 하와이안 셔츠를 찢듯이 벗긴 뒤 쇄골에 얼굴을 묻었다. 아주만이 가진 향기가 일우의 코끝을 간지럽혔다. 이어서 부드러운 살갗을 씹었다.

"아, 흐읏!"

목선 바로 아래, 움푹 팬 쇄골에 일우는 깊은 상흔을 남겼다. 제 것이라고 영역 표시 하는 짐승처럼 강하고 저돌적이었다. 살갗이 치아에 깨물리는 고통에 아주가 눈물을 조금 흘렸다. 일우는 그것도 아깝다고 바로 혀로 핥아 먹었다.

새끼를 핥는 어미처럼 아주의 눈가를 혀로 쓸고, 살 오른 뺨을 가볍게 깨물었다. 못된 말만 하는 입술을 헤집는 것도 잊지 않았다. 아주의 혀가 이따금 능동적으로 반응할 때, 일우의 행동이 더 거칠어졌다.

어디를 지탱해야 할지 몰라 밑에서 버둥거리는 아주의 손목을 잡아 결박했다. 손가락에 차가운 금속이 걸렸다. 자신이 채운 팔찌였다. 팔찌를 손끝으로 천천히 문지르자, 팔찌가 위로 들리며 그 아래 자리한 피부가 드러났다가 다시 팔찌에 가려지는 걸 반복했다.

평생 자신에게 속박됐다는 표시. 수갑 대신 채운 욕망의 결정체. 그걸 상기하니 발기한 아래가 터질 듯 재차 부풀었다. 일우는 아주의 다리를 벌려 자신의 하반신을 바짝 가져다 댔다.

"다시 말해 봐. 뭐, 사랑하지 않는다고?"

하얀 피부 위엔 일우가 남긴 자국까지 선명해 더 난잡해 보였다. 방금 섹스를 마친 사람처럼 흐트러진 아주를 내려다본 일우가 붙잡고 있는 손목을 제 입술 쪽으로 가져왔다.

"풀떼기, 자꾸 나 자극하지 마."

아주의 두 손목을 아프지 않게 그러모아 그 위에 길게 입맞춤하며 속삭였다.

"내가 네 모든 행동을 귀엽게 보는 건, 널 사랑하기 때문이야."

한 손은 도망가지 못하게 깍지를 끼고, 다른 손은 자신의 심장에 가져갔다. 쿵쿵 뛰는 이 기분을 아주도 느끼길 바랐다. 일우는 시선을 아주에 고정한 채 상체를 낮게 숙였다.

"그리고 난 네 말마따나 양심 없는 새끼니까, 내가 널 사랑하는 만큼 날 사랑해 달라고 조를 거야."

바로 여기로. 일우가 자신의 심장에 뒀던 손을 거두고 아주의 바지

버클을 풀었다. 속옷과 바지를 힘으로 한 번에 끌어 내렸다. 순식간에 나신이 된 아주가 발버둥 쳤다. 그래 봤자 일우에겐 새끼 고양이가 하악질하는 거나 다름없었다.

"사랑의 의미는 알아서 생각해라. 도발한 건 내가 아니라 너니까."

"잠, 잠깐, 아!"

말을 마친 일우는 아주의 고간에 그대로 고개를 숙였다. 털이 무성해야 할 곳이 민둥산처럼 깨끗했다. 여린 살이 일우의 얼굴을 스쳤다. 일우는 망설임 없이 반쯤 발기한 아주의 것을 입 안에 머금었다. 순간, 깍지 낀 손이 부들부들 떨리는 게 느껴졌다.

"아······!"

아주가 허리를 비틀었다. 한 손은 일우와 깍지 낀 상태지만, 다른 손은 아니었다. 어떻게든 일우를 밀어 내리려고 어깨를 때렸지만, 일우가 행위를 거듭할수록 아주의 손에서 점점 힘이 빠지는 게 느껴졌다.

입으로 강하게 기둥을 빨자, 아주가 신음했다. 일우는 아주의 모든 걸 놓치지 않겠다는 듯이 아주의 성기를 빨면서 아주를 올려다봤다. 힘이 바짝 들어간 허벅지나, 상기된 얼굴, 벌어진 입, 이따금 귀두를 혀로 후빌 때마다 찡그리는 눈까지 전부 일우의 심장을 들쑤셨다. 당장이라도 아주의 아래에 처박고 싶었다.

일우의 조급한 마음을 알았는지 아주가 얼마 가지 않아 사정했다. 일우는 아주가 입 안에 사정한 것들을 삼키지 않고 손바닥에 뱉었다. 탈력감에 숨을 몰아쉬는 아주를 쉽게 두기는커녕 구멍에 정액을 발랐다.

"웃, 하, 하지 마요!"

"씨발, 나 터지기 일보 직전이야. 말 걸지 마."

아주가 무슨 말을 하려는 듯 입을 뻐끔거렸다. 작은 몸짓이 소리가 되어 나오기도 전에 일우가 아주의 구멍에 손가락을 삽입했다. 부드럽게 하고 싶어도 몸이 따르지 않는다. 뇌가 섹스에 절여진 것처럼 박는다는 행위에 집중했다. 인내심을 갖고 아주의 뒤를 푸는 것도 용할 정도였다.

평소처럼 구멍을 푸는 데 많은 시간을 쏟지 않았다. 두어 번 구멍 안을 휘젓고 늘리는 게 전부였다. 질척이는 야한 소리가 귓속말처럼 간지러웠다.

옷을 탈의하는 시간도 견디지 못한 일우는 나신인 아주와 달리 옷을 다 갖춰 입고 있었다. 더는 참을 수 없게 되자 일우는 바로 벨트 버클을 풀고, 바지 지퍼를 내렸다. 우뚝 솟은 성기를 꺼내기까지 자잘한 행동은 없었다. 흥분에 젖은 눈이 벌겋게 달아올랐다.

일우의 큰 손으로도 겨우 잡히는 성기가 액을 줄줄 흘리며 아주의 구멍 위를 배회했다. 호흡을 잠시 멈춘 일우가 아주와 시선을 맞췄다. 일종의 신호였다.

이윽고 일우의 것이 아주의 구멍 안을 단숨에 채웠다. 뿌리까지 전부다. 까슬한 음모와 고환이 아주의 연한 살을 짓눌렀다. 삽입되는 순간, 아주가 비명 같은 신음을 내질렀다. 하지만 일우가 입술을 겹쳐 혀를 빠는 게 더 빨랐다.

깍지 낀 손은 너무 꽉 잡은 탓에 겹친 피부가 새하얗게 질려 있었다. 아주의 눈이 크게 뜨였다가 빠르게 감기길 반복했다. 아주를 지켜보며 잠시 행동을 멈췄던 일우가 허리를 위아래로 천천히 움직였다. 아주의 숨도 가빠졌다. 여러 번 몸을 겹쳐 왔음에도 여전히 처음처럼 힘들어하는 아주를 위해 일우는 이따금 고개를 숙여 키스하며 호흡을 같이 골랐다.

"하아, 풀떼기, 너도 좀 말해 보라고."

"으, 으응…… 아!"

일우가 정신이 나간 것처럼 허리 짓 하며 아주의 아랫입술을 깨물다 놓길 반복했다.

"응? 사랑한다고 말 좀 해."

일우는 사랑을 구걸하지 않았다. 제 것을 찾으러 온 사람처럼 당당하고 거침없었다.

"빨리 말하라고, 당장."

아주의 입 안에 손가락을 넣어 입천장, 치아 같은 델 건드렸다. 아주가 옹알이처럼 작게 대답했다.

"사, 사랑……."

……해요. 나비의 날갯짓처럼 작은 소리였건만 일우는 똑똑히 알아들었다. 더 발기할 수도 없을 만큼 커진 성기가 안에서 꿈틀거렸다. 일우는 갈급한 사람처럼 아주의 융기된 유두를 한입에 물어 짓씹고, 속살을 성기로 헤집었다. 안이 질척였다. 일우의 것을 꽉 조인 채 놓질 않았다.

"……후우."

"하, 하아! 으, 그, 그만……!"

살과 살이 부딪쳤다. 일우가 박아 대는 힘에 못 이긴 아주의 몸이 소파 위로 조금씩 밀려났다. 그때마다 일우가 아주의 골반을 아래로 잡아 끌었다. 끌어 내리는 힘과 박아 대는 허리 짓이 맞물릴 때면 아주는 한 번씩 전신을 부르르 떨었다.

쾌감이 파도처럼 몰아치고, 타액이 온몸에 뒤덮였다. 눈은 허공을 훑고 사람이 아닌 짐승의 교미처럼 서로가 서로를 옭아맸을 때 아주가

일우를 강하게 끌어안았다. 일우도 아주의 턱을 붙잡고 진하게 키스하
며 파정했다.

"다시 말해 봐."

입술을 맞붙인 채 일우가 속삭였다. 아주가 일우의 시선과 말에 응했
다. 깜박깜박.

"왜 또 물어봐요……."

"빨리."

사랑한다구요……. 아주의 안에 뜨거운 걸 가득 채운 것도 모자라 사
랑한다는 말을 제대로 들은 뒤에야 일우가 만족스레 웃었다. 그러고는
몇 번이나 아주에게 뽀뽀했다. 존나 귀여운 내 풀떼기. 오독오독 깨물어
삼키고 싶네.

일우가 아주와 겹쳤던 몸을 떼어 내고, 삽입한 성기를 뺐다. 구멍 사
이로 빠져나오는 불투명한 정액을 보고 나서야 콘돔을 쓰지 않았다는
걸 알아챘다.

"음."

여태 잘 지키던 불문율을 어긴 일우의 반응은 그게 다였다. 사리 분
별이 안 될 만큼 화가 나게 만든 원인이 바로 아주 아니던가. 평소 같으
면 미안했겠지만 지금은 아니다. 인과응보라고도 하지.

몸을 일으킨 일우가 땀으로 젖은 셔츠를 벗어 던지고는 응접실에 비
치된 냉장고를 열어 물을 하나 꺼내 마셨다. 한 모금 입에 머금어 아주
에게도 전해 줬다. 꿀꺽, 입으로 넘겨받은 물을 마신 아주가 일우의 팔
을 지지대 삼아 몸을 일으켰다. 허리를 들자 아래에서 정액이 조금 새
어 나왔다. 안이 불편한지 아주가 볼멘소리하며 입을 삐죽였다.

"안이 너무 축축해요."

"네가 말도 안 되는 소리 지껄이니 그렇지."

"농담이었는데."

"나한텐 농담 아니니까 그만 삐죽대."

일우는 안아 달라는 듯 자신을 향해 손을 뻗는 아주를 품에 안아 올렸다. 엉덩이를 받쳐 안정적으로 안자, 새어 나온 정액이 손바닥에 조금 묻었다. 일우가 찝찝하다는 듯 미간을 찡그렸다.

"영감님이 싼 거면서."

"네 건 몰라도 내 건 별로."

아주를 안은 채 욕실로 들어간 일우는 눈앞에 펼쳐진 투명한 유리창에 잠시 눈을 찌푸렸다가 이내 아주를 대리석 욕조에 내려놓고 따뜻한 물을 틀었다.

"일단 씻고 나가자."

한국에서 밤에 출발한 덕에 시간이 넉넉히 남았다. 한국과 열아홉 시간 차이 나는 하와이는 아직 아침 먹을 시간밖에 안 됐다. 당장 욕실 창밖 하늘만 봐도 뜨거운 햇볕이 내리쬐기 전인 이른 아침이었다.

"어디 갈 건데요?"

"글쎄."

김이 피어오르는 따뜻한 물이 욕조 절반 이상 차올랐다. 욕조가 넓어서 성인 남자 두 명이 들어가도 꽉 차지 않고 널널했다. 물 온도를 확인한 일우가 물을 잠그고 욕조 안으로 들어갔다.

"나 배고픈데요."

"그럼 밥부터 먹자."

조식이 몇 시부터였더라. 아까 받았던 안내문을 읽지도 않고 던져둔 탓에 기억나지 않았다. 중요한 건 밥이 아니라 일우 앞에 쭈그려 앉아 욕조 안에 들어찬 물로 장난치는 아주였다.

"풀떼기, 그만 장난치고 이리 와."

아주는 일우가 시키는 대로 장난을 그만두고 일우 쪽에 몸을 기댔다. 일우는 제 품에 쓰러지듯 안기는 아주를 뒤에서 끌어안았다. 가슴 높이까지 차오른 물보다 어째 아주의 체온이 더 따뜻한 것 같았다.

뜨끈뜨끈한 아주를 잠시 끌어안으며 휴식을 취한 일우가 앞으로 할 일을 정리했다. 아주 안에 싼 정액을 빼 주고, 씻기고, 밥 먹이고…….

"영감님, 엉덩이에 자꾸 뭐가 닿아요."

좀 활동적인 관광을 할까, 해변에 늘어지게 누워 쉴까 고민하던 일우를 아주가 툭 건드렸다. 아주의 말대로 일우의 성기가 살짝 발기한 채, 아주의 엉덩이와 등 쪽을 쿡쿡 찌르고 있었다.

"신경 쓰지 마."

"신경 쓰이는데요."

대수롭지 않은 말투로 답한 일우에 아주는 어떻게 신경을 끄냐며 재차 말했다.

"그럼 네가 풀어 줄 거야?"

그럴 생각은 없는지 아주는 입술을 삐쭉 내밀며 무언의 거절을 표했다. 아주의 반응을 대강 예상한 일우는 아주를 끌어안고 있던 팔을 풀었다.

"풀떼기, 욕조 잡고 엉덩이 들어 봐."

"……왜요?"

일우가 당장 삽입이라도 할 것처럼 보였는지 아주가 경계 태세를 하며 일우를 흘겼다.

"안에 싼 거 빼야지. 계속 넣고 있게? 임신하고 싶은 거면 안 말려."

"……거짓말. 내가 어떻게 임신을 해요!"

"너 그렇게 단언할 수 있겠어?"

낮은 일우의 목소리에 아주의 눈이 동그랗게 변했다.

"세상에 피 먹고 사는 나 같은 놈도 있는데, 남자가 임신할 수도 있겠지. 세상에 0퍼센트란 없는 법이야."

일우가 하는 말을 선영이 들었더라면 개소리 말라고 했겠지만, 안타깝게도 상대는 아주였다. 남들 다 받는 의무 교육도 받지 못하고, 성교육뿐만 아니라 상식도 몹시 부족한 아주. 그리고 아주에게 궤변을 늘어놓는 건 어디서도 보기 힘든 특이한 체질의 일우였다. 아주가 알고 있던 협소한 상식마저 파괴되기 십상인 상황이었다.

"지금 나 놀리는 거죠?"

"그럼 그대로 있든가."

일우의 말을 쉽게 믿지 않는 아주에 일우는 어깨를 으쓱하며, 옆에 비치된 샴푸 통을 꺼내 들었다. 정액 빼기 싫다고 하니 차선책으로 아주의 머리를 감겨 줄 생각이었는데, 잠시 머뭇거리던 아주가 등을 돌려 욕조를 잡고 허리를 들었다. 그 순간 일우의 성기도 솟아올랐다.

"……빨리 빼 주세요."

빨리 넣어 주세요, 라고 들리는 건 자신의 착각일까. 샴푸 통을 든 채 굳은 일우는 와이키키 해변보다 아름다운 아주의 뒤태에 1초 정도 고민했다. 일우에겐 그 1초도 나름 영겁의 시간이었다. 물론 답은 본능에 따랐다. 샴푸 통을 다시 내려놓은 일우는 아주의 허리를 붙잡고 중얼거렸다.

"……그냥 임신해라."

"네?"

제대로 듣지 못한 아주는 되물었고, 일우는 정말 아주가 임신할 수 있는 것처럼 말했다.

"애는 싫어하는데 너 닮은 애는 괜찮을 것 같네."

괜찮기는커녕 존나 예쁘겠지.

일우는 아주가 경악할 시간조차 주지 않고 입을 맞췄다. 아주가 일우의 어깨를 밀며 버둥거렸다. 욕조 속 물이 출렁였고, 일우는 자신의 어깨를 미는 아주의 손을 잡아 깍지 꼈다. 밥은 좀 이따 먹자. 일우가 제정신으로 속삭인 마지막 말이었다.

* * *

"……영감님 미워요."

욕조에서 한 번 하고, 정액 빼면서 한 번 더. 세 번을 하고도 멈출 줄 모르던 일우를 가까스로 멈춘 건, 짜증이 섞인 아주의 울음이었다.

'나 배고프다고 했잖아요! 흐어엉!'

봐라. 지금도 조식 시간을 놓칠 뻔했다는 게 미움의 원인이었다.

"나중엔 앙앙대며 운 게 누군데 밉다고 그래?"

아주가 먹고 싶다고 한 오믈렛을 받아 온 일우가 테이블에 그릇을 내려놓으며 헛웃음을 터뜨렸다. 일우는 절대 본인이 잘못했다고 생각하지 않았다. 신혼여행인데 그럴 수도 있지.

"쉿, 쉿! 사람들 듣잖아요."

크게 놀란 아주는 포크를 손에 쥔 채 상체를 숙였다. 꼭 포크로 입을 잘못 놀린 일우를 쑤시겠다는 협박처럼 보였다. 스테이크 조각만 안 꽂혀 있었다면 분명 그랬을 것이다.

"다 우리처럼 신혼여행 온 사람들인데 어때. 들으라고 해."

고기가 꽂힌 포크는 안 무서웠다. 일우는 아주의 협박에도 눈썹 하나 까딱하지 않았다. 외려 이거 먹고 조용히 하라며 스푼으로 오믈렛을 조금 떠 입에 넣어 줬다.

"맛있냐."

아주가 고개를 끄덕이며 네에, 하고 답했다. 입에 든 오믈렛 때문에 발음이 뭉개지는 게 귀여웠다. 하긴 뭔들 안 귀엽겠어. 아주가 당장 홀딱 벗고 훌라 춤을 춰도 귀여워 미칠 텐데. 아니지, 섹시하려나.

"흠."

일우가 턱을 문지르며 창가를 바라보자, 아주가 먹던 걸 멈췄다. 그러곤 자신을 쓰레기 바라보듯 했다. 아주의 시선이 창에 비쳐 그대로 보였다.

"눈알 관리 제대로 안 하냐."

아직 고개가 창으로 향해 있는 일우가 말했다. 아주는 눈동자를 다른 쪽으로 데굴 굴리더니 이내 일우가 갑자기 창을 바라본 것에 대해 추측했다.

"방금 이상한 생각 했죠."

"어."

아주가 간과한 건, 일우를 부끄러움을 느끼는 사람으로 여긴 거였다.

"그리고 이상한 생각은 아니지. 만나는 사이에 네 홀딱 벗은 모습쯤 상상할 수도 있는 거지. 안 그래?"

"나는 영감님 벗은 몸 상상 안 하는데요."

"너랑 내가 같냐."

분명 틀린 말은 아닌데, 맞는 말도 아닌 것 같았다. 아주는 일우의 말에 이상함을 느꼈지만 반박하진 못했다. 포크를 입에 문 채 혼자 고개를 갸웃거리기 바빴다. 그런 아주를 본 일우는 쓸데없는 생각 말고 먹기나 하라며 오믈렛이 담긴 그릇을 밀어 줬다. 생각이 자랄 틈을 주기 싫은 사람처럼 일우는 끊임없이 아주의 입으로 음식을 날랐다.

아주가 만족스레 식사를 끝내고, 일우도 아주가 먹는 걸 실컷 구경했을 무렵, 둘은 다시 호텔 방으로 돌아왔다. 잠시 쉬고 바다에 가든 다른 관광지를 가든 할 생각이었다. 에어컨 바람을 쐬며 침대에 널브러진 채 쉬던 아주가 핸드폰을 확인하는 일우를 향해 말했다.

"나 바다 가고 싶어요."

"가면 되지. 뭐가 문제야."

하와이까지 와서 바다도 안 갈 생각이었나. 일우는 가도 되는 거였냐는 듯 묻는 아주에 어이없다는 표정을 했다. 일우의 대답에 침대에 누워 있던 아주가 벌떡 일어났다.

"그럼 지금 갈래요."

"그래라."

"수영도 할래요."

"해, 안 말려."

너무나 쉽게 모든 걸 승낙한 일우에 아주는 발을 굴리며 소파에 앉아 있는 일우의 손을 붙잡고 조르기 시작했다.

"영감님, 그럼 우리 빨리 나가요. 빨리요!"

한껏 신나서 방방 뛰는 아주에 져 준 일우는 아주의 손을 잡은 채 소파에서 일어났다. 그걸 보고 당장 문 쪽으로 뛰쳐나가려는 아주를 일우가 붙잡았다.

"그 전에 무장 좀 하자."

일우는 망아지처럼 구는 아주를 소파에 앉히고 면세점에서 산 수영복과 모자, 선크림을 차례로 꺼냈다. 아주는 그것들을 보며 일우에게 설명해 달라는 듯한 눈빛을 쐈다.

"일단 맨몸은 안 돼."

"수영은 원래 벗고 하는 거잖아요."

아주가 입고 있는 티셔츠를 벗는 시늉을 했다.

"그러다가 너 피부암 걸린다. 요즘 자외선이 얼마나 센 줄 알아?"

남들이 아주의 벗은 몸을 보지 않았으면 하는 거면서 괜히 다른 핑계를 댔다.

"자외선이요?"

"햇빛 말하는 거야. 만세 해 봐, 만세."

일일이 설명하기도 귀찮아 일우는 바로 행동에 들어갔다. 아주는 하늘을 향해 팔을 쭉 뻗으며 만세 했고, 일우는 아주의 티셔츠를 벗겼다. 자신이 만든 자국이 그대로 남아 있는 걸 흐뭇하게 쳐다보고는, 래쉬 가드를 입혔다.

"으응, 답답해요."

"전신 쫄쫄이 입히려다가 참은 거야."

목 끝까지 지퍼를 채운 일우가 아주의 머리 위에 야구 모자를 씌웠다. 그것도 모자라 선크림을 쭉 짜서 아주의 얼굴에 펴 바르기 시작했다.

"안 발라도 괜찮은데."

"나중에 살 타서 아프다고 찡찡대지 말고 얌전히 발라."

찹쌀떡 같은 아주의 뺨 위에 선크림을 펴 바르는 일우를 본 아주도 지지 않았다.

"그럼 영감님도 발라요."

일우의 손에 있던 통을 가져간 아주가 손바닥에 선크림을 짰다. 손바닥을 비벼 크림을 뭉개곤 일우의 뺨을 양손으로 찰싹 때렸다. 덕분에 일우의 뺨에 하얀색 손자국이 났다.

"야."

졸지에 뺨을 얻어맞은 일우가 아주를 불렀다. 물론 아프지는 않았지만 어쨌든 맞은 건 맞은 거였다.

"영감님도 아프면 안 되잖아요."

일우의 뺨을 반죽하듯 주무르며 하는 말이 저거였다.

"너 지금 선크림을 바르는 거야, 장난치는 거야?"

"발라 주는 거죠."

일우가 모른 척 묻자, 아주도 모른 척 답했다.

"어디 한번 해 보자는 거지?"

도발하는 듯한 아주의 모습에 일우가 다시 통을 뺏어 손바닥에 길게 짰다.

"으읍!"

아주가 고개를 옆으로 홱 돌리며 피했지만 일우의 속도가 조금 더 빨랐다. 하얀 장갑을 낀 것처럼 선크림이 잔뜩 묻은 일우의 손이나, 아주의 얼굴이나 가관이었다.

"풀떼기 너 얼굴 존나 웃긴다. 손바닥 모양 그대로 찍혔네."

"영감님도 얼굴에 손자국 났어요."

그럼에도 이 상황이 웃긴 건 사실이었다. 인상을 썼던 일우도 하얗게 뜬 아주의 얼굴을 보고 그만 실소를 흘렸다. 아주도 선크림으로 떡칠된 건 매한가지인 일우의 얼굴과 손을 가리키며 헤헤 웃었다.

아주와 이럴 때마다 스스로 굉장히 유치해진다고 생각했다. 하지만 결국 즐거우면 된 거 아닌가. 언제 이렇게 내키는 대로 마음껏 웃고, 놀리겠어.

아주를 흐뭇하게 쳐다보며 웃던 일우는 양손으로 아주의 뺨을 쥐고 꾹 눌렀다. 매 순간 순수한 눈으로 자신만 오롯이 쳐다보는 아주가 벅찰 만큼 좋았다.

"풀떼기, 얼굴 씻고 놀러 나가자."

그 말에 일우가 누르는 힘에 뺨이 찌부러진 아주가 눈을 반으로 접으며 환히 웃었다. 얼굴이 짓눌린 탓에 못생겨졌는데도 이상하게 귀엽고 예쁜 내 풀떼기. 네가 지금 짓는 웃음, 이런 걸 보고 싶다. 평생토록.

나란히 세면대에 서서 얼굴에 덕지덕지 묻은 선크림을 씻어 내고 환복을 마친 둘은 와이키키 해변으로 향했다. 뜨거운 태양이 내리쬐기 시작한 해변에 사람이 물밀 듯이 몰려왔다.

다들 휴양지라 그런지 수영복 혹은 화려한 옷을 입고 돌아다녔다. 아주만 일우의 성화에 못 이겨 래쉬 가드를 입고 야구 모자까지 꾹 눌러 쓴 채 햇볕으로부터 살점 하나 내보이지 않았다.

아주와 반대로 일우는 선글라스를 쓰고 슬리퍼를 찍찍 끌고 아주와 세트인 하와이안 셔츠를 걸쳤다. 눈을 사로잡는 키나 외관과 달리 한 손엔 호텔에서 빌려 온 비치백을, 다른 손엔 커다란 튜브를 들고 아주의 뒤를 따르는 일우는 짐꾼과 다름없었다.

"아, 존나 덥네."

커다란 손으로 튜브를 들고 부채처럼 부친다 한들 시원할 리 없었다.

오히려 힘들기만 했다.

"별로 안 더운데요?"

상대적으로 햇볕을 덜 받는 아주는 안 덥다며 어깨를 으쓱했다.

"안 덥기는. 존나 덥구만."

"그럼 빨리 물에 들어가요."

아주가 해변에 먼저 발을 디디며 바다를 가리켰다. 진부한 표현이지만 맑은 바다와 높고 푸른 하늘은 엽서 속 한 장면처럼 아름다웠다.

하와이를 대표하는 야자수엔 크리스마스 오너먼트가 한가득 달려 있었다. 사람들은 너 나 할 것 없이 환한 표정으로 활기차게 수영하고, 웃고 있었다.

마냥 들뜬 마음으로 해변에 가던 아주가 잠시 멈춰 서서 멍하니 눈앞에 펼쳐진 광경을 바라봤다. 모자를 쓴 탓에 그늘진 얼굴에 반짝거리는 무언가 잡혔다. 일우도 선글라스를 벗고, 아주 옆에 서서 광경을 지켜보다 물었다.

"어때, 네가 상상하던 천국 같아?"

"……네."

"옛날에 하와이 가려고 고구마 캐고 사과 땄다며. 보람이 느껴지냐."

진짜 고구마 캐고 사과 따서 온 건 아니지만, 그때 흘린 땀과 피에 대한 보상이 조금이라도 됐을까 궁금했다. 자신이 아주의 과거에 대해 보상해 줄 필요는 없어도 사랑하니까. 그게 이유였다.

"왜 교주 아저씨가 하와이에 가고 싶어 했는지 알겠어요."

그렇게 말할 정도일 줄은 몰랐는데. 호텔도, 해변도 아주 마음에 쏙 든 것 같았다. 하긴 호놀룰루 공항에서부터 계속 흥분 상태였지. 자신은 아주의 몸에 흥분 상태였고.

"교주고 나발이고 계속 바라만 볼 거야?"

아주가 고개를 흔들며 아니라고 답했다.

"뭐 해, 그럼. 뛰어야지."

일우가 웃음 지으며 해변 쪽으로 고개를 까딱했다. 아주가 눈을 동그랗게 뜨며 즉시 바다로 뛰어들어 갔다.

물보라를 일으키듯 풍덩 빠지는 아주의 모습에 일우도 크게 소리 내며 웃었다. 존나 귀여워, 진짜. 아주를 잃어버리는 일이 없게 시선을 고정하며, 파라솔 아래에 비치백을 던져 놓고 하와이안 셔츠를 벗었다.

이 얼굴에는 이 몸매여야 한다는 듯 속옷 모델같이 오밀조밀 잘 짜인 근육을 드러낸 일우가 튜브를 챙기고 온몸으로 파도 타며 노는 아주에게 다가갔다.

"영감님, 이거 봐요. 물속이 다 보여요."

아주가 고개를 아래로 숙여 일렁이는 물을 바라봤다. 아주의 말대로 일우도 고개를 숙였다. 아주의 말따나 파도치는 바다 아래 반짝이는 모래와 조개, 꼼지락거리는 발가락이 보였다.

"예쁘네."

"전에 봤던 바다랑 달라서 신기해요."

일우는 물에 비친 아주를 보며, 아주는 생에 두 번째 보는 바다를 보며 말했다. 서해안 쪽은 갯벌 때문에 물이 좀 탁하지. 아주가 신기하다고 표현할 만한 극명한 차이였다.

소라나 성게 같은 바다 생물마저 예쁘다며 목이 빠져라 보는 아주의 시선을 돌릴 겸, 아주를 안아 올렸다. 갑자기 몸이 들려 놀란 아주가 일우의 어깨를 손으로 붙잡고 지탱했다.

"뭐 하는 거예요?"

일우는 뭐 하냐고 묻는 아주에 대답하지 않고 튜브에 태운 뒤 조금 더 깊은 바다로 걸어갔다. 파도가 출렁이는 대로 튜브 위에 앉은 몸이 흔들리는 게 재미있는지 아주가 까르륵 소리 내어 웃었다.

일우는 수영장 파도 풀에 빙의된 것처럼 튜브 손잡이를 잡은 채 아주가 탄 튜브를 이리저리 끌고 다녔다. 일우의 노력을 아는지 모르는지 아주는 발로 물장구치며 재밌다고 웃어 댔다.

"좋단다, 아주."

이게 인간 파도 풀이지 뭐야.

"튜브 타는 거 재밌나?"

"네, 재밌는데, 악!"

일우는 아주의 대답이 채 끝나기도 전에 아주가 탄 튜브를 뒤집었다. 튜브 타는 것의 핵심은 빠지는 거지. 예고도 없이 물에 빠진 아주가 허우적거리며 일우에게 매달렸다.

"야, 여기 수심 1미터도 안 돼."

놀라서 자꾸 미끄러지는 아주가 일우의 맨몸을 손으로 더듬다가 겨우 일우의 팔을 잡고 균형을 잡았다. 지금 호텔 들어가자고 신호를 주는 건가. 물론 물 먹어서 울상이 된 아주의 얼굴을 보면 절대 못 할 생각이었다.

"푸으…… 놀랐잖아요!"

코가 새빨개진 아주가 씩씩대다가 일우를 거세게 밀쳤다. 하지만 일우는 꿈쩍도 하지 않았다. 오히려 아주만 기우뚱 균형을 잃으며 넘어졌다.

"밀칠 거면 제대로 좀 밀치지. 잘한다, 잘해."

일우가 아주의 팔을 잡으며 중얼거렸다. 그 말은 들은 아주는 누구 놀리냐며 더 성냈다. 본전도 못 찾은 일우지만 기죽지 않고, 아주의 짜증을 다른 쪽으로 분산시켰다.

"그만 삐죽대고 일어나 봐. 저기 파도 타는 사람들 보여?"

"……저게 뭔데요?"

"서핑. 보드 위에서 파도 타는 거야. 네가 방금 튜브 타고 논 것처럼."

일우가 손가락으로 가리킨 쪽엔 서퍼들이 잔뜩 있었다. 한창 강습받는 중인지, 보드 위에 몸을 눕히고 물에서 뜨는 연습하는 사람도 보였다. 방금 삐져서 고개를 획 돌렸던 아주는 온데간데없이 사라지고 서퍼들을 뚫어지게 쳐다보는 아주만 남았다.

"나도 할 수 있어요?"

"못 할 건 뭐 있어."

"그럼 해 볼래요."

서퍼가 무슨 대단한 영웅이라도 되는 것처럼 보이는지, 아주는 여전히 그들에게 눈을 떼지 않았다. 서핑을 해야 하나. 일우는 아주를 다시 튜브에 태워 모래사장 쪽으로 걸어가며 중얼거렸다.

해변 근처에 있는 보드 가게에 간 일우는 보드를 빌리면서 강습도 예약했다. 아주만 시킬까 하다가 영어를 단 한 마디도 못하는 아주를 위해 같이 받았다.

둘은 모래사장에 누워 자세와 주의 사항을 안내받고 내친김에 얕은 바다까지 나가 패들링과 밸런스 잡는 연습을 했다. 짧은 강습 뒤, 더 깊은 바다로 나간 일우는 아주의 관심 좀 돌려 보겠다고 서핑 얘기를 꺼낸 걸 후회했다.

"야, 벌써 2시 넘었어. 밥 먹으러 안 갈 거야?"

"나 아직 제대로 일어서지도 못했단 말이에요."

"아니, 씹."

본능적으로 욕이 튀어 나가려는 걸 참은 일우가 말했다.

"하아. 하지 말란 게 아니라 밥 먹고 와서 하라고. 막말로 그게 한 번에 되면 네가 서핑 선수게? 어? 서핑 가르치는 애들도 먹고살아야 할 거 아냐."

얼마나 배웠다고 바로 보드 위에서 균형 잡고 파도를 즐기는 일우와 달리, 아주는 보드 위에서 좀처럼 균형을 잡지 못하고 물에 빠지기 일쑤였다. 일우도 덩달아 점심을 굶고 아주의 옆을 지키며 보드를 밀어 주느라 바빴다. 그것도 한두 시간이어야 재밌지, 오후 시간까지 꼬박 다 쓰게 생겼으니 여간 성가신 게 아니었다.

"그럼 영감님은 선수예요?! 한 번에 일어서게?"

"너랑 나랑 체력 차이를 봐라."

잠시 아주의 시력을 걱정한 일우였다. 왜 자신은 한 번에 성공했고, 아주는 성공하지 못했는지를 꼭 말로 해야 아나. 일단 타고난 피지컬부터 다르잖아.

"나도 운동 잘해요."

"얼씨구, 뜀박질만 잘하는 거겠지. 존나 토끼처럼 뛰는 거. 근데 그것도 나한테 잡혔었지?"

케케묵은 과거를 회상하듯, 일우는 아주와 처음 만났을 때를 상기했다. 그 말에 반박할 대답을 찾지 못한 아주가 볼을 복어처럼 부풀리며 화를 삭였다.

"이익……!"

"손해만 보다 죽은 귀신이 붙었나, 이익은 무슨 이익. 잔말 말고 나와."

일우는 본인 보드를 바다에 띄워 둔 채 손으로 밀고, 다른 한 손으로 아주가 배를 깔고 누워 있는 보드를 질질 끌었다. 아주가 버티는 만큼 일우도 완강했다. 그래도 힘의 차이를 이길 순 없었는지 아주는 결국 바다 밖으로 끌려 나왔다.

강제로 끌려 나온 탓에 시무룩해진 아주를 확인한 일우가 뺨을 툭 건드리며 말했다. 목소리도 최대한 부드럽게 내고 말투도 신경 썼다.

"정 그러면 어디 멀리 가지 말고 해변에서 먹자."

근처 푸드 트럭에서 음식 사 오면 되는 일이고, 먹는 것도 여기서 먹으면 된다. 어차피 물에서 나온 이유도 아주가 밥도 안 먹고 무리해서였으니까.

"근처에서 먹으면 다 먹고 쉬어도 4시 안 돼. 그때부터 타면 되잖아."

아주도 자신의 기분을 망치기 싫은 일우를 알았는지 뒤늦게 고개를 끄덕였다. 그런 아주를 보며 일우도 씩 웃었다. 말 잘 듣네.

서핑 보드를 파라솔 옆에 튜브와 함께 둔 일우는 모자를 벗고 비치백을 뒤적여 물을 마시는 아주에게 말했다.

"밥 사 올 테니까 어디 가지 말고 여기 있어."

힘들어 보이는 아주를 데리고 갔다간 꼼짝없이 오늘 밤을 독수공방해야 된다는 생각이 들었다. 신혼여행인데 그럴 수야 없지.

"꼼짝 말고 가만히 있어. 알았어?"

"네에."

아주는 피곤한지 같이 가겠다는 말도 안 했다. 일우의 말에 기다렸다는 듯 파라솔 아래 깔린 큰 돗자리에 몸을 눕히고, 수건을 담요처럼 썼다. 풀떼기 저러다 자겠는데.

빨리 아무거나 사 올 생각으로 근처 푸드 트럭으로 간 일우는 하와이식

꼬치구이, 쌀밥 위에 햄버그를 올린 로코모코, 스테이크 샐러드, 갈릭 슈림프 같은 걸 한 아름 샀다. 탄산음료도 함께 사서 파라솔로 돌아온 일우는 어느새 잠이 든 아주를 발견할 수 있었다.

"풀떼기, 밥은 먹고 자라."

가볍게 흔들어 깨우자 아주가 투정 같은 말을 중얼거리며 눈을 떴다. 아주의 눈에 졸음기가 가득 묻어 있는 걸 본 일우는 스테이크 조각을 포크로 찍었다.

"언제는 배고프면 잠도 안 자고 찡얼대더니."

이게 자기 멋대로 찡얼댔다가 안 했다가 그러네. 철새처럼 구는 아주의 모습에 일우는 어미 새처럼 포크를 아주의 입 앞에 가져다 댔다.

"하암, 그건 그때구요."

"너한텐 그렇겠지."

우물우물 스테이크를 받아먹는 아주는 그냥 넘어가는 법이 없었다. 물론 맞받아치는 일우도 별다를 바 없었다. 스테이크를 한 조각, 두 조각 받아먹던 아주는 어느새 꾸물꾸물 올라와 일우의 다리 사이에 자리했다. 넓은 가슴팍에 기대 꾸벅꾸벅 졸면서 일우가 주는 음식을 열심히 먹었다.

"야, 너 이렇게 먹을 거면 일어나서 먹어."

"그냥 먹여 주면 안 돼요?"

눈을 반쯤 뜬 아주가 고개를 들어 일우를 올려보며 말했다. 갈릭 슈림프가 든 박스를 포크로 뒤적거리던 일우가 행동을 멈추고 아주를 내려다봤다.

"너 팔자 좋다?"

개 팔자가 상팔자라는 말은 옛말이다. 이젠 풀떼기 팔자가 상팔자다.

"신혼여행이라면서요. 좋아야죠."

"하여간 자기 필요할 때만 말 예쁘게 하지."

목적이 분명한 말이나 웃음이 나오는 건 말릴 수 없었다. 일우는 광대에 걸리는 웃음을 참지 않고 새우 꼬리를 잘라 몸통만 아주에게 먹였다.

"자기 싫은데 자꾸 졸려요."

"시간도 많은데 좀 쉬어."

아주가 다시 눈을 감고 머리를 살랑살랑 흔들었다. 좋다는 건지, 싫다는 건지 알 수가 없다. 제 품에서 잠든 아주의 머리칼이 축축하면서도 따뜻했다. 일우도 남은 음식을 대강 주워 먹으면서 철썩거리며 모래사장을 때리는 파도 소리, 까르륵거리며 웃는 사람들, 화창한 날씨를 즐겼다.

좋네. 평화롭고.

평소 먹던 양에 비해 소식한 아주는 일우의 품에서 푹 자고 일어나 다시 바다로 달려갔다. 느적느적 일어난 일우는 눈부신 햇빛에 선글라스를 끼고 아주의 뒤를 따라갔다. 바다에 뛰어드는 것처럼 자신의 품에 뛰어들면 좀 좋을까.

"천천히 가라, 넘어질라."

자신은 아주가 다치지 않게 길을 치우고 기다릴 수 있지만, 거친 파도나 모래사장은 그렇지 않았다. 아주는 일우의 경고를 듣는 둥 마는 둥 바다에 뛰어들더니 보드에 배를 깔고 누웠다. 그래 놓곤 고개를 돌려 일우를 바라봤다. 저 뜻은 필히, 왜 빨리 와서 보드를 밀어 주지 않느냐는 거였다.

"넌 팔이 없냐?"

"영감님 힘세잖아요."

바다에 들어가 보드까지 손수 밀어 주는 일우 때문에 아주의 어리광은 날이 갈수록 더 늘어났다. 일우는 뭘 해도 귀엽게 느껴지는 자신의 심장만 탓했다.

밥을 먹고, 한숨 자고 나니 시간은 4시를 훌쩍 넘어있었다. 해가 저물기 시작해서 그런지 파도는 조금씩 더 커졌고, 하늘은 붉게 물들었다. 그러는 사이 아주는 점차 보드 위에서 안정을 찾기 시작했고, 몇 번씩 일어나 짧게나마 파도도 탔다.

"어, 어?! 영감님! 영감님 방금 나 서핑하는 거 봤어요?"

"봤어. 이젠 좀 타네."

"영감님, 빨리 핸드폰 꺼내서 동영상 찍어 줘요. 선영이 누나 보여 줄래요."

"박선영을 왜 보여 줘?"

"저기 파도 온다. 영감님, 빨리요!"

"하아……."

몇 시간 동안 일우한테 끌려다니던 아주가 펭귄처럼 팔을 휘저으며 패들링하기 시작했다. 일우는 한숨을 내쉬곤 핸드폰을 꺼내 그 장면을 찍기 시작했다.

파도가 덮치는 순간, 보드에서 일어나 중심을 잡은 아주가 모래사장까지 쭉 서핑했다. 이윽고 보드에서 내려온 아주가 온몸으로 환호성을 지르는 것까지 찍혔다. 일우는 본능처럼 카메라를 줌 인 해서 아주의 환한 웃음을 담았다.

박선영한테 이걸 왜 보여 줘? 당연히 나만 봐야지.

영상이 저장된 걸 확인한 일우가 바다에서 나와 아주 쪽으로 갔다.

"영상 잘 찍혔어요?"

아주가 보드를 질질 끌며 다가와 물었다. 일우는 대충 고개를 끄덕이며 핸드폰을 내밀었다. 바닷물에 푹 젖은 아주는 핸드폰을 받아 들기 전, 일우가 맨몸 위에 걸친 셔츠에 손을 슥슥 닦았다. 큰 키 덕분에 허리 조금 위까지밖에 안 젖었는데 아주 덕분에 모래며 바닷물이 다 묻었다. 이게 뭔 짓이야, 하는 눈빛으로 아주를 내려다봤지만 아무 소용 없었다.

"내 얼굴만 찍었어요? 이게 뭐야."

영상 마지막을 확인한 아주가 눈썹을 찌푸리며 물었다.

"왜, 예쁜 게 크게 보이면 좋지."

일우의 말에 아주가 눈을 살짝 흘겼다. 기분 나빠 보이진 않았다. 오히려 찰나 입을 삐죽이는 게 부끄러움을 참는 것처럼 보였다. 이제 익숙해질 때도 되지 않았나. 일우한테 핸드폰을 돌려준 아주가 바다를 가리켰다.

"영감님. 저기 물이 붉은색처럼 보여요."

아주가 서핑 좀 해 보겠다고 난리 치느라 몰랐는데 해가 수평선 너머로 넘어가며 바다를 노란빛과 붉은빛으로 가득 채우고 있었다. 삼삼오오 모여 서핑하거나 수영하는 사람들은 검은색 그림자처럼 보였다.

그 순간 누군가 통기타를 두드리며 노래하기 시작했다. 해변을 산책하던 사람들도, 일우와 아주도 그쪽으로 시선을 고정하고 귀를 기울였다. 크리스마스이브라고 캐럴을 부르는지 귀에 익은 곡이었다.

"영감님, 우리도 가까이 가서 들어요."

아주는 일우가 대답하기도 전에 손을 잡고 이끌었다. 일우는 못 이긴 척 따라가 줬다. 다른 사람들도 하나둘 노래 부르는 남자 주변으로 모이기 시작했다. 아주가 빨리 가자며 재촉한 덕분에 맨 앞에 앉았다.

첫 곡이 끝나고 박수가 쏟아졌다. 남자가 땡큐를 연발하며 미소 지었고, 노을과 함께 야자수에 감긴 전구가 반짝반짝 빛났다. 한국의 크리스마스와 또 다른 느낌이었다. 다음 곡으로 넘어가기 전, 마라카스를 꺼낸 남자가 아주와 눈을 마주쳤다.

"너 한국인이야?"

"어?"

이국적인 얼굴과 달리 한국어가 굉장히 유창했다. 놀란 아주가 눈을 크게 떴다. 버릇없는 인간을 못 봐 주는 일우는 남자를 보고 한국어를 그릇되게 배웠다고 생각했다. 반말만 하는 게 맹랑한 아주와 별반 다를 바 없었다.

"반가워, 나는 Jonathan이야. 넌 이름이 뭐야?"

"아주……."

"일웁니다. 얘 이름."

무서운 것도 모르고 자기 이름을 말하려는 아주를 가로막은 일우는 자신의 이름을 말했다. 말문이 끊기자 아주가 슬쩍 일우를 쳐다봤다. 내 이름 그거 아니라고 하는 것 같았다.

"일우? 예쁘다."

지랄하네. 딱 봐도 아주한테 수작 거는 조나단에게 일우는 속으로 욕을 뇌까렸다. 누가 봐도 10대인 조나단의 외관에 어른 된 도리로 참았다.

"이거 받아. 안 어려워. 그냥 들고 흔들면 돼."

조나단은 아주에게 마라카스 두 개를 건네줬다. 그러고는 마라카스를 흔드는 시늉을 하며 아주한테 함께 연주해 달라고 했다.

"영감님, 소리 들어 봐요. 신기해요."

"그러게, 신기하네."

영혼 없는 일우의 대답에도 아주는 함박웃음을 지으며 조나단의 부탁을 기쁘게 받아들였다. 아주가 부탁을 받아들이자, 조나단도 밝게 웃으며 노래 부를 준비를 했다.

"3, 2, 1."

숫자 셋을 세고 시작한 반주가 굉장히 낯익었다. 연말이면 거리를 가득 채우던 캐럴 소리와 겹쳐졌다. 아주도 이 노래를 알고 있을까, 궁금해졌다.

"Last christmas, I gave you my heart."

조나단이 기타를 튕기며, 노래를 불렀다. 아직 변성기가 오지 않았는지 맑은 목소리로 부르는 게 꽤 괜찮았다. 조나단은 간간이 아주에게 눈짓으로 박자를 맞추는 걸 도왔다.

익숙한 노래가 나오자 주변에 서 있던 구경꾼들도 따라 부르기 시작했다. 반복되는 가사와 멜로디에 처음엔 버벅이던 아주도 1절이 끝난 뒤부턴 흥얼거렸다. 거진 대여섯 곡을 쉬지 않고 부르던 조나단은 자기 노랠 들어 줘서 고맙다며 구경꾼들에게 인사했다. 다들 자리를 뜨려던 그때, 기타를 가방에 넣은 조나단이 아주를 불렀다.

"일우, 그거 선물이야."

"정말? 고마워."

마라카스를 선물로 주는 조나단이 어찌나 갸륵던지. 일우의 눈이 살벌하게 빛났다. 아주는 그런 일우를 본체만체하며 기쁘게 웃었다. 씨발, 남자한테 웃어 주지 말라고.

"내 인별 아이디 알려 줄게. 연락하자."

조나단이 설상가상으로 자기 인별 아이디를 알려 주려 했다. 일우는 이럴 때도 참아야 할까, 잠시 고민했다. 이러다가는 아주의 인별 중독이 다시 살아날 것 같다는 핑계로 아주의 허리를 잡아 제 품에 넣고는 말했다.

"그건 안 되겠는데, 내가 얘 남편이라서."

참다못해 폭발한 일우가 분노를 꾹꾹 눌러 담아 말하자, 조나단이 눈을 크게 떴다.

"……결혼했어?"

조나단이 일우와 아주를 번갈아 가리키며 물었다. 조나단의 물음에 안겨 있던 아주가 고개를 들어 일우와 눈을 마주쳤다. 너 대답 잘해. 일우의 눈이 그렇게 얘기했다.

"응……."

목소리가 떨떠름하긴 해도 대답은 잘했다. 조나단은 아주의 대답에 충격받은 모양인지 민망함에 몸 둘 바를 몰라 했다. 반지 없었는데……. 머리를 긁적이던 조나단이 혼잣말하더니 뒤늦게 사과했다.

기타 가방을 멘 채 길을 가다가 아주를 돌아보는 조나단에게는 아직 미련이 남아 보였다. 그래도 결혼한 사람에게 추근댈 만큼 막장은 아닌지 쳐다보는 게 전부였다.

"너는 왜 저런 애들만 꼬이냐."

"내가 뭘 했다구요."

아주가 마라카스를 흔들며 투덜댔다. 찰랑이는 소리를 한 귀로 흘린 일우는 자신의 선글라스를 아주한테 씌웠다.

"너 앞으로 선글라스 끼고 다녀."

"이제 밤인데요?"

"다들 패션이려니 할 거야."

"그게 아니라 길이 안 보이잖아요."

"내가 손잡아 주면 되지."

아주의 손을 잡은 일우가 가볍게 키스했다. 아주도 이번엔 거절하거나 피하지 않았다. 가벼운 키스 후에 일우는 마음에 담아 뒀던 걸 꺼냈다.

"마라카스 갖다 버려."

"싫어요."

"뭐?"

"내가 선물 받은 거잖아요."

"내가 두 개 사 줄 테니까 버려."

"꼭 버려야 해요?"

아주가 마라카스를 뺏기지 않으려 꽉 잡았다. 일우는 아주가 아등바등 힘주며 버티는 걸 가뿐히 누르고 마라카스를 뺏었다.

"당연히 버려야지. 외간 남자가 주는 거 함부로 받지 마."

이마에 가볍게 딱밤을 때린 일우가 저 멀리 있는 쓰레기통에 마라카스를 던져 넣었다. 한 번에 두 개가 동시에 들어가자, 지나가던 사람이 휘파람을 불었다.

중간에 전적으로 일우에게 불쾌한 일이 있었지만, 바다에서 잘 놀았다. 일우는 빌린 보드를 가게에 갖다 놓고 아주와 짐을 챙겨 호텔로 돌아왔다.

종일 바다에서 논 탓에 밤이 되니 서늘해지기 시작해 따뜻한 물로 샤워했다. 바닷물에 절여진 수영복이나 옷들은 따로 세탁 서비스를 맡겼다.

일우는 씻고 나온 아주의 머리카락을 말려 주곤 입을 옷을 꺼내 줬다. 하와이에 온다고 화려한 프린팅의 옷을 입었던 아주의 평소 스타일과 달리 세미 정장급으로 깔끔한 셔츠와 바지였다. 일우도 넥타이만 하지 않았을 뿐, 출근할 때처럼 셔츠와 정장 재킷을 모두 갖춰 입은 상태였다.

"어디 가는데 이렇게 입어요?"

"여기서 유명한 스테이크 집. 미리 예약해 뒀어. 가는 길에 불꽃놀이 보고 가자."

스테이크, 그리고 불꽃놀이란 말에 아주의 눈이 초롱초롱 활력을 띠었다.

"와, 여긴 불꽃놀이도 해요?"

"매주 하더라. 내일이 크리스마스라 더 화려할걸."

와이키키 해변은 매주 금요일마다 불꽃놀이하는 것으로 유명했다. 5분 동안 터지는 불꽃은 오며 가며 보기 좋은 정도였다.

"엄청 예쁘겠죠? 기대돼요."

폭죽이 예뻐 봤자 폭죽이지. 화학 물질을 터뜨리는 것 말고 뭐가 있냐는 일우의 생각과 별개로 아주의 기대를 무너뜨리고 싶지 않아 말을 아꼈다.

"그러고 보니 너 불꽃놀이 본 적은 있나?"

"아뇨. 뭔지는 알아요."

"이번 기회에 보면 되겠네."

"그래서 기대돼요."

이런 사소한 것마저 아주의 처음을 가져간다는 게 흡족했다. 조금 전, 바다에서 종일 서핑 연습 할 때는 다시 한국에 데려가 놓고 싶었는데 지금은 달랐다. 좋아하는 거 보니 데려오길 정말 잘했지. 처음 나온 외국이니 온 김에 뭐라도 배우겠지 싶었다. 이를테면 현일우가 최고라거나, 현일우밖에 없다거나 하는 말을 하길 조금, 아주 조금 바랐다.

"기대하기 전에 단추나 끝까지 잠가."

일우가 괜히 아주한테 면박 주며 마지막 단추를 직접 잠가 줬다.

"영감님은 다 풀었으면서 왜 나는 다 잠가야 해요?"

"나는 그림이 되잖아. 너랑 섹시는 좀."

아주의 섹시함은 자신만 알면 되지, 굳이 남한테 살갗을 보여 줄 필욘 없었다.

아주는 일우를 하찮게 쳐다봤고, 그런 취급이 하루 이틀이 아닌 일우는 손목시계를 차며 아주의 눈알 관리를 할 지경에 이르렀다.

"눈에 힘 빼라."

"힘 안 줬어요."

아주가 자기 눈을 손가락으로 크게 뜨는 시늉을 하며 항변했다.

"너 눈 큰 거 아니까 자랑 그만하고, 가자."

"맨날 영감님만 나 놀리구."

"너도 나 놀리잖아. 어디서 안 그런 척해."

일우가 쿡쿡 웃으며 아주의 허리를 잡아 옆구리에 끼웠다. 아주는 일우에게 안겨 나오는 도중에도 계속 꿍얼거렸다. 엘리베이터를 잡아탄 둘은, 안에서 한 노부부를 만났다. 인자하게 웃으며 인사하는 노부부에 일우도 웃는 얼굴로 화답했다. 아주도 쭈뼛쭈뼛 인사를 건넸다.

"헬, 헬로우."

노부부는 아주의 쑥스러운 인사에 소리 내어 웃었다. 일우의 뒤에 숨어 있는 아주에게 고개 숙인 할아버지는 메리 크리스마스라며 초콜릿을 하나 건넸다. 꼭 손녀 손자한테 숨겨 뒀던 간식을 넘겨주는 것 같았다.

"땡큐……."

1층으로 가는 둘과 달리 노부부는 리셉션이 있는 6층에서 먼저 내렸다.

"인기 많네, 풀떼기."

아주가 사람들한테 호감 사기 좋은 외모란 것에 질투 난 일우는 아주의 손에 들린 초콜릿을 뺏어 먹고 쓰레기만 건네줬다.

"내가 받은 건데 왜 영감님이 먹어요?"

"먼저 먹은 사람이 임자지."

"다시 뱉어요!"

"원한다면야."

아주의 뒤통수를 잡은 일우가 상체를 숙이고 키스했다. 입에서 입으로 초콜릿을 넘겨줬다. 살짝 녹은 초콜릿은 딸기 맛이었다.

"자꾸 이런 식으로 도둑 키스 할 거예요?"

"어, 할 건데."

때마침 1층에 도착한 엘리베이터 문이 열렸다. 로비를 장식한 커다란 크리스마스트리가 밤이 됐다고 모두 불을 켰다. 반짝반짝 쏟아져 내리는 광채가 일우와 아주를 감쌌다.

"그리고 너나 나나 도둑질 논할 입장은 못 되지."

너는 내 지갑을 훔쳤고, 나는 네 입술을 훔쳤고.

"도둑질 안 하거든요."

"글쎄. 자신할 수 있겠어?"

"진짜 결백해요. 이거 다 영감님 돈이잖아요."

아주가 입고 있는 셔츠를 가리키며 말했다. 굉장히 정확한 표현이었다.

"풀떼기가 결백이란 말도 알고, 많이 컸네."

"난 원래 다 컸어요."

"몸 말고 머리 말이야."

"머리가 어떻게 커요? 영감님 바보 아냐?"

일우가 잠깐 어이없단 표정을 했다. 흔한 관용 표현일 뿐인데, 정말 머리 자체가 자란다고 알아듣는 것도 웃기고 설명해야 하는 자신의 입장도 우습고.

"풀떼기, 너 빨리 안 움직이면 불꽃놀이 시작한다."

"어어, 안 돼요. 빨리 가요."

아주가 후다닥 달려와 일우의 손을 꽉 잡았다. 일우는 사랑의 도피를 하는 사람처럼 뛰어가는 아주에게 기쁘게 끌려갔다.

호텔 밖은 선선한 듯하면서 코끝에 하와이 대표 꽃인 플루메리아 향이 맴돌았다. 넓은 태평양을 건너가면 있는 한국은 추운 겨울인데, 여긴 밤에 셔츠 하나만 입고 돌아다녀도 춥지 않았다. 아주의 손을 잡고 해변가를 향해 뛰어가는 이 순간까지 뭔가 꿈만 같았다. 깨질 듯하지만 절대 깨지 않을 현실이란 사실이 온몸을 희열로 뒤덮었다.

펑, 퍼엉.

"어? 안 되는데! 영감님, 더 빨리 뛰어요! 불꽃 벌써 터져요!"

머리 위 밤하늘에 색색의 꽃이 피었다. 야자수에, 호텔 건물에 가려 제대로 보이지 않았다. 무언가 펑펑 터지는 소리와 화약 냄새에 불꽃놀이가 한창이란 걸 알 수 있었다.

"명아주."

자신의 이름을 부르는 소리에 해변을 코앞에 둔 채 멈춘 아주가 뒤를 돌아봤다. 일우가 맞잡은 아주의 손가락 사이에 자신의 손가락을 집어넣으며 깍지 꼈다. 아주의 팔목에 휘감긴 팔찌가 짤랑였다.

"사랑해."

그 순간 다시 한번 펑, 퍼엉 소리가 나며 불꽃이 아름답게 하늘을 수놓았다. 아주가 조금 멍한 표정으로, 일우의 머리 위에서 떨어지는 듯한 불꽃과, 그 빛으로 일렁이는 일우의 눈을 바라봤다.

"왜 대답 안 해, 민망하게."

일우가 바람 빠지는 소리를 내며 푸흐, 웃자 그제야 정신 차린 아주가 입술을 깨물며 희미한 목소리로 말했다.

"……시끄러워서 못 들었어요."

"못 들었어? 그럼 제대로 들을 때까지 말해야지."

한 발짝 가까이 다가가 깍지 낀 손을 푼 일우가 아주의 허리를 두 손으로 붙잡고 상체를 숙여 아주의 귓가에 속삭였다. 저런 불꽃놀이 나부랭이보다 오백 배는 더 사랑한다고.

불꽃마저 한 몸 불살라 도왔던 일우의 사랑 고백은 허무하게 끝났다. 아주를 불꽃놀이보다 오백 배 더 사랑하는 일우와 달리 아주는 그 순간만큼은 불꽃놀이를 일우보다 우위에 뒀기 때문이다.

"너는 사람이 어떻게 그렇게 매정하나?"

진지하게 분위기 잡고 사랑한다 얘기할 땐 드물게 부끄러워하며 받아 주더니 장난처럼 사랑한다고 반복해 말하자 효과가 뚝뚝 떨어졌다.

"영감님은 많이 봤겠지만 나는 처음이란 말이에요."

일우의 사랑 고백은 언제든 들을 수 있는 거고, 불꽃놀이는 한 번밖에 없다는 게 아주가 펼친 논리의 요지였다.

"야, 그거랑 이거랑 같아? 하마터면 너 잃어버릴 뻔했어."

일우가 아주의 손을 놓친 건 정말 한순간이었다. 크리스마스이브라고 어디선가 사람들이 쏟아져 나오는데, 불꽃놀이에 정신 팔린 아주는 일우의 손을 놓친 걸 모르고 인파에 쓸려 갔다. 일우가 황급히 뒤를 쫓지 않았으면 어떻게 됐을까. 상상만으로도 간담이 서늘했다.

"팔찌 있잖아요. 핸드폰도 있구."

아주가 손목을 휘감은 팔찌를 흔들어 보여 준 뒤, 이어서 핸드폰을 일우의 눈앞에 들이밀었다. 아주랑 달리 평범한 지식수준을 갖춘 성인 남성이라도 해외 한복판에 일행과 떨어지면 무서운 법인데, 아주는 겁이 없었다.

"이게 핸드폰이 만능 무기라도 되는 줄 알아."

일우가 스테이크를 썰다 말고 나이프를 든 채 아주를 내려다봤다. 운명의 장난처럼 나이프가 서늘하게 빛났다.

"그럼 여기서 칼 하나 훔쳐 갈까요?"

상체를 숙인 아주가 주변을 슬쩍 둘러보더니 되도 않는 소리를 했다. 이젠 도둑질 안 한다더니 태세 전환이 참 빠르다.

"아서라, 오히려 너만 다친다."

"왜요? 혹시 모르잖아요."

"우리나라랑 달리 미국은 총기 소유 허용 국가야. 칼 들고 설쳤다가 총 맞아."

"······총이 있어요?"

"그래, 너 머리에 구멍 나기 싫으면 내 옆에 꼭 붙어 있어."

일우가 손가락을 총처럼 만들어 관자놀이에 대고 빵, 쏘는 시늉을 했다. 미국 50개 주 중에 총기 사고율이 가장 낮은 곳이 하와이건만 일우는 그런 정보는 쏙 빼고 말했다. 조심해서 나쁠 건 없으니까.

"근데요, 영감님."

"왜."

"그럴 거면 차라리 생고기를 먹어요."

본인 몫의 스테이크를 한 조각 잘라 먹던 일우가 행동을 멈추고 접시를 내려다봤다.

"개인 취향이니 그러려니 해."

"피 때문에 그런 거 아니에요?"

"그런 거 아니야."

속으로 뜨끔했지만 겉으론 태연을 가장했다. 하와이 여행을 가기 전, 선영과 만나 얘기했던 때가 떠올랐다. 해외여행은 조심해야 않겠냐는 선영의 말에 일우도 부정은 못 했다.

피를 먹어야만 하는데, 해외에선 구하기도 힘드니 달리 뾰족한 수도 없었다. 그럼에도 일우가 해외로 여행 온 건, 저 혼자만이 느낄 수 있는 변화 때문이었다.

피를 먹는 주기가 줄었다. 아주와 어디 다녀오느라 하루 이틀, 심지어 사나흘을 넘겨도 몸에 큰 변화가 없었다. 왜일까. 혼자 고민하며 이유를 찾다가 자신의 몸 상태를 그나마 알고 있고, 의사인 선영한테

연락했다.

―어쩐지, 슬슬 피 달라고 할 때가 왔는데 말이 없더라고.

'네가 보기엔 왜 그런 거 같냐?'

―뭐, 아주 때문 아니겠어?

'단순히 풀떼기 때문이라기엔 그동안 내가 연애를 아예 안 하고 살았던 것도 아니잖아.'

―심리적인 이유일 수도 있지. 왜, 플라시보 효과란 것도 있잖아. 여태 살면서 최대로 피 안 먹었던 시간이 얼마나 되는데?

'일주일. 내 기억이 맞는다면 그 이상 넘긴 적은 없어.'

―최근 들어 가장 길게 안 먹은 기간은?'

'나흘. 더 버텨 보려고 했는데 불안해서 먹었어.'

―일단 전과 다른 건 없는지 잘 생각해 봐. 네 몸을 실험 재료로 내줄 거 아니면 결국 너 혼자 풀어야 할 문제라고.

결국 나 혼자 풀어야 할 문제. 그 말이 가슴에 꽂혔다. 틀린 말도 아니다. 언제까지고 피를 들이켜며 살 순 없었다. 평생 선영한테 피를 구해 달라 할 수 있는 일도 아니고, 맛도 없는 소나 돼지 피는 먹고 싶지 않았다.

선영의 말대로 피를 먹는다는 행위가 실험체의 목에 보이지 않는 족쇄를 채우기 위한 거였다면……. 아예 말 안 되는 건 아니지. 현실성을 따지자면 자신의 존재 자체가 말도 안 되는 거고.

"……감님?"

"……어, 왜."

"고기 안 먹을 거예요? 왜 먹다 말아요? 맛없나? 아닌데, 맛있는데."

피가 뚝뚝 떨어지는 일우의 스테이크를 탐내서는 아니고, 더 시켜 달라는 뜻처럼 들렸다. 회상에서 빠져나온 일우가 직원을 불렀다. 눈치 빠른 직원이 한국어로 된 메뉴판을 바로 가져다줬다.

"뭐 먹을 건데."

"으음, 양 많고 맛있는 거요."

"너 이미 두 접시 해치운 건 알지?"

"나 원래 그 정도는 먹어요."

"하와이까지 와서 너 데리고 병원 가고 싶진 않다. 적당히 조절해."

"알았어요."

설렁설렁 대답한 아주가 손을 번쩍 들고 직원을 불렀다. 당연히 영어로 묻는 직원에 아주는 당당히 손가락과 한국어로 답했다.

"이거랑 이거랑 음료수 주세요."

당당한 아주의 모습을 본 일우는 저 뻔뻔함은 따라갈 수 없다며 고개를 저었다. 나이 든 어른한테 유독 부끄러움 타던 아까와는 굉장히 상반된 모습이었다. 한국인들이 많다 해도 음료수란 단어를 한 번에 알아듣진 못하리라. 직원은 아주가 꿀꺽꿀꺽 삼키는 척하는 걸 보고 나서야 오렌지 주스나 콜라 같은 선택지를 제시할 수 있었다.

"오렌지 주스로 주세요."

알아들을 수 있는 단어가 나오자 직원은 그제야 고개를 끄덕이며 알아들었다.

"영어 안 해도 알아듣네요?"

"네 보디랭귀지를 못 알아듣는 게 더 어렵지."

"말 통하면 됐죠."

"그것도 맞다."

"영감님은 원래 크리스마스 때 뭐 했어요?"

"성탄절 미사 보고, 모여서 저녁 먹고 그랬지. 너는 뭐 했냐. 그때도 고구마 캤냐?"

"영감님은 내가 맨날 고구마만 캐는 줄 알아요?"

"그럼 뭐 했는데."

"몰래 교회 들어가서 밥 먹고 과자 같은 거 받았어요. 가끔 뽑기해서 선물도 타구."

추운 거 빼곤 다 좋았어요. 아주가 턱을 괸 채, 건드리지 않고 그대로 남긴 채소를 포크로 뒤적거렸다.

"이번 크리스마스는 하나도 안 춥겠네."

옆에 나도 있고, 하와이라 날씨도 따뜻하고.

"앞으로 크리스마스 때마다 따뜻한 나라로 여행 갈까."

"영감님, 그렇게 한가해요? 선영이 누나가 한가한 남자는 매력 없댔는데."

나쁘지 않은 생각이라 여긴 자신의 잘못이었다. 박선영이 또 뭔 소리를 지껄였는지 모르지만, 하나는 알고 둘은 모른다는 게 느껴졌다.

"야, 나는 변호사로 전향하면 된다지만, 너는."

"네?"

"너는 한가한 남자 아니야?"

"그래서 나 매력 없어요?"

아주가 스스로를 가리키며 물었다. 일우는 대답하지 않았다. 대신 긴 물컵을 와인 잔 잡듯 가볍게 들고 물을 천천히 마시며, 눈을 내리깔아 아주를 바라봤다.

"그랬다면 이렇게 마주 보고 있지도 않았겠지."

사랑한단 말은 씹기 일쑤인 아주도 좋은 걸 어쩌라고. 단순히 매력을 떠나 아주가 없는 삶이 상상되지 않을 정도인데 자신의 마음을 과연 말로 다 표현할 수 있을까. 아마 없을걸.

"풀떼기."

아주에 대한 자신의 감정을 곱씹던 일우가 아주를 불렀다. 몇천 피트 상공에서 했던 어떤 말이 일우의 뇌하수체를 자극한 탓이다.

마침 시킨 음식이 나오던 터라 눈을 스테이크가 놓인 접시에 고정한 아주는 대강 답했다. 너는 너대로 말하고 나는 나대로 먹겠다, 이거였다.

"아니, 많이 먹어 두라고."

일우는 느슨하게 턱을 괸 채 미묘한 미소를 지었다.

저녁을 먹고 밖으로 나온 일우는 휴양지와 공휴일이 겹치면 어떻게 되는지 몸소 체험했다. 레스토랑 옆에 큰 마켓이 있어서 그런지 유독 사람이 많았다.

"사람 진짜 많네."

인파를 보고 질린 눈을 한 일우는 본능적으로 아주의 손을 잡아 쥐었다. 혹여라도 아주를 잃어버릴까 걱정됐다.

"그래도 예쁘잖아요."

아주의 말마따나 길거리는 예뻤다. 안 그래도 크리스마스를 크게 챙기는 미국인데, 관광객이 많이 오는 휴양지라고 더 화려하게 꾸몄다. 와이키키 해변처럼 야자수에 달린 조명과 오너먼트는 시선을 끌었고, 커다란 트리나 사슴 장식은 아이들이 달라붙어 구경하기 바빴다.

"우리 이제 어디 가요?"

"그냥 구경."

아주가 의아하다는 듯이 보자 일우가 눈썹을 들어 올리며 답했다.

"난 뭐 사람 아니냐? 여행 왔으니까 돌아다니기도 하고 그런 거지."

"사람 아니잖아요."

"개소리 그만하고. 이리 와 봐."

일우는 아주와 맞잡은 팔을 잡아끌어 한 가게 앞에 섰다. 음료수나 전통 목걸이인 레이, 플루메리아꽃으로 만든 장신구 같은 걸 파는 가게였다. 하와이에 도착한 순간부터 코끝을 사로잡던 그 향기.

일우는 플루메리아꽃으로 만든 화관을 잠시 바라보다가 칵테일 두 잔을 주문했다. 플라스틱 컵에 파인애플 조각과 플루메리아꽃을 하나씩 꽂은 칵테일이 나왔다. 하와이의 높은 하늘과 푸른 바다를 닮은 깨끗한 파란색이었다.

"자, 네 거."

일우가 한 잔 건네자, 아주가 일우가 들고 있는 잔에 짠, 하며 컵을 부딪쳤다.

"건배하는 거 맞죠?"

"뭐? 푸흑, 그래. 맞아."

처음엔 뭔 소리인가 했던 일우도 이내 웃으며 다시 한번 컵을 들어 가볍게 건배했다. 파란색 물결이 부드럽게 일렁였다. 일우가 칵테일에 장식된 플루메리아를 뽑아 아주의 귀에 꽂았다.

"잘 어울리네."

칵테일을 한 모금 마신 아주가 그 말을 듣고 씩 웃었다. 그러더니 자신의 칵테일에 장식된 꽃을 뽑아 이번엔 일우의 귀에 꽂아 줬다.

"영감님도 잘 어울려요."

"나한테 안 어울리는 게 어딨어. 다 잘 어울리지."

아주를 마주 보고 살짝 미소 지은 일우는 제 귓가에 꽂힌 플루메리아를 뺐다. 이어서 이미 한 자리 차지하고 있는 아주의 귀에 하나 더 꽂았다.

"그래도 네가 조금 더 낫네."

플루메리아 향이 은은히 맴도는 아주의 뺨을 살짝 매만지며 손을 뗐다. 다시 아주의 손을 잡고, 칵테일을 마시며 거리를 걸었다. 저녁과 밤 사이 부는 바람, 습기, 신나는 캐럴. 한가함과 여유로움의 중간인 지금이 좋았다.

조금 더 걸었을 때, 일우의 걸음이 어느 건물 앞에서 멈췄다. 어느새 칵테일을 다 마시고, 파인애플 조각을 우물거리던 아주가 불안감을 느끼곤 맞잡은 손을 흔들며 걸음을 재촉했다.

"⋯⋯여긴 왜요?"

일우가 멈춘 건물은 다름 아닌 란제리 속옷으로 유명한 브랜드가 입점해 있었다. 창문 바로 앞 매대에 새빨간 란제리를 입고 있는 마네킹을 발견한 일우는 뭐에 씐 것처럼 안으로 들어갔다.

"잠깐 살 거 있어서, 너도 따라와."

"여기서 무슨 살 게 있, 아!"

일우는 들어가기 싫어 버티는 아주의 의견을 가볍게 묵살했다.

가게에 들어간 일우는 직원을 불러 아주를 가리키며 사이즈를 추천해 달라 했고, 얼마 뒤 직원은 원단이 매우 적게 들어간 새빨간 란제리를 계산대로 가져갔다. 일우의 핸드폰에 결제 문자가 띠링, 울리기까지 5분도 안 걸렸다. 아주는 그런 일우의 뒤에 서서 여러 심경 변화를 거쳤다.

"그거 살 거 아니죠?"

처음엔 자기가 처한 상황을 직시했고,

"진짜 살 거예요?"

일우가 란제리에 진심이란 것에 절망했고,

"지금 나 놀리는 거죠? 빨리 환불해요! 빨리!"

란제리가 든 쇼핑백을 건네받은 일우를 본 뒤엔 이 모든 게 거짓말일 거라며 부정했다.

"나는 안 입을 거예요."

프릴과 리본, 망사가 난무하던 가게를 빠져나온 아주는 불안한 눈빛으로 쇼핑백을 응시하며 중얼거렸다. 일우는 아주와 반대로 기분이 한껏 고조된 얼굴이었다.

"누가 너 입으래?"

"······그럼 영감님이 입을 거예요?"

"씨발, 미쳤냐?"

남은 칵테일을 원샷하던 일우가 그 소리에 콜록, 기침을 토하곤 욕을 지껄였다. 상상조차 하기 싫었다.

"그럼 환불해요."

"영수증 찢었어."

"거짓말. 영수증 넣는 거 다 봤어요."

아주의 말에 일우는 쇼핑백에 손을 쑥 집어넣어 영수증을 꺼냈다. 그리고 보란 듯이 찢어 갈겨 쓰레기통에 넣었다.

"영감님 돈 많으니까 그런 거 하나쯤은 사고 버려도 돼요."

아주는 쓰레기통에 들어가는 영수증 조각을 보지 못한 척, 일우의 재력을 치켜세웠다.

"버릴 때 버리더라도 한 번은 입어야지."

"……!"

아주가 덜커덩, 멈추는 게 느껴졌다. 뒤에서 아까 아침에 한 건 뭔데요! 하며 앵알대는 소리가 들렸다. 뭐긴 뭐야, 예고편이지. 섹스에도 대기 시간이 존재하나. 그냥 눈 맞으면 배 맞대고 물고 빠는 거지. 일우가 쿡쿡 웃으며 산타 모자를 쓴 채 새빨간 란제리를 입은 아주를 상상하며 앞서 걸었다.

"야, 풀떼기 그만하고……."

찡얼대는 아주를 달랠 겸, 아무 카페나 가서 달달한 디저트를 먹일 생각이었는데 일우가 아주를 부르며 뒤를 돌아봤을 땐 아무도 없었다. 보이는 사람이라곤 일면식도 없는 관광객들뿐이었다.

손엔 아주의 온기가 아닌 쇼핑백의 무게만 있었다. 아주의 짜증을 뒤로하고 앞서 걷느라 아주의 손을 잡지 않았단 걸 뒤늦게 알았다. 란제리를 산 속옷 가게도 시야에 있는데, 아주의 작은 머리통은 안 보였다.

싸늘함이 척추를 타고 흘렀다. 일우는 강을 거슬러 오르는 연어처럼 오던 길을 바로 되돌아갔다. 천천히 하와이 거리를 산책하는 사람들을 헤치며 소리쳤다.

"풀떼, 명아주! 어딨어?!"

먹을 거에 홀려 아무 가게나 들어간 건 아닌가 싶었다. 혹시나 하는 가능성에 눈에 보이는 가게 유리창을 전부 훑었건만, 아주의 털끝 하나 안 보였다.

이마에 땀이 배기 시작했다. 혼비백산한 얼굴로 누군가 부르며 뛰어다니는 일우에 이목이 집중됐다. 그렇게 속옷 가게를 지나쳐 한 블록 가까이 뛰어갔을 때, 낯익은 등이 보였다.

"씨발, 명아주!"

도저히 고운 소리가 안 나갔다. 일우는 찰나 아주를 놓칠까 미친 듯이 뛰어가 쭈그려 앉은 사람의 어깨를 짚었다. 일우의 손이 어깨에 닿자, 쭈그려 앉은 사람이 고개를 돌렸다.

아주였다. 심장을 펄떡펄떡 뛰다 못해 놀래 죽이려고 하는 암살자 명아주.

"너 여기서 뭐 해."

일우의 목소리가 짐짓 낮아졌다. 땀에 젖은 머리칼을 손으로 쓸어 넘기고, 아주를 내려다봤다.

"……꽃."

"꽃 뭐. 제대로 말해."

일우가 서늘히 말하며 쭈그려 있는 아주의 팔을 잡아 일으켰다.

"아까 영감님이 준 거요……. 떨어트렸는지 안 보여서……."

안 그래도 화난 일우의 머릿속에 폭탄을 투하하는 말이었다.

"나는 목이 터져라 네 이름 부르며 뛰어다녔는데, 너는 꽃 하나 잃어버린 거 가지고 말도 없이 사라져?"

떨어트린 꽃을 정말 찾았는지 아주는 발에 밟혀 짓이겨진 플루메리아를 들고 있었다. 그걸 보니 부아가 치밀었다.

"나한테 그깟 꽃 하나랑 널 맞바꾸게 하냐고!"

"……하나 아니고 두 갠데."

"씹, 하나든 두 개든 지금 그게 중요해?"

일우의 분노에 아주도 깨갱, 고개를 숙이며 눈을 굴렸다.

"핸드폰 내놔."

아주를 보살피는 게 자신의 책임인 걸 알지만, 일우는 패닉 상태로 아주의 이름을 부르짖던 순간을 잊지 못했다. 핸드폰은 바로 압수했다. 자신이 아주의 유일한 방패막이고 울타리여야만 딴짓을 하지 않을 거라 생각한 까닭이었다. 핸드폰을 챙긴 일우는 타이밍 좋게 지나가는 택시를 잡아 아주를 태웠다.

택시 기사한테 호텔 이름을 말한 뒤 침묵했다. 기가 팍 죽은 아주는 일우의 눈치만 봤다. 머리랑 눈알 굴리는 소리가 여기까지 들렸다.

이번 여행은 모두 아주를 위한 것이기에, 가능하면 아주의 기분을 망치고 싶지 않았다. 정말로. 하지만 이건 얘기가 달랐다. 여기가 한국도 아니고, 처음 온 외국에서 이런 식으로 멋대로 행동하는 건 정말 아니었다.

동시에 아주를 놓친 자신한테도 너무나 화가 났다. 찰나였다. 1분도 채 안 되는 짧은 시간에 아주가 사라졌다. 세상에 다시 만날 수 없을 사랑인 아주를 놓쳤다. 죄책감과 답답함에 일그러지는 입매를 손으로 가린 일우가 창문 쪽으로 시선을 돌렸다. 창문에 희미하게 비친 아주의 얼굴이 어쩐지 서글퍼 보였다.

호텔에 도착해 택시에서 내릴 때도, 엘리베이터를 타고 방으로 돌아올 때도 일우는 아주의 손을 놓지 않았다. 하지만 말 한마디 건네거나 시선도 마주치는 법이 없었다. 아주가 손가락을 꾸물거리는 게 느껴졌다. 그럴수록 힘을 줘 잡았다.

방에 돌아온 일우는 쇼핑백에 든 아주의 핸드폰을 꺼내 챙겼다. 란제리를 입히고 아주와 밤을 지새울 생각은 온데간데없이 사라지고, 재킷을 벗어 함께 응접실 소파에 던졌다. 멀뚱멀뚱 서 있는 아주가 나지막이 일우를 불렀다.

"영감니임……."

일우는 물기가 어린 아주의 목소리에도 돌아보지 않고 침실로 들어갔다. 어른답지 못한 모습이란 건 안다. 하지만 아주의 얼굴을 봤다간 돌이킬 수 없는 모진 소리를 할 것만 같아서. 그래서 침묵했다.

옷을 갈아입지도 않고 침대에 앉아 한숨만 내쉬었다. 밖에서 부스럭거리는 소리와 흐느끼는 소리가 작게 들렸다. 그걸 듣자, 들끓던 분노가 차츰 가라앉았다.

뒤이어 미안함이 몰려왔다. 좋게 얘기할 수도 있는 거였는데, 풀떼기한테는 나밖에 없는데. 아주를 사랑한다고 자신하면서 그 정도 여유도 없었던 스스로가 한심했다.

하아, 더 늦기 전에 사과하고 말로 풀어야지. 맛있는 거 사 주면서 한눈팔지 말라고 부드럽게 얘기할 생각을 하며 침대에서 일어났다. 그때 꽉 닫혀 있던 문이 살짝 열렸다. 일우는 문이 열린 틈새를 바라봤다. 곧이어 어떤 인영이 나타났다. 인영이라고 할 것도 없었다. 여긴 자신과 아주밖에 없었으니까.

"……."

파격. 그 단어 말곤 설명이 안 됐다.

울어서 불긋 달아오른 눈가와 통통한 입술을 깨문 아주. 그 아래 가느다란 목선, 푹 팬 쇄골과 마른 어깨. 그걸 새빨갛고 얇은 끈이 감싸고 있었다. 살집이라곤 없는 평평한 가슴과 분홍빛 유륜이 얇은 망사에 희미하게 비쳤다.

브래지어와 이어진 끈이 아주의 배를 엑스 자로 교차하며 압박했고, 털 하나 없이 깨끗한 성기는 피부를 충분히 덮기엔 모자란 원단에 의해 살짝 위로 튀어나와 있었다. 두말할 것도 없이 완벽한 자극. 일우의 심장이 아까와 다른 의미로 빨리 뛰었다.

"⋯⋯미안해요. 영감님⋯⋯."

울먹이며 가련한 어깨를 떨고, 손으로 눈을 비비는 아주를. 저 사랑스러운 내 사람을 어떻게 가만 두고 볼까. 주먹을 말아 쥐었다. 기대와 기분 좋은 긴장이 공존했다. 어떻게 이런 기특한 생각을 했지.

안 입겠다고 버럭버럭대다가 말도 없이 사라져 자신을 화나게 한 아주와, 아주를 잃어버린 이유 중 하나인 란제리가 이토록 섹시하고 마음에 들 수 없었다.

일우가 조용히 아주를 빤히 쳐다보자, 아직 용서하지 않은 줄로 착각한 아주는 천천히 다가왔다. 일우의 손을 가져가 뺨을 대고 비비기까지 했다. 예쁜 두 눈을 깜박이며 자신의 사과를 받아 달라고, 다시 웃어 달라고.

"⋯⋯명아주."

풀떼기가 아닌 이름을 부르는 일우에 불안함을 느낀 아주의 동공이 흔들렸다. 아마 화가 덜 풀린 줄 아는 것 같았다. 아니, 화는 다른 곳에 났다. 자신의 분신과 같은 아래 고간에.

속옷 가게 앞에서 투덕이던 것도, 아주를 놓쳐 화가 났던 것도 이걸 위한 복선이고 추진력이었다면 넓은 마음으로 이해할 수 있었다.

일우가 아주의 뺨에 손을 살포시 대고 턱을 잡아 위로 치켜올렸다. 시선 사이 미묘한 기류가 흘렀다. 자신을 올려다보는 아주의 몸이 잘 보였다. 이성이 당장이라도 끊어질 듯 아슬아슬하게 남았다.

"잘못했어, 안 했어."

"⋯⋯잘못했어요."

"내가 아무리 능력을 쓰고 찾는다 해도 여기선 힘들어. 내가 널, 널 못 찾을 수도 있다고."

아주의 뺨에 댔던 손을 뗀 일우가 이번엔 아주의 손을 잡아 자신의 심장 부근에 올려 뒀다. 쿵쿵 뛰는 심장 소리가 손바닥을 타고 전해졌다.

"꽃 찾으면 그다음엔 어떻게 하려고 했어."

"……그냥, 당연히 영감님이 항상 옆에 있으니까……."

백치의 끝인 대답에 일우가 이마를 짚었다. 이제 와 더 화내 봤자 뭐 해. 이미 다 지나간 일인데.

"다음부턴 그러지 마. 그깟 꽃 백 송이고, 천 송이고 사 줄 테니까."

아주의 겨드랑이 사이에 팔을 넣어 안아 올린 일우가 자신의 무릎에 아주를 앉혔다. 아주는 시무룩한 얼굴로 고개를 끄덕이며 얌전히 안겼다.

"놀란 가슴이 아직도 진정이 안 돼. 너 이거 어쩔 거야."

그때 놀란 건 이미 다 가라앉고, 지금은 아주 때문에 빨리 뛰는 거면서 일우는 얼굴에 철판 깔고 말했다.

"……그래서 입었잖아요."

"서비스는 끝까지 해야지."

"알았어요……."

아주가 일우의 품에서 몸을 돌려, 마주 보고 앉았다. 두 손으로 일우의 어깨를 살짝 밀어 눕혔다. 미약한 힘이나 일우는 기꺼이 침대에 등을 내던졌다.

"영감님은 왜 이런 게 좋아요?"

"네가 입은 거라 좋은 거야."

"맨날 말만 그러면서."

"하."

아주가 퉁명스레 말하자, 일우는 살짝 허리를 띄워 상체를 일으킨 뒤, 제 허벅지 위에 앉아 있는 아주를 조금 더 위로 당겨 앉혔다. 바짝 달아오른 성기의 윤곽이 바지 위로 두드러졌다.

"선 거 느끼면서도 말만 그런다고?"

거짓말쟁이네, 풀떼기. 일우가 아주의 손끝에 촉촉, 부리로 쪼듯이 키스했다. 그러곤 나직이 말했다.

"미안해."

"……."

"너무 화가 났어. 너 말고 나한테. 왜 놓쳤을까, 왜 먼저 갔을까, 왜 뒤돌아보지 않았을까 후회되더라. 정말 찰나였는데도 그랬어."

상체를 완전히 일으킨 일우가 아주의 부은 눈가에 길게 입맞춤했다. 미안해, 재차 속삭였다.

"이마에 현일우 거, 라고 적어 둬야 하나."

"그러기만 해 봐요……!"

"하면 어쩔 건데. 응? 어쩔 거냐고."

일우가 허리를 달싹이며 아주의 입술에 부드럽게 뽀뽀했다. 서비스는 끝까지 하라며 핀잔한 건 사라지고, 아주의 어깨를 짓누르는 브래지어 끈에 손가락을 집어넣으며 애무를 시작한 일우만 남았다.

"으응……."

잠깐 입었는데도 끈에 살이 눌린 탓에 자국이 남았다. 대충 아주의 골격과 맞아 보이는 걸 샀음에도, 여자 속옷이라 어쩔 수 없었다. 하지만 그게 미친 듯이 일우를 자극했다.

"좀 작은 것 같은데."

"……맞아요. 답답해요."

"그런데도 입었어?"

일우가 쿡쿡 웃으며 훅을 건드렸다. 제대로 훅도 못 채운 탓에 하나만 겨우 걸려 있는 게 어설프고 웃겼다. 사이즈가 안 맞는데도, 브래지어 입는 게 처음이라 엉성한데도 일우 하나만 위해서 입었다는 게 짠하고도 대견했다.

"그래야 영감님이 화 풀 것 같았어요."

"화는 진작 풀렸어."

"그리구 크리스마스니까……."

"아까는 안 입는다더니."

"한 번은 입어야 된다면서요."

"그래, 고마워서 눈물이 다 난다."

일우가 장난스레 빈정거리며 손으로 브래지어 훅을 풀어 주기는커녕 남은 두 개를 제대로 채웠다. 마른 등을 쓸며, 얇은 끈과 원단 아래 숨겨진 살결을 만졌다.

자신의 위에 올라탄 아주의 턱을, 뺨을, 코를 살짝 깨물곤 마지막으로 입술을 깨물며 키스했다. 숨이, 호흡이, 신음이 섞였다.

브래지어 안쪽으로 손을 집어넣어 유두를 비틀었다. 아주가 허리를 떨며 몸을 배배 꼬았다. 한 손으론 판판한 가슴을 더듬고, 안이 훤히 비치는 얇은 속옷 위로 튀어나온 성기를 쥐었다.

"흐읏!"

망사의 까슬까슬한 촉감과 일우의 손길이 더해져 자극은 배가 됐다. 일우는 아주의 모든 것을 눈에 담겠다는 듯 아주가 짓는 표정과 소리를 즐겼다. 아주의 성기가 빳빳하게 발기한 걸 본 뒤 손을 뗐다.

속옷을 옆으로 살짝 젖힌 뒤 회음부를 가로질러 엉덩이를 벌렸다. 손가락을 삽입할 듯 말 듯 애태우다가 손을 거뒀다. 바지 벨트와 버클을 풀고 자신의 성기를 꺼내, 가볍게 손으로 훑었다. 선단에 선액이 번들거렸다.

속옷 위로 성기와 아주의 회음부를 비볐다. 미끄러질 듯하면서, 아주의 부드러운 허벅지를 스쳤다가 다시 위로 향했다. 속옷의 거친 느낌이 그대로 전해졌다.

"훗, 으······!"

내 것이라고 마킹하듯 어깨와 쇄골을 가볍게 깨문 일우가 이젠 가슴까지 탐했다. 브래지어 위로 유두를 짓씹고 핥았다. 그르렁대는 짐승 소리가 잇새로 나왔다.

침대 옆에 던져뒀던 새 콘돔 박스를 잡아 뜯었다. 콘돔을 뜯는 게 이렇게 진저리 나고 지루한 일이던가. 윤활유가 발린 콘돔을 손가락에 끼운 뒤, 자신의 위에 앉아 있던 아주를 엎드리게 했다.

"으응······."

앞태만큼이나 뒤태도 사람 환장하게 했다. 땀에 젖은 등과 하얀 피부, 빨간 란제리의 조화는 그 어떤 명화보다 기억에 남았다.

"씨발, 진짜····· 하."

욕을 삼킨 일우가 콘돔을 낀 손을 삽입했다. 손가락을 꿀떡 삼키는 옅은 색의 구멍을 보며, 내벽을 부드럽게 늘렸다. 아주가 잘 느끼는 지점을 짓궂게 살짝 스쳤다. 감질나게 한 손가락, 두 손가락 늘려 갈 자신이 없어 일우는 손가락을 빼고 고개를 숙였다.

"아, 뭐 하는, 읏!"

혀가 구멍을 핥았다. 선명한 감각에 아주가 눈을 질끈 감으며 소리쳤다. 일우는 혀를 구멍 안에 집어넣다 빼는 짓도 서슴지 않았다. 오히려 자신의 혀가 성기였으면 하는 생각에 미쳐 있었다.

어느 정도 풀렸다 싶을 때, 바짝 올라선 자신의 성기에 콘돔을 씌운 뒤 천천히 삽입했다. 두꺼운 귀두가 내벽을 짓누르며 파고들자, 아주가 하악, 숨을 토해 냈다.

"숨, 숨 쉬어."

뒤에서 깊게 박아 넣은 일우가 아주의 턱을 잡아 입에 손가락을 집어넣으며 과호흡을 방지했다. 후으……. 일우의 손가락을 깨물며 호흡하는 아주가 계속 자세를 무너뜨렸다.

차선책으로 아주의 허리를 잡아 그대로 일으켜 세워 제 위에 앉혔다. 반쯤 남았던 성기가 한 번에 끝까지 들어갔다.

"아!"

아주의 팔을 잡아 뒤로 결박했다. 그 상태로 허리 짓 했다. 위아래로 흔들리는 몸이 선정적이다. 크리스마스에 걸맞은 새빨간 색. 그리고 타액과 땀이 섞인 색스러운 냄새. 연인의 들뜬 숨소리. 이처럼 완벽한 순간이 있을까.

침실 한쪽 창문 가득 야경이 펼쳐졌다. 그리고 희미하게 아주와 일우의 실루엣이 비쳤다. 몸이 한데 엉켜 들썩였다. 허리 짓은 더 빨라지고, 아주의 몸에 자국이 늘었다. 브래지어 훅이 풀려, 어깨 끈이 흘러내렸다. 속옷을 벗기지 않고 박은 탓에, 쓸린 살이 붉게 달아올랐다.

일우에게 결박됐던 팔은 침대 위에 흐트러졌고, 아주는 자극을 참다 못해 몸을 그대로 무너트렸다. 상체를 둥글게 만 아주의 어깨를 잡아 돌려 천장을 보게 눕힌 뒤, 다시 허리 짓을 시작했다.

"흣, 아, 아!"

한계라는 감각이 치고 오르자, 일우가 몸을 숙여 아주에게 길게 키스했다. 아주의 마지막 숨까지 앗아 가겠다는 각오 같았다. 자신과 아주의 이름이 새겨진 팔찌를 손끝으로 살짝 건드리곤, 깍지를 꼈다.

허리 짓이 점차 느려지고, 이어서 아주의 안에 길게 사정했다. 아주도 그 순간 일우의 잘 짜인 복근 위로 정액을 토해 냈다. 따뜻한 것들이 점점이 튀었다. 사정이 완전히 끝나고도 성기를 빼지 않은 일우가 아주의 입천장을 건드리며 입술을 뗐다.

아주의 눈을 마주하며 살짝 웃고는 땀에 젖은 머리칼을 넘겨 줬다.

"내가 보육원에 들어가 맞이한 첫 번째 크리스마스 선물은 연필이었어. 나는 좀 많이 조숙해서, 그걸 받고도 별로 기쁘지 않았거든. 다음 해엔 공책이었고, 그다음 해엔 목도리를 받았지."

기쁘지 않았다고 말하면서 여태 받았던 선물을 모두 기억하는 일우였다.

"매년 그저 그런 하루를 보냈어. 단 한 번도 특별하지도 않았는데 오늘은 좀 다르네."

일우는 성기를 천천히 빼내며 아주의 뺨에 입맞춤을 쏟아부었다. 정액이 가득 담긴 콘돔을 묶어 버리곤, 다시 아주와 눈을 맞췄다.

"메리 크리스마스, 명아주."

크리스마스이브에서 크리스마스로 넘어가기 겨우 몇 분 전. 어제에 이어 두 번째 크리스마스 인사였다. 하와이로 향하는 비행기에서, 그리고 도착한 하와이에서.

"네가 내 최고의 선물이야."

나직이 읊조린 일우는 새 콘돔을 꺼내 입에 물며 씩 웃었다. 마음에
드는 선물을 받은 소년처럼 환한 웃음이었다.

외전 2. 작은 아주 얕보다가는 큰 코 다친다

크리스마스 당일은 오히려 전날보다 조용했다. 아침까지 몸을 섞은 탓도 있고, 아무리 휴양지라 한들 크리스마스 당일 아침은 대부분 가족 혹은 연인끼리 조용히 보내기 때문이다. 일우도 가족이자 연인인 아주와 아침을 맞이했다.

죽은 듯이 조용히 자고 있는 아주의 몸은 일우가 남긴 자국으로 엉망진창이었다. 번쩍번쩍한 트리도 부럽지 않았다. 일우가 아주의 어깨에 팔을 두르며 자신의 품으로 끌어당겨 안았다. 나신이 담백하게 뒤엉켰다.

아주의 목덜미에 코를 묻었다. 자기 전에 씻긴 덕분에 미미한 향기가 났다. 향기는 아주의 살 내음과 섞여 더 포근하고 달콤했다. 푹신한 이불을 덮고, 아주를 껴안은 채 햇살 좋은 날 뭉게뭉게 피어난 구름 같은 시간을 보냈다.

오후 3시쯤 됐을 때, 기진맥진 기절하듯 잠들었던 아주가 눈을 떴다가 감길 반복했다. 눈꺼풀이 어지간히 무거운지 말똥 뜨는 걸 못 봤다. 그렇게 침대에 누워, 서로의 체온을 나눴다. 꾸역꾸역 눈을 뜨고 일어날 만큼 바쁜 일도 없었다. 완벽한 휴식이자 휴일이었다.

"뭐라도 먹고 자지."

오후 4시를 넘었을 때, 일우는 아주를 가볍게 흔들어 깨우며 말했다. 잠깐 잠에서 깼던 아주는 뜬 건지 감은 건지 헷갈리는 눈으로 외계어를 중얼거리며 다시 곯아떨어졌다. 밥이고 뭐고 먹을 정신이 없다는 거였다.

일우 혼자 룸서비스를 시켜 간단히 먹고, 커피를 마시고 있을 때 전화가 왔다. 로밍을 괜히 했다는 생각이 들 때쯤, 전화가 끊겼다가 다시 울렸다. 발신인은 이 검사였다.

—후배님, 왜 전화를 안 받아.

"일부러 안 받은 겁니다. 여긴 아직 크리스마스거든요."

—그래서 아침에 전화한 거 아냐. 그건 그렇고, 뉴스 봤어?

"예, 공항에서요."

「……인천지검은 해당 군부대를 압수 수색 한 자료를 토대로 인체 실험 피해자들을 생매장하라 지시한 이들을 추적해 기소할 방침이라 발표했습니다. 일부 시신은 소각한 것으로 보이며, 발굴된 시신은 국과수로 넘어가 실종자 DNA와 대조 중에 있습니다.」

이 검사의 밀에 공항 라운지에서 봤던 뉴스가 언뜻 스쳐 갔다.

—압수 수색 한 건 별 기대 안 했는데, 군부대라 그런지 케케묵은 것까지 다 갖고 있더라. 계장님이랑 밤 지새우면서 보고 있는데, 어젯밤에

국과수에서 연락 왔다. 잭 팟이야.

"뭔데요."

—심호흡하고 들어.

"두 번 했습니다. 됐습니까?"

—너 전에 우리 사무실에 편지 엄청나게 오던 거 기억하지.

"기억하죠."

전국 팔도에서 기구한 사연을 구구절절 적어 보낸 편지들. 자글자글 주름진 손으로 오래전 실종된 아이 사진을 들이밀며 한 번만 봐 달라고 하던 사람들. 잊으려야 잊을 수 없는 광경이었다.

—그게 아직도 가끔 오는데, 사실 이 사건이 사막에서 바늘 찾는 거 아니냐. 혹시 몰라서 편지 확인하면서 실종 시기랑 마지막 목격 장소 대조해서 목록 추렸거든.

"노가다 제대로 하셨네요."

—별 소득 없이 끝날 줄 알았더니, 유전이 터진 거지. 아무튼 그 목록에 있는 사람들한테 협조 요청해서 국과수에 넘어간 유골들, 원단 쪼가리까지 전부 DNA 검사 돌렸다?

시큰둥하게 듣던 일우의 가슴이 빠르게 뛰기 시작했다. 설마, 아니겠지 하면서도 기대하게 됐다. 이상하게 숨까지 참고 대답을 기다렸다.

—근데 나왔어. 열다섯 살짜리 여자애.

"……하."

참았던 숨을 내뱉었다. 열다섯 살, 어리고 어렸다. 어린 일우의 기억 속, 피로 물든 채 죽은 여자들이 스쳤다. 개중 한 명이었을까. 제 앞에 펼쳐진 미래가 꽃길이 아닌 피바다란 걸 받아들여야 하는 사춘기 소녀의 마음은 어땠을까.

―이인경이 가지고 있던 세창해운 수첩에서도 내역 확인했어. 시기도 딱 맞아떨어지더라. 세상에 어떻게 이럴 수가 있냐.

이어지는 이 검사의 말에 일우가 침묵했다. 몇십 년 전 사건을 다시 파헤쳐 조사하는 게 힘든 이유는 시간이 흐른 만큼 증거와 증언이 사라지기 때문이다. 이 검사는 그걸 꼬집었다.

이렇게 시간이 지났는데 DNA가 남아 있었다는 거나, 산 너머 산인 일우를 구제하듯 우연이 겹치고 겹쳐 기가 막힌 타이밍에 등장했다는 것까지 모두 신기했다. 고마움과 죽은 이에 대한 미안함, 이걸 밝혀야 한다는 사명감이 공존했다.

―군대 진작 다녀오길 잘했지, 이 사건 맡고 군대 갔어 봐, 너는 이미 죽어 있다 아니야.

"퇴역 군인이라도 장성급인데, 그런 사람 소환하려면 그 정돈 감수해야죠."

일우가 바람 빠진 소리를 내며 말하자, 이 검사도 건너편에서 나직이 웃었다. 이렇게라도 기분을 환기해야 했다.

"이거 아직 공개 안 하신 거죠."

―안 했지. 몇 번 더 검사해서 오차 범위 좀 줄인 다음에 해야지. 참, 이걸 어떻게 유가족한테 말하냐. 일흔이 넘은 노인분들이던데…… 졸도하실까 걱정이다.

"저한테는 좋은 소식인데, 부모한텐 억장 무너지는 소식이겠네요."

―그래, 너 나한테 이런 일만 떠넘기고 가냐. 일할 때 유가족들한테 연락하는 게 제일 힘든 거 너도 알잖냐.

수사할 때 힘든 건 폭언도 폭력도 아니었다. 감정 노동의 최고봉은 유가족들한테 연락하는 것이다. 가족의 갑작스러운 죽음을 수습하기도 전에 그때 일을 다시 꺼내게 하는 게 얼마나 잔인한지 알기 때문이었다.

그게 검사의 일이라지만, 종종 너무하단 생각이 들 때가 있었다. 고충을 아는 일우가 별말 없이 듣고만 있자, 이 검사가 말을 돌렸다.

─하긴 퇴사한 사람한테 회사 얘기 해 봤자 와닿지 않겠지, 너는. 하와이 여행은 어때, 행복하냐?

행복이 뭔지 몸소 느끼는 요즘이다. 아주는 눈에 넣어도 안 아플 만큼 예쁘고 소중했다. 이 검사의 전화로 한국에 두고 온 일을 상기하기 했다만, 당장 한국에 갈 만큼 급하진 않았다. 여유를 만끽할 시간 정도는 있었다.

"예, 행복합니다. 이렇게 행복해도 되나 싶을 만큼요."

─그럴 때마다 역경이 찾아오던데, 조심해라.

자기는 서류 무덤에 있는데 일우는 하와이에 있다는 이유로 거의 저주를 퍼붓는 이 검사였다. 일우는 그저 웃었다.

"이것보다 힘들 일이 있겠습니까."

일우는 당장 수사 중인 사건보다 속 썩이는 일은 없을 거라고 장담했다. 이 검사도 기세는 좋네, 하면서 웃으며 곧 보자는 말로 전화를 끊었다. 하지만 말이 곧 씨가 된다고, 행복한 평화는 정말 잠시였다.

크리스마스 당일 밤까지 아무것도 먹지 않고 쿨쿨 자던 아주는 반짝 상태가 좋더니, 시간이 지날수록 시름시름 앓기 시작했다. 전날 종일 바다에 몸을 담그고 서핑했던 게 문제인지, 섹스가 문제인지, 그냥 먼 외국에 나온 게 문제인지.

"임신하라 했더니 진짜 했나, 왜 먹는 족족 토하냐."

원인이 많아도 너무 많았다. 뭐가 문제인지 딱 꼬집지 못한 일우는 위액까지 토하는 아주의 등을 두들겨 주며 호텔 프런트에 상황을 얘기해 약을 받아 왔다.

억지로 밥과 약을 같이 먹이자, 약효가 도는지 열이 잠깐 떨어졌다. 다행이었다. 그 뒤로 아주는 군것질도 하고, 멀리는 아니지만 근처 쇼핑몰로 산책도 갔다.

쇼핑몰 안에 있는 기념품 가게에선 새 마라카스와 쿠키를 몇 통 샀다. 어제 선물 받은 마라카스를 버린 대신이었다.

"겨우 그거?"

"나는 이거면 돼요."

찰랑찰랑, 소리 나는 마라카스를 품에 끌어안고 호텔로 돌아왔다. 그때도 아주는 함박웃음을 지으며 내일 서핑하러 가자고 일우를 꼬셨다.

"아파서 열나던 애가 무슨 서핑이야."

"이제 괜찮아요. 내일은 진짜 한 번에 일어날 수 있을 것 같아요."

양손에 마라카스를 들고 시끄럽게 흔들며 결의를 다지던 아주는 새벽에 열이 펄펄 끓었다. 다 나은 줄 알았는데 착각이었다.

약을 먹여도 열은 떨어지지 않았고, 식은땀에 젖은 채 고통에 신음했다. 아까 군것질한 것까지 전부 게워 냈다. 일우는 이대로는 안 되겠다 싶어 호텔 프런트에 연락해 근처에 병원이 있는지 확인했다. 그리곤 얼마 뒤, 구급차가 호텔 입구에 도착했다.

하지만 병원 응급실에서도 웬 이온 음료와 진통제만 내밀 뿐 이렇다 할 처치는 못 받았다. 미국 의료 체계에 대한 욕을 백 번도 넘게 한 일우는 추후 병원비 결제를 위해 여권 정보와 연락처를 적은 뒤 바로 비행기 스케줄을 변경했다.

수수료를 폭탄으로 맞든 말든 아픈 아주가 우선이었다. 골골대는 아주를 끌고 호텔로 돌아온 일우는 잠 한숨 안 자고 짐을 쌌다. 간간이 축 늘어진 아주를 간호한 일우는 아침이 되자마자 바로 공항으로 갔다.

그나마 아주의 상태가 새벽보다 나아져서 다행이었다. 자칫 상태가 더 안 좋았으면 비행기 탑승마저 거절당할 수도 있었다. 일우의 살뜰한 보살핌 덕분인지, 아주는 상태가 점차 호전됐다.

"너 몸은 괜찮냐."

"머리는 좀 아픈데…… 그래도 괜찮아요."

일어나서 말도 몇 마디 하고, 기내식도 반쯤 먹었다. 제대로 준비도 못 하고 돌아온 탓에, 아주는 기내에서 상영되는 영화를 보며 멍하니 있었다. 그런데 하필 하와이 같은 섬에서 조난된 내용의 영화였다.

딱히 슬픈 영화도 아닌데 아주는 영화를 보다 말고 주룩주룩 울기 시작했다. 옆자리에 있던 일우는 시선을 돌리다가 숨죽여 우는 아주를 발견하고 달래기 시작했다. 그런 둘에 승무원은 조용히 다가와 냅킨을 건넸다.

"왜 울어."

"……아무것도 아니에요."

"너 우는 게 왜 아무것도 아니야."

아주는 쓰고 있던 헤드셋을 벗고, 일우의 어깨에 얼굴을 묻었다. 웅얼거리며 하는 말을 조합하자면, 결국 자기가 아파서 한국에 돌아간다는 사실이 못내 서러운 거였다.

"나중에 또 오면 되지, 지금 울면 너 열 올라서 더 힘들어."

고개를 끄덕이면서도 아주는 울음을 금방 그치지 못했다. 그 탓인지 공항에 도착하기 무섭게 다시 열이 오르기 시작했고 일우는 아주를 데리고 바로 병원으로 향했다.

'몸살이에요. 그것도 제대로 왔네요.'

저렇게 시름시름 앓는 이유가 뭔가 했더니 피로 누적으로 인한 몸살이란다. 감기 기운도 약하게 있으니 스트레스받지 않게 잘 먹이고 푹 쉬게 하라고 했다. 응급실에서 수액 한 통을 맞고 집으로 돌아온 아주는 여전히 푹 퍼져 있었다.

"건강한 줄 알았더니 맨날 아프고."

여태 건강했던 건 단순히 생존하기 위함이었던 건지, 품에 좀 끼고 있었다고 바로 앓아눕는 아주를 보고 말했다.

"……다 영감님 때문이에요."

링거를 맞고 좀 나아진 아주는 모든 원인을 밤낮으로 못 자게 한 일우 탓으로 돌렸다.

"그럼 신혼여행 가서 제대로 잘 수 있을 거라 생각했어?"

일우는 귀국해서 제일 아쉬울 아주의 마음을 달랠 겸, 자신을 탓하는 아주의 말을 농담처럼 받아쳤다.

"……아무리 그래도, 으…….."

"알았어, 말 안 시킬게. 그만 자라."

아주의 눈 위로 자신의 손을 올려 시야를 가렸다. 눈꺼풀이 깜박깜박 움직이는 게 손바닥 아래서 느껴졌다. 이내 고른 숨소리가 들리자 눈을 가렸던 손을 뗐다.

일우는 잠에 든 아주의 긴 속눈썹, 열 때문에 붉어진 뺨, 부은 입술을 차례로 바라봤다. 식은땀이 밴 아주의 이마에 잘게 키스하며, 이불을 목 끝까지 덮어 줬다.

아주의 몸살은 거의 2주를 넘게 갔다. 종일 아주의 옆에 있어 주면 좋겠지만, 발굴된 시신의 DNA와 일치하는 실종자가 있다는 뉴스가 대한민국을 강타한 뒤 일우는 눈코 뜰 새 없이 바빠졌다.

일우는 고양이 손이라도 빌리자는 생각으로 선영에게 연락했고, 선영이 며칠간 집에 들러서 아픈 아주를 돌봤다. 아침 일찍 나가서 늦게 들어오는 일우는 잠든 아주를 보는 게 최선이었다.

[아주가 계속 너 찾더라.]

언젠가 선영이 검찰청에 갇히다시피 한 일우한테 보낸 문자였다. 일우가 무슨 조사를 받는다는 건 알지만, 정확히 어떤 이유에서인지 모르는 아주는 방황할 수밖에 없었다.

정신이 얼마나 없었으면 한 해의 마지막 날인 12월 31일마저 아주를 혼자 둘 뻔했다. 가까스로 케이크만 사서 집에 간 일우는 혼자 구석에 찌그러진 아주를 달래 케이크 초를 불게 했다.

일찍 나가야 하는 일우를 대신해 선영은 아주와 함께 성당에 가 떡국을 먹었다. 소고기 고명이 잔뜩 올라간 떡국 사진을 보낸 아주는 일우에게 전화해 한 살 더 먹었다고 자랑했다.

—……영감님, 오늘도 늦어요?

한참 밝게 통화하다가 전화를 끊기 직전 조심스레 묻는 아주의 말이 마음에 짐처럼 남았다. 아주가 건강을 회복한 지금까지도 종종 떠오를 만큼 깊게.

아무래도 재판이 점점 가까워지는 탓에 아주한테 상대적으로 신경을 덜 썼다. 귀국해서 같이 시간 보낼 틈도 없었다. 하물며 아픈데 혼자 있어서 많이 서러웠을 것이다.

물밀 듯 밀려오는 미안함을 갚을 겸, 어렵게 시간을 내어 유명한 식당을 찾아갔다. 줄곧 잠든 모습만 봤던 아주는 여행 가기 전보다 살이 빠져 있었다.

"영감님, 어제도 바빴죠?"

"조금. 왜."

"노랑이 사진 보냈는데 답장도 없구."

치이. 아주는 서운함을 팍팍 티내며 입술을 삐죽였다.

"고양이 사진만 연달아 보내는데 뭐라고 답장하냐. 네 사진 보내면 답장할게."

일우는 어이없다는 듯 답하다가 차선책을 내놓았다. 일우의 말에도 아주는 서운함을 거두지 않았다. 대답하지 않는 것만 봐도 알 수 있었다.

모처럼 나와서 먹는데, 이것저것 더 시켜 달라고 조르거나 말하지 않는 아주에 일순 어색함이 흘렀다. 침묵 속에서 한참 먹고 있을 때, 아주가 갑자기 욱, 소리를 내며 입을 틀어막았다.

"왜 그래?"

반상으로 나온 해물탕을 먹던 일우가 모든 행동을 멈추고 그제야 아주를 바라봤다.

"······속이 울렁거려요."

"방금 뭐 먹었는데."

아주가 눈짓으로 해물탕을 가리켰다. 방금 먹을 땐 괜찮았는데. 일우가 아주의 그릇을 들고 냄새를 확인했다. 칼칼한 고춧가루와 해물 냄새만 날 뿐, 다른 건 없었다.

"냄새는 괜찮은데, 다른 건 먹을 수 있겠어?"

먹보 아주가 웬일로 먹을 걸 다 마다하며 고개를 가로저었다.

"고기도 못 먹겠어?"

맥없이 고개를 끄덕이는 아주를 보아하니 장난이 아니라 진심인 듯했다. 예쁘게 플레이팅 돼 나온 한우가 쓸모없어졌다. 이쯤 되니 몸살이 다 낫지 않았나 걱정되기 시작했다.

"일어나, 병원 가게."

일우는 즉시 식사를 중단하고, 아주의 팔을 잡아 일으켰다. 아주의 더플 코트와 자신의 코트를 챙기고 밖으로 나왔다. 빠르게 계산을 한 다음, 아주를 조수석에 태웠다.

속이 안 좋다며 아주는 한겨울인데도 불구하고 창문을 열고 달렸다. 아파서 새하얗게 된 얼굴이 찬바람에 붉게 트는데도 아주는 창문을 닫지 않았다. 보다 못한 일우가 창문을 올렸다.

"좀만 참아, 병원 다 왔으니까."

일우가 한정식집과 제일 가까운 내과 앞 주차장에 차를 세우며 말했다. 다급히 안전벨트를 풀고 차에서 내리려는 찰나, 아주가 일우를 붙잡았다.

"영감님."

"왜?"

작은 목소리로 자신을 부르는 소리에 일우가 뒤를 돌아봤다. 자신의 셔츠를 죽 잡아당기는 아주가 보였다. 방금 전까지 새하얗게 질렸던 얼굴이 멀쩡했다.

"나 이제 괜찮아요."

두 눈을 멀뚱멀뚱 뜬 채 괜찮다고 얘기하는 아주에 뭔가 이상했지만 아프지 않아 다행이라 여겼다. 돌이켜 보면 그게 신호였는데, 그것도 모르고 다행이라고 생각한 자신이 등신이었다.

한번은 밤늦게 아이스크림이 먹고 싶다고 하길래 온 동네를 뒤져 사다 줬더니 자고 있었다. 자지 않고 기껏 눈 뜨고 있으면 맛만 보고 치우기 일쑤였다.

짜증을 내도 진작 냈을 일우가 여태 참은 이유는 생각보다 별거 아니었다. 이런 것도 나름 어리광 축에 든다는 것. 그것뿐이었다. 바쁜 와중에도 어리광 정도는 기분 좋게 받아 줄 수 있었다.

먹고 싶은 걸 일우에게 당당히 요구하고, 일우가 사다 줘도 먹지 않고 남길 수 있는 거. 그게 아주한텐 정말 어리광이고, 편해졌다는 증거였으니 말이다.

처음 만났을 때 체할 때까지 무식하게 음식을 입에 밀어 넣던 아주에 비하면 장족의 발전이지. 일우는 이런 아주의 기행을 어떻게든 좋게 해석하려고 노력했다.

좀 잠잠해지나 싶더니, 새벽 2시에 귀가해 막 잠든 일우를 깨워 떡볶이를 먹고 싶다고만 하지 않았어도. 하필 아주가 본 프로그램이 신당동에 있는 떡볶이 거리만 아니었어도 좀 괜찮았을 걸. 아침에 가자고 해도 기어코 당장 가야겠다는 아주 때문에 일우는 느닷없이 새벽에 운전대를 잡았다.

먹고 싶다고 노래를 부르다 못해 드러눕길래 열심히 운전해서 신당동에 도착했더니 당사자인 아주는 조수석에 곤히 잠들어 있었다. 욕을 안할 수가 없었다.

잠든 아주를 깨우는 걸 포기한 대신 떡볶이는 잊지 않고 포장해 집으로 돌아왔다. 아침에 일어난 아주가 그나마 떡볶이를 맛있게 먹어서 망정이지, 그것마저 먹지 않았더라면 화를 내고도 남았다.

"영감님."

"뭐."

아침에 부은 눈과 엉망인 머리로 새빨간 떡볶이를 먹는 아주 앞에서 피곤한 얼굴로 넥타이를 매던 일우가 답했다.

"영감님은 결혼 안 해요?"

"너랑 했잖아."

"진짜 한 건 아니잖아요."

"결혼한 거나 다름없는데 뭘. 부족하면 결혼식이라도 올릴까."

신혼여행까지 다녀온 마당에 결혼이 뭐 대수인가. 일우 인생에 연인이라 부를 사람은 아주밖에 없었다. 한국에선 법적으로 묶일 수 없겠지만, 아주가 원한다면야 동성 결혼이 합법인 곳에 가서 결혼하면 된다.

"⋯⋯그런 건 아니구요."

"질문이 이게 다가 아닌 것 같은데."

검사로 살던 세월이 어디 도망가진 않았는지 아주의 모습에서 머뭇거림을 느꼈다. 미심쩍은 기분에 일우가 아주를 부드럽게 타일렀다.

"뭔데. 말해 봐."

"영감님은 나 좋아해요?"

"안 좋아하면 같이 살겠냐."

말이 되는 걸 물으라는 표정으로 아주를 바라봤다. 지구는 자전을 하고, 해는 동쪽에서 떠서 서쪽으로 지고. 너무 당연한 질문이라 황당했다.

"허튼 소리 말고 떡볶이나 마저 먹어. 나 늦게 오니까 밥 챙겨 먹고."

그 말에 아주가 시무룩 포크를 입에 물고 느릿느릿 고개를 끄덕였다.

살랑살랑 흔들리는 작은 머리통을 보며 석연치 않음을 삼켰다. 종종 뜬
금없는 질문을 하는 아주라 이상하게 여기지 않았다. 멍청하게도.

* * *

"영감님, 오늘도 나가요?"
웬일로 잠옷이 아닌 차림의 아주가 벽을 붙잡고 고개를 빼꼼 내밀
었다.
"어, 나가야지."
"조사 언제까지 받아야 하는데요? 왜 이렇게 오래 걸려요?"
"곧 끝나겠지."
재판에 대해 전혀 모르는 아주였기에 대강 둘러댔다. 일우의 고발로
시작된 수사는 굉장한 진척이 있었다. 발굴된 시신의 신상이 밝혀진 뒤
로, 그 당시 사도에 잠입해 생존자들을 생매장했던 군부대의 책임자를
소환해 조사했다.
실종된 아이의 부모는 눈물로 농성을 계속했고, 인권 변호사와 관련
단체가 도움의 손길을 건넸다. 부모 몇 쌍으로 시작했던 진상 위원회는
자연스레 규모가 커졌다.
이 검사의 수사와 진상 위원회의 압박에 못 이긴 섬 주민 중 누군가
사도에 연구소가 있었다는 진술을 했다. 진술 소식을 들은 부모들 중
절반이 눈물을 보였다. 그들은 슬픔과 기쁨이 뒤섞인 눈물을 흘리며 실
험을 지시한 주동자를 처벌할 수 있다는 희망에 부풀었다.
이 검사와 휘하 직원들은 봉사 활동으로 위장해 잠입한 의사들과 피
해자들을 생매장한 군부대까지 전부 추적했다. 실험의 유일한 생존자

이자 증인인 일우는 이곳저곳 불려 다니느라 몸이 열 개라도 부족할 지경이었다.

"그럼 나가는 길에 나도 데려다 줘요."

"어디 가는데."

"선영이 누나네요."

"박선영? 걔는 왜."

"그냥요."

"너 가서 쓸데없는 거 주워 듣지 마. 걔가 하는 말 절반이 헛소리야."

그래서 더 아주한테 신경을 못 썼다. 여행에 다녀온 뒤로 아주는 아파서 며칠을 누워 있었고, 자신은 계속 검찰청만 오가며 살았다. 그나마 해 줄 수 있는 게 물질적인 거라, 카드를 쥐여 주고 시간이 나면 맛있는 걸 먹인다고 이리저리 끌고 다니기만 했다.

"근데 그 가방은 뭐냐. 너 집 나가?"

그럴 시간에 못 다한 대화를 하고, 순한 얼굴에 그늘이 없는지 확인했어야 했는데.

"아니거든요? 선영이 누나 줄 거예요."

"나나 그렇게 챙겨 봐."

일우는 가방 끈을 잡아당기며 안을 엿보려고 했고, 아주는 보지 말라며 거세게 반항했다. 급히 귀국해서 뭐 사 온 것도 없는데. 끽해야 마라카스나 쿠키 정도였다. 근데 잠깐이었지만, 가방 안에서 마라카스가 찰랑이는 소리가 들렸다. 뭘 바리바리 쌌나 했더니, 진짜 기념품이었다.

일우는 안 본다며 가방을 놓았고, 아주는 벽 쪽에 딱 달라붙어 일우를 노려봤다. 노려보면 어쩔 건데.

"갈 때 전화해."

"택시 타고 가면 돼요."

아주를 선영의 병원 앞에 내려 준 뒤, 집에 갈 때 전화하라는 말에 아주는 고개를 저으며 알아서 가겠다고 했다.

"……영감님 바쁘잖아요."

"아무리 바빠도 너 데려다줄 시간은 있어. 연락해."

바쁘지 않으냐는 아주의 말에 가슴이 따끔, 아팠다. 그래도 신경을 많이 썼다고 생각했는데, 빈자리를 완벽히 감출 수 없었다.

자신이 인체 실험의 피해자란 사실을 밝힌 게 죽은 피해자들을 대변하기 위함도 있지만, 궁극적으론 아주의 행복을 바란 거였다. 하지만 아주의 표정과 눈빛이 저래서는 이도 저도 아니라는 생각이 잠시 스쳤다.

"알았어요. 전화할게요."

아주는 마지못해 고개를 끄덕이며 말했다. 이상하게 마음이 놓이지 않고 찜찜했다. 그리고 그 찜찜함은 얼마 가지 않아 원인을 알 수 있었다.

이 검사와 머릴 맞대고 퍼즐 조각을 맞추던 중, 선영한테 문자가 왔다. 상황 설명도 없이 다짜고짜 병원으로 오라는 내용이었다. 안 그래도 아주가 선영의 병원에 갔기 때문에 가볍게 무시하지 못했다.

"너 요즘 쉬지도 못했잖아. 나야 일이라 어쩔 수 없다지만, 너는 그것도 아니고. 일단 오늘은 좀 쉬고, 내일 나와. 이 컨디션으론 될 것도 안 돼."

잠깐 나갔다 오겠다는 일우의 말에 이 검사는 손사래 치며 서류를 덮었다. 눈 밑이 새까맣게 패고, 책상에 믹스 커피를 타 먹은 종이컵만 차곡차곡 쌓인 걸 보니 쉬긴 해야 할 때였다.

얼떨결에 시간이 났다. 일우는 아주도 볼 겸 선영의 부름에 응했다. 병원 앞 카페에서 선영과 함께 들어올 아주를 기다렸더니, 돌아오는 건 웬 해괴한 소리였다.

"뭔 뚱딴지 같은 소리야?"

아주의 이름과 임신이란 단어를 꺼내는 선영에 일우가 황당함을 감추지 않았다. 안 그래도 바라던 아주의 모습은 없고, 선영만 있어서 짜증이 나는데 이건 또 뭔가. 일우는 당장이라도 튀어나갈 듯한 기세로 헛웃음을 뱉었다.

선영은 그런 일우를 보며 성남 짐승을 달래듯 손을 흔들며 진정하라 했다.

"좀 진정해."

"풀떼기가 임신했다는데 너 같으면 진정하겠냐?"

"그런 말은 안 했다? 임신한 게 아니라 검사해 달라고 한 거지."

선영이 툭 던지듯 말했다. 임신 얘기는 농담이었는데, 애가 진심으로 받아들인 건가. 일우는 벌렁거리는 가슴을 부여잡고 제 몫의 커피를 한 모금 마셨다. 유독 쓴맛에 눈살이 찌푸려졌다.

"존나 쓰네. 너 나 몰래 여기다 사약 탔냐?"

"내가 만든 거면 사약 넣었지."

선영의 말에 일우가 인상을 팍 썼다. 남들이 말했으면 지랄하네, 하고 말았을 테지만 하필 상대가 산부인과 의사인 선영이었다.

"그래서 걔가 검사를 왜 받는데."

"난들 알겠어? 와서 한참을 조잘거리며 딴 얘기 하더니 자기 배 까면서 임신한 것 같다고 하던데. 야, 그래서 묻는데 너 남자도 임신시킨 적 있어?"

"남자'도'? 씨발, 난 여자도 임신시킨 적 없어. 그리고 상식적으로 어떻게 남자가 임신을 해."

"상식을 벗어난 사람이 내 앞에 있어서 장담은 못 하겠네."

선영이 킥킥 웃으며 일우를 놀렸다. 달리 부정하지 못한 일우만 부글부글 끓는 속을 꾹꾹 눌러 참았다.

"물론 당연히 임신은 아니고. 요즘 아픈 거랑 별개로 자꾸 뭐가 먹고 싶고 시도 때도 없이 졸리다면서 검사해 달라고 했어. 뭘 읽었는지 몰라도 임신 증상이 그게 전부인 줄 알았나 봐, 귀엽게."

"그거야 맨날 그랬는……."

"왜 말을 하다 말아?"

선영의 재촉에도 일우는 곰곰이 요사이 아주의 기행을 되짚었다. 뭐가 자꾸 먹고 싶다고 아침 새벽 가릴 것 없이 조른 것이며, 먹는 족족 토하거나 비실비실 힘이 없던 것까지 전부. 몸살이 원인이 아니었나?

"뭐 짚이는 거 있어?"

"아니, 아니야. 그래서 풀떼기는 어딨는데."

결론은 말도 안 돼, 였다. 아무리 자신이 평범하지 않다고 한들 남자를 임신시키는 건 말도 안 되지. 0퍼센트에 수렴하는 확률이었다. 일우는 쓸데없는 생각을 모두 지웠다.

"아까 집에 간다고 하고 먼저 갔어."

어쩐지 안 보이더라. 일우는 핸드폰을 꺼내 바로 아주한테 전화를 걸었다.

"집에 갈 때 연락하라니까 말 더럽게 안 듣네."

지금 어디냐고 물을 생각이었다. 단조로운 통화 연결음을 듣던 도중, 커다란 가방을 멘 아주가 떠올라 선영한테 물었다. 자신한테 뜯어낸 마라카스와 쿠키는 잘 받았나 궁금했다.

"야, 선물은 받았냐? 풀떼기 걔 너 선물 준다고 가방에 뭐 잔뜩 싸서 가던데."

"뭔 선물? 그런 거 안 주던데."

핸드폰 너머 연결이 되지 않는다는 기계음과 선영의 말이 겹친 순간 소름이 돋았다. 다시 한번 전화를 걸었다. 역시나 받지 않았다.

"그건 그렇고……."

선영이 물꼬를 틀 때, 일우는 자신이 빵빵한 가방을 직접 열어 확인하지 않았다는 걸 깨달았다.

여태 찜찜하던 것들이 한데 모이자 단 하나의 결론만 나왔다. 미친 풀떼기가 무슨 이유에서인지 몰라도 집을 나갔거나, 연락을 피하고 있다는 걸 말이다.

반대편에 앉아 있는 선영에게 제대로 설명할 정신도 없이 일우는 자리를 박차고 일어났다.

"야, 어디 가!"

"나중에 얘기해. 나 먼저 간다."

집에 가는 동안 아주한테 계속 전화를 걸었다. 전화를 건 횟수가 열 번이 넘어가도 받지 않았다.

"씨발……."

자고 있어서, 씻고 있어서 받지 않는 거라고 스스로 합리화했지만 불안감이 떠나질 않았다. 집에 도착해 차를 제대로 주차조차 하지 않고 뛰어갔다.

그때 현관 입구에 놓인 그릇이 눈에 들어왔다. 그릇에 넘칠 정도로 산더미처럼 쌓인 사료를 보니 아주의 뒷모습이 읽히는 것 같았다. 멀리 떠나니까 다시 못 준다는 의미로 많이 주고 간 듯한 착각까지 들게 했다.

"지랄 마라, 현일우."

전에도 이런 적 있었잖아. 자기 피를 마셔도 좋으니 하루만 재워 달라고, 문 앞에 있던 아주를 기억했다. 여태 잘 살던 애가 갑자기 집을 나갈 리 없었다. 심호흡을 반복하며 도어 록을 해제했다. 들어선 집 안은 일우의 기대와 달리 조용했다.

정장 구두를 벗고 안에 들어가려는 찰나, 신발장에 아주의 운동화가 보이지 않는다는 걸 깨달았다. 차갑게 굳은 얼굴로 아주에게 다시 전화를 걸었다. 여전히 전화를 받지 않았다.

하, 헛웃음이 막 새어 나왔다. 집에 없는 아주, 가방을 메고 자취를 감춘 아주. 이 모든 게 뭘 뜻하는지 알고 있었다. 떠난 거지. 알아, 아는데 납득이 안 된다.

당장 침실로 가서 아주의 물건을 확인했다. 드레스 룸에 있던 옷가지 몇 개가 사라졌다. 아주의 옷만은 직접 골라 산 거라 모두 기억하고 있었다. 오늘 아침 아주가 입은 옷을 떠올렸다. 목까지 올라오는 니트와 털이 달린 야상 점퍼. 그게 전부였다.

"옷이라도 따뜻하게 입고 나갈 것이지, 미련하긴."

일우가 침대에 무너지듯 앉아 손등으로 눈을 가리며 중얼거렸다. 그래도 다행인 건 핸드폰을 들고 갔다는 거다. 설령 핸드폰 전원을 껐더라도 마지막 위치라도 추적할 수 있었다. 결국 시간이 관건이다.

진짜 집 안에만 있게 묶어 둬야 하나. 나직이 한숨을 삼킨 일우가 침대에서 일어나며 어디론가 전화를 걸었다.

"선배, 아직 회사죠? 나 부탁 하나만 합시다."

능력을 쓸 수도 있었으나 뒷수습이 버거웠다. 일우는 이 검사의 공권력을 빌려 아주의 위치를 바로 확인했다. 등잔 밑이 어둡다더니 아주는 집에서 차로 10분이면 갈 공원에 있었다.

공권력을 자기 멋대로 쓴다는 이 검사의 잔소리를 뒤로한 채, 바로 공원으로 향했다. 공원 옆 공영 주차장에 차를 대고 내리자, 찬 겨울바람에 코트 자락이 휘날렸다. 후우, 숨을 뱉자 하얀 입김이 공기 중에 흩어졌다.

"하, 존나 춥네."

코트 주머니에 손을 꽂은 일우는 핸드폰을 꺼내 시간을 확인하고 혹시라는 생각으로 재차 아주의 번호를 눌렀다. 이번에도 신호는 가지만 받진 않았다. 받으면 봐주려고 했는데, 점점 화를 돋우는 아주에 목 뒤가 뻐근해졌다.

저벅저벅, 추운 날씨 탓에 사람이 거의 없는 공원을 걸었다. 이렇게 바람이 찬데 아무리 아주라도 벤치에 가만 앉아 있을 리는 없고……. 일우는 추리라고 하기도 민망할 만큼 당연하게 공원 공중화장실로 걸음을 옮겼다.

끼익, 문을 열고 내부로 들어갔다. 건물 안이라 바람은 안 불어도 추운 건 똑같았다. 슥 둘러보니 '사용 중'이라고 표시된 곳이 하나 보였다. 안에서 인기척도 들렸다. 결정적으로 퀴퀴하고 불쾌한 냄새들 사이에서 아주의 살 내음이 났다. 정말 찰나 스쳤지만 몇 번이나 살을 섞은 자신이 놓칠 리 없었다.

손을 씻는 척 물을 틀었다가 껐다. 물소리가 나자 아주가 긴장하는 게 문 너머로도 느껴졌다. 자신이 뭘 잘못을 했길래 혼자 오해하고 혼자 도망가서 저러고 있는지 모르겠다.

핸드폰을 꺼내 수십 번 전화하고 문자를 남겼던 아주에게 다시 전화를 걸었다. 연결음이 들림과 동시에 부웅, 핸드폰이 진동했다. 아주가 헙, 하며 소리를 삼키는 것까지 전부 다 들렸다. 정확히 찾아왔네.

"똑똑."

"……!"

단 두 글자만 말했을 뿐인데 아주는 밖에서 노크 소리를 내는 사람이 일우임을 바로 알아챘다.

"도망간 풀떼기 찾으러 왔는데요. 문 좀 열어 주세요."

일우의 목소리에 숨을 죽인 아주였으나 흐느낌까지 전부 숨기진 못했다.

"왜 울어, 네가 뭘 잘못했다고. 너 잘못한 거라곤 내 연락 씹은 거밖에 없어."

일우는 문을 계속 두들기거나 흔들며 위협하는 행위를 전혀 하지 않았다. 오히려 일우의 신발 끝이 보일 정도로만 가까이 서서 부드럽게 달랬다. 겁을 먹지 않게, 스스로 문을 열고 나오게끔.

"풀떼기야, 오늘 영하란다. 감기 걸려서 또 응급실 가서 누워 있을래?"

건너편에서 별 반응이 없었다. 어쩌면 아픈 건 핑계에 불과하단 생각이 머릿속을 스쳤다. 해서, 일우는 마음 속에 깊이 묻어 뒀던 질문을 꺼냈다.

"아니면 너 나 싫어하나?"

"……아니에요……."

"그럼 뭔데."

"영감님이 나 싫어하는 것 같아서……."

하, 웃지 않을 수 없었다. 정말 기뻐서 웃는 게 아니라 어이가 없어서.

"버리고 간 건 너면서 나한테 그런 말 하는 거 진짜 잔인하지 않냐."

난 내가 주운 건 끝까지 책임져. 밥을 챙겨 주는 길고양이와 강아지를 가볍게 언급한 일우가 허탈한 목소리로 말했다. 곧이어 끼익, 문이 열리는 소리가 들렸다. 살짝 열린 문틈 사이로 엉망인 아주가 보였다.

"겨우 이런 데서 질질 짜고 있을 거면 뭐 하러 도망가. 차라리 좋은 데 가서 돈이나 펑펑 쓰지."

농담이 아닌 진심이었다. 기껏 카드 쥐여 주면 뭐 하나, 허구한 날 먹는 데만 쓰고 정작 써야 할 때는 안 쓰는데. 일우는 자연스레 아주의 겨드랑이 사이에 손을 넣고 아주를 안아 들었다.

머뭇거리던 아주도 일우의 손길에 마음을 열었는지 어깨에 얼굴을 기대고, 목에 팔을 걸어 끌어안았다. 코트 안 셔츠가 아주가 흘린 눈물에 젖기 시작했다. 목덜미가 축축해졌다. 그래도 일우는 별 불평 없이 아주를 고쳐 안고, 바닥을 뒹구는 가방도 들어 어깨에 맸다.

"……어떻게 찾았어요?"

"심장으로."

"거짓말……."

"진짠데. 너 여기 있다고 가르쳐 주더라. 너랑 가까워지니까 막 더 크게 쿵쿵대고."

아주가 다시 한번 거짓말…… 하며 중얼거렸다.

일우는 아주의 쓸데없는 생각을 덜어 내려 과장되게 손짓을 섞어 가며 쿵쿵 뛰는 심장을 흉내 냈다. 그래도 아주는 웃지 않았다. 외려 자라목처럼 고개를 숙이고, 품에 파고들었다. 꼭 안전한 곳을 찾아 몸을 숨기는 고양이처럼.

자신한테 상처받아 도망갔으면서, 돌고 돌아 몸을 맡기는 게 결국 자신이라는 게 짠하고도 벅찼다.

"왜 말도 없이 도망갔어."

"나 도망간 건 어떻게 알았어요?"

"딱 보면 견적 나오지. 큰 가방 메고 나가더니 전화도 안 받고, 집에
도 없고."

"영감님 애기 싫어한다면서요."

"박선영이 임신 아니라고 했다매. 그리고 어떻게 남자가 임신…… 하
아, 아니다. 너 내가 하와이에서 한 말 기억 안 나지?"

"……무슨 말요."

"너 닮은 애기는 예쁠 것 같다고 한 거 기억도 못 하지?"

기억하거든요. 아주가 작게 중얼거렸으나 기억 못 한다는 게 티가
났다.

"웃기시네. 그리고 너 최악인 거 하나 더 있어. 어떻게 날 사람 아프
다고 바로 버리는 쌍놈으로 보냐?"

"……뭐 물어보려고 그래도 영감님은 맨날 밖에 나가잖아요."

아주의 투덜거림에 잠시 말을 잃은 일우였다. 혼자 불안에 떨었을 아
주가 그려져 쌍놈이 아니라고 하지도 못했다.

"그건 내가 입이 열 개라도 할 말이 없다."

어느새 차 앞에 도착한 일우는 조수석 문을 열고 아주를 차 안에 앉
혔다. 일우는 코트를 벗어 무릎에 덮어 주며 아주와 잠시 눈을 맞췄다.
미안함과 별개로 할 말은 해야 했다. 이런 일이 반복되지 않기 위해서
라도 꼭.

"만약 너 아픈데 밖에 싸돌아 다녔다고 벌 준 거라면, 그래서 그런 거
라면."

"……."

"이걸로 충분해."

차갑게 얼은 아주의 두 손을 잡은 일우가 손 끝에 잘게 키스하며 속삭였다. 진짜 충분하니까 더 그러지 마. 일우의 속삭임이 마치 기도처럼 간절했다. 이미 장시간 찬 곳에 있었던 아주는 긴장이 풀렸는지, 일우가 간절함을 고백함과 동시에 품으로 쓰러졌다.

* * *

"너어는 진짜, 내가! 의사인 걸 평생!"

"야, 조용히 해. 애 깰라."

"……감사히 여겨야 해. 알아?"

일우를 노려본 선영이 아주의 체온을 확인하며 소리쳤다. 애를 어떻게 하면 몇 시간 만에 이 지경을 만드냐는 잔소리는 1+1 상품처럼 덤으로 따라왔다. 반나절 전에 아주를 봤던 선영이라 일우를 더 매몰차게 대했다.

"안 그래도 반성 존나 하고 있으니까 제발 너까지 보태지 마라."

"왜 보태면 안 돼, 아픈 건 아준데. 넌 안 아프잖아."

"마음이 아프잖아, 내 마음이."

"아주는 안 아프겠냐?"

그러니까 애가 토하고, 맨날 잠만 자고 그러지. 눈뜬장님이야 뭐야. 선영의 중얼거림을 놓치지 않은 일우가 날카롭게 되물었다.

"그게 뭔 소리야."

"너 아주한테 재판 얘기 아직도 안 했지?"

"그걸 왜 해. 뭐 좋은 거라고."

"그러니까 그건 전부 네 생각이고, 네 기준일 뿐이라고."

선영이 말을 하다 말고 한숨을 푹 쉬며 자리에서 일어나 눈짓했다. 선영은 잠든 아주가 있는 침실을 빠져나와 거실 소파에 앉았다. 일우도 선영을 따라 침실 문을 닫고 거실로 나왔다.

"검사 자리도 박차고 나온 사람이 맨날 밖에만 나가 봐라. 그것도 뭔 일 하는지 정확히 알려 주지도 않고. 반대 상황이었으면 아주를 잡아먹고도 남았을 거잖아."

그건 맞다. 아마 지하실을 만들어 감금해 뒀을지도 모른다. 조목조목 따지는 선영에 한 마디도 반박하지 못했다.

"아주는 의지할 사람이 너밖에 없는데, 네가 이렇게 불확실하게 굴면 어떡해?"

불확실함, 별거 아닌 단어가 방아쇠를 당겼다. 며칠 꿱해야 한 달 정도. 그 짧은 시간에 무슨 불확실함이 생기나 싶었다. 하지만 이내 수긍했다.

해가 넘어가 오래된 것처럼 느껴지는 거지, 아주와 처음 만났던 게 겨우 가을이었다. 이제 한 계절이 지났을 뿐이다. 시간과 사랑이 기가 막히게 잘 압축된 탓에 시간의 짧고 깊을 인지하지 못했다.

짧은 만남, 어이없게 시작한 동거, 그사이에서 싹튼 사랑.

시간이 쌓인 만큼 견고해진다는 편견이 있다. 대체로 맞다. 그러면 상대적으로 시간의 쌓임이 덜한 아주는 어땠을까. 닿는 시선이 줄고, 대화가 줄고, 밖에 나가는 자신의 모습이 아주한테 과연 어떻게 읽혔을까.

"임신하면 본인 상태보다 일부러 폭식하거나 덜 먹는 사람도 있어. 애가 우선시되는 상황을 못 견딘 몸이 무의식적으로 사람들한테 표출하는 거야. 나 좀 봐 달라고 하면서. 근데 이상하게 오늘 아주 보면서 그게 느껴지더라. 뭐, 임신 얘기는 아주가 진짜 뭘 몰라서 한 것 같고."

내 눈에도 보이는 걸 왜 너만 몰라. 선영의 말이 꼭 이렇게 들렸다.

"지금 넌 네가 포기한 거에만 집중하잖아. 다 아주를 위해서라고 하면서 말이야. 그러면서 당사자는 아무것도 모르고."

선영이 외투를 챙기며 홱 돌아서 일우를 노려봤다.

"가만 보면 넌 아주가 가진 게 없다고 포기한 것도 없는 줄 알더라. 단 한 번이라도, 널 위해 아주가 포기한 게 뭔지 생각해 봤어?"

자신이 아주를 위해 인생을 걸었다는 걸 아주만은 모르길 바랐다. 하지만 그것도 결국 제 편협한 생각에 불과했다. 그게 아주가 바라는 거였을까, 정녕 최선이었을까. 반대로 아주는 자신을 위해 포기한 게 없었을까.

"반응 보니 없구나."

잘났다, 진짜.

말을 마친 선영이 현관문을 닫고 계단을 내려가는 소리가 들렸다. 그때까지도 일우는 가만히 서서 허공만 응시했다. 선영이 남기고 간 말들을 몇 번이고 곱씹으면서.

아주를 위해서 하와이로 여행을 갔다. 아주가 자신의 인생에 있어서 최고의 선물이라고 고백하고 사랑을 속삭였다. 그런데 그 여행의 끝은 미적지근했다.

비행기에 탄 뒤에도 아파서 귀국하는 것에 아쉬워하며 훌쩍이던 아주가 떠올랐다. 생에 첫 해외여행이라고 한껏 들뜨게 할 땐 언제고 아주의 상태가 좋지 않다는 이유로 급히 귀국한 자신의 매몰참도.

하와이에서 간 병원이 제대로 된 처치를 안 해 줬고, 빨리 와야 했던 상황은 맞았지만 아주한테 물어볼 수도 있는 거였다. 자신이 한 일은 모두 아주를 위해서였는데, 정작 아주는 우선순위에서 밀려났다. '본의 아니게'라는 변명 따윈 필요없다. 이미 지나간 과거를 후회한들 바뀌는 건 아무것도 없으니까.

"아주가 포기한 거라……."

소파에 걸터앉은 일우가 마른세수를 하며 중얼거렸다.

선영은 정말 그게 뭔지 찾으라는 뜻으로 말한 게 아닐 거다. 아마도 자신의 멍청함을 일깨우며 아주를 소유물처럼 다루는 걸 그만 멈추라는 거겠지. 설사 아주가 잃은 게 없더라도, 한 번쯤은 스스로 아주를 대하는 태도가 어떤지 돌아봐야 했다.

여태 아주를 위한답시고 모든 걸 혼자 판단하고 결정 내렸는데 과연 그게 정답인지, 자신이 아주의 의견을 배제할 만큼 현명한 사람인지 답을 내릴 수 없었다.

자신이 아주보다 많이 배운 건 맞다. 하지만 아주는 교육을 안 받은 게 아니라 못 받은 거였다. 설령 더 많이 배웠다고 한들 상대의 의견을 묵살해도 되는 건 아니다.

어쩌면 선영의 말대로 임신이라고 착각한 것도, 먹을 걸 찾던 것도, 몸살이 길게 갔던 이유도 자신의 시선을 돌리려 했던 아주만의 방법이 아니었을까.

"……좆같네."

스스로가 한심하다 못해 역겨웠다. 후회란 감정만큼 쓸데없는 게 없다고 여기던 자신이었기에 후폭풍은 더 컸다.

일우가 뭘 하는지 종종 궁금해하던 아주에게 관심이 많으면 인생이 피곤하다며 둘러대기 일쑤였다. 가끔 희야의 모습이 아주 위로 겹쳐 보였다.

그래서 특히 이런 진흙탕 싸움에 끌어들이기 싫었다. 자신의 모든 걸 희생하더라도 희야가 당한 일 같은 건 평생 모르길 바랐다. 그리고 그렇게 만들려고 했다.

모진 풍파를 맞고 자란 풀떼기인 만큼, 온실 속 화초처럼 보듬으려 했던 건 모두 욕심일까. 선영의 말 몇 마디가 마음속의 남아 있던 양심을 건드렸다.

머릿속이 복잡했다. 어떻게든 좆같은 기분을 환기하려 창가에 서서 밤하늘을 바라봤다. 창문에 희미하게 비친 얼굴이 차가웠다. 생각이 정리되지 않는 게 다 드러났다. 아주가 얽힌 일이라 쉽게 풀리지도 않았다.

그렇게 얼마나 지났을까, 여전히 창가에 서서 복잡한 생각을 이어 가던 일우의 시야에 인영이 하나 잡혔다. 침실 문이 열린 틈새로 빛도 새어 나왔다. 어느새 아주는 일우의 뒤까지 걸어왔다. 뜨끈뜨끈한 열기가 느껴지는 듯한 벌건 얼굴에 일우는 굳은 표정을 풀었다.

"왜 나왔어. 아픈데 그냥 누워 있지."

"……영감님."

까끌까끌 가라앉은 목소리로 자신을 부르는 아주의 모습에 올 게 왔다는 느낌이 들었다.

"아까 선영이 누나랑 하는 말…… 다 들었어요."

아닌 척 부정해 봤자 소용도 없겠네. 일우는 바람 빠지는 소리를 내며 한숨을 삼켰다.

"쓰러져서 자는 줄 알았더니 그새 들었냐. 참 귀도 밝다."

이리 와. 일우가 팔을 벌리며 주춤거리는 아주를 안아 소파에 앉혔다. 일우도 아주 옆에 앉았다. 아주의 어깨에 팔을 두르고, 소파 위에 널브러진 담요를 가져와 덮어 줬다.

"나한테 말해 주면 안 되는 거예요?"

"안 될 건 없어. 단지 네가 몰랐으면 해서 말 안 한 것뿐이야."

여태 힘들게 살았던 아주이니 앞으로 좋은 것만 보고, 들었으면 했다. 나쁜 일을 겪고, 상처 받아도 이내 잘 극복해 일어나는 아주였는데, 일우는 아주를 나쁜 것에 면역조차 없는 무지랭이로 둘 생각을 했다. 바보같이.

"하아, 어디서부터 얘기해야 하나."

일우는 잠시 천장을 쳐다보며 단어를 골랐다.

"뭐, 다 아는 마당에 숨기는 것도 이상하고 그냥 까놓고 말할게. 전에 봤던 사도 있지. 거기가 내 고향이나 다름 없는 곳이야."

고향이라고 칭하기도 싫으나, 시작이 거기라는 건 부정할 수 없었다.

"나는 거기서 인체 실험을 당한 피해자고. 여덟, 아홉 살쯤 그곳을 탈출해서 방황하다 수녀 님을 만나서 보육원에 들어갔지."

앞뒤 정황이 생략된 말이지만, 일우의 표정만으로도 그곳이 어떤 곳이었는지 알 수 있었다. 지옥. 그 단어 외엔 별달리 칭할 말도 없었다.

"많이…… 아팠어요?"

아주도 그걸 느꼈다. 조심스레 묻는 질문에 일우는 대답 없이 미소만 지었다. 기억이 이렇게 생생한데 아니라고 거짓말하기도 그렇고, 맞는다고 하기도 그랬다.

"……예전에 내가 당했던 거보다 더 아팠어요?"

살살 눈치 보던 아주가 찜질방에서 당했던 일을 언급했다. 나직이 웃음을 터뜨린 일우가 그리 간단한 게 아니라고 말했다.

"비교하면 뭐 하냐. 너랑 내가 같은 일을 당한 것도 아니고, 받아들이는 것도 다른데. 어차피 다 지난 일이야."

일우의 담담한 태도에 아주의 눈에 서렸던 감정이 조금 걷혔다.

"수십 년도 더 지난 일이니까 그때 실험을 주도했던 사람들을 찾아 처벌하기 힘든 건 알고 있는데. 알고는 있는데⋯⋯. 그래도 알려야겠더라."

검사였던 자신만큼 잘 아는 사람도 없을 것이다. 일우가 숨을 들이쉬며 한 박자 쉬고 말을 이었다.

"유일하게 살아남은 나마저 입 다물고 외면하면 그때 죽은 그 사람들은 억울해서 어떡하냐. 심지어 가족들은 그 사람들이 죽었다는 것조차 모를 거 아냐."

차라리 시체라도 찾았으면 하는 심정을, 일우는 감히 이해하지 못했다. 이 검사는 열다섯 살짜리 딸을 잃어버린 부모한테 연락하면서 마음을 졸였다. 하지만 그들은 오열하면서도 이제라도 장례를 치를 수 있게 해 줘서 고맙다며, 연신 이 검사의 손을 잡으며 인사했다.

"대단한 사명 같은 건 모르겠고, 그래야만 할 것 같아서 증인으로 나선 거야. 요즘 바쁜 것도 그 탓이고."

미안하단 말은 하지 않았다. 그랬다간 일렁이는 아주의 눈에서 눈물이 떨어지고 말 테니까.

"⋯⋯그럼 그 사람들은 감옥 가요?"

"아니, 현행법상 공소 시효는 오래전에 만료돼서 처벌하긴 힘들어."

진상 위원회가 조직된 만큼 관련 특별법이 새로 제정된다면 모를까. 군부대를 시작으로 중앙 정부의 지시를 받아 인체 실험을 행했다는 명확한 증거를 찾아야만 했다. 현재 중앙 정부가 연결됐을 거란 심증은 있어도 물증은 없었다.

아마 예전에 집에 찾아와 협박했던 남자들처럼 피해자 수를 축소하거나 꼬리 자르기 하며 군부대 날리는 것으로 끝내려 하겠지. 그렇게 되면 안 됐다. 어쩌면 나중엔 힘들다는 이유로 거꾸러질지도 모른다. 그래서 아주가 있어야만 했다. 자신의 옆에, 자신을 보며, 자신의 손을 잡고서.

"굉장히 오래 걸릴 거야. 내가 죽기 전까진 그 새끼들 감옥에 처넣어야 하는데 말이야."

일우는 진지함을 지우고 농담처럼 말했다. 물론 100퍼센트 진담이다.

"그러니까 그때까지 옆에 있어 줘."

곧이어 열이 내린 아주의 이마에 키스를 퍼부으며 속삭였다. 잠자코 듣고 있던 아주는 손으로 바닥에 널브러져 있는 가방을 가리켰다. 아침에 메고 나갔던 거였다.

"영감님, 저 가방이요."

자신이 아주를 방치했다고 타박하는 것도 아니고, 뭘 말하려고 그러나 싶었다.

"저게 내가 가진 전부예요. 나는 선영이 누나 말대로 가진 것도 없어요. 내가 뭘 포기했는지는 잘 모르겠어요. 근데 영감님이랑 있을 수 있다면 저거 다 버려도 돼요."

그 한마디에 모든 짐이 다 떨어져 나갔다. 빛이 산산이 조각나 떨어지는 것처럼 아주의 말이 자신의 주위에 부서져 내렸다.

아주를 틀에 가둬 둔 건 다른 사람의 시선이 아니라 어쩌면 자신일지도 몰랐다. 작고 어린 줄만 어렸던 아주의 마음은 웬만한 바다보다 넓었다.

"그냥 그게 다예요."

멋들어진 고백도, 사랑한다는 속삭임도 아니었으나 그거면 충분했다. 아주는 한 방 제대로 먹은 채 얼떨떨하게 있는 일우의 목에 팔을 감으며 입술에 가볍게 쪽, 뽀뽀했다. 환히 웃으며 얼굴을 비비는 아주를, 이 순간을 절대 잊지 못할 것 같았다.

외전 3. 이런 하루

사도에서 인신매매와 불법 실험을 감행했던 주동자들은 이 검사와 일우를 필두로 한 진상 위원회의 활약으로 관련 특별법이 제정돼 재판으로 하나둘 넘겨졌다.

뻔뻔하기 이를 데 없는 그들은 사실이 전부 드러났음에도 여전히 무죄를 주장하며 굴복하지 않았다. 쉽게 끝날 거라 생각하지 않았으나 역시 끈질겼다.

시간이 흐르면서, 절대 변호사 안 할 거라고 호언장담했던 일우는 형사 전문 변호사로 전향했고, 이주경 같은 선례를 만들지 않기 위함이라는 사명감으로 이전에는 쳐다도 안 보던 국선으로 일했다.

검사 출신 국선 변호사. 심지어 본인의 오판을 공개적으로 인정한 최초의 검사라는 타이틀과 국가를 상대로 재판을 진행 중이란 사실은 변호

업계에 신선한 충격을 가져다 줬다. 남들이 쑥덕거리든 말든 일우는 조용히 제 갈 길을 갔다.

또 하나 변화라면 평생 놀 줄만 알았던 아주는 학교에 다니기 시작했다. 배움에 욕심은 없고, 하지 못했던 학교 생활을 하고 싶다는 게 이유였다.

"형!"

셔츠에 넥타이, 니트 조끼와 교복 재킷까지. 교복을 입은 아주가 데리러 온 일우를 향해 달려와 안겼다. 야간 자율 학습을 하지 않는 아주의 하교 시간을 맞추기 위해 가능한 한 많은 사건을 수임하지 않았다. 사실 그렇게 일일이 챙기지 않아도 되지만, 바쁜 일상 중 그나마 마음 편히 아주를 볼 수 있는 시간이라 놓치기 싫었다.

"오늘 수업은 어땠어?"

"졸렸어요."

"허, 그게 전부야?"

조수석에 올라탄 아주가 뭐 어떠냐는 식으로 어깨를 으쓱했다. 안전벨트도 야무지게 매고, 핸드폰을 하는 아주의 모습에서 요즘 학생들과 별반 다른 점을 찾지 못했다.

"학교 다니는 건 괜찮냐."

"수업은 재미없는데…… 친구들이 재밌어서 좋아요."

아주는 일우에게 1:1 과외를 받아 초중 검정고시를 쳤다. 가끔 몸으로 벌도 주고, 상도 줬다. 해서, 각고의 노력 끝에 고등학교 진학에 성공했다.

다른 학생들과 나이 차이가 나지만, 원체 아주의 성격이 밝고 해맑아 적응은 쉬웠다. 물론 예쁜 외모도 한몫했다.

아주가 다니는 학교는 또래들만 있는 일반 인문계 고등학교이지만, 아주같이 늦게 학업을 시작한 이들을 위한 특별반을 운영했다. 학생들이 다양한 사정이 있는 사람들을 만나 성장할 수 있는 기회이며, 배움의 시기를 놓쳤던 이들이 다시 시작할 수 있는 발판이었다.

아주가 있는 특별반은 나이 지긋한 노인분이나 전업주부가 대부분이었다. 종종 집에서 해 온 반찬을 가져와 반에서 점심을 먹는데, 그런 진풍경도 없다고 했다.

"오늘은 다 같이 비빔밥 해 먹었어요."

"맛있었겠네."

"맛은 있었는데⋯⋯."

"뭐 마음에 안 드는 거 있었나 본데."

말끝을 흐리는 아주에 일우가 웃으며 되물었다.

"영화 이모가 자꾸 형 얘기 해서요."

"내 얘기는 왜."

"여자 친구 있냐구 그러잖아요."

"간단하네, 있다고 하면 되지."

"그랬는데도 자꾸 소개받을 생각 없냐고 묻잖아요."

"잘난 애인 둔 탓이려니 해라. 숙명이야, 그거."

30대 중반을 넘은 일우이건만, 아주를 처음 만났을 때와 달라진 건 없었다. 외려 일우의 화려한 외모는 농익어 가기만 했다.

눈에 띄는 변화라면 재판을 거듭할수록 피를 먹는 주기가 조금 더 길어졌고, 안정화됐다는 것 정도였다. 아예 혹은 질대라는 건 없었다. 망령처럼 주위를 떠도는 과거가 조금이나마 흐릿해졌다는 게 감사할 뿐이었다.

일우에게 선물이자 저주였던 능력도 평범한 삶을 영위하고자 1년에 한 번 쓸까 말까 하게 빈도를 줄였다.

"형, 내일부터 학교 오지 마요."

저 말만 올해 들어 벌써 여섯 번째 듣고 있었다. 누군가 일우에 대해 얘기할 쯤이면 일우한테 데리러 오지 말라는 특단의 조치를 내리고 다음 날 아침, 바로 철회했다.

"집엔 어떻게 오게."

일우는 만면에 웃음을 띄우고 물었다. 이런 일이 몇 번 반복되니 처음엔 심각하게 여기던 일우도 그냥 그러려니 넘길 수 있게 됐다.

"형 바쁠 때는 버스 타고 오는데요. 아니면 면허 따도 되구요."

"아서라, 차로도 한 시간씩 걸리는데 버스 타고 다니면 너 6시에 출발해야 해."

운전은 고사하고 아침에 일어나는 것도 힘들어하면서 말은 잘한다. 그래도 혹여 말 못 할 사정이 있어 오지 말라는 걸까 봐 되물었다.

"요즘도 오해받고 그런 건 아니지?"

"음…… 없어요. 영감님이 학교 온 뒤로 다 사라졌어요."

잠깐 고민하던 아주가 고개를 내저으며 말했다.

얼마 전, 한 학생의 작은 오해로 학교가 떠들썩했다. 이유는 단순했다. 아주가 자신을 부르는 '영감님'이라는 호칭 하나 때문이었다.

얼굴은 눈이 돌아가게 예쁜데 말하는 건 순박하고, 학교는 한 번도 다녀 본 적 없다고 하고. 가족은 나이 차 있는 형이 하나 있다고 하는데, 그마저 영감님이라고 부르니 어지간히 수상쩍었나 보다. 급기야 아주가 웬 노인과 돈을 받고 교제를 한다는 지저분한 소문까지 퍼졌다.

아주의 담임 선생님한테 연락받았을 땐 어찌나 어이가 없던지. 이른 아침부터 재판 때문에 인천 법원에 있던 일우는 연락을 받고 헛웃음을 대놓고 터뜨렸다. 같이 식사하던 다른 변호사들이 무슨 일 있냐고 물을 정도였다.

처음엔 어이없음과 황당함이 공존했으나 결국 좋게 생각했다. 아주를 생각하는 애들이 아니라면 이런 관심도 쏟지 않았겠지.

입학식 때 온 거 말고는 등하교만 도와준 탓에 담임 선생님이나 아주의 친구들을 직접 만나는 건 처음이었다. 잠깐 사무실에 들러 비치해 둔 새 정장으로 갈아입은 일우는 뭐라도 사려다가 청탁 금지법을 상기하며 빈손으로 학교로 향했다.

학교 행정실에 신분증을 제출하고 교무실로 바로 올라가는 동안에도 수십 쌍의 시선이 달라붙었다. 일우에 대해 수군거리는 소리가 다 들렸다.

'어? 영감님?'

1학년 교무실로 올라가던 중 아주를 만난 건 정말 우연이었다. 영감 님이라고 부르는 호칭에 아주 주변을 둘러싼 학생들의 시선이 단박에 바뀌었다.

'아주 오빠, 저 사람이 영감님이에요? 오빠 형이라는 '그' 영감님?'

'응, 우리 형이야.'

아주의 대답과 일우의 미친 외관이 합쳐져 사납던 시선이 살갑게 변했다.

'영감님, 여긴 웬일이에요?'

'왜 왔겠냐, 니 때문에 왔지.'

웃으며 대답한 일우는 아주의 친구들한테 살짝 고개 숙이며 인사했다. 그러곤 잠깐 얘기한다는 핑계로 아주를 끌고 교무실을 찾았다. 아주의 담임 선생님을 비롯한 교무실에 있는 모든 이들이 일우를 보고 놀랐다. 어, 저 사람 어디서 봤는데. 개중엔 몇 년 전 뉴스에 나온 일우를 알아보는 사람도 있었다.

'……아주 형님분이시라고요.'

'예, 처음 뵙겠습니다. 현일우라고 합니다.'

일우가 명함을 꺼내 상담실 책상에 내려놨다. 변호사 현일우. 일우의 매력적인 외관과 신뢰감을 부풀리기에 이보다 좋은 건 없었다.

'아주가 절 영감이라고 부르는 것 때문에 오해가 생긴 듯해서 인사차 왔습니다. 제가 몇 년 전에 검사로 일했을 때 영감님이라며 놀리던 게 습관으로 굳어서 그런 거지 별다른 뜻은 없습니다.'

일우는 한 발짝 더 나아가 성이나 등본을 봐서 알겠지만, 친형제가 아닌 것 맞는다고 대놓고 얘기했다. 본인도 보육원에서 자란 탓에 혼자인 아주를 딱하게 여겨 후원하게 됐고, 그 인연으로 가족처럼 살고 있는 것뿐이라고 말이다. 청산유수로 흘러나오는 거짓말에 외려 담임 선생님이 더 당황했다.

'……말씀 들어 보니 저희 애들이 오해가 좀 있었던 것 같아요. 제가 애들 불러서 상황 설명하고 잘 타이르겠습니다.'

일우는 의뢰인 대하듯 선생님을 향해 유쾌한 웃음을 지으며 괜찮다고 했다. 다만 소문을 확실하게 잡아 주고, 재발하지 않게만 신경 써 달라고 당부했다.

'그놈의 영감님, 영감님. 고치라니까 말도 더럽게 안 듣고. 앞으로 형이라고 불러, 이런 오해 없게.'

짧은 면담을 끝낸 일우는 아주의 이마에 딱밤을 때리며 호칭 고치라고 잔소리 했다. 등장 한 번에 소문을 싹 지워 버리는 건 물론이고, 아주한테 잘생긴 변호사인 형이 있다며 든든한 아군까지 만들어 줬다. 훗날 영화 이모를 비롯한 늦깎이 학우들이 일우를 탐낸 건 정말 예상하지 못한 일이었다.

"나쁜 애들은 아니에요."

자기 친구라고 옹호하는 모양새가 웃겼다. 그래도 아닌 건 아닌 거였다.

"나쁘든 착하든, 악의가 없다고 해서 그냥 넘어가진 마. 아니라고 대놓고 얘기를 하든가. 평소엔 잘만 그러면서 왜 입 꾹 다물고 있어?"

"말했어요. 했는데……."

"했는데 뭐."

"그 애들은 엄마도 있고, 아빠도 있잖아요. 내가 형이랑만 사니까 이상했나 봐요. 그것도 친형도 아니라구 하니까……."

허참, 기죽은 목소리로 읊조리는 아주의 말에 일우는 구질구질한 감정을 단칼에 쳐냈다.

"괜히 청승 떨지 마. 네 앞으로 된 건물이 몇 챈데."

몇 년 사이 아주 앞으로 넘겨준 재산만 해도 꽤 됐다. 당장 집 근처에도 아주 명의 작은 상가 건물이 있었다. 걸핏하면 가방 메고 집을 나가려고 해서, 차라리 이상한 데 가지 말고 거기 가 있으라고 넘겨준 게 시작이었다.

당장 자신이 죽어도 돈 걱정은 안 하고 살 텐데, 저런 소리 하나에 신경 쓰는 걸 보면 무신경한 것 같다가도 참 여렸다.

"그게 무슨 상관이에요."

"말 한 마디 한 마디에 신경 쓸 필요 없다는 거지. 넌 아쉬울 거 없잖아."

돈도 넘치게 있고, 현일우란 빽도 있고 뭐가 아쉽겠어.

"그리고 걔네는 가족 구성원이 아니라, 날 영감님이라고 부르는 호칭 때문에 그런 거야. 인마. 요즘 한부모 가정이나 비혼모도 많은데 설마 가족이 나밖에 없다고 오해하겠냐."

남이 아닌 친구라서 신경 쓰는 걸까. 친구가 선영밖에 없는 일우는 알지 못하는 너무 섬세한 세계였다. 지금처럼 일우가 나서서 오해를 바로잡아 줘야 할 때는 몰라도, 아주의 교우 관계에 깊게 관여하고 싶지 않았다. 관여하기 시작했다간 아주가 만나는 사람들을 일일이 검열할 것만 같아서였다. 아주도 아주만의 인생을 만들어 가고 있는데, 연인이란 이유로 모든 걸 통제하는 건 선을 넘는 거지.

'단 한 번이라도, 널 위해 아주가 포기한 게 뭔지 생각해 봤어?'

몇 년 전, 선영의 말을 교훈 삼아 멋대로 결정하지 않고 꼭 아주의 의견을 물어 해결했다. 가끔 뜻대로 안 될 때도 있지만, 대체로 지키는 편이었다.

"그래도 다른 건 다 괜찮은가 보네."

"네. 선생님도 좋구 밥도 맛있어요."

"하긴, 너네 학교 급식 맛있다고 유명하더라."

모 방송국에서 취재까지 나가고, 학교 하난 잘 보냈다는 자부심이 급 들었다. 이런 게 바로 학부모의 마음인가. 아주한테만은 느끼고 싶진 않은데.

"그래서 학교 계속 다닐 거야?"

"네. 계속 다닐 거예요."

"그래, 내 노고를 생각해서라도 웬만하면 졸업해라."

아주의 텅텅 빈 머릿속에 수학의 개념을 집어넣는 게 어찌나 힘들던지.

아주가 학교에 가고 싶다고 말하지만 않았어도 졸업한 지 10년도 넘은 일우가 달라붙어 과외하는 일은 없었을 거다.

중학교 검정고시 합격 발표 나던 날, 일우는 조건을 걸었다. 간단했다. 학교는 언제든지 그만둬도 된다는 것과 졸업하고 싶으면 그만한 노력을 하라는 것. 두 가지였다. 저런 오해를 받는 상황에서도 아주는 그만 다니겠다는 소리 한 번을 안 했다.

"그렇다고 나보다 학교를 더 좋아하진 말고."

"생각해 보구요."

"야, 생각할 것도 없이 바로 내가 더 좋다고 나와야지."

매일 사랑한다고 속삭이면서 가끔은 네가 싫다고 장난도 치는 그런 평범한 삶을 살고 있었다. 서로가 옆에 있는 게 너무 당연해서, 이런 장난을 진심으로 받아들이지 않을 걸 알아서 가능했다.

얼마간 더 운전해 집에 도착했다. 아주를 처음 들였던 그 집이었다. 마음이 안정되니 다른 동네로 떠날 필요를 못 느꼈다. 2년마다 전국을 떠돌며 다니던 것도 검사직을 그만둔 뒤로 끝났으니 더욱이.

"노랑아, 깜장아."

차에서 먼저 내린 아주는 익숙하게 노랑이와 깜장이를 불렀다. 꼬리를 빳빳하게 세우고 쪼르르 달려오는 고양이 두 마리와, 고양이를 반기며 쭈그려 앉은 아주의 머리카락이 노을에 반짝거리는 풍경은 언제 봐도 평화로웠다. 오래전 일우의 핸드폰 카메라에 찍혀 사진첩에 들어갔던 그 사진처럼.

"야, 털 날린다."

차를 주차한 뒤 아주한테 다가간 일우가 손을 휘저으며 말했다. 털갈이 시즌인지 쓰다듬 한 번에 털이 우수수 빠지는 게 보였다.

"고양이니까 털 빠지는 거죠. 애들한테 뭐라고 하지 마요."

"얼마 전에 의뢰인이 나보고 그러더라. 혹시 변호사님 고양이 키우세요? 하고."

"키우는 거 맞잖아요."

"엔간해야지, 집에서 키우는 것도 아닌데 침실에도 고양이 털이 날아다녀. 그럼 누구 탓이겠냐?"

"아무 탓도 아니다?"

아주는 아무 고민도 하지 않고 바로 대답했다.

"됐다, 애들 그만 만지고 얼른 들어와."

"집에 넣어 주고 갈게요."

치즈처럼 쭉쭉 늘어나는 두 마리를 품에 안은 아주가 구석에 가더니 손수 만들어 준 집에 넣어 주고 돌아왔다. 일우는 아주의 교복에 달라붙은 털을 슥슥 털어 줬다.

"털 봐라. 한 바가지 붙었네."

일우의 손길을 익숙한 듯 받던 아주는 교복에 붙은 털이 어느 정도 떨어지자, 계단을 하나둘 올라갔다. 비밀번호를 누르고 집 안으로 들어갔다. 현관엔 사이즈가 다른 슬리퍼 두 쌍이 놓여 있었다. 종종 편의점이나 집 앞에 나갈 때 신는 거였다.

신발장 위엔 아주의 사진이 잔뜩 놓여 있었다. 사진 작가는 모두 일우였다. 첫 해외여행지인 하와이에서 찍은 것부터 입학식 때 커다란 꽃다발을 든 사진까지 다양했다.

선영이 시즌마다 야구장에 끌고 가서 찍은 사진도, 물론 일우도 사진 속에 같이 있었다. 선영과 아주의 권유에 마지못해 찍어 표정이 좋지 않았다. 노랑이와 깜장이 사진도 있었다. 아주가 찍은 거라 구도나 초점이 잘 맞지 않았으나 점점 발전해 요즘은 꽤 괜찮은 사진을 건지고 있었다.

희야의 사진도 한편에 놓여 있었다. 아주는 이제 희야의 사진을 봐도, 옛 기억을 떠올려도 울지 않았다. 좋은 변화였다.

검사 시절 일우를 매번 욕하면서도 절대 외면하지 않았던 부장은 개업했다는 일우의 연락에 화분을 보내 준단 약속을 지켰다.

'국선 할 거라며? 앞으로 돈방석 앉긴 글렀으니 요행이나 빌어 보라고.'

부장이 농담 반 진담 반으로 돈 들어오길 빌어 보라며 보낸 금전수 화분은 사무실이 아닌 집에 뒀다. 아주는 화분에 물을 주면서 이름을 지어 줬다. 영어 좀 배웠다고 초록이가 아닌 '그린'이라고 지었다. 아주의 네이밍 센스는 어째 나아질 기미가 안 보였다.

"아, 맞아. 동훈이 형한테 연락 왔어요."

"그 선배는 왜 자꾸 너한테 연락한다냐. 그리고 형 아니고 삼촌이라니까. 나이 차이가 삼촌 뻘인데 형은 지랄……. 왜, 뭐."

빤히 바라만 보는 아주의 눈빛에서 하고자 하는 말을 바로 읽었다. 형도 나보다 나이 많은데요, 하는 아주의 목소리가 들리는 듯했다. 하여튼 나이 차이가 벼슬이지.

"선배랑 내가 같냐?"

"아무튼 동훈이 형이 생선 보냈대요."

"해남으로 발령 나더니 해산물에 미쳤나……. 전에 보낸 것도 다 못 먹었는데 그만 좀 보내라고 그래."

일우를 증인으로 내세워 오래전 퇴역해 연금 받아 먹고 사는 군 장성의

죄악을 들춘 것도 모자라, 실험이 진행됐던 당시 거물급 정치인들이 줄줄이 오르내린 대가치곤 땅끝 마을 발령은 저렴하게 먹힌 편이었다.

"동훈이 형 메신저 프로필 사진도 낚시 사진이던데."

"야, 거긴 많이 한가한가 보다. 낚시나 하고 다니고."

평생 받을 주목을 다 받은 탓인지, 이젠 세월아 네월아 살고 싶다는 이 검사의 말이 떠올랐다. 아무 관련도 없는 사람이 사명감 하나 가지고 사건을 맡은 것치곤 오래간 편이었다.

'야, 그래도 해 뜰 날은 오네. 눈도 편히 못 감았을 그 사람들 다 눈 감겨 주고 나면 어디 조용한 시골에나 내려가련다.'

내내 고생만 하다가 첫 공판이 잡혔을 때, 조용한 곳에 가서 마무리하고 싶다는 그의 바람이 뜻하지 않게 이루어졌다.

"형 때문에 많이 바빴으니까 이젠 한가해도 되지 않을까요."

"넌 가만 보면 내 편만 안 들더라."

"형은 항상 내 편이니까요."

자신의 편만 안 드는 것과 무조건 아주의 편인 게 무슨 상관관계가 있다고 그러는 건가. 하지만 아주가 그런 거라면 그런 거겠지. 머리가 아닌 마음으로 이해했다.

마음으로 이해하는 관계. 무슨 설명이 더 필요할까. 아주의 팔목에 흠집이 몇 개 나 있는 은색 팔찌가 빛났다. 그 안쪽에 함께 각인된 것처럼 명아주랑 현일우는 평생 함께 있을 것이다. 이런 평범한 하루를 보내며 24시간, 365일 내내.